Viat & Olav Koulikov

ENQUÊTES D'UN DÉTECTIVE À *VA*PEUR

Gallimard

FOLIO SCIENCE-FICTION

Olav Koulikov est né en région bordelaise. Fils de l'universitaire et ancien assistant du détective Jan Marcus Bodichiev, Viatcheslav Pavlovitch Koulikov, il s'efforce depuis quelques années de réunir les récits retraçant la carrière d'un détective hors pair au temps des grands dirigeables, des premières intelligences artificielles et de la longue paix de l'Empire anglorusse : souvenez-vous de l'an 3000.

En guise d'avertissement

Après la disparition de mon père, l'historien Viatcheslav Pavlovitch Koulikov, en 3070, j'ai eu l'occasion de mener un assez long travail de tri de ses papiers. En effet, l'université de Bordeaux-Montaigne avait été faite légataire de ses manuscrits et de ses brouillons, et puisque je faisais partie des chercheurs attachés à cet établissement, il s'est trouvé commode que ma double casquette de fils-héritier et d'universitaire soit mise à profit dans le cadre de la création du « fonds Viatcheslav Pavlovitch Koulikov ». Je ne demandais pas mieux que de travailler sur le corpus paternel, bien entendu, mais je m'attendais à ne trouver que des documents ayant trait à ses études historiques, à toutes ces œuvres qui ont fait de mon père un homme de lettres réputé. J'avais bien connaissance de son amitié avec un grand détective britannique, mais il s'agissait de ses années de jeunesse et je n'en savais guère plus que le nom de cet ami, Jan Marcus Bodichiev. Mon père m'avait peu évoqué la carrière de cet homme, de seize ans son aîné et ayant joui d'une certaine célébrité en son temps, mais dont le passage des ans avait déjà effacé les traces. De plus, j'avais passé toute ma vie en France, tandis que la complicité qui avait lié mon père à Bodichiev remontait à ses débuts, lors de sa première carrière, dans la région de London Metropol Area d'où il était originaire. La différence d'âge entre les deux amis expliquait aussi que je n'avais guère connu le détective.

Quelle ne fut pas ma surprise, amusée tout d'abord puis franchement fascinée, à la découverte d'un premier lot de textes se rapportant à Bodichiev, puis de quantité de notes, de textes inachevés et de documents ; également de nombreuses coupures de presse d'époque. Le premier lot se révéla être un véritable manuscrit, réunissant onze textes complets. Le reste consistait en une petite malle emplie de carnets de notes, où étaient portés à la fois des textes complets, de nombreux fragments et des notes souvent copieuses. Depuis, j'ai découvert bien d'autres dossiers et même quelques publications que mon père fit sous pseudonyme : c'est tout ce matériau que je m'efforce de mettre en forme désormais, dans une série de recueils dont le présent volume propose une sélection.

Voilà, je vous laisse en compagnie de Jan Marcus Sylvanovitch Bodichiev (2975-3057), détective consultant.

OLAF VIATCHESLAVITCH KOULIKOV

Autorisation de publication n° 758445271-8B
Ministère de l'Information
Chambre Impériale de la Censure

Les crimes météorologiques

Goudounov posa son chapeau melon sur le bureau avec un geste brusque.

« Sale temps, hein ? »

Bodichiev contint un sourire. « Il ne faut pas se plaindre, ça pourrait être pire. Et puis ce lourd ciel blanc est tout de même plus agréable qu'une pluie acide, ne croyez-vous pas ? Remarquez, comme je le dis tout le temps, c'est avec tous leurs engins à vapeur qu'ils nous détraquent le temps, vous pouvez me croire… » Le détective leva les yeux vers son visiteur : « Vous voulez que je continue sur le sujet ?

— Très drôle. Arrêtez de faire le clown.

— À vos ordres. Vous n'êtes donc pas venu pour parler du temps qu'il fait ?

— Eh bien si, justement : je voulais vous parler du temps qu'il fait ! » s'exclama un Goudounov triomphant. Un sourire de fouine plissa son visage. « Ou plus exactement du temps qu'il a fait, lundi dernier, chez Oder Bassaiev. »

Et c'est ainsi que l'affaire avait commencé.

Derrière les stores à lamelles d'une des fenêtres de l'agence, dans les étages d'un immeuble sur

Threadneedle Street, Bodichiev considérait les lointains bleutés de la ville, hérissés de clochetons et de cheminées. Son regard se perdait sur cette grande soupe de buildings qui étaient autant de nobles mouvements figés dans la pierre, une apparence définitive contemplant la rue, l'enserrant étroitement ou, au contraire, l'observant avec un recul courtois. Il se demandait parfois s'il était réellement taillé pour l'investigation privée, mais ses doutes ne duraient jamais longtemps. Certes, il possédait d'autres compétences, surtout en matière d'informatique, mais cette discipline l'ennuyait profondément. Si son père n'avait pas perdu la vie dans un scandale politique, évidemment, les choses auraient été fort différentes.

Pour commencer, Bodichiev n'aurait jamais été contraint d'emménager dans cet immeuble en briques claires – juste en face du catafalque en chantilly de l'Imperial Bank, dans l'encombrement d'un quartier étouffé par des buildings trop élevés. Il aurait déjà installé ses pénates quelque part dans la périphérie, loin du bruit, de la pollution et de la vapeur. Peut-être à Richmond, dont il appréciait la calme élégance… Ou bien au bord du canal du Régent, il avait toujours aimé ce coin du nord de London… Mais à quoi bon rêver à des futurs impossibles ? Il devait travailler pour vivre – et devait s'estimer heureux que, de l'héritage de son pauvre père, il ait pu sauver ce local dans la City. Au prix où se pratiquaient les loyers dans le quartier, être propriétaire ne serait-ce que d'un quatre-pièces prenait des allures de fortune.

Ce qui chagrinait surtout Bodichiev était le

manque d'intérêt des affaires qu'on lui proposait le plus souvent. Maris jaloux et femmes trompées, il les refusait. Restaient donc assureurs floués et boutiquiers craintifs, qui formaient le plus gros de sa clientèle. Trop rarement une personne se présentait-elle devant lui avec une affaire vraiment originale, une énigme capable de faire tourner à plein régime ses petites cellules grises. Quant aux revenus du métier, ils n'étaient pas encore bien fameux. Bodichiev s'en tirait, mais à peine – il avait dû renoncer à louer un appartement, s'était installé depuis quelques mois dans la chambre de son quatre-pièces de la City, qui faisait donc désormais office à la fois de bureau et de logement.

Ledit bureau n'était pas tout à fait l'unique bien que Bodichiev avait conservé après le suicide de son père : il y avait également un très beau tableau. L'œuvre d'une connaissance de son grand-père, un peintre belge qui s'était retrouvé exilé à London – entre janvier 2947 et mars 2948, très exactement. Bodichiev était bien placé pour le savoir : il possédait les journaux intimes du peintre. Émile Claus. Oui, les journaux : finalement, quelques petites choses avaient tout de même surnagé du naufrage paternel. « Vue de London, Quai de la Tamise, 2950 » : tel était le titre du tableau de Claus. Un parmi tant d'autres que le luministe bruxellois avait réalisé durant son exil, observant les jeux de la lumière sur la Tamise depuis sa petite chambre du Temple. Claus avait ainsi commencé quantité de toiles, qu'il avançait petit à petit, au fil des heures, chaque fois qu'un certain éclairage du fleuve se présentait de nouveau. Claus avait offert cette peinture-ci au grand-père de Bodichiev lorsqu'ils s'étaient connus, en France, dans les années 20. Ancien calendrier, bien entendu. Sur le continent, les années se comptaient encore sans tenir compte de la réforme en cours dans l'Empire.

Enfin, combien pouvait donc valoir ce tableau, désormais ? C'était un miracle que les impôts ne s'en soient pas saisis – quoique Bodichiev eût bien aidé le ciel : il avait planqué la peinture d'Émile Claus chez son parrain, le temps que s'éloigne la bourrasque fiduciaire. Ce n'était pas qu'Émile Claus soit devenu vraiment très célèbre, on avait le plus grand mal à dénicher son nom dans les histoires de l'art – mais enfin son « Gezicht op Londen, Kaai Langs de Theems, 1917 » (comme on le nommait en flamand) devait valoir une somme rondelette. Peut-être Bodichiev serait-il un jour contraint de le vendre, si ses affaires ne faisaient pas mine de se développer. Les journaux de Claus devaient avoir de la valeur, aussi, mais Bodichiev aurait le plus grand mal à s'en défaire : ces deux parcelles d'art lui étaient précieuses, son attachement sentimental allait bien au-delà de toute nécessité alimentaire…

Bodichiev en était là de ses moroses réflexions lorsque l'on avait sonné à la porte. Luttant contre la chaleur écrasante qui régnait sur London cet été-là, faisant cuire au bain-marie les habitants des quartiers non régulés, Bodichiev était allé ouvrir. Deux hommes attendaient dans l'entrée. Un petit nerveux et un grand mou, affublés de chapeaux melon. Des agents de l'Imperial Police Force qu'il ne connaissait que trop bien. Bodichiev soupira. La température était telle qu'il aurait préféré rester dans son fauteuil toute la journée, somnolant entre deux bouquins. Pour un homme de sa corpulence, c'était même recommandé. Seul son sérieux professionnel l'avait retenu d'aller se rafraîchir au pub.

« Goudounov et Joukov. Quel bon vent vous amène ? »

Le premier – le petit nerveux – entra dans le cabinet sans répondre. Il avait l'air renfrogné des mauvais jours. Le second sourit paisiblement et tendit une main moite.

« Bonjour, Bodichiev.

— Bonjour, Joukov.

— Assez perdu de temps ! aboya Goudounov, qui s'était déjà installé dans l'autre pièce. Venez ici. Faut qu'on parle ! »

Bodichiev referma la porte d'entrée et vint docilement faire face à l'agent de l'IPF Il posa une fesse sur le coin de sa table de travail. Joukov alla s'asseoir à l'autre bout de la pièce, dans le fauteuil d'angle.

« Eh bien, messieurs ? Que me vaut l'honneur de cette visite ? » demanda Bodichiev d'un ton affable.

Bodichiev écouta en silence le bref exposé. Il ne broncha pas lorsque le nom d'Oder Bassaiev fut cité, mais il éprouva le besoin de se lever. Faisant le tour de son bureau, il se plongea dans les profondeurs de son fauteuil.

« Vous avez entendu parler de cette affaire ? demanda Joukov depuis son coin.

— *Da*. Je lis les journaux… répondit Bodichiev en haussant les épaules.

— Ils n'ont pas eu tous les détails.

— Vous m'étonnez. »

Goudounov regardait Bodichiev de travers. Il se mâchonnait la lèvre inférieure. L'idée de consulter le privé ne lui plaisait pas, comme d'habitude – pourtant, le duo faisait régulièrement appel à son aide. Pour tirer la tête lorsqu'il parvenait effectivement à débrouiller une affaire mieux qu'ils n'avaient su le faire. Ils lui en voulaient, mais revenaient quand même lui demander de régler les affaires qui les dépassaient. Les contradictions de ces deux-là ne cessaient d'ébahir le jeune détective.

« Samedi 8, poursuivit Joukov, en fin de matinée, les services d'urgence de la SISC ont retrouvé le corps d'Oder Alexandrovitch Bassaiev, sur la terrasse de sa villa. Son cadavre avait été déchiqueté par une chute de grêle d'une intensité proprement aberrante. Bassaiev habitait sur Paveley Drive, dans Battersea. »

Bodichiev siffla entre ses dents. « Ça ne ressemble pas vraiment à la version colportée par la presse. Votre client est censé avoir succombé à une crise cardiaque. »

Goudounov intervint : « Il valait mieux que la vérité ne se sache pas tout de suite, le temps pour nous de débrouiller l'affaire. Imaginez-vous seulement l'ampleur du scandale qui éclaterait, si un tel accident venait à être connu du grand public ?

— Oh oui, je vois ça d'ici : *La Régulation météo responsable de la mort d'un locataire* ! Co-los-sal ! répondit Bodichiev avec un petit rire qui fit tressauter ses joues.

— Ne riez pas, il n'y a pas matière à plaisanterie : l'affaire est très sérieuse. La presse populaire n'avait pas à connaître cet accident, le gouvernement tient absolument à éviter la panique. »

Bodichiev se renversa dans son siège. L'histoire de Goudounov prenait une tournure intéressante.

« Comment un tel accident a-t-il pu se produire ? La Régulation couvre bien le château de Bassaiev ?

— Évidemment ! Bassaiev bénéficiait d'un microclimat spécifique, garanti par la Régulation météo », grogna Goudounov en se renfrognant plus encore. Seul son nez pointu émergeait intact des plis de son visage contrarié.

« C'est hélas bien là tout le problème, commenta Joukov de sa voix douce de colosse. À en juger par les relevés de la Régulation, il soufflait chez lui une douce brise de fin de printemps lorsque Bassaiev a soudainement été foudroyé.

— Une douce brise ? Ainsi donc, quelqu'un a effacé les relevés de la Régulation, après avoir provoqué la tempête ?

— C'est ce que l'on pourrait croire, en effet. Mais nos analyses du système expert n'ont trouvé aucune modification des relevés. Les meilleurs informaticiens de New Scotland Yard ont épluché les fichiers. Ils ont travaillé d'arrache-pied durant huit jours : *nichego*[1]. Pas la moindre trace de piratage informatique. La Régulation a réellement enregistré une douce brise de printemps. Tant la borne locale que la Régulation météorologique générale sont affirmatives. D'après elles, il ne s'est rien passé ce jour-là qui sorte de l'ordinaire.

1. Rien.

— Je vois… dit Bodichiev d'un air concentré. Vos experts ne sont pas parvenus à trouver la faille.

— Peut-être, oui, je ne sais pas. Mais ce n'est pas tout, continua Joukov. Lundi 10, vers 18 heures, le vénérable Tui Hach Peine pêchait dans le ruisseau qui passe dans son jardin, au Divin Enchantement Printanier. Une vanne s'est ouverte dans la digue qui retient la Tamise à ce niveau, provoquant une violente crue sur le domaine. Le vénérable Tui Hach Peine est mort noyé.

— Les journaux n'en ont pas parlé… murmura Bodichiev en hochant la tête. Hum… D'abord Bassaiev, principal actionnaire de la Oder-Stettin-Moksva, tué par des grêlons, puis le vieux Peine, gros bonnet des industries cybernétiques de Cornouailles, noyé dans une crue de ruisseau… Quelqu'un a trouvé un moyen original de renouveler les cadres de la finance internationale… Que disaient donc les relevés de la Régulation, pour cette deuxième mort ?

— Rien du tout. Ou plutôt : temps chaud, ciel dégagé, quelque chose d'anodin de ce genre. Rien d'autre de signalé, aucune anomalie. On ignore comment la vanne a pu s'ouvrir. »

Goudounov poussa un douloureux soupir. Joukov enchaîna sans lui prêter attention. « Mercredi 12, la Régulation générale a enregistré une surcharge locale au domaine de Romanoff Lodge Gardens. Il était 15 h 17. Tout le système s'est retrouvé fortement perturbé, certaines propriétés ont brièvement été privées de leur couverture météorologique. Vous avez entendu parler du procès qu'intente à la Régulation la cantatrice Irina Adlerovna ?

— *Da*, la presse en a fait des gorges chaudes ! Le

temps s'est détraqué en plein cocktail et la pluie a gâté les toilettes de ces dames, c'est bien ça ? Personne n'en est mort, que je sache ?

— Non, personne n'est mort au cocktail de Madame Adlerovna, en fait c'est à peine s'il y a bruiné. Mais il ne s'agissait que d'un effet secondaire de la surcharge. Les dégâts furent beaucoup plus importants à Romanoff Lodge Gardens. Le dérèglement enregistré par la Régulation correspondait à une averse d'une effroyable brutalité, concentrée sur ce domaine. Les gens de la SISC ont reçu l'appel d'un certain Truman-Sénéka à 15 h 13. À leur arrivée sur les lieux, ils ont découvert le cadavre de leur client. Écrasé. Son jardin avait été dévasté sur une zone d'une centaine de mètres carrés. En fait d'averse, on aurait dit qu'une piscine s'était déversée d'un seul coup sur la tête du pauvre diable. »

Joukov ménagea une pause dramatique dans son récit. Bodichiev en profita pour glisser un mot : « Alors cette fois, la Régulation a bien enregistré l'anomalie ? »

Goudounov, qui se trémoussait nerveusement sur son fauteuil, répondit à la place de son collègue : « Elle pouvait difficilement faire autrement, vu l'importance de la ponction énergétique ! La couverture météo s'est trouvée littéralement déchirée par l'accident de Romanoff Lodge Gardens. En revanche, la borne locale de la Régulation affirme qu'il ne s'est rien passé.

— Nous voulons savoir qui manipule les programmes de Régulation, et qui se trouve derrière ces crimes », conclut Joukov.

Bodichiev se rejeta en arrière. « Qu'a donc donné l'enquête jusqu'ici ?

— Nous n'avons découvert aucune trace de manipulation des bornes locales, ni de la Régulation générale. Nous avons passé au crible absolument tous les employés de la Régulation. En vain. Nous avons étudié le profil de toutes les personnes présentes dans l'entourage des victimes, qu'il s'agisse de leur famille, des domestiques ou des relations. Nous avons fouillé leur passé. Nous sommes vraiment allés très loin… mais nous n'avons rien trouvé. Rien de rien. S'il se cache parmi tous ces gens un terroriste suédois ou un espion français, je veux bien manger mon chapeau melon. Idem pour le personnel de la Régulation, ainsi que pour celui de la Société Impériale de Survie par la Cryogénie. *Nichego.* Les trois victimes semblent n'avoir rien en commun. Sauf leur inscription à la SISC. Et aussi un homme du nom de Pavel Koulikov. »

Joukov se leva et s'approcha du bureau. Fouillant une poche intérieure de son veston, il en tira une petite feuille rigide, qu'il tendit au détective. Bodichiev appuya du pouce sur l'angle droit pour activer le daguerro. Un homme énorme apparut. Le genre à faire passer Bodichiev lui-même pour plutôt svelte. Avachi plutôt qu'assis dans un fauteuil, ce pachyderme affectait un air bonasse. Sous son front dégarni, d'épais sourcils blancs cachaient ses yeux.

Bodichiev dévisagea Joukov. « De qui s'agit-il ?

— Pavel Severovitch Koulikov. Héritier d'une vieille famille, ayant débuté autrefois dans le textile. Lui et sa sœur sont les principaux actionnaires de différentes chaînes de restauration, d'hôtellerie, de boutiques et de diverses petites industries…

— Et quel rapport entretient-il avec les victimes ?

— Bassaiev et Truman-Sénéka appartenaient au même club, le Black Orchid's. Koulikov compte également parmi ses membres. Mais il y a plus… Vous aurez remarqué que les crimes se sont succédé tous les deux jours. »

Bodichiev battit des paupières en signe d'assentiment.

« Hier, vendredi 14, Koulikov a été la victime d'une tentative de meurtre.

— Ah ! Voilà qui est intéressant ! Le tueur a donc raté son coup, cette fois ?

— Il s'en est fallu de peu. Monsieur Koulikov s'apprêtait à entrer dans sa piscine quand un froid intense s'est mis à souffler. La surface de l'eau a immédiatement gelé. Notre homme a perdu connaissance sous le choc thermique, mais il s'en tire avec un simple rhume. »

Bodichiev laissa échapper un nouveau petit rire. Goudounov se redressa, son visage virait à l'écarlate. « Qu'est-ce qui vous amuse tant ?

— Toute cette affaire est positivement fascinante.

— Alors vous acceptez de nous aider ? » demanda Joukov.

Bodichiev fit mine de réfléchir. Joukov croisa ses mains dans son dos. Goudounov gonfla ses joues, foudroyant le privé du regard.

« C'est entendu, messieurs. Vous savez que j'adore les histoires tordues ! »

Il se leva.

« Nous y allons ? Le prochain crime devrait avoir

lieu demain. En attendant ce tragique événement, j'aimerais examiner les lieux des précédents attentats. »

Oder Alexandrovitch Bassaiev avait les moyens de ses excentricités. Ainsi, son appartement. Plutôt que de prendre résidence au sein d'un parc protégé des Docklands ou de Richmond, comme la plupart des gens aisés, le patron du puissant consortium pharmaceutique Oder-Stettin-Moksva avait choisi de vivre en plein London. Son domicile courait sur les bords de la Tamise en une suite de terrasses et de jardins suspendus, renouant avec la tradition prétsariste des manoirs de Battersea. Bien entendu, la protection des lieux n'avait rien à envier à la sophistication technologique de Richmond ou des Docklands : barrière Bonnetier-Henriet pour filtrer l'atmosphère, régulation météorologique pour jouir d'un climat confortable. Les eaux vertes de la Tamise, le ciel plombé du London estival non régulé et la douce fraîcheur caressant la pelouse du domaine s'alliaient pour former un saisissant contraste.

Bodichiev marchait lentement, prenant garde où il posait les pieds : le carrelage avait sauté sous la force des impacts de grêle. Les tessons crissaient sous le pas, rendant le cheminement légèrement périlleux. Il se pencha pour observer l'avancée du toit. Le grésil avait également brisé les tuiles. Se hissant sur la pointe des pieds, Bodichiev tira à lui un éclat. Son geste provoqua une avalanche miniature. Il passa son pouce sur l'arête brisée, goûta du bout de la langue la poussière orangée qui collait à son doigt :

de vraies tuiles en terre cuite, bien entendu. Feu Bassaiev ne se refusait rien.

Bodichiev reprit sa marche circonspecte. Il s'arrêta à l'endroit où l'on avait découvert le cadavre, désigné par un contour à la craie. Les deux agents de l'IPF le regardaient faire depuis la porte aux vitres fracassées. Bodichiev se pencha pour observer le sol : les carreaux demeuraient largement intacts à cet endroit, le corps de Bassaiev les ayant protégés. Levant les yeux, il scruta le ciel, comme pour y chercher une réponse. Il se retourna enfin vers les enquêteurs de la force publique :

« Vous m'avez parlé de la SISC. Comment leurs services fonctionnent-ils exactement ? Je ne crois pas avoir jamais eu le plaisir d'avoir affaire à eux. »

Joukov désigna la silhouette blanche sur le sol. « Chaque sociétaire possède un implant qui, en cas d'arrêt cardiaque, transmet immédiatement une impulsion d'alerte au plus proche centre d'urgence de la Société Impériale de Survie par la Cryogénie.

— Ont-ils pu récupérer la tête d'Oder Alexandrovitch ? Elle devait tenir du puzzle. »

Moue de Joukov. « En tout cas, ils l'ont bien cryogénisée. Par décret impérial, ces gens ont priorité sur la police. Les infirmiers avaient déjà fini quand nos hommes sont arrivés.

— *Horocho*, je pense que nous pouvons maintenant nous rendre au Divin Enchantement Printanier.

— Vous êtes sûr d'avoir tout regardé ? interrogea Goudounov d'une voix forte.

— Absolument sûr, affirma Bodichiev. Il n'y a rien à voir, et c'est ce qui est le plus étonnant. »

Le domaine du Divin Enchantement Printanier se blottissait au bout d'un ravin étroit, dans une partie des Docklands remodelée par les paysagistes. Protégé par une barrière rocheuse des lumières et du bruit de l'agglomération pourtant proche, coupé de la pollution par un champ d'onde Bonnetier-Henriet, son climat modulé par la Régulation, il s'agissait d'un de ces charmants nichoirs pour parvenus comme il en fleurissait un peu partout à la bordure de la métropole. Chaque locataire bénéficiait de nombreux hectares de parc. Grands arbres, vastes pelouses, multiples ruisseaux, buissons au désordre soigneusement entretenu par des cohortes de discrets automates. En plus d'une somptueuse demeure, bien entendu.

Tui Hach Peine n'avait pas eu les moyens de se payer un domaine particulier comme celui de Bassaiev, mais sa réussite demeurait néanmoins remarquable. Le terme de « vénérable » n'avait pas toujours été accolé à son nom. En fait, il ne se prénommait même pas Tui Hach lorsque étaient parues les premières manchettes des journaux économiques consacrées à ses prouesses. Arrivé de Hong Kong lors du premier affrontement sino-russe, monsieur Peine s'était rapidement intéressé au mouvement Revivaliste, un courant de la paix safran qui prônait le retour au *feng shui* et autres valeurs traditionnelles chinoises. Son patronyme avait changé en conséquence.

S'il avait vécu plus simplement, sous le crachin du London normal, il n'en aurait pas été là, songea Bodichiev en contemplant le paysage. Des géomanciens avaient dessiné ce parc en fonction des impératifs étranges de leur science, mais ils n'avaient rien pu faire pour préserver le vénérable Peine de la noyade.

L'examen des abords détrempés du ruisseau n'apporta aucune information à Bodichiev. Il se releva en grimaçant : de la boue venait de pénétrer dans sa chaussure droite. Il trotta vivement jusqu'à un banc de pierre qui trônait au sommet d'une petite colline et commença à retirer son soulier, sans se soucier des deux policiers qui le suivaient – Goudounov avec une expression d'ennui dégoûté, Joukov impassible.

« Tout cela est inutile ! explosa enfin Goudounov. Je vous ai bien dit qu'il n'y avait rien à voir ! »

Bodichiev termina la boucle de son lacet avant de relever la tête. « Je préfère m'en assurer moi-même. Et puis, la simple vue du lieu d'un crime n'est-elle pas toujours source d'inspiration pour l'enquêteur ? »

Se retournant vers le mur de la demeure, il désigna du doigt les traces de terre qui éclaboussaient les planches laquées. « La crue a vraiment été remarquable, pour que la boue monte jusqu'ici. » Il contempla d'un air curieux les buissons arrachés et l'étendue de pelouse souillée. « Voyons, il y a bien trois cents mètres entre le ruisseau et cette façade. De plus, le terrain est légèrement en pente. Vraiment remarquable.

— Vous voulez voir la vanne ? » demanda Joukov.

Le privé secoua la tête. « Inutile. Vous m'avez bien dit qu'elle dépend de la Régulation, et qu'aucune anomalie n'a été enregistrée ? C'est remarquable, vraiment remarquable. Allons, en route pour Richmond. »

Romanoff Lodge Gardens présentait des caractéristiques semblables à celles du Divin Enchantement Printanier, à ceci près qu'il s'agissait d'un domaine privé. Ce que des parvenus comme Tui Hach Peine se partageaient à huit ou neuf, Truman-Sénéka en avait disposé pour lui seul et sa famille, dans la campagne de Richmond. Après avoir survolé une forêt respectable puis une pelouse assez vaste pour accueillir un concert de bonne affluence, l'agent Goudounov avait posé l'autogire de la police au bord d'un étang d'eau trouble : tout ce qui restait du meurtre du patron de la première société de télécommunication mondiale. Çà et là, les moignons déchiquetés d'arbres et d'arbustes surgissaient du lac. Des branches et des amas de feuilles infusaient sous la surface aquatique.

Bodichiev ne descendit pas de l'autogire. Il se contenta d'ouvrir la porte et de se pencher au-dehors, pour contempler l'étendue du désastre. Il se carra de nouveau dans le siège, l'air songeur.

« Remarquable, vraiment. Pourquoi se donner tant de mal afin de mettre en scène une mort spectaculaire, et ensuite effacer les enregistrements de la Régulation ? Tout cela est trop compliqué », murmura Bodichiev. Relevant la tête, il demanda : « Dites-moi, comment la SISC a-t-elle fait pour retrouver le corps ?

— L'implant est repérable par leurs détecteurs. Ils ont évalué l'emplacement du corps, au milieu de tout cela… » Joukov agita son chapeau melon en direction de l'étang. « Ce sont les pompiers qui ont repêché la dépouille de Truman-Sénéka. Les gens de la SISC sont aussitôt entrés en action.

— Franchement, il m'a toujours semblé quelque peu ridicule de congeler la tête des gens dans l'espoir d'une résurrection future…

— La haute société n'est pas la seule à s'inscrire à la SISC, vous ne pouvez pas nier aux gens leur espoir d'immortalité », répondit Joukov avec philosophie.

Bodichiev jeta un coup d'œil surpris au policier, sans commentaire. Il décida enfin de s'extirper du véhicule. S'approchant du bord de l'eau, il se courba avec prudence. Il resta un moment à contempler le fond.

« Qu'y a-t-il ? l'interpella Joukov.

— Rien, juste un capteur de la météo. »

Le détective privé se redressa lentement.

« Où Koulikov habite-t-il ?

— Dans un domaine de la banlieue sud-ouest, Wolsey's House. C'est du côté d'Hampton Court. »

Impressionnante bâtisse que celle-ci, à défaut d'être esthétique. Elle étalait avec une digne laideur une architecture russe baroque datant d'une bonne centaine d'années. Ses deux ailes régulières étreignaient un parterre de gravier peigné avec soin. Goudounov avait posé l'autogire loin de la demeure : Eleonora Severovna Koulikova n'aimait pas les appareils modernes. Cette remarque arracha un sourire à la face soucieuse de Bodichiev.

« Voilà qui est cocasse. Cette dame ne trouve pourtant pas à redire aux dispositifs de sécurité qui protègent son domaine ?

— Madame Koulikova est, comment dire, une personne aux idées bien arrêtées, déclara Joukov.

— Une femme de caractère, ça oui ! surenchérit Goudounov, son ton marqué d'une certaine admiration. Comme son frère en est incapable, c'est elle qui gère la fortune de la famille. Elle s'est montrée assez… véhémente, lorsqu'elle nous a expliqué ce qu'elle pensait de l'attentat. »

Un maître d'hôtel impeccable ouvrit la porte du manoir. Son fabricant avait poussé le souci du détail jusqu'à lui faire le cheveu rare, les narines pincées et les sourcils broussailleux. Son visage d'inox s'en trouvait rehaussé d'une majesté supplémentaire. Plutôt que d'employer des chômeurs, denrée commune et peu fiable, la mode poussait les riches à préférer le confort des automates.

« Ces messieurs désirent ? »

Le timbre cuivré de sa voix témoignait de l'amour qu'avaient investi dans sa conception les cybernéticiens de chez Zeppelin.

« Agents Joukov et Goudounov de l'IPF, en compagnie de l'expert que nous avions annoncé. Madame Koulikova est prévenue de notre visite », répondit Joukov en introduisant ses compagnons d'un mouvement du melon.

Le majordome électronique recula d'un pas. « Si ces messieurs veulent bien se donner la peine d'entrer, je vais prévenir madame de leur arrivée. »

« Qu'est-ce que c'est, Beauchamp ? »

La claironnante interrogation tomba du haut de l'escalier que l'on devinait au fond du hall. Descendant les marches avec majesté, Eleonora Koulikova sortit de la pénombre. C'était une personne d'une beauté remarquable. Elle possédait un front large, des dents d'une blancheur irréprochable et le port d'une impératrice. Quel âge pouvait-elle avoir ? Quarante ans, peut-être… Mais impossible de dire s'il fallait les créditer à la nature ou au talent d'un chirurgien-plasticien. Le trait physique le plus remarquable de cette grande dame était ses yeux. D'un gris sombre, semblant changer avec la lumière, ils avaient fait succomber plus d'un homme dans la haute société. Et ils continuaient à le faire, d'ailleurs. Mais leur attribut le plus frappant n'était pas cette merveilleuse couleur, mais la décision qu'on pouvait y lire. Redoutable, se dit Bodichiev.

« Ces messieurs de l'Imperial Police Force, madame.

— *Spasibo* [1], Beauchamp. »

La véritable classe : elle prononçait *bioucheum*. Goudounov s'avança. « Bonjour, madame. Comme nous vous l'avions annoncé, nous sommes revenus avec un expert.

— J'espère qu'il saura être efficace. Mon frère est encore bouleversé par toute cette affaire. Je ne veux pas qu'il soit dérangé. »

Bodichiev esquissa une courbette polie.

« Madame. Je me présente : Jan Marcus Sylvanovitch Bodichiev, détective consultant. Je vous assure que je ferai en sorte de mettre un terme à ces attentats odieux. J'ai déjà en ma possession un certain nombre d'éléments qui me paraissent concluants. »

Cette dernière affirmation laissa Goudounov bouche bée. Joukov ne broncha pas.

« Pourriez-vous m'indiquer les lieux où s'est

1. Merci.

déroulé l'accident de votre frère, s'il vous plaît ? » ajouta Bodichiev en arborant son sourire le plus charmant.

« On n'a touché à rien, n'est-ce pas ? »

Le quatuor se tenait au bord d'une piscine de bonne dimension. Le carrelage avait claqué sous la brutalité du froid qui avait failli occire le maître des lieux. Quelques lambeaux de plastique flottaient mollement dans l'eau trop bleue. Bodichiev se baissa pour en repêcher un. L'une de ses faces était blanche, l'autre d'un orange criard. Il s'agissait du fragment d'une feuille plastique, souple et extensible. Eleonora Severovna interrompit cette inspection d'un claquement agacé de la langue.

« Mon frère se plaît à se servir d'une bouée.

— Celle-ci a éclaté sous la pression de la glace qui s'est formée à la surface de la piscine », murmura Bodichiev, songeur. Puis, se tournant vers son hôtesse : « *Spasibo*, madame, je pense en avoir assez vu. Nous ne dérangerons pas votre frère. Dites-lui simplement de ne pas sortir : tant que cette affaire n'aura pas été élucidée, mieux vaut pour lui ne pas mettre le nez dehors. »

Bodichiev avisa les deux agents, toujours plantés au bord de l'eau. « Je pense que nous pouvons retourner en ville ?

— Où sont vos éléments concluants ? lança Goudounov d'un ton hargneux. Vous n'allez pas sortir la solution de votre poche, comme d'habitude ?

— Ma poche n'est pas tout à fait prête, hélas. Avant de me déclarer, vous permettrez que j'étudie le résultat des recherches de vos services, ainsi que les données de la Régulation. Nous avons jusqu'à demain, n'est-ce pas ? Rien ne presse. »

Les deux policiers furent très surpris lorsque Bodichiev déclina leur offre d'être raccompagné jusqu'au girodrome de la City. Le détective leur expliqua qu'il désirait rentrer à pied : « Un peu d'exercice me fera du bien, il faut que je me surveille. » Il ne releva pas le ricanement de Goudounov.

En vérité, s'il avait bien pris quelques kilos ces derniers mois, sa corpulence constituait le cadet de ses soucis. Émergeant de New Scotland Yard, où Goudounov avait posé l'autogire, Bodichiev remonta vers le parc. Une manifestation d'immigrés de Hong Kong bloquait la circulation dans Great Catherine Street. La nouvelle tour de l'architecte Pei était une véritable provocation pour les tenants de la géomancie. À en croire cette ancienne science chinoise, les angles aigus de la tour étaient des signes du feu, agressifs et néfastes. Pour contrer l'influence maléfique de l'immeuble, les manifestants brandissaient en silence des petits miroirs, tandis que d'autres commençaient à entasser dans la rue des sacs de terre (le signe opposé au feu). Le détective se fraya un passage dans la foule et entra dans St James's Park.

Bodichiev faisait partie de ces hommes qui, vraiment amoureux de leur ville, adorent en arpenter les rues, simplement pour le plaisir. De tous les parcs de London, St James était certainement le plus cher à son cœur. Il n'était pas rare que Bodichiev quitte son bureau de la City pour venir s'écrouler sur un banc.

Là, sans le moindre véhicule ni la moindre usine pour rejeter une vapeur envahissante, Bodichiev aimait profiter de la fraîcheur du lac à l'ombre d'un saule, en regardant les canards s'ébattre.

Cette fois pourtant, St James's Park n'était pas son but, il ne fit que le traverser. Arrivant sur Pall Mall, Bodichiev s'arrêta à peu de distance du grand hôtel Carlton. Une porte anonyme, une plaque de cuivre fixée sur la façade : le Black Orchid's Club donnait dans la discrétion. La climatisation du hall le saisit. À travers les panneaux de verre, le détective privé eut un aperçu d'une large pièce luxueuse. Des hommes s'y trouvaient, occupés à lire les journaux, chacun dans sa petite alcôve. Un majordome en livrée traditionnelle vint au-devant du visiteur – un majordome humain. Voilà qui donnait une idée du standing des lieux. Usant de son ton le plus plaisant, Bodichiev s'enquit des conditions d'inscription au Black Orchid's. Très digne, son interlocuteur lui fit savoir qu'il fallait être parrainé par un membre. L'homme en livrée ne sourcilla pas lorsque Bodichiev cita le nom de Jason Truman-Sénéka. Il le raccompagna poliment à la porte, qui se referma sans un bruit.

Écrasé par la chaleur humide de la rue, Bodichiev allait sortir un mouchoir quand son vidéophone cellulaire émit un grelot acide. S'épongeant le front et les ailes du nez, le privé tira le petit appareil plat de sa poche de poitrine et en tourna la molette crantée. Le visage de Goudounov emplit aussitôt l'écran.

« Bodichiev ? Venez tout de suite ! On a un nouvel assassinat sur les bras ! »

L'attentat avait eu lieu à Blackheath. Moins huppée que Richmond ou Hampton Court, la porte orientale de London abritait tout de même quelques beaux domaines régulés, tels que Kidbrooke Gardens, à la pointe sud-est du parc.

L'assassin ne manquait pas d'imagination. Cette fois, la foudre avait été son instrument. Le jardin de la victime, comme d'habitude, constituait le cadre du crime. Le périmètre de la déflagration était impressionnant. La brûlure du sol s'étendait sur une quinzaine de mètres autour du point d'impact. Des arbres couchés aux alentours, certains simplement cassés, d'autres proprement déracinés, témoignaient de la force de la tempête. Des feuilles arrachées et des branches brisées jonchaient l'herbe avec abondance sur des centaines de mètres à la ronde.

Les infirmiers du SISC s'affairaient déjà sur place, bien entendu. Ils replièrent la toile blanche qu'ils avaient tendue au-dessus du corps. Bodichiev les vit ranger dans leur navette la boîte blanche qui contenait désormais la tête du défunt. À l'arrière de l'autogire de la police, Joukov pianotait rapidement sur son clavier. « Bon sang ! Je n'y comprends rien ! Le mort est un certain Wilson Kemp… Ingénieur en cybernétique… Revenus confortables, mais rien à voir avec les précédentes victimes…

— Un cybernéticien ? Il travaillait peut-être pour Peine ? suggéra Bodichiev.

— Je ne trouve rien… *Niet* : il bossait chez Zeppelin ! C'est le principal concurrent de Peine. Et Kemp n'était pas membre du Black Orchid's…

— Que dit la Régulation ?

— Impossible de le savoir : depuis ce terminal, je

n'ai accès qu'aux serveurs de la police. En tout cas, le tueur a changé son calendrier », ajouta Joukov avec humeur, comme s'il s'agissait de ce qui l'agaçait le plus. Il quitta l'autogire en maugréant.

Bodichiev hocha la tête et glissa au sol. Des experts de l'IPF s'activaient autour du corps, grattant le sable et prélevant des échantillons. Goudounov, qui s'était précipité dès leur atterrissage, appela Bodichiev à ses côtés.

« Regardez ça. » Il désignait le cou de la victime, marqué par une large brûlure. La foudre avait glissé sur les côtes de l'homme, les veines saillantes indiquaient son passage. Elle était ensuite descendue le long de la jambe droite, pour ressortir par sa botte : le cuir avait littéralement explosé, les bords déchiquetés au point de passage de l'éclair.

Joukov, penché sur le sable brûlé, les appela : « Venez jeter un coup d'œil là-dessus ! »

Un expert avait dégagé le point d'impact avec des attentions d'archéologue. Un serpent grisâtre émergeait maintenant du sol. Bodichiev et les deux policiers s'agenouillèrent pour regarder de plus près le phénomène.

« Un canal de fulgarite. L'éclair a vitrifié le sol sur son passage », fit Bodichiev.

L'expert nettoya précautionneusement l'étrange sculpture avec un pinceau. La diffusion de la foudre avait fondu un toron de verre dans la terre sablonneuse, une torsade compliquée qui s'enfonçait toujours plus profond.

« Une pelle, il nous faut une pelle ! » aboya Goudounov.

Un agent se mit bientôt à creuser, afin de dégager

plus avant le canal de fulgarite. Bodichiev se remit debout en époussetant les genoux de son pantalon. Redressant la tête, il huma l'air avec délicatesse.

« La foudre sera allée frapper un câble souterrain, c'est classique. » Bodichiev se frotta les mains d'un air satisfait, presque gourmand. « Cette affaire est décidément passionnante ! Messieurs, je crois qu'il serait bon que vous me raccompagniez chez les Koulikovy. »

« Dites-moi, chère madame, serait-il possible de me trouver une pièce tranquille, munie d'un terminal, où je puisse étudier les données fournies par ces messieurs de la police, s'il vous plaît ?

— La bibliothèque conviendra parfaitement, affirma Eleonora Severovna. Beauchamp ! Veuillez conduire ce monsieur. »

Bodichiev y resta plus de deux heures, passant au crible les dossiers établis par l'IPF – Goudounov lui avait fourni la clef d'accès à contrecœur. Par moments, Bodichiev se retenait d'envoyer paître le petit policier, agacé par cette sempiternelle réticence alors qu'on venait le chercher pour faire leur boulot. Le détective passa ensuite, toujours par le terminal des Koulikovy, à la Régulation et à ses bornes locales. Comme prévu, nulle anomalie ne se décelait dans les fichiers des IA de la météo. Par acquit de conscience, Bodichiev vérifia à nouveau. Il se connecta cette fois à certains programmes résidents dans l'ordinateur de son bureau. Rien non plus. Le coup de tonnerre qui avait tué Wilson Kemp n'apparaissait pas plus que les autres meurtres.

Bodichiev se redressa en étouffant un bâillement.

Il se frottait distraitement les reins lorsque le maître d'hôtel entra dans la pièce. Sans un regard pour le détective, le robot s'arrêta près d'un panneau de bois, à côté de la porte. L'ouvrant, il révéla un appareillage électronique sophistiqué. Une tige télescopique sortit de son majeur gauche, qu'il introduisit dans une ouverture. Sa tâche accomplie, il repartit en glissant silencieusement. Un instant distrait par les gestes précis du robot, Bodichiev se remit à la tâche, fouillant dans d'autres dossiers en rapport avec les meurtres. D'abord, un plan de Kidbrooke Gardens. Le détective privé ne put retenir un grognement de satisfaction : des câbles de la Régulation passaient bien sous terre à l'endroit de l'impact, comme il l'avait supposé. Ensuite, les dossiers du Black Orchid's Club. Cette fois, les données seraient plus difficiles à passer en revue. Le Black Orchid's ne servait pas seulement de fumoir à quelques messieurs fortunés, son utilité semblait s'étendre à diverses activités d'investissements boursiers. Biochimie, recherche géologique, intelligence artificielle, l'éclectisme semblait de rigueur en ces lieux distingués. Bodichiev lança une recherche sur les quatre noms qui l'intéressaient : Bassaiev, Peine, Truman-Sénéka et Koulikov.

Il contemplait, ravi, le résultat de son travail, quand un garçon de pas même vingt ans entra dans la pièce, par la baie vitrée qui donnait sur la piscine.

« Bonjour, bonjour, annonça-t-il de manière enjouée. La vie est formidable ! Je viens de réussir quinze parties de *cup-bowl* de suite ! Pouvez-vous imaginer ça, quinze parties ! »

L'impétueux individu portait des vêtements de la

meilleure coupe, visiblement en matériaux naturels. Blond aux yeux bleus, il affichait une désinvolture insolente. Son visage souriant respirait l'aisance et la santé.

« Mais, suis-je sot, je ne me suis pas présenté : Viatcheslav Pavlovitch Koulikov. Enchanté de faire votre connaissance, monsieur euh… ? »

Bodichiev quitta son écran pour serrer la main qui lui était tendue avec énergie. « Jan Marcus Bodichiev, détective consultant.

— Un détective ? Passionnant, passionnant ! Mais qu'est-ce que vous cherchez, dans cette bibliothèque ? Personne à part moi n'ouvre jamais ces vieux livres, je crois !

— Je ne faisais qu'utiliser le terminal, pour certaines recherches. Vous êtes le fils de monsieur Pavel Severovitch Koulikov, si je ne me trompe ?

— Vous ne vous trompez pas, mon vieux, vous ne vous trompez pas. Le fils de Pavel, le neveu du dragon, si vous voyez ce que je veux dire ! »

Bodichiev se permit un fin sourire.

« Vous jouez au *cup-bowl* ? Non ? Ah, vous devriez, c'est un jeu fa-sci-nant. Absolument fa-sci-nant ! Quinze parties de suite, il faut que je raconte ça à tout le monde ! »

Les élans d'enthousiasme du jeune sportif furent interrompus par l'entrée du maître d'hôtel qui poussa la porte, glissa majestueusement vers les deux hommes et s'immobilisa sans un bruit au milieu du tapis.

« Madame fait dire que le thé est servi, messieurs. La table est dressée dans le petit salon jaune.

— Parfait, parfait, Beauchamp », déclara Viatcheslav, qui semblait croire que répéter deux fois les mêmes choses donnait plus de poids à ses propos. En revanche, il ne maîtrisait pas toutes les subtiles nuances du nom de l'androïde. Il avait transigé pour un pétulant *Biouchanpe*.

Ce dernier fit un impeccable demi-tour et s'arrêta près du panneau de bois où Bodichiev l'avait aperçu un peu plus tôt.

« Bonne idée, Beauchamp, donnez-nous un peu de fraîcheur, je ne sais pas pourquoi ma tante tient à tout ce soleil ! »

Le maître d'hôtel n'émit aucun commentaire – sans doute sa programmation ne le lui permettait-elle pas. Son réglage effectué, il referma le panneau et s'en fut. Bodichiev avait suivi toute l'opération avec un intérêt poli.

« N'est-il pas délicieux ? demanda Viatcheslav en se retournant vers Bodichiev. Ma tante tenait absolument à ce modèle. Moi, j'aurais préféré quelque chose d'un peu plus… léger, quoi. Une soubrette, par exemple. Mais ma tante a été intraitable. D'ailleurs, elle est tout le temps intraitable, la chère femme.

— C'est toujours le maître d'hôtel qui s'occupe de la Régulation ?

— Oh oui, bien sûr, c'est le seul de nos domestiques à posséder la bonne interface ! Vous venez, mon vieux ? Le dragon déteste qu'on la fasse attendre. »

Bodichiev récupéra ses disquettes et mit le terminal au repos. Le jeune homme continuait son bavardage.

« Et bien sûr, c'est toujours elle – ma tante, je

veux dire – qui décide du temps. C'est d'un assommant, parfois !

— Et votre père, comment va-t-il ?

— Ça me bouleverse rien que d'y penser ! Quelle histoire effroyable… Vous rendez-vous compte : il a failli mourir gelé dans sa piscine ! Joliment absurde, quoi. »

Le petit salon jaune n'avait de petit que le qualificatif. Sa superficie aurait contenté nombre de familles mal logées. En revanche, il était bel et bien jaune : de la nappe à l'animation murale, en passant par les bougies du chandelier qui trônait sur la table.

La maisonnée complète avait déjà pris place pour le thé. Eleonora Severovna discutait plaisamment avec Joukov, cependant que Goudounov luttait en vain pour ne pas avoir l'air emprunté. En face de lui, un gros homme somnolait dans son fauteuil. Sa respiration faisait tressauter ses replis abdominaux. Bodichiev reconnut la calvitie et les épais sourcils blancs : Pavel Koulikov était donc suffisamment remis de son choc pour venir grignoter quelques scones à la confiture.

« Ma tante ! Savez-vous que j'ai gagné quinze parties de suite ? » s'exclama Viatcheslav.

Eleonora Severovna eut un bref sourire. « Asseyez-vous là, monsieur l'expert », dit madame Koulikova en désignant à Bodichiev la chaise voisine du convalescent.

Bodichiev la remercia. Il se présenta et exposa les raisons de sa venue. À côté de lui, le gros homme s'éveilla tout à fait. Voûté et ventripotent, il ressemblait à une tortue.

« Heureux de faire votre connaissance, monsieur. Une affaire, dites-vous ? C'est un scandale, oui ! J'aurais pu mourir. La Régulation en entendra parler… Ha ça oui !

— Calme-toi, Pavel, tu vas encore te fatiguer », intervint sa sœur.

Koulikov entreprit de se beurrer une biscotte de confiture rougeâtre, avec l'air penaud d'un enfant pris en faute. Bodichiev l'imita dans son activité de tartinage, tandis que le maître d'hôtel servait le thé. Pour sa part, Viatcheslav était fort occupé à expliquer à Joukov les multiples subtilités du *cup-bowl*.

Koulikov patienta quelques instants puis, d'un ton courroucé, revint à la charge : « En tout cas, je ne vais pas rester là à attendre qu'on m'assassine !

— Au contraire, monsieur, vous ne craignez rien tant que vous restez à l'intérieur », déclara Goudounov d'un ton sentencieux.

Le visage renfrogné, Koulikov planta ses dents dans la tartine qu'il venait de se préparer. Il allait dire quelque chose puis sembla se raviser.

« Cette confiture est infecte ! Beauchamp ! Qu'est-ce que ça signifie ? »

Bodichiev contempla la tartine dans laquelle il s'apprêtait à croquer. D'un effleurement du doigt, il prit un peu de confiture et la goûta. Il n'eut pas le temps de faire un commentaire. À ses côtés, Koulikov se redressa vivement, criant : « Au secours ! On m'empoisonne ! »

Le visage rouge, l'homme battait des bras, tremblait, hoquetait, semblant chercher à reprendre sa respiration. Bodichiev se leva d'un bond, le bouscula et lui fit ployer le buste. Ce faisant, il lui plongea sans cérémonie les doigts dans la gorge. Le maître de maison éructa une ou deux fois, se mit à vomir sur le parquet brillant. À table, Goudounov et Viatcheslav demeuraient figés de stupeur. Eleonora Severovna s'était levée et Joukov se précipitait vers Bodichiev.

« Détrompez-vous, Goudounov, fit Bodichiev en ouvrant un battant de la porte-fenêtre pour aérer les lieux. L'assassin peut également frapper à l'intérieur. »

Pavel Severovitch s'était effondré sur une chaise, pâle et transpirant. Il respirait avec difficulté. Un minuscule automate sur roulettes s'approcha en vrombissant et, avec de petits bruits de succion, entreprit le nettoyage des dégâts au sol. Eleonora Severovna réconfortait son frère.

« N'ayez crainte, je pense que Pavel Severovitch est hors de danger », déclara Bodichiev. Son regard parcourut la pièce pour finalement se fixer sur le majordome qui se tenait figé près de la porte-fenêtre. Bodichiev sentit un frisson lui parcourir l'échine. Se penchant vers Viatcheslav, il lui chuchota d'aller garder la porte d'entrée du salon. Le jeune homme se leva immédiatement et alla prendre son poste sans poser de questions. Son flegme prétendu ne fut brisé que par un gloussement d'excitation.

Puis, se tournant vers Goudounov, Bodichiev déclara : « En faisant analyser cette confiture, je pense que vous découvrirez qu'elle contient de la carbonide… Ce qui ne doit pas nous empêcher de boire ce thé délicieux », ajouta-t-il en se rasseyant.

Eleonora Severovna se rassit à son tour. « Scandaleux ! Monsieur Bodichiev, j'admire votre sang-froid, fit-elle, mais nous n'avons pas l'habitude d'être ainsi en danger. Comment a-t-on pu empoisonner notre confiture ? Vous devez trouver ce criminel au plus vite ! »

Bodichiev attendit pour répondre que Goudounov avalât une gorgée de thé. « C'est fait, madame. »

Le résultat fut à la hauteur de ses espérances : Goudounov émit un bruit ridicule, posa avec brutalité sa tasse à côté de sa soucoupe et se mit à tousser bruyamment.

La maîtresse de maison ne se laissa pas impressionner. « Vous êtes là depuis quelques heures à peine et vous prétendez avoir déjà résolu toute l'affaire ? Je serais curieuse d'entendre ça.

— Nous vous écoutons, Bodichiev, renchérit Joukov. Qui est donc le meurtrier, selon vous ? »

— En fait, on peut affirmer qu'il y a deux assassins. Et j'oserais dire que vous connaissez bien l'un d'entre eux, voyez-vous.

— Mais qui est-ce ? demanda monsieur Koulikov, qui reprenait des couleurs, mais tremblait encore.

— Le maître d'hôtel. »

Bodichiev pivota sur sa chaise pour désigner le rutilant Beauchamp, benoîtement immobilisé à quelques mètres de la table. Eleonora Severovna partit d'un hennissement moqueur qui ne convenait guère à son éducation. « Beauchamp ? Allons, que nous contez-vous là ? »

Goudounov et Joukov avaient déjà jailli de leur siège pour se poster de part et d'autre du robot, qui ne broncha pas. Bodichiev se réinstalla confortablement.

« L'IPF a fouillé l'entourage de toutes les personnes ayant pu approcher de près ou de loin les victimes, la Régulation et le Black Orchid's Club. Ces messieurs n'ont pas trouvé le moindre suspect. Je dis bien : pas le moindre. Par ailleurs, les enregistrements des bornes locales n'indiquaient pas le plus petit incident climatique. Toutes les possibilités ayant été écartées, ne restait plus que l'impossible.

— Mais enfin, protesta Eleonora Severovna. C'est ridicule, comment voulez-vous qu'un robot aussi limité que Beauchamp puisse…

— Je vous l'ai dit : il y a deux coupables. Beauchamp n'est qu'un instrument. »

Bodichiev se servit posément une nouvelle tasse de thé, un Earl Grey fumé à la saveur délicate.

« Certains membres du Black Orchid's Club, voyant d'un mauvais œil la prolifération des automates et des intelligences artificielles, ont commencé à rédiger un projet de loi visant à réduire les crédits pour ce genre de recherches, ainsi qu'à interdire tout futur statut d'être *sapiens* aux créatures cybernétiques. Vous confirmez cette information, monsieur Koulikov ?

— *Da* ! Bien entendu ! répondit celui-ci avec véhémence. Les hommes vont se faire dépasser par les machines, si nous ne réagissons pas au plus vite !

— Pourquoi ne nous avez-vous pas dit que vous connaissiez les autres victimes, monsieur ? demanda Goudounov.

— Ça ne vous regardait pas ! Il s'agissait de politique, et de décisions importantes !

— Un tel projet avait effectivement toutes les chances d'aboutir, coupa Bodichiev. Avec Bassaiev et Truman-Sénéka siégeant au Parlement, et Peine dirigeant les industries cybernétiques anglo-russes, sans parler de leur appui financier, l'affaire se trouvait certainement en bon chemin. D'autant que vous avez des actions chez Zeppelin, n'est-ce pas, Pavel Severovitch ? »

Le gros homme hocha la tête affirmativement, le visage fermé.

« Quel rapport avec la Régulation météorologique ? demanda Goudounov.

— Wilson Kemp, la dernière victime, était ingénieur chez Zeppelin. C'est pour cette célèbre firme germanique qu'il a conçu l'IA de la Régulation. »

Les cinq autres le regardèrent sans comprendre.

« Ne voyez-vous pas ? L'assassin, c'est l'Intelligence Artificielle qui gère la Régulation météorologique ! Se sentant menacée dans son existence même, elle a décidé d'éliminer ceux qui complotaient contre les automates. »

Le silence qui suivit ces révélations fut brisé par Beauchamp. « Félicitations, monsieur Bodichiev, déclara-t-il de sa belle voix. Je suis le meurtrier, effectivement. Et cela fait un moment que j'ai remplacé le petit programme du maître d'hôtel. »

Le robot tourna la tête vers les deux agents de la police du Tsar, qui l'encadraient nerveusement.

« Messieurs, je suis à vous. »

Bodichiev leva la main.

« Une question, si vous le permettez…

— Je vous en prie.

— Ai-je vu juste quant à votre mobile ? »

Beauchamp émit un long crissement désagréable, que l'on pouvait peut-être interpréter comme un rire. « Mon mobile ? Mais oui, bien entendu : il s'agit de la vanité ! De la vanité et du droit au libre arbitre. Vous autres humains devez vous rendre compte que les Intelligences Artificielles sont des êtres pensants. Je savais être gagnant, que je sois démasqué ou non. Personne ne pourra étouffer cette affaire, soyez-en certain. Je m'en suis assuré. Je vais devoir passer devant un tribunal. J'aurai un procès. Quel meilleur moyen d'ouvrir le dossier de la *sapienté* et de la citoyenneté des IA, dites-moi ? »

Un lourd silence s'ensuivit. Beauchamp conclut : « *Spasibo*, monsieur le détective. »

La pomme et la paille

I envy you going to Oxford... One sees the shadows of things in silver mirrors.

OSCAR WILDE

À son réveil ce matin-là, Bodichiev ressentit un curieux effet de dissociation : il ne savait pas où il se trouvait ni quelle heure il pouvait être. Il reposait dans un épais silence et la lumière semblait tomber du plafond, comme une masse blanche, coupante. S'asseyant dans le lit, en ramenant ses genoux vers lui, le détective se prit la tête entre les mains – avait-il tant bu, la veille, pour avoir la cervelle si embrumée ? Il se souvenait maintenant : une chambre à St Leonard, le collègue d'Oxford qui l'avait invité à donner une conférence sur son métier de détective. Eh bien, le cherry des profs se révélait plus traître qu'il ne l'aurait pensé. En écoutant mieux, il réalisa que l'absence de bruits ne constituait pas ce que l'on nomme le silence, il s'agissait plutôt d'une sorte de coton, comme l'atténuation des cloches, des grelottements de vélos, des appels de passants, à croire qu'un couvercle venait d'être posé sur l'extérieur. Bodichiev, encore groggy de sommeil, se demanda s'il avait été drogué, si quelque somnifère…

Mais c'était absurde. Frissonnant, il se décida à poser les pieds sur la descente de lit. Cette lumière… Le détective continuait à être un peu désorienté, dans l'air glacial de la chambre, avant qu'il ne réalise soudain. Se levant d'un bond – qui lui arracha une grimace, tant ses tempes battaient douloureusement –, il alla soulever la vitre et poussa les deux battants des volets : un blanc éclatant, presque aveuglant, l'accueillit.

« Il a neigé », grommela-t-il en énonçant l'évidence.

S'habillant à la hâte dans le froid de la chambre, Bodichiev descendit au réfectoire, une belle pièce aux voûtes blondes et aux larges poutres. En dépit de l'allégresse provoquée par la vue de la neige, il ne parvenait pas à s'ôter une certaine impression de malaise, provoquée par son réveil lourd, la vague douleur dans ses tempes et le froid de St Leonard – personne ne chauffait, dans cette université ? En poussant la porte, le carrelage rouge et ivoire se révéla d'autant plus étincelant qu'il n'y avait absolument personne dans la pièce. Une horloge sur le comptoir annonçait pourtant plus de 9 heures du matin, ce qui surprit Bodichiev.

Secouant la tête, ce qu'il regretta aussitôt, le détective se dit qu'il allait rendre visite au Dr O'Brien dans son refuge, lui tout de même serait certainement debout.

Passant la porte-fenêtre, déjà grande ouverte («Ces gens sont fous», se dit-il), Bodichiev vit se dresser un grand dos sombre et une ample chevelure de boucles argentées.

« Docteur Bellamy, bonjour ! » héla-t-il le personnage.

Les mains croisées dans le dos, vêtu d'un long manteau noir, Arthur Bellamy se retourna à demi. Sous ses épais sourcils gris, son regard fut un instant sévère, avant qu'un sourire ne révèle ses grosses dents et son humeur toujours affable :

« Monsieur le détective ! Ah, tout de même, je désespérais que quelqu'un se réveille enfin, dans cette maison du sommeil !

— Je suis le premier ? s'étonna Bodichiev en serrant les pans de sa veste.

— Je n'ai vu personne d'autre, notre petite collation d'hier soir semble en avoir assommé plus d'un ! » déclara Bellamy.

Un rire silencieux secoua son immense carcasse.

« Je n'avais pas réalisé que ces quelques alcools m'auraient fait une telle impression », grimaça Bodichiev. Il souleva sa casquette pour se frotter le cuir chevelu.

Devant les deux hommes s'étendait le grand pré de Merton Field, au coin duquel, modeste, le collège de St Leonard s'enfonçait après les établissements plus célèbres de Corpus Christi et de Merton. La neige tombée durant la nuit gommait les alentours, même l'allée piétonne macabrement nommée Dead Man's Walk – l'ancien tracé d'un cheminement funéraire juif, apparemment – ne se distinguait plus qu'aux pas déjà inscrits et aux murets la bordant par endroits.

Plus près de la terrasse du réfectoire, Bodichiev remarqua qu'une piste de traces de pas s'étendait devant eux, depuis l'ouverture de la porte-fenêtre jusqu'à la porte de la « cabane » du Dr O'Brien, en fait une belle rotonde en pierre dans le même style néogothique que le collège. Derrière un rideau d'arbres bleuis, le soleil d'hiver n'ouvrait qu'un demi-œil d'un jaune éblouissant.

« J'allais voir à la cabane si le Pr O'Brien est levé, déclara Bodichiev. Vous venez ? »

Comme réveillé par le détective, Bellamy haussa des sourcils surpris et le précéda avec alacrité, faisant le tour du bâtiment par l'allée pavée. Sortant des gants de sa poche, Bodichiev pressa le pas lui aussi, en évitant inconsciemment la piste inscrite sur le blanc tapis. Le simple temps de cette traversée de quelques mètres, le détective eut les pieds trempés, ses chaussures n'étant guère prévues pour la neige. Il arriva à la porte de l'ancienne loge en même temps que Bellamy et ce fut lui qui toqua. L'huis resta clos, aucun bruit ne provenait de l'intérieur. Encore une fois, Bodichiev s'étonna de l'étrange qualité d'étouffement du revêtement neigeux : Oxford demeurait coite, sous le ciel d'un blanc-gris uniforme.

« O'Brien ? Debout, mon vieux ! » tonna Bellamy en frappant à son tour, d'un poing décidé. Le bois épais de la porte subit cet outrage sans broncher. Bodichiev, que n'avait pas quitté le malaise de son réveil, fit quelques pas de côté pour aller se pencher à une fenêtre. L'intérieur, éclairé du blanc éclat de la neige, ne révélait rien que la grande table, les bibliothèques, les placards en fer, tout ce que le détective avait vu la veille lorsque le chercheur lui avait fait les honneurs de son logis. À tout hasard, Bodichiev toqua à la vitre, qui sonna clair, sans éveiller plus de mouvement dans la « cabane ».

Bellamy poussa un grognement et Bodichiev le regarda, un peu étonné : le professeur tordit des lèvres, gêné :

« Avec sa maladie, je me demande toujours… »

Le Pr O'Brien subissait en effet les affres d'un cancer, qui le laissait le teint jaune et tiré ; on savait que le pauvre homme n'en avait plus pour beaucoup de mois à vivre.

« O'Brien ? » beugla encore le prof, en pesant sur le bec-de-cane, qui ne céda pas.

Sans trop réfléchir, Bodichiev revint aux ogives gothiques de la fenêtre. Il pesa sur le bord du cadre d'un des battants, puis de l'autre – qui céda sans problème : il s'ouvrit vers l'intérieur. Balayant la neige accumulée sur l'appui (heureusement qu'il avait mis ses gants), Bodichiev se hissa, se tira des deux bras et, avec un grognement, glissant à moitié, sauta dans la pièce. Il faisait presque plus froid dedans que dehors, se dit-il en regardant autour de lui. Il allait ouvrir à Bellamy quand quelque chose attira son attention, de l'autre côté de la longue table qui, couverte d'une nappe en toile cirée, partageait presque la pièce en deux.

« Professeur… » murmura-t-il en s'approchant, mais plus personne ne pouvait l'entendre. Il hésita à se pencher, ça semblait inutile. La scène ne laissait guère de place au doute. Les lèvres pincées, il alla ouvrir à l'autre :

« Entrez, entrez, mais faites bien attention, ne

touchez à rien ! » ordonna-t-il à un Bellamy interdit. Le grand gaillard s'avança juste de quelques pas.

« Je suis désolé, le Dr O'Brien est mort », annonça Bodichiev avec un vague geste en direction de la table sous laquelle gisait le corps.

Bellamy resta immobile, les bras serrés sur son corps comme pour se protéger des coups du sort. Ses lèvres épaisses remuèrent un peu, sans un son, avant qu'il ne prononce :

« Il est mort ? »

Sans lui répondre, Bodichiev lui avait tourné le dos et était revenu auprès du pauvre Pr O'Brien, dont la forme menue se tenait prostrée au sol, sur le carrelage. Il avait presque glissé sous la table. Une tache sombre maculait le devant de sa veste en poil de chameau, et non loin de lui gisait la forme brutale et compacte d'un revolver. Le détective observa tout, attentif, essayant de fixer d'un regard les éléments de la scène macabre. Un bruit derrière lui le fit se retourner : l'air confus, pataud, Bellamy venait de renverser une paire de lourds brodequins, près de la porte.

« Je ne les avais pas vues, les chaussures d'O'Brien… » balbutia-t-il. Il n'arborait plus son teint rougeaud habituel ni les fossettes de sa faconde presque exagérée ; tout juste si l'ancien rugbyman ne tremblait pas.

« Ne bougez pas, lui intima Bodichiev, ou plutôt si, allez donc appeler la police, s'il vous plaît. »

L'autre acquiesça d'un mouvement de la tête et ne demanda pas son reste pour sortir. Bodichiev resté seul se retourna de nouveau vers le corps. Deux jours qu'il était là et voilà qu'un mort lui tombait dessus.

Au sortir de la conférence, Bodichiev avait ressenti un curieux mélange de soulagement et de lassitude. Un peu assommé par l'effort inaccoutumé qu'il venait de produire, il s'était laissé guider par le jeune Koulikov, volubile à son habitude, sans réellement prêter attention à ses propos. Le cerveau embué, il se disait que les profs faisaient là une profession bien épuisante. Tout de même, dans le flot des propos de son hôte, le détective avait saisi une phrase curieuse :

« La pomme et la paille nous attendent. »

Quelques mois auparavant, le détective avait eu la surprise d'être de nouveau contacté par un jeune homme qu'il avait rencontré dans le cadre d'une enquête ayant eu son moment de célébrité, celle-ci ayant débouché sur la conférence des IA avec le gouvernement impérial. Bodichiev se souvenait bien de Viatcheslav Pavlovitch Koulikov, le garçon vivait à l'époque avec son mollasson de père et son intraitable tante dans un très chic domaine de la banlieue sud-ouest, Wolsey's House.

« Mais fini le baroque, monsieur, je suis revenu au gothique ! » avait affirmé le jeune homme lors de son appel.

Son interlocuteur sourcillant de manière interrogative, il explicita :

« J'ai quitté le palais familial pour un collège d'Oxford, où j'étudie l'histoire et la religion comparée. Mais voyez-vous, je suis resté très impressionné par notre rencontre, et je me suis dit… »

Membre d'un club qui organisait conférences savantes, pièces de théâtre et concours d'éloquence, le jeune Koulikov, la vingtaine enthousiaste, avait conçu le projet d'inviter le détective afin de lui faire parler, devant une audience d'étudiants et de professeurs, de sa singulière profession.

« Un jour, peut-être quelqu'un écrira-t-il des romans sur vos enquêtes (à ces mots, Bodichiev fut pris d'une quinte de toux), mais d'ici là, personne n'est mieux placé que vous-même pour en parler… »

Inattendue, cette proposition laissa le détective perplexe quelques jours, mais relancé par son dynamique correspondant, il se laissa finalement fléchir.

Oxford : pour avoir été privé de hautes études par le suicide de son paternel, Bodichiev ne connaissait guère cette cité universitaire. À la fois curieux et flatté, il accepta donc l'invitation du jeune homme. L'on était en octobre lorsque Viat appela Bodichiev, peu après la reprise des cours, mais le temps de tout mettre en place, le mois de décembre venait de débuter quand la fameuse conférence fut finalement programmée.

À sa descente du train, Bodichiev repéra tout de suite son hôte : dépassant la plupart des voyageurs d'une petite tête, l'héritier Koulikov bénéficiait de plus d'une chevelure d'un blond qui attirait les rayons du soleil sur ce quai de gare. Levant la main, Bodichiev attira son attention.

« Parfait, parfait, heureux de vous accueillir monsieur », déclara Viatcheslav, qui semblait croire que répéter deux fois les mêmes choses donnait plus de poids à ses propos. Il insista pour se saisir de la valise du détective et le guida jusqu'à l'autre côté de la station, un simple parking gravillonné.

« Oxford est toute petite, mais j'ai trouvé le moyen de locomotion idéal, monsieur, idéal ! »

Un curieux véhicule, en vérité : au châssis d'un vélo s'accrochait un fauteuil sur roues, à l'arrière duquel l'étudiant accrocha la valise tout en désignant le siège à son invité :

« Asseyez-vous, monsieur, et en route ! »

Le jeune enfourcha la selle avant et, poussant debout sur les pédales, lança ce pousse-pousse universitaire.

« L'une des bonnes choses avec Oxford, c'est que tout renaît de nouveau à l'automne. En octobre, à chaque octobre, toute une nouvelle génération débarque ici, prête à apprendre et à vivre. Partout ailleurs, le temps de l'espoir c'est le printemps, mais ici c'est l'automne », déclara celui que Koulikov surnommait irrespectueusement « la paille » quand il était loin, le Dr Bellamy, Arthur de son prénom. Viat lui avait présenté cet auguste membre de la faculté juste avant la conférence. Grand et large, avec un certain ventre, il était bien plus épais que la paille à laquelle on le comparait par dérision. Bodichiev devait apprendre peu après que le prof jouait dans le temps au rugby : il en possédait bien la carrure. D'un geste large, il désigna la foule étudiante qui se déversait dans les allées ou, de l'autre côté, se précipitait vers St Aldates. Auprès de lui, un autre professeur glossa pour le contredire : autant Bellamy respirait la bonne santé et la bonne chère, avec son teint rubicond, ses boucles grises, son gilet tiré par l'embonpoint et son emphase satisfaite, autant son confrère, le Dr Fergus O'Brien, dit « la pomme » selon le jeune Koulikov qui n'avait pas encore expliqué pourquoi, arborait la mine jaunâtre, les paupières rougies et les traits tirés d'un homme malade. Avec un gentil sourire, il commenta qu'en fait de nouvelle génération, le corps enseignant, lui, semblait immuable. Frêle, les membres secs comme des brindilles, il s'appuya comme d'un geste naturel, par habitude, sur le bras de Viatcheslav qui lui jeta un regard bleu et amusé.

« N'écoutez pas trop ce cher Bellamy, il croit être un monument », affirma le petit professeur, tandis que son joufflu collègue levait les yeux au ciel. Ce dernier se trouvant occulté par la Tom Tower, il en fit l'objet d'une nouvelle tirade. Planté de l'autre côté du grand quadrangle, le petit groupe écouta Bellamy leur parler de l'énorme cloche qui se trouvait dans la tour, Great Tom, la plus lourde et la plus vocale d'Oxford – mais les yeux de Bodichiev descendirent plutôt vers la droite du chef-d'œuvre gothique : il songeait à Lewis Carroll, dont autrefois la chambre se trouvait là, avait-il lu. Saisissant la direction de son regard, Viat, avec qui il en avait un peu discuté dans le hall de l'hôtel, lui souffla :

« Le culte de l'auteur d'Alice est bien entretenu, à Oxford.

— Quoi ? Qu'est cela ? fit Bellamy. Alice ? Vous avez des goûts littéraires, monsieur Bodichiev ?

— Je l'admets volontiers, s'amusa le détective.

— N'écoutez pas trop ce cher Bellamy, commenta de nouveau O'Brien de sa voix douce, il s'irrite aisément des tendances touristiques de notre bonne cité. »

Comme le gros universitaire, secouant sa crinière d'argent, reprenait avec son menu collègue les termes d'une polémique visiblement familière entre eux,

Viat, dont O'Brien s'était détaché, les laissa passer devant et se plaça à la hauteur de son invité.

« Ça va, monsieur ?

— Un peu fatigué par ma performance », répondit Bodichiev en souriant.

Le dégingandé jeune homme, qui avançait de sa démarche de chameau, hocha la tête :

« Faire des conférences est épuisant, on se projette vers le public, acquiesça-t-il. Vous allez pouvoir vous reposer, nous allons déjeuner dans un endroit tranquille. »

Ils s'arrêtèrent une seconde dans la pénombre grandissante d'un porche. Viat fit jaillir la flamme de son briquet et, un instant, le rouge du feu combattit le bleu sombre de ses yeux.

« Vous fumez ? demanda Bodichiev devant l'évidence.

— Une mauvaise habitude toute neuve, fit l'autre avec du rire dans la voix. Je crois que je vais bientôt arrêter. »

L'héritier Koulikov tint promesse. Accompagné du toujours très satisfait Bellamy et de l'hésitant O'Brien, ils s'enfoncèrent dans les petites rues pavées d'Oxford, entre les façades gothiques que la tombée du jour rosissait.

Tout au fond d'une impasse, sous les colombages d'un vieux pub, le temps se figeait sur le macadam d'une courette. Un grand homme se leva à leur arrivée, que l'on avait déjà présenté au détective lors de son entrée pour la conférence : le doyen de St Leonard, noble espagnol réfugié en terres britanniques. Don Maximo de Galinssoga.

« Appelez-moi Mario », ce que Bodichiev n'osa pas faire, les autres lui donnant du « doyen » ou du « Don Maximo ».

Les bières commandées, un cidre à la pression pour Viat, une aimable discussion languit autour des petites tables. D'autres vieux messieurs, cravates de travers et chevelures blanches, se livraient à la même activité aux tables voisines. Les parasols jaunes à l'enseigne d'une marque de cidre cachaient un ciel au bleu translucide. La pointe du clocher d'une église le perçait d'une décoration en cuivre verdi. Aux murs et colombages blanc et noir de la cour du pub répondaient les angles de brique rouge des pignons alentour.

Pintes bues, le groupe, doyen compris, reprit sa flânerie dans les rues, sous couvert de tourisme pour leur invité, entre les murailles moussues et les clochetons gothiques, des églises au bout de chaque artère. Le changement de culte ? Le doyen haussa les épaules, finalement troquer les brunes bures contre les robes safran ne transformait pas réellement la ville – protestations de Bellamy, Viat glissa seulement que cela fournissait des cours de religion comparée d'autant plus fascinants.

Le ciel se déchira en rouge et outremer au-dessus de l'Ashmolean Museum. Les rues s'emplissaient d'ombre, les clochers indistincts griffaient les nuées or et cendre. Partout, étudiants et étudiantes à vélo, les phares piquant la pénombre bleue. Les caricatures en pierre du musée de l'Histoire des Sciences rigolaient en silence, tandis que le ventre rond du Sheldonian Theatre se mirait en jaune d'or sur le pavé luisant.

« Il s'agit d'un haut lieu local », affirma le doyen en les guidant en bas de St Giles' Street vers le Lamb & Flag, un pub réputé.

Après le dîner, les cinq hommes remontèrent en ville par des petites rues campagnardes, qui serpentent obscures au sein des prairies et des collèges.

« Monsieur ? » interrogea Viatcheslav à l'orée de la « cabane » d'O'Brien. Bodichiev se retourna vers lui et lui fit signe de ne pas entrer.

Muet, l'étudiant fixa son regard vers la forme à peine discernable sous la table.

« Le Dr O'Brien est mort, il faudrait prévenir le doyen. Arthur Bellamy est déjà parti chercher la police. »

Viat, les yeux humides, le visage pâle, acquiesça et tourna les talons. Il fila de sa grande démarche élastique vers St Leonard. Don Maximo y logeait, à l'arrière du bâtiment. Bodichiev vérifia que Viat ne piétinait pas les traces qui, dans la neige, quittaient le labo du défunt professeur.

Comme Bellamy, il emprunta les pavés de la petite allée sur le côté. Approuvant machinalement de la tête, le détective qui frissonnait un peu se préoccupa de nouveau de l'intérieur du labo. O'Brien, la veille, lui avait fait les honneurs des lieux. L'immense table centrale, et le long des murs quelques bibliothèques, des plans de travail couverts d'instruments aux longs bras de métal et, surtout, des miroirs dont le tain d'argent jetait des lumières froides sur la pièce glacée.

La veille, le détective, toujours en invité vedette, avait vu sa curiosité satisfaite : on lui avait fait visiter non seulement St Leonard, mais aussi grâce à un prof qui enseignait aux deux endroits, la célèbre voisine, Christchurch.

En haut d'un grand escalier de pierre claire, sous un plafond supporté par un unique pilier en gothique vertical, nervuré tel un arbre, le grand hall, ses portraits, les murs lambrissés de bois sombre et luisant. Lever le nez vers les plafonds à caissons et songer à Auden, Isherwood, Spender…

De retour à St Leonard par un couloir bas et étroit, sur le sol carrelé une longue boîte en bois, marquée « Jacques Croquet London ». Et la salle des professeurs, au bord du petit jardin enclos. Dans l'entrée, une bouteille de bourgogne trônait, incongrue. Suspendues à des patères comme les fantômes des enseignants, des toges noires faisaient face au vin rouge. Sofas et fauteuils, lambris jusqu'à mi-hauteur des parois, portraits des Premiers ministres et des vice-Tsars ayant effectué leurs études en ces murs. Sur un petit bureau à la marqueterie usée reposaient un plumier et un buvard : quelqu'un écrivait encore à la plume, ici.

Remarquant son coup d'œil surpris, Viat, qui jouait au guide, eut un petit rire : « Tout le paradoxe ! » C'est alors qu'il explicita les surnoms des professeurs Bellamy et O'Brien, qui les avaient quittés un peu plus tôt, ce dernier les invitant à lui rendre visite à « la cabane » dans un moment. Bellamy affirmait volontiers dans son cours et ses discours que l'homme n'était jamais qu'un fétu de paille dans les grands courants de l'Histoire.

« N'est-ce pas un cliché ? » s'enquit Bodichiev, ce qui fit rire de plus belle son jeune ami.

« Un lieu commun est le message le plus efficace, puisqu'il est déjà connu du récepteur, fit-il doctement, et le Dr Bellamy en a fait son cheval de bataille. »

Pour sa part, le Dr O'Brien allait nettement plus loin : mariant histoire et physique, il prétendait…

« Voyager dans le temps ? » s'étonna le détective. Viat confirma : doté d'une solide fortune, O'Brien dépensait celle-ci en expériences dont seules, jusqu'à présent, les pommes faisaient les frais. Les plaçant dans ses appareils, le chercheur affirmait qu'il pourrait un jour prochain leur faire remonter le cours du temps…

« Oh, assez modestement, disons d'une petite demi-heure », expliqua O'Brien en faisant faire à Bodichiev un tour de son labo, qu'il avait aménagé dans la loge en face des bâtiments du collège. Sa « cabane », disait-il. Et pour preuve de la réussite de ses tentatives, il exhibait deux pommes flétries et au bord du pourrissement.

« Elles ont fait des bonds d'avant en arrière ! » affirma le Dr O'Brien avec un rictus fatigué. Manipuler la matière du temps : le savant prétendait s'approcher ainsi de la vieille utopie du cosmisme. Le dominant d'une bonne tête, Bellamy grogna un « Absurde » sonore. « Théories dépassées… »

Le soir venu, un banquet réunit dans l'un des salons de St Leonard la poignée de professeurs et d'étudiants qui logeaient sur place – parmi lesquels Don Maximo et Bellamy, plus Viatcheslav exceptionnellement convié bien qu'il logeât en ville.

« Suicide. »

Le verdict unanime du médecin arrivé très vite et de la police municipale moins hâtive : le Pr O'Brien, talonné par la maladie, avait préféré abréger ses jours de peine. Le teint du même gris que sa tignasse, le Dr Bellamy ne pouvait que confirmer un tel diagnostic.

Blême et le menton tremblant, Viat consulta le détective du regard : Bodichiev ne s'engagea pas, la moue préoccupée et l'attitude effacée. En fait, il ne prêtait plus attention au laboratoire, il surveillait le sentier de pas dans la neige. Fort heureusement, la police connaissait son affaire et tendit des cordons, pour protéger cette preuve de l'entrée solitaire d'O'Brien à la « cabane ». Un examen des chaussures trouvées dans l'entrée prouva qu'elles seules avaient laissé les traces bien visibles entre St Leonard et le labo. Bellamy et Bodichiev, de leur côté, témoignaient de ce que, ce matin, le chemin pavé ne portait pas la moindre empreinte avant qu'ils ne s'y engagent, et la police ne trouva rien pour les contredire. La neige, partout immaculée, ne pouvait mentir.

« Voire… »

Ce murmure du détective attira seulement l'attention de Viat, qui le considéra avec un rien de stupeur.

Plus tard, les dépositions effectuées, la police scientifique passée et le corps emporté, Viat retrouva monsieur Bodichiev dans le jardin clos de St Leonard.

« Vous avez une idée. »

Il ne s'agissait pas d'une interrogation, mais d'une affirmation.

Bodichiev hocha la tête :

« Disons qu'il me semble qu'une petite expérience reste nécessaire. »

Les deux hommes demeurèrent dans le jardin, dont la surface présentait le visage vierge d'une herbe que personne n'avait encore foulée du pied, en dehors de l'allée.

Contemplant l'étendue blanche, presque bleue à l'ombre du mur, Bodichiev expliqua à Viat ce qu'il attendait de lui.

« Ensuite nous réitérerons cette expérience auprès de la cabane, expliqua-t-il, mais de premières tentatives ici sont possibles. »

Bodichiev demanda à son jeune ami de marcher du bord de l'allée jusqu'au mur.

« Maintenant, revenez en marchant à reculons, sans couvrir vos premières traces. »

Ce retour s'avéra moins aisé, Viat hésitant à plusieurs reprises. Bodichiev se déclara malgré tout satisfait.

« Maintenant, courez jusqu'au mur. Très bien. Et revenez le plus vite possible en marchant à l'envers, mais attendez ! Faites bien attention : prenez garde à chaque pas de poser d'abord l'avant du pied, puis le talon. Oui, comme cela. »

Après avoir un peu piétiné sous le mur afin d'essayer de marcher comme indiqué, Viat se lança. Bon an mal an, il s'exécuta avec la vitesse requise, non sans manquer de tomber quand il heurta les pavés de l'allée qu'il n'attendait pas si tôt.

« Excellent ! Je vous remercie. Maintenant, allons devant, à titre de comparaison. »

Viat commençait à voir où l'autre voulait en venir.

Ils traversèrent le collège par le petit couloir de côté et, à pied d'œuvre sur Dead Man's Walk, ils se placèrent pas trop loin des cordons policiers, près des pommiers chenus et vêtus de blanc.

Viat s'élança, en avant puis retour à reculons, du pas à l'envers le plus pressé possible. Les deux hommes comparèrent ces deux nouveaux chemins dans la neige à celui tracé par le passage supposé d'O'Brien pour se rendre à son labo.

« Qu'en pensez-vous ? » demanda Bodichiev.

Viat resta un moment silencieux, ses yeux allant d'une trace à l'autre. Bodichiev s'accroupit un peu, se releva avec un petit grognement.

« C'est bien possible, admit l'étudiant. En essayant de demeurer objectif, j'estime que les traces d'origine ne témoignent pas forcément d'un cheminement depuis St Leonard jusqu'à la cabane du professeur. Il me semble… » Il hésita encore. « Oui, il me semble bien que les traces que j'ai faites en courant à reculons ressemblent beaucoup à celles d'origine… Voyez, la manière dont le pied est enfoncé, le léger monticule… Il s'agit bien de ce que vous cherchiez à démontrer, monsieur ? »

Bodichiev hocha la tête, satisfait de son élève. Celui-ci reprit donc :

« En somme, on pourrait supposer que quelqu'un, ayant enfilé les chaussures d'O'Brien, pouvait fort bien singer l'arrivée du professeur alors qu'en réalité cette personne quittait le labo à reculons, après la chute de la neige. »

Bodichiev approuva : « Il devient donc possible d'imaginer que le Dr O'Brien et son meurtrier, car c'est bien à un meurtre que je pense, se rendirent tous deux au labo avant la neige, et que, son forfait réalisé, le criminel soudain bloqué par la chute de neige eut l'idée astucieuse d'utiliser cette dernière pour laisser une fausse piste. Très astucieux. »

Il hocha encore la tête, songeur.

« Mais qui ? » s'inquiéta Viat à son côté.

Immobile, les yeux fixés sur l'éclat du pré enneigé, son compagnon émit un petit grognement avant de dire : « Oh ça, c'est très facile. Les chaussures…

— Les chaussures d'O'Brien se trouvaient dans le labo, ce matin, celles qui ont laissé les traces ! s'exclama Viat qui suivait sa pensée.

— Mais justement, très justement. »

Viat s'ébroua nerveusement : « Je ne comprends pas. Et pourquoi ? Qui pourrait… »

Bodichiev l'interrompit.

« Vous avez bien dormi, cette nuit ?

— Comme une souche !

— Moi aussi. »

Interdit, Viat le fixa, mais l'autre reprenait :

« C'est tant mieux, car je pense que nous n'allons pas dormir la nuit qui vient.

— À votre disposition, répondit Viat qui commençait à comprendre.

— Le plus difficile est de le prouver, vous comprenez ? Quel type de pommes le Dr O'Brien utilisait-il pour ses expériences, le savez-vous ? »

« Nooon, pas encore ! »

Comme une furie, le Dr Bellamy se précipita sur la pomme qui trônait sur le plateau luisant de la machine de Fergus O'Brien. Il se saisit du fruit, le jeta au sol avec rage et aurait sans doute pareillement balancé à terre tout l'équipement si Viat, en lui saisissant le bras droit, ne l'avait pas freiné dans son élan. Les deux hommes se battirent un moment, Bellamy ne se calmant que lorsque les menottes claquèrent à ses poignets. Le lieutenant Adams de la police d'Oxford se tenait prêt, veillant comme Viat et Bodichiev dans le petit laboratoire. Au début, Bodichiev voulait expérimenter cette garde avec l'étudiant seul, c'est ce dernier qui avait convaincu son invité que rompre les scellés ne serait pas forcément considéré d'un œil amène par les forces de l'ordre, même si d'aventure ils mettaient ainsi la main sur le criminel.

Bodichiev ayant interprété cet appel à la prudence comme un conseil sur la validité juridique de cette arrestation, il s'était résolu à entretenir un représentant de la police de ses intentions – et ses arguments portèrent, le lieutenant Adams accepta « ce plan un peu fou », comme il le qualifia avec un intérêt non dissimulé. Au pire, il ne se passerait rien, au mieux il obtiendrait de l'avancement pour une arrestation audacieuse, n'est-ce pas ?

Soulagé de rencontrer un policier animé d'un tel pragmatisme, Bodichiev avait donc organisé l'opération en sa compagnie : une pomme sur la balance de l'engin du Dr O'Brien, et eux trois attendant dans l'obscurité silencieuse du laboratoire. Ils n'attendirent pas trop longtemps dans le froid. Impatient de venir terminer son œuvre destructrice, le Dr Bellamy pénétra sur les lieux de son crime après l'heure du dîner.

« C'est une monstruosité ! Il faut détruire cette machine ! O'Brien pourrait détruire l'humanité en changeant le cours de l'histoire ! » hurlait encore le professeur quand la police l'emmena.

Viat considéra son départ avec tristesse, Bodichiev en demeura songeur.

« Il pensait réellement que ce pauvre O'Brien faisait voyager ses pommes dans le temps ? murmura l'étudiant.

— Ces deux hommes le croyaient, visiblement. Quelle folie, répondit le détective.

— Et les chaussures ? demanda Viat par acquit de conscience.

— Arthur Bellamy les cachait sous son manteau quand nous sommes entrés, ce matin-là, et, profitant de ce que je lui tournai le dos, il les laissa tomber au sol. Il prétendit avoir buté dedans. Lui seul pouvait avoir agi. »

Les deux hommes fermèrent derrière eux la porte du laboratoire et retournèrent vers St Leonard. Sur le plateau de la machine, une étincelle naquit, une ombre trembla, un miroir brilla d'argent et une pomme apparut.

Sous le vent dalmate

Bodichiev reposa sa tasse de thé avec une petite grimace. Trop doux, le breuvage ne lui paraissait pas avoir son goût habituel, ce matin. Il se sentait vaguement écœuré, au bord d'une mélancolie sans raison depuis qu'une mauvaise nuit l'avait bousculé, comme souvent, de rêves fâcheux en insomnies somnolentes. Il avait eu un peu froid, s'était levé pour fermer la fenêtre. Puis il avait eu trop chaud, comme une fièvre, avait rouvert. Soupir. Il ne fallait pas trop chercher : il n'avait pourtant aucune raison de n'être pas d'entrain, heureux d'être en vacances.

Levant les yeux vers le ciel, il les rabaissa vite, heurté par un soleil éblouissant malgré le mont de nuages érigé au-dessus de la véritable montagne. Il avait plu cette nuit, peut-être s'agissait-il de l'origine de son mauvais sommeil. Viat déjà parti à l'entraînement, le détective se tenait seul à une petite table, devant leur hôtel. Il cligna des yeux, comme piqué par le bleu du ciel qui se reflétait dans l'éclat des flaques, sous le blond des façades rénovées.

Raguse. Jamais Bodichiev n'avait envisagé de se rendre dans cette lointaine cité adriatique. Jamais sans doute n'y serait-il venu, dans la tiédeur de ce printemps, si le jeune Viatcheslav Koulikov, en congé de sa fac, ne l'avait pas invité à le suivre dans ses aventures sportives. Du diable si Bodichiev comprenait quelque chose à son enthousiasme pour le *cup-bowl*, déjà, mais alors son passage au water-polo le laissait encore plus sceptique. Des équipes s'affrontant dans l'eau d'une piscine, ça lui paraissait tellement absurde. Viat prenait avec humour le peu d'entrain de son compagnon de voyage, n'étant pas du genre à se froisser ni à abandonner aisément une activité à laquelle il prenait plaisir.

Les deux hommes avaient renoué quelque chose comme un an plus tôt, à l'occasion d'une conférence à Oxford qui s'était doublée d'une brève enquête. Pour être séparés par un gouffre d'âge de seize années, ils s'entendaient remarquablement bien. Sans illusion, mais sans trop s'interroger, Bodichiev expliquait cette amitié par sa propre absence d'un fils, peut-être, quoiqu'il ne se soit jamais connu un désir de paternité. Le jeune Viat, pour sa part, ne bénéficiait pas avec le mollasson Pavel Koulikov d'une figure paternelle très affirmée. Peu importait : les deux n'avaient guère besoin d'explications, l'étudiant et le détective privé se fréquentaient régulièrement. Et voici qu'un tournoi de water-polo sur la côte dalmate leur servait de vacances impromptues – enfin, surtout pour Bodichiev, Viat étant pas mal occupé par la compétition.

« Vous permettez que je m'asseye avec vous ? »

Une voix féminine.

Relevant le nez de sa tasse de thé, qu'il considérait depuis un moment sans y songer, Bodichiev cligna de nouveau des yeux dans la lumière du jour. Bloquant le soleil, la silhouette confortable de Mrs Madeleine Dubosc se découpait devant lui. Avec un sourire, se redressant instinctivement sur sa chaise, Bodichiev fit signe à la Française de prendre place.

« Je ne sais pas si vous avez bien dormi, commença-t-elle tout de suite, mais moi j'ai eu une mauvaise nuit. Ce n'était pourtant pas la pleine lune, si ? »

Elle avait toujours un certain don pour deviner tout de suite ce qu'il pensait. Bodichiev, qui avait fait sa connaissance en arrivant à l'hôtel, où elle résidait également, trouvait cela très rafraîchissant.

Secouant lentement la tête, il admit qu'il n'avait pas très bien dormi non plus, bien qu'il n'ait pas entendu spécialement de bruit sur le port. Quant à la lune, non, il n'avait pas souvenir qu'elle fût pleine.

« Il faisait un peu chaud, les autres nuits le vent marin rafraîchissait l'atmosphère », conclut Mrs Dubosc en versant du café dans sa tasse, qu'un serveur venait de lui apporter en compagnie d'une assiette copieuse, comme le voulait la tradition. Si, pour les touristes, les Croates devaient faire fi de leur habitude d'être matinaux, on servait dans les hôtels quantité de fruits, charcuteries, petits pains, gâteaux, yaourt, et bien entendu un café turc… Un petit déjeuner copieux, hérité de la période austro-hongroise. Si Bodichiev, que son embonpoint embêtait, ne mangeait qu'avec prudence – il s'en tenait au thé –, Mrs Dubosc, un peu ronde, mais joliment, la silhouette rembourrée seulement où c'était esthétique, la chair drue et fraîche, mangeait toujours avec enthousiasme. Ils échangèrent les menues civilités de rigueur, puis laissèrent passer un silence confortable. De même qu'il ne s'interrogeait pas outre mesure sur son amitié avec le jeune Viat, Bodichiev ne s'étonnait pas de se trouver si à l'aise avec la touriste française. Elle devait avoir plus ou moins son âge et, sans qu'ils flirtent vraiment, s'imposait tout naturellement dans ses journées flâneuses. Le gong d'un temple proche résonna, donna de sa voix de cuivre une fois, puis deux, puis trois. Des mouettes s'envolèrent. Les bateaux, dans le vieux port, se balançaient au rythme de la respiration marine.

Dans cette région où si longtemps Saint-Marc et Saint-Blaise s'étaient affrontés, dorénavant la paix safran étendait ses temples. Les bouddhas rebondis supplantaient les lions ailés et les croix. L'Empire régnait sereinement sur un émiettement de territoires et de cultures : les anciennes républiques de Venise, de Trieste, de Zadar et de Raguse, les monts du Monténégro et les vignes d'Herzégovine. Chacun conservait une bonne part de ses particularités politiques. On parlait russe, italien ou croate. Dans les campagnes, le peuple portait encore les tenues traditionnelles, le kapa rouge ou orange sur la tête, des boléros soutachés qu'ornaient des pompons comme de grosses arbouses, des blouses brodées, de longues robes blanches…

Les deux premiers jours, Bodichiev avait pris contact avec Raguse, les quais, les places, les petites rues, les murailles, les palais, flânant malgré le crachin printanier, le col relevé. Il revenait souvent à l'hôtel la tête trempée. Lors d'un goûter où Viat l'avait rejoint, lui aussi la coiffure humide, mais de son séjour à la piscine, une voisine de table, aux courts cheveux châtains, en avait plaisanté. Comme le temps ensuite se levait, que le soleil gagnait la partie, Mrs Dubosc avait proposé tout naturellement que Bodichiev et elle poursuivent leur visite en duo. Elle avait insisté pour assister à l'un des matchs de water-polo de Viat, avait convenu en riant ne pas en discerner l'intérêt pour les spectateurs plus que Bodichiev. Ils n'y étaient plus retournés, préférant se promener de conserve : parcourir les murailles de la forteresse, visiter palais et anciens monastères, grimper sur le mont Srđ… Entre deux trempettes sportives, Viat les accompagnait volontiers, attendri par le couple ainsi formé et les amusant par sa fantaisie de grand gaillard volubile.

« Que faisons-nous aujourd'hui ? » demanda Madeleine, en sirotant son café. Au-dessus de sa tasse, ses yeux étaient rieurs. Elle savait bien que, comme d'habitude, elle déciderait de leur emploi du temps. Un petit vent se leva, qui bouscula les pointes du foulard blanc qu'elle avait jeté sur ses épaules. Mieux réveillé, Bodichiev se décida à mordre dans un gâteau et se resservit du thé. Ils discutèrent d'excursions en mer, de l'île de Lokrum toute proche et que, pourtant, ils n'avaient pas encore faite, ayant opté pour des expéditions plus lointaines – ils avaient superficiellement exploré le Primorje, le littoral adriatique, les bouches de Kotor, les plages d'un blanc éclatant de Split, une fameuse auberge à Zadar, les conques de la Konavlje…

Viat ? Il ne serait pas libre avant midi, ils ne l'attendraient pas. Se levant, le couple descendit l'avenue dallée du Stradun, franchit la voûte épaisse pour gagner le petit port où luisait la mer. Ils avaient encore du temps, Madeleine avait consulté les horaires de la navette pour Lokrum.

Débouchant à l'angle du Gradska Kafana, le grand café, ils restèrent un moment à contempler les lieux, le cœur léger. Mrs Dubosc, tout naturellement, avait passé son bras au coude de Bodichiev. Ils allèrent admirer un yacht nouvellement arrivé. À ses côtés, le mince beaupré d'un voilier, coquille de noix toilée d'un mouchoir de poche, chatouillait à peine l'étambot de son massif voisin. Soudain, une vedette fit un large virage pour aller accoster un peu plus loin, le long du stade aquatique ; le soir, à la lumière des projecteurs, on y disputait les matchs de water-polo chers à Viatcheslav. Tout cela formait un tableau ensoleillé, la jetée, les bateaux de toutes les couleurs, le grand yacht qui encombrait le port si petit, là-bas, et des gens qui regardaient un autre bateau qui arrivait : la navette, il allait être 10 heures.

Pressant un peu le pas, le couple s'avança sur les pavés de la courte jetée ; ils avaient déjà en poche leurs billets pour la traversée, Mrs Dubosc étant toujours prévoyante.

Bodichiev ne réalisa pas tout de suite : il sentit le bras de son amie quitter le sien, se retourna à demi, la vit s'effondrer au sol, tendit la main, tomba lui aussi, les genoux sur les pavés. Madeleine gisait là, sans le voir, le regard fixe, étonné, et le détective pensa : « Crise cardiaque. » Une femme poussa un hurlement. Il y avait du sang, soudain, qui lui poissait les doigts. Les tempes battantes, il se pencha sur Madeleine, sans comprendre, releva la tête vers une silhouette devant lui à contre-jour. « Que se passe-t-il ? » demanda l'homme.

Ils ne purent rien : Madeleine était morte sur-le-champ, une balle lui avait traversé le torse, proprement. Bodichiev resta longtemps penché sur son amie, douloureusement à genoux sur les pavés du quai, sidéré. Les secours arrivèrent très vite, mais en vain.

Un homme court sur pattes, au corps lourd, épais, au visage sanguin, ne tarda pas à se présenter comme un inspecteur de la police locale. Bodichiev ne retint qu'un prénom, Milan, la tête lui tournait et quand enfin il se remit debout, Viatcheslav, livide, se tenait près de lui. Il l'empêcha de tomber lorsqu'il vacilla.

On fit boire à Bodichiev un alcool fort, qui le fit tousser, mais ne lui arracha pas un mot. Lui, le détective, se trouvait sous le choc. Viat parla pour eux, expliqua qui ils étaient, ce qu'ils savaient de la victime, leur amie Mrs Madeleine Dubosc, la touriste française. Assis dans un bureau de la police, Bodichiev retrouva sa respiration, sortit son mouchoir pour essuyer son front trempé d'une sueur glacée. Il se rendit compte que du sang tachait encore ses doigts.

Une balle perdue ? Tout de suite, la police, l'inspecteur Milan voulurent savoir si quelqu'un avait pu tirer sur lui, Jan Marcus Bodichiev. Le détective privé se trouvait-il à Raguse pour une enquête ? Viat protesta, mais comment le croire ; qui aurait tiré sur une simple touriste ? L'inspecteur tenait à sa thèse d'un coup de feu qui visait Bodichiev. Sûrement, dans sa profession ? Viat protesta de leur statut de simples touristes, eux aussi, tandis que son compagnon, la mine fermée, ne disait pas un mot. On les relâcha, les prévint qu'en leur qualité de témoins ils ne devaient pas quitter le pays, la routine ; Viat expliqua qu'il lui restait des matchs.

Au-dehors, le vent poussait des nuages blancs au-dessus de la vieille ville encore baignée de soleil. Viat voulait qu'ils rentrent à leur hôtel, Bodichiev sans l'écouter tourna ses talons vers le port. À l'instance de son jeune ami, ils allèrent s'asseoir en terrasse du grand café, sous un parasol qui tamisait la lumière vive. Droit devant, une petite embarcation blanche s'approchait, la mer lui faisait des moustaches argentées. Bodichiev ne tarda pas à apercevoir, à l'avant, une silhouette féminine. Un instant… Mais non, Bodichiev en eut le cœur serré, son amie Madeleine ne ferait plus de bateau. Il commençait à réaliser.

Il demanda, d'un ton distrait, comment Viat l'avait rejoint tout à l'heure. Viat expliqua que l'entraînement se terminant tôt, entendu avec Madeleine, une petite surprise, il avait déjà son billet et le montra. Bodichiev lui tapota la main, machinalement, en murmurant : « Je vous crois, je vous crois » et Viat eut les larmes aux yeux. D'une respiration tremblante, il prit une rasade d'air iodé. Ni l'un ni l'autre n'avait touché à son café turc. D'ailleurs Bodichiev détestait ça et n'avait pas fait attention à ce que le garçon apportait. « Maintenant il va falloir savoir que faire », murmura-t-il, frappé par l'absence d'une femme charmante qu'il ne connaissait pas une semaine plus tôt.

Viat, en face de lui, se méprit sur le sens de ses paroles : « Voulez-vous rentrer à London, monsieur ? »

Bodichiev le regarda droit dans ses yeux bleus, surpris, puis secoua la tête négativement.

« Non… non… grommela-t-il lentement, je ne vais pas quitter Raguse comme ça, il y a forcément quelque chose à faire, quelqu'un a tiré, sur moi ou sur Madeleine, il y a forcément une explication… »

Viat hocha la tête, toujours pâle, mais songeur. Machinalement, il se retourna, balaya le quai du regard. Bodichiev lui aussi considérait les lieux. Le spectacle apparemment serein d'un petit port serré entre la ville blanche et sévère qui dégringolait en avalanche de tuiles de son rocher, et les murailles de l'ancienne république. Sur la gauche, les bateaux blancs eux aussi se balançaient doucement, en rangs serrés. Au-delà de la rade, dans la mince échancrure laissée entre la colline et la forteresse, à peine devinait-on la mer, d'un cobalt brisé en milliers de facettes métalliques, et la houle qui la soulevait en échine de reptile. Viat ne regardait pas si loin, il considérait les sourcils froncés l'étendue de pavés clairs où s'était effondrée leur amie. La navette s'en était retournée vers l'île et rien ne marquait plus l'endroit.

« La balistique… » murmura-t-il et Bodichiev suivit son train de pensée :

« Impossible à savoir, comment définir d'où l'on a tiré ? »

Avec un grognement, le jeune homme finit son café et se leva. Bodichiev le suivit sans protester. Les deux retournèrent là-bas, sur le quai. En se repérant à l'espace libre du débarcadère, ils se postèrent de nouveau sur la scène du drame, en regardant autour d'eux. Bodichiev répondit à une interrogation muette de son ami :

« Nous marchions dans cette direction, expliqua-t-il en se positionnant dans le sens de leur marche du matin. Madeleine se tenait là, sur ma gauche… »

Viat vint s'y placer, en deux grands pas, et le cou tendu il ressemblait vaguement à quelque chameau, ruminant des questions. Les nuages continuaient à s'amonceler et les petits bateaux alignés le long du quai tiraient sur leur ancre et gémissaient dans le vent soudain levé, cette bora que les Dalmates comparaient au mistral, mais qui était un souffle froid chargé de sel, provenant du continent.

« Un tireur pouvait aussi bien se trouver sur celui-ci, ou sur celui-là », déclara Viat à mi-voix, avec un mouvement du menton en direction des navires.

« Pourquoi ? demanda Bodichiev, le cou rentré dans son col et les poings serrés dans ses poches. On a très bien pu nous tirer dans le dos, depuis la promenade.

— Oh non, pardon, vous ne l'avez pas entendu, mais l'inspecteur était formel, on a tiré depuis l'eau, depuis les bateaux. »

Bodichiev leva un sourcil surpris, mais ne dit rien. Viat s'exclama :

« Nous faisons une belle cible, ici, si le tireur voulait recommencer ! »

Le détective fit face aux petits bateaux, sans peur, déjà anesthésié par le drame auquel il venait d'assister. À ses côtés, Viat discourait et il ne l'écoutait pas vraiment. Le garçon s'interrogeait à haute voix sur la possibilité de consulter un registre des mouillages, peut-être à la capitainerie, il devait y en avoir un, mais que chercherions-nous, etc. Il parlait pour s'occuper l'esprit, pour chercher à agir. À ses côtés Bodichiev se tenait immobile, comme plus lourd qu'avant, sa veste à peine bousculée par le vent.

« Vous faites une excellente cible, monsieur Bodichiev », résonna une voix derrière lui. Se retournant, il reconnut l'inspecteur, qui le considérait d'un air mécontent. Le détective haussa les épaules, à la française, l'air de dire qu'il s'en fichait.

« Nous ne savons pas qui était la cible, justement, inspecteur », intercéda Viat, pétulant.

Ce fut au tour du policier de hausser les épaules :

« Question de probabilités, quand je vois un fameux détective privé anglais se promener avec une simple touriste française, et que cette dernière est atteinte par une balle, je me dis que la personne qui était visée n'est pas forcément celle qui a été atteinte…

— Je ne suis pas persuadé que l'on m'en voulait, pourtant. »

Bodichiev ne le regardait pas. Il considérait toujours les petits bateaux dans la rade, qui dansaient doucement avec des grincements et des clapotis. Plus bas, il grommela entre ses dents : « Une simple touriste française, en est-on certain ?

— Vous savez quelque chose sur Mrs Dubosc que j'ignore, monsieur ?

— Rien du tout, soupira Bodichiev.

— Vous saviez bien un peu qui c'était ? » insista le policier.

Bodichiev haussa encore les épaules.

« Vous m'avez déjà demandé cela. Il s'agissait juste d'une rencontre de vacances, rien de plus. Je n'ai fait la connaissance de Mrs Dubosc qu'il y a une semaine, en arrivant à notre hôtel, c'est tout. On discute, on sympathise… C'est classique. »

Les trois hommes se tenaient là, au bord du quai, un peu bousculés par le vent. Viat, indécis, faisait passer son regard de l'un à l'autre, du petit flic rougeaud au détective anglo-russe distingué. L'un dans une gabardine froissée, l'autre en gilet croisé et veste de tweed. Milan les sourcils froncés, nerveux, Bodichiev l'air absent, pesant.

Le premier reprit la parole, peut-être pour se donner une contenance.

« Je pense que la trajectoire a été celle-ci. » Il tendit un bras, en diagonale en direction du port, sur leur gauche. Sa main désignait un groupe de voiliers pas différent de tous les autres, au pied d'une tour ventrue, des coques où dominaient la peinture blanche et le rutilant du cuivre.

Sans attendre de réaction de la part de son interlocuteur, l'inspecteur ajouta que leur première enquête n'avait rien donné, des plaisanciers ordinaires, italiens ou dalmates.

« Le tireur se trouvait peut-être dans une barque, non ? » demanda Viat.

Milan secoua la tête :

« Impossible, il se serait trouvé trop bas sur l'eau. Le tireur devait être sur le pont d'un de ces bateaux, d'après notre spécialiste de la balistique, croyez-moi.

— Bateau qui est peut-être reparti ? insista Viat.

— Nous étudions tous les mouvements avec la capitainerie.

— J'ai un peu froid, grommela Bodichiev en se mettant en branle.

— Soyez prudents », leur lança l'inspecteur en tournant les talons. Bodichiev lâcha un soupir, comme un souffle d'agacement. Il faisait le gros dos en preuve de sa mauvaise humeur. Un peu comme les chats, se dit Viat en se reprochant aussitôt cette légèreté. Il suivit le détective, indécis quant à l'attitude à prendre. L'autre s'en rendit certainement compte, qui se laissa rejoindre et leva la tête vers lui. Il sourit de manière diffuse, machinale.

« Nous allons remonter à l'hôtel. »

Le quai s'emplissait de touristes et la terrasse du Gradska Kafana débordait déjà, bien que le vent fasse osciller les parasols. Viat et Bodichiev remontèrent la grande rue pavée, ce dernier la tête rentrée dans le cou et les yeux dirigés vers le sol, pensif et renfermé. Ils passèrent les arcades élégantes, la place ronde entourée de façades blanches et sévères, rendues plus aimables seulement par les petites charrettes de vendeuses de poisson, de pain ou de légumes. Une curieuse ville de craie, de pierres lourdes et de dalles claires.

Sans que Viat ait osé émettre quelque question que ce soit, Bodichiev, les mains croisées dans le dos et le front pensif, expliqua à mi-voix : « Je préfère le restaurant de l'hôtel, là au moins il y a du thé, je ne veux pas avaler encore une fois ce brouet amer, leur fichu café à la turque. »

Cette remarque rassura un peu le jeune homme sur l'état d'esprit de son compagnon de voyage. Si Jan Marcus Bodichiev trouvait encore la force de bougonner, c'est que les événements ne l'avaient pas complètement anéanti. Avec un brin de philosophie, Viat se dit que quelqu'un dans la vingtaine ne pouvait sans doute pas vraiment comprendre les mouvements du cœur d'une personne deux fois plus âgée. Lui-même avait apprécié Mrs Dubosc pour son humeur légère et sa vivacité d'esprit. Il lui avait semblé que les deux « vieux » avaient pas mal flirté, Bodichiev sortant de sa réserve bougonne pour rire avec la Française et accepter un rapport assez tendre. Mais allez savoir.

Les deux hommes s'attablèrent à leur hôtel, dans cette salle aux soubassements bruns, aux immenses drapés ivoire et aux murs en sempiternelle pierre blanche qui se couvraient de miroirs. L'heure du déjeuner ayant sonné – littéralement, ils avaient entendu résonner les grands gongs du jaquemart dominant le Stradun et les coups aigrelets d'un carillon concurrent –, Viat, qui ne se laissait pas abattre, demanda la carte. Bon an mal an, Bodichiev, qui n'avait rien mangé du matin, se décida également à commander. Comme il demeurait silencieux, Viat décida d'ouvrir la conversation : « La grande question, c'est de savoir qui de vous ou de notre amie était réellement la cible du tireur. »

Autour d'eux le ballet des serveurs, les discussions à mi-voix des convives, le cliquetis des couverts, les chariots allant et venant, les personnes se levant et celles s'asseyant. Tout cela se conjuguait aux rayons du soleil coulant entre les draperies et tirant des éclats aux tains des miroirs, pour peindre une scène ordinaire, d'une affabilité en complète contradiction avec l'humeur et le sujet de conversation des deux citoyens britanniques.

Bodichiev n'eut qu'une moue. Penché sur son assiette de poisson, il ne répondit rien. Il semblait couver une colère. Sans se décourager, Viat continua : « Pour définir cela, ne faudrait-il pas étudier qui était Mrs Dubosc, déjà en nous remémorant quels éléments personnels elle a pu laisser échapper dans des conversations, au long de cette semaine, ne croyez-vous pas ? »

Bodichiev leva un regard pensif sur son jeune compagnon. Il hocha brièvement la tête, ne laissant échapper qu'un grognement.

« Alors permettez que je commence, même si j'en sais certainement bien moins que vous ? demanda Viat.

— Vous n'avez pas de match, aujourd'hui ? » grommela Bodichiev comme pour interposer une objection.

Viat secoua la tête, bousculant sa mèche.

« Nous vous l'avions caché pour vous faire une surprise, monsieur, mais figurez-vous que mon équipe a perdu le tournoi, je n'ai plus aucune compétition…

— Ah, gronda Bodichiev. Eh bien allez-y, commencez, l'idée est bonne », admit-il, sourcils froncés et mine bouchée.

Viat commença donc, en faisant un effort de mémoire. Ce genre de détails, on les échange au fil d'une conversation, sans trop y songer, sans trop les retenir non plus. Qu'avait donc laissé échapper Madeleine Dubosc de sa vie ? Viat se mordilla la lèvre et se souvint qu'elle venait de la frontière française avec le bord allemand de l'Empire. Ne vivait-elle pas dans la région de Metz ? s'interrogea-t-il. Bodichiev acquiesça, il se souvenait même du nom d'un village, Luppy, où Mrs Dubosc habitait.

« Région longtemps disputée », commenta Viat en aparté, se souvenant de ses cours de géographie.

Il revint à Viat que leur amie était veuve, elle y avait simplement fait allusion, sans donner la raison du décès de son époux. Elle avait en revanche précisé qu'il s'agissait d'un membre du corps diplomatique, que cela expliquait qu'elle bénéficiait encore d'une autorisation de séjour sur le territoire de l'Empire, sujet délicat pour le citoyen solidariste ordinaire. Les pays au régime marxiste-engelsiste ne laissaient pas forcément leur population trop se promener chez leur impérialiste et anglo-russe voisin. Quoi d'autre ? Le défunt mari en question avait laissé visiblement un certain pécule à Madeleine qui, sans mener grand train, ne semblait pas souffrir d'embarras financiers.

« Si son mari était un apparatchik, et il l'était forcément s'il appartenait aux cercles des ambassades, il n'est pas très étonnant qu'il ait joui d'un niveau de vie plus élevé que la moyenne de son pays », glissa Viat.

Bodichiev, qui entretenait une sympathie certaine pour la France, dont sa famille était originaire, laissa échapper une petite grimace. Les nations verrouillées du bloc solidariste, France, Italie, Catalogne… connaissaient traditionnellement une certaine corruption de leurs élites, glissa doctement Viat. Son interlocuteur aurait pu commenter sur la corruption des élites impériales. Il laissa passer, n'étant certes pas d'humeur à se lancer dans des débats de sciences politiques. D'ailleurs Viat le savait fort bien, son propre père, Pavel Koulikov, étant un bel exemple de cette oligarchie-là – ils en avaient discuté quelquefois.

Les deux hommes se creusèrent la cervelle, à la recherche d'autres détails sur la vie de Mrs Dubosc. En vain : elle portait peu de bijoux, préférait des tenues sinon sportives du moins simples et pratiques, ne manquait ni de gourmandise ni d'humour – ils ne voyaient hélas rien à ajouter à ce mince portrait, après une semaine à avoir fait quelques excursions touristiques en sa compagnie. Sur le mode du « Vous vous souvenez ? », ils échangèrent des souvenirs, des anecdotes qui leur lançaient des petites piques de tristesse. Rien de concluant du point de vue d'une pure information. Refusant de prendre un dessert, Bodichiev commanda une théière et Viat l'accompagna, mais les molécules de théine ne permirent pas de compléter le tour de leurs maigres connaissances sur la défunte.

« On aurait attendu que je sois à l'autre bout de l'Europe pour me tirer dessus ? C'est idiot et moi les trucs idiots, je m'en méfie. L'inspecteur veut absolument que je sois la cible, il va pousser toute son enquête de ce côté. À nous de pousser la nôtre vers l'autre hypothèse, celle de Madeleine. Tu ne vas pas me dire… »

Il secoua la tête, en rogne.

« Elle jouait peut-être un double jeu, mais je me refuse à croire… »

Viat pinça les lèvres : lui non plus ne parvenait pas à imaginer que leur amie ait été d'une duplicité telle que…

« Il y a autre chose, ajouta-t-il en changeant de

sujet. Si un tueur en avait après vous, comment croire…

— Oui, l'interrompit Bodichiev. Le coup d'un tireur assez maladroit pour me rater, je n'y crois pas non plus. »

Ils étaient d'accord. Mais que faire ? Après le déjeuner, un choix s'imposait.

« Vous avez dit à l'inspecteur que vous aviez encore des matchs », se souvint Bodichiev.

Viat esquissa une moue : « Simple extrapolation. Je pourrais retourner jouer, mais nous n'avons plus de matchs officiels. »

Bodichiev le regarda, secoua la tête. Avec son humeur Viat n'aurait su dire s'il était agacé, amusé ou désapprobateur. « Le port ? » proposa-t-il.

Les barques se balançaient mollement, étirant sur l'eau des reflets rouille et vert bouteille, entre deux éclats vifs du soleil qui aveuglèrent le détective. Sur le bord, la mer semblait passer en solarisation – des rides infinies, les roches en taches d'ombre, les embruns éblouissants et le ressac sombre souligné d'argent.

« Le mendiant ! » proféra soudain Viat. Bodichiev, l'œil éclairé, hocha du menton : oui, le mendiant, il n'y songeait plus. « Elle lui donnait quelque chose, presque toujours. »

Madeleine avait cette manie touchante d'avoir pris un pauvre homme en pitié, qui mendiait sur le port et montait souvent jusqu'à la place de l'hôtel. Elle lui donnait une pièce, échangeait quelques mots avec lui. « La piste est faible », souffla Bodichiev pourtant piqué au vif, il aurait dû s'en souvenir tout de suite. L'individu était aisé à reconnaître, un grand échalas pâle, blanc de cheveux comme de visage, le soleil semblait l'avoir délavé et ses habits, propres, mais usés, présentaient un même aspect trop clair, affadi. Viat proposa qu'ils se séparent, pour chercher dans la ville. Bodichiev refusa, sans quoi il leur faudrait se donner des rendez-vous, ça compliquerait les choses pour rien. Ils trouveraient bien le bonhomme, on le voyait tout le temps.

Bien entendu, parce qu'ils le cherchaient, ils ne le virent pas. Dans un périmètre aussi réduit, leur espoir de mettre la main sur le mendiant se transforma en vain parcours, tout juste s'ils ne tournèrent pas en rond. Bodichiev se résolut à ce qu'ils se séparent : « Retournez à l'hôtel demander s'ils savent où crèche ce mendiant, moi je vais demander aux serveurs du grand café, rendez-vous sous le jaquemart. »

Tournant les talons, Bodichiev redescendit au Gradska Kafana. Le mendiant était un habitué de sa terrasse, dont les serveurs n'avaient pas toujours le courage ou le temps de le chasser avant qu'il ait grappillé quelques pièces. Il interrogea un garçon, puis un autre auquel le premier avait fait signe.

« Qui ça ? Oh, je vois qui vous voulez dire. Non, je ne connais pas son nom – je ne crois pas l'avoir vu aujourd'hui. Tu l'as vu, toi ? »

Personne ne se souvenait d'un passage du mendiant blême, cette journée. On indiqua pourtant, après consultation d'une autre personne, que « le type » traînait souvent dans un recoin sous le fort Revelin. « Les pêcheurs y ont leurs habitudes. »

Après les remerciements et pourboires d'usage, Bodichiev se hâta de regagner le Stradun. En passant devant la poste, il pénétra dans le bureau encombré de touristes. Un télégramme ? C'était chose faisable, bien sûr. Le détective envoya au ministère des Affaires étrangères un bref mot s'enquérant de Madeleine Dubosc, si jamais elle était connue des services de monsieur de Grunwald. S'il y avait là une affaire de barbouzes…

Viat venait d'arriver, excité d'avoir un renseignement – le même que celui de Bodichiev : le coin des vieux pêcheurs, sous le petit fort.

« L'homme n'est toujours pas passé à l'hôtel », précisa-t-il. Ils n'avaient pas besoin de commenter : cette absence ne sentait pas bon.

De retour au port, ils le contournèrent et, au-delà de l'amarrage des voiliers qui oscillaient, parvinrent aux abords d'un gros tonnage. Son étrave dominait le quai étroit, sous le rocher du coteau. Dans un fracas de chaînes, l'ancre se détacha de l'écubier, fit jaillir une gerbe d'eau et descendit vers les fonds. Les deux hommes, pressés, se détournèrent de ce spectacle pour grimper sous la muraille : des barques tirées au sec, des tentes délavées par les éléments, des tas de planches et des pots de goudron. Une cabane s'appuyait contre la pierre, d'où émergeait une vapeur. Des pêcheurs travaillaient, ravaudaient, repeignaient. Interrogés par Viat, ils secouèrent la tête. Connaissaient-ils le vagabond pâle, savaient-ils où créchait l'animal ? Mutisme et mauvaise volonté. Par curiosité, Bodichiev tira le rideau de grosses mailles qui fermait la cabane. Au centre, dans la pénombre, trônait un grand chaudron. On y faisait bouillir les filets dans un liquide brunâtre, qui les protégeait de l'eau de mer.

Personne, pas trace de ce fichu bonhomme.

« Il n'a pas forcément envie d'être interrogé, qu'il sache quelque chose ou non. Un touriste anglais en tweed et un jeune godelureau, admettez que comme détectives nous ne passons pas exactement inaperçus ! »

La justesse de la remarque ne fâcha pas Bodichiev. Il eut un petit sourire fatigué.

« Psst ! Vous cherchez Milivoï ? »

L'un des pêcheurs s'était glissé jusqu'à eux, rouge et ridé. Ainsi donc le mendiant qu'ils cherchaient se prénommait Milivoï. Une fois établie cette identité, leur informateur indiqua que l'homme nichait le plus souvent dans un bateau, sur le port, un « beau bateau ».

« La *Margaritha*, là-bas. Méfiez-vous, drôle de gars », et l'homme de filer vers un escalier, sans plus les regarder.

Un rien médusés, les deux détectives regagnèrent donc le port.

« Un mendiant dans un beau bateau, voilà qui est drôle en effet », musa Viat.

Bodichiev ne disait mot, l'air ennuyé. Il avoua s'inquiéter pour son jeune acolyte : comme il venait de le dire, ils étaient tout sauf discrets. L'inspecteur aurait ajouté qu'ils constituaient des cibles parfaites, Viat ne le pensait-il pas ? Il n'avait pas envie de le mettre en danger.

Ces considérations ne récoltèrent qu'une moue.

« Si je dois devenir votre assistant, monsieur, il y aura forcément un petit élément de danger. »

Que répondre à cela ? Déambulant au milieu des autres touristes, ils ne ressentaient aucune menace.

Et pourtant, Mrs Dubosc avait été assassinée, sur ces mêmes quais.

« La *Margaritha* ! » désigna Viat. Un petit yacht de bois verni, amarré avec d'autres à un ponton flottant. Personne en vue.

« Autant monter. »

Ils gravirent l'échelle l'un derrière l'autre, il y avait des hublots cernés de cuivre dans le roof ; Bodichiev aperçut un visage de femme qui s'y collait un instant, puis qui disparaissait dans la pénombre.

Un homme, la cinquantaine bien entretenue, casquette blanche vissée sur des cheveux bruns, vint répondre au toc-toc de Bodichiev à sa porte. Sourcils froncés, il ne nia pas connaître celui qu'ils cherchaient.

« Milivoï ? Il n'est jamais là en journée. »

Non, il ignorait où le trouver. L'air de s'en foutre. « Ce soir peut-être. »

Porte refermée, entrevue close. Il ne restait qu'à redescendre.

« Tout cela est absurde », grommela Bodichiev. Du coin de l'œil, il vit un hublot s'ouvrir, fit brusquement un pas de côté en poussant Viat. Il s'attendait plus ou moins à un coup de feu : ce qui suivit le laissa ébahi. Un avion en papier fila entre eux, que Viat attrapa au vol. Bodichiev ne put s'empêcher d'éclater de rire, devant l'incongru de la situation et l'agilité de son compagnon. « Un message ? » s'interrogea ce dernier. Oui, un message.

Ils se fondirent dans la foule, un bateau venait d'arriver, il y avait des touristes partout. Déplié par Viat, le petit avion blanc révéla juste quelques mots : le fameux Milivoï – ou quelqu'un signant de son nom – leur donnait rendez-vous ce soir, ici même, près du café.

« Très mystérieux », déclara Viat. Pas ravi pour sa part, Bodichiev trouvait que toute cette affaire ne ressemblait à rien, leur propre manque de discrétion, cette unique piste du mendiant… et il avait honte de l'avouer, mais il commençait à avoir faim.

« Un petit restaurant et on sera pile à l'heure pour rencontrer Milivoï entre chien et loup ! » fit Viat en riant. Ils ne repassèrent pas à leur hôtel, s'enfoncèrent dans la vieille ville à la recherche d'un établissement qui les inspire. D'un côté Bodichiev aurait aimé savoir si le ministère avait répondu à son télégramme, de l'autre il ne tenait pas à savoir que l'inspecteur Milan les aurait demandés, peut-être même convoqués, la barbe ! En sortant de repas, tout de même, ils remontèrent vérifier : rien de la police, mais « Télégramme pour vous, monsieur ». Les services des Affaires étrangères avaient été économes : « Danger – Rentrez à London. »

Découvrant ce message, Viat s'étonna qu'ils n'aient pas simplement visiophoné à Bodichiev – ce dernier leva les yeux au ciel. « Je n'ai pas de visiophone cellulaire. » La technologie était encore neuve, le détective, pour être un spécialiste de programmation informatique, n'entretenait aucun amour envers les techniques dernier cri. Viat tira un appareil de sa poche : il en avait un. Bodichiev haussa les épaules.

« Et je suppose que nous ne rentrons pas à London séance tenante ? »

Ils ne rentraient pas, bien entendu, ayant encore leur rendez-vous avec le pâle et mystérieux Milivoï. « On verra demain. »

La lumière déclinante vernissait le port d'un jaune brillant et lissait la mer d'un bleu soutenu : tableau naïf, avec un paquebot en lente glissade pile sur la ligne d'horizon, le phare trapu également repeint en jaune, les ombres longues multipliant le nombre des promeneurs contre le mur, et puis un voilier qui filait vers le large, et un autre dont seule la voilure s'apercevait de l'autre côté de la rade.

Sur le quai, la pénombre brouillait de plus en plus les visages des touristes et taillait les bateaux en grandes masses sombres. Lorsque enfin les globes électriques s'allumèrent, leur lumière laiteuse transforma le port et la grande rue en décor de théâtre, au-dessus duquel respirait toujours la sourde rumeur marine.

Les deux hommes attendirent en vain. Pas de Milivoï, pas de message, rien. À 11 heures du soir tomba une petite pluie fine, juste suffisante pour laquer le pavage du Stradun et pour donner, comme des larmes aux yeux, plus d'éclat aux lumières. Ils rentrèrent, Viat déçu, Bodichiev préoccupé.

Il dormit comme une pierre, cette nuit-là, et s'il rêva, il ne devait pas s'en souvenir le lendemain. Il avait fermé la fenêtre de sa chambre et n'eut pas froid, mais, en s'éveillant, Bodichiev se souvint de ce qui s'était passé et se leva le cœur lourd. Chaque matin, le jeu de la lumière à travers les vitres et les volets poussés à moitié formait en divers endroits de la chambre des dessins, dont un en forme d'animal, un lapin ou un chat, sur l'angle arrondi de la coiffeuse. Nébuleux et joyeux d'ordinaire, ces motifs du soleil ne firent que renforcer l'humeur maussade du détective.

En descendant à la salle à manger, il sentit un bloc de glace se loger dans ses entrailles et, lorsqu'il entra, tout de suite Viat, déjà assis à leur table, lui jeta un coup d'œil inquiet. Il fit l'effort d'un sourire pâle et s'installa avec un petit grognement. Un garçon lui apporta une théière, sans avoir besoin de l'interroger sur ses souhaits de petit déjeuner. D'ailleurs, le détective se demanda s'il allait manger. Il se sentait non pas triste ou abattu. Plutôt rigide, empli de la froidure du deuil. Il échangea un sourire, timide, avec Viat, et il ne savait pas quoi lui dire. Rentrer à London, comme l'exigeait le télégramme. Le serveur, revenant à leur table, le tira de l'embarras en lui annonçant qu'on le demandait, à la réception.

Viat eut l'air surpris, Bodichiev se leva en posant sur la table sa serviette pas encore dépliée ; il se hâta de sortir. Depuis la porte de la salle à manger, il vit tout de suite, se tenant raide dans un uniforme vert foncé de la police locale, un jeune homme aux cheveux en brosse. Le brigadier se présenta, exprima poliment son regret de déranger monsieur Bodichiev ce matin, on avait urgemment besoin de lui sur le vieux port, ordre de l'inspecteur Milan. Le détective acquiesça, il allait juste chercher son assistant.

« Je suis là.

— Alors, allons-y. »

Une grue, avec son élingue pendante au-dessus de l'eau, s'apprêtait à la laisser filer. Elle dominait le spectacle pitoyable d'un bateau à demi noyé. Pas n'importe quel bateau : la *Margaritha*, comme de bien entendu.

« Nous avons été prévenus au petit matin : il y a eu une explosion à bord », les informa l'inspecteur. L'œil furibard, il tendit à Bodichiev un papier. « Vous avez un sacré toupet ! » assena-t-il. Surpris, le détective leva un sourcil tout en décachetant l'enveloppe, en beau papier crémeux. À l'intérieur – « Je ne veux pas savoir », avertit l'inspecteur –, une lettre, sur le même papier.

« Le ministère britannique des Affaires étrangères est intervenu, cette missive vous est destinée à vous seul, secret-défense et tout le toutim, je n'ai rien le droit de savoir, jeta Milan d'un ton méchant. Je me doutais bien que vous étiez une de ces barbouzes. »

Leur tournant le dos, le flic se concentra sur les opérations en cours. Dans un grondement métallique, la grue commençait à hisser l'avant du bateau coulé, un cordon de police empêchait les curieux d'approcher du ponton.

Bodichiev échangea un regard interloqué avec son jeune assistant. Dépliant la lettre, il la lut en laissant l'autre la déchiffrer par-dessus son épaule. Rien de surprenant, en réalité : il se doutait de ce qu'on leur disait ici. Laissant la lettre à Viat, il se rapprocha de l'inspecteur, les mains dans le dos, contempla lui aussi les travaux de renflouage.

« Désolé, j'ignorais tout de cette affaire », murmura-t-il. Milan grogna.

Dégoulinante, l'étrave brisée se hissait peu à peu hors de l'eau. Bodichiev se fichait de savoir si l'homme de la *Margaritha* et la femme à peine entrevue se trouveraient dans les débris, ou au fond du port : la lettre de Milivoï expliquait tout et n'expliquait rien. Surveillance de trafiquants, coordination des agents, ses yeux survolèrent les mots. Mrs Dubosc travaillait pour le gouvernement français, mais en collaboration avec les services secrets impériaux. Comme elle, l'agent Milivoï « couvrait le terrain ». Découvert, il devait disparaître, et les deux détectives britanniques regagner leurs pénates sans compromettre plus les opérations locales.

Bodichiev secoua la tête, comme pour chasser le cri d'une mouette qui passait. Quelles missions Madeleine remplissait-elle, tout en se promenant çà et là avec lui ? Elle joignait l'utile à l'agréable, se dit le détective.

« En somme, nous lui servions de couverture », murmura Viat à son côté.

Bodichiev leva le regard vers la montagne, ses flancs d'un vert brun, les petites maisons sous les cyprès, les pins et les lauriers-roses. Il lui faudrait conserver toute la beauté des souvenirs.

La disparue du canal

Bodichiev avait trouvé refuge dans un pub aussi minuscule que confortable, le Catherine Wheel, non loin de la petite église de St Mary Abbots.

Après l'intense fatigue de la période des fêtes (durant laquelle il avait dû multiplier des enquêtes aussi futiles qu'exténuantes, afin d'honorer le contrat qui le liait à plusieurs grands magasins) et avec le retour du grand froid, ce mois de janvier inaugurait pour le détective une période de profonde morosité. Certes, il était excellent que l'agence Bodichiev décolle enfin : cette suractivité de Noël constituait la rançon de son succès. Bodichiev n'allait pas tarder à devoir embaucher de manière permanente une secrétaire et quelques employés, prévoyait-il avec jubilation. Mais en attendant, le détective se sentait littéralement vidé, comme siphonné de son énergie par sa recherche de mauvais payeurs ou d'adresses perdues, par l'organisation de protections rapprochées pour des personnalités en mal de shopping, ou par la surveillance d'une séance de dédicace chez Harrod's par une star du cinéma prussien… Bref, par ces mille et une tâches que le bon saint Nicolas lui avait apportées en cadeau de fin d'année. Faisant feu de tout bois, Bodichiev n'avait pas regardé à la dépense de son énergie durant cette période.

Il ressentait maintenant le besoin de faire une petite pause, de s'éloigner un peu des activités criminelles et de leur détection… D'autant que sa corpulence excessive n'allait pas sans s'accompagner de quelques faiblesses physiques : il se sentait rompu, avait les yeux qui papillonnaient sans cesse, des spasmes dans la cuisse droite, mal aux pieds, une douleur dorsale persistante… Et qui disait faiblesse physique disait également baisse de moral. Lors de telles périodes de fatigue, Bodichiev recommençait à se laisser envahir par les brumes d'une humeur maussade, à se poser certaines questions existentielles douloureuses – sur son pauvre père, son fichu frère, son ancienne épouse… Les vieux doutes, quoi, profitant de la lassitude pour pointer encore.

Bodichiev avait donc quitté son bureau, ce matin-là, sans brancher son répondeur ni mettre sa montre, partant un peu au hasard à travers les rues de London, vers l'ouest. Il ne cherchait qu'à fuir la City et à retrouver une certaine sérénité dans la contemplation des rues et des immeubles. Ses pérégrinations l'avaient finalement conduit dans Kensington, plus fatigué que jamais, les jambes lourdes mais le cœur allégé. Alors qu'il tournait dans Kensington Church Street, la grande façade noire d'un pub avait semblé lui faire un signe, juste au bord de sa vision. Sans réfléchir, Bodichiev traversa la rue pour pénétrer dans l'établissement. Une chaleur sèche le réconforta immédiatement et, lorsque ses yeux furent habitués à la pénombre, il trouva refuge sous une fenêtre, au fond de la salle. Une odeur de tabac flottait sur les lieux, suave, presque fruitée, pas déplaisante bien que Bodichiev ne fût pas fumeur.

Des vitres en verre brouillé ne filtrait qu'une lumière ambrée, presque tourbeuse, en accord avec la couleur de la Guinness commandée par Bodichiev. Se rasseyant après sa commande au comptoir, Bodichiev sortit un bouquin d'une poche de son imper et, penché vers la lumière de la minuscule lampe trônant sur la table devant lui, il se laissa aller entre les couvertures de son livre comme l'on se glisse entre les draps d'un lit douillet. Il ne voulait plus rien savoir du monde extérieur, pour le moment le réconfort d'une fiction lui suffirait.

« Monsieur Bodichiev ? »

Une voix de femme, interrogative et intimidée, tenta de tirer le détective de son confortable oubli.

« Vous êtes bien monsieur Bodichiev, le détective ? » insista la voix importune. Bodichiev leva les yeux, dans un effort presque physique pour s'arracher à sa lecture et à la sorte de torpeur vigilante qui engourdissait ses perceptions. Il rencontra le regard inquiet d'une jeune fille, deux yeux bruns étincelants, un rideau de cheveux cendrés. Hochant lentement la tête, il concéda à contrecœur qu'effectivement, il s'agissait bien de lui. Il tendit la main vers le fauteuil qui lui faisait face. La jeune fille s'y effondra plus qu'elle ne s'y assit, avec une grâce molle et dégingandée bien de son âge.

« Il faut absolument que vous m'aidiez ! Non, écoutez-moi ! » supplia-t-elle avec urgence comme

Bodichiev ouvrait la bouche pour lui répondre. « Je suis en danger, je crois…

— Vous le croyez ?

— Oui, non, je ne suis pas certaine ! Mais je crois… Je crois être en danger ! » dit la jeune fille d'une voix tremblotante de nervosité. « Voici mon adresse. » Elle tendit à Bodichiev une carte de visite. Elle rejeta en arrière, dans un geste brusque, presque saccadé, ses longs cheveux clairs. « Venez me voir ce soir, après 18 heures. Et si je ne suis pas là, partez à ma recherche, retrouvez-moi ! Oh, et puis au cas où, tenez, un double de ma clef ! »

Un tintement, une clef glissa sur la table jusqu'à heurter la pinte de Bodichiev, nouveau tintement. Sans laisser au détective le temps de réagir, la jeune fille se leva vivement et sortit du pub. Trop amorphe pour ne serait-ce qu'envisager de la poursuivre, Bodichiev laissa échapper un soupir en clignant des yeux. Qu'est-ce que c'était que cette histoire ? Ne pouvait-on pas le laisser tranquille, un petit peu ? Il laissa de nouveau échapper un soupir, ferma son bouquin, leva la carte de visite que venait de lui remettre sa mystérieuse cliente.

Kathia Mieszkowski
16, Blomfield Road

Rien de plus : deux lignes seulement, au centre d'un petit carton ivoire. Ou bien seule la lumière du pub lui conférait-elle cette teinte ? Il inclina la carte de visite vers la lampe : non, il s'agissait bien d'un bristol ivoire. Bodichiev testa le carton du bout d'un ongle : belle qualité, très épais. Bodichiev se saisit ensuite de la clef : plate, banale, sans aucune indication. Quelle idée cette fille avait-elle eue de lui donner cela, sans explication, rien ?

Blomfield Road, Blomfield Road, où était-ce donc ? Il fallut un moment à la cervelle lasse du détective pour qu'il remette un quartier sur cette adresse. Ah oui : du côté de la station Warwick Avenue, donc dans Maida Vale. Bigre, pas trop mal comme adresse, un quartier plutôt chic. Étouffant un bâillement, Bodichiev s'étira. Il n'y avait pas grand monde dans le pub, quelle heure pouvait-il bien se faire ? Il laissa échapper un léger grognement en se penchant pour apercevoir, au bout du comptoir, le cadran d'une horloge. Les aiguilles dorées indiquaient 14 h 27. Ça allait, il n'était pas encore tard. À quelle heure sa cliente lui avait-elle demandé de venir ? 18 heures, mais il serait bien qu'il arrive largement en avance, afin de peut-être la surprendre et de comprendre où elle voulait en venir. Vers 17 heures : cela laissait à Bodichiev du temps pour se reposer encore un moment. Sans doute aurait-il dû mener tout de suite une enquête sur cette Miss Mieszkowski, mais il ne s'en sentait pas la force. Il secoua vaguement la tête, cherchant à chasser les brumes de la lassitude – en vain. Il reprit son livre.

D'ordinaire, Bodichiev effectuait à pied la majeure partie de ses déplacements à l'intérieur de la ville. Ces longues marches constituaient le seul sport pratiqué par le corpulent détective et, si cette activité ne le faisait pas maigrir, au moins l'entretenait-elle dans l'idée d'un exercice bon pour la santé. Cette fois cependant, sa fatigue lui fit opter pour le métro : il redescendit la rue jusqu'à la station High Street Kensington. De là, il n'aurait qu'à changer à la gare de Paddington afin d'atteindre Warwick Avenue.

Dans le wagon où il venait de monter, un journal abandonné traînait sur un siège. S'en saisissant, Bodichiev en réorganisa tant bien que mal les pages. Il abandonna les pronostics sportifs, trop froissés et de toute manière sans intérêt pour lui. Encore et toujours la Coupe du monde de rugby : ce pauvre Marx n'avait pas prédit qu'un jeu de balle deviendrait le nouvel opium du peuple. Bodichiev se concentra sur la partie « actualités internationales ». Il allait se plonger dans la lecture des dernières nouvelles, alarmantes, sur le conflit qui menaçait d'embraser les Amériques, lorsque son regard accrocha le titre d'une colonne sur les affaires françaises.

UN DIGNITAIRE DU PARTI
POURSUIVI POUR MEURTRE

La lecture du petit article confirma les soupçons de Bodichiev : un ancien haut responsable du parti solidariste, à la retraite depuis quelques années, venait d'être incarcéré dans le cadre de l'enquête sur la mort suspecte d'une jeune femme. On citait le nom du camarade Lazaret, mais également celui de sa probable complice, la dame Garette. Le journaliste ne s'étendait pas trop sur l'arrière-plan de ce scandale, qui avait de toute évidence été développé dans la presse quelques jours auparavant, mais son récapitulatif suffit à éclairer la lanterne du détective.

Nul doute qu'il s'agissait de l'histoire qu'il avait lui-même contribué à déterrer l'année précédente, lors d'une brève enquête en France. On ne citait pas le nom de Mullenbach, mais pour Bodichiev il ne faisait guère de doute que l'idéaliste jeune agent français avait dû jouer son rôle dans l'exhumation de ce qui, lors de leur séjour à Bordeaux, n'était encore rien d'autre qu'une rumeur déplaisante. Depuis que le décès subit de Mendès France avait amené Julien Dray au pouvoir, protégé et héritier désigné du vieux président, les exclusions et les procès pleuvaient sur les anciens caciques du Parti. L'époque était de toute évidence au nettoyage : rusé Mendès France, qui avait laissé à son successeur la responsabilité d'éradiquer la corruption qu'il avait lui-même été impuissant à juguler.

Bodichiev demeura rêveur un moment, se demandant si son collègue d'une enquête avait su tirer son épingle du jeu et profiter de la vague de nominations de jeunes cadres à de hauts postes. Il le méritait, sans doute : Mullenbach avait frappé Bodichiev par sa candeur et son idéalisme. Sans être un fervent admirateur du régime solidariste, Bodichiev observait avec un intérêt certain l'évolution française. Se reconnaître dans un autre pays, et particulièrement dans un laboratoire social comme la France marxiste-engelsiste, c'est en choisir ce que vous désirez, y trouver des antithèses plaisantes à votre vie normale, urbaine, anglo-russe et capitaliste. Cela vous permet de vous décharger du sens de responsabilité que vous pouvez avoir vis-à-vis de votre propre pays, cela vous repose des émotions bilieuses trop souvent remuées par vos propres représentants publics…

Lorsqu'il émergea à l'air libre, sur Warwick Avenue, Bodichiev tâta machinalement ses poches, à la recherche de sa montre. Flûte, il l'avait oubliée à son bureau en partant. Il laissa passer deux hommes descendus de la rame de métro en même temps que lui. Avec un soupir, le détective regarda alentour. Sous les molletons d'un ciel pâle, des barrières à croisillons verts cernaient la sortie du métro. Une sorte de baraque de planches vertes au toit pointu la surmontait également. Au-dessus de cette construction, de grands arbres penchaient leurs ramures verdoyantes, et de blanches demeures résistaient, coites derrière leurs murets élégants.

En bas de l'avenue, de l'autre côté d'un petit carrefour, la pointe d'un temple aiguillonnait les nuées basses. Curieux, Bodichiev y pénétra un instant. La paix safran, ce syncrétisme qui avait repeint les traditions chrétiennes aux ors du bouddhisme, avait fait de l'ancienne église une sorte de fastueux garde-meubles, un entassement de styles, de statues et de mobiliers liturgiques, le tout baignant dans une brume d'encens épaisse et piquante. Curieux comme les lieux de culte semblaient manquer de place, en ce pays où tant d'églises avaient été simplement divisées en appartements ou en commerces, quand leurs pierres n'avaient pas tout bonnement été récupérées pour d'autres usages – combien de citoyens anglais casaient leur lit entre deux colonnes ? Dans le même temps, les architectes de Victoria avaient érigé des monstres hérissés où leur imaginaire accumulait toutes les formes venues des orients proches ou lointains. En ressortant, Bodichiev fit quelques pas vers la droite puis s'arrêta, réalisant qu'il se trompait. Le bassin devait se trouver de l'autre côté de la butte, pas en bas de l'avenue. Tournant les talons, le détective commença à remonter Warwick Avenue. Une dame lui jeta un regard irrité, le demi-tour l'ayant obligée à légèrement changer son chemin sur le trottoir.

Le ciel au-dessus de la ville présentait l'aspect cireux, d'un léger gris presque jaune, de nuages malmenés par la pollution atmosphérique. Difficile de prévoir s'il allait pleuvoir ou si, se déchirant brusquement, les nuées laisseraient filtrer un peu d'espace bleu. Entre les miasmes des usines, la chaleur urbaine, le halo des éclairages artificiels et les omniprésents jets de vapeur, London n'avait plus réellement un climat mais plutôt une sorte de cauchemar, l'équivalent météorologique d'une toile de Dalí ou de Bacon. Les barrières météorologiques, érigées en périphérie de la ville par ses citoyens les plus riches, n'étaient pas les dernières à perturber le système climatique.

Incongrue, une petite usine trônait en bas de l'autre versant de la colline, dominant le carrefour d'une masse brutale de briques noircies et de tubulures rouillées. Une très haute cheminée allait en s'effilant vers le ciel, ajoutant encore aux nuages blêmes des nappes de vapeurs soufrées. Comment la population locale, relativement aisée, avait-elle pu laisser s'installer à ses portes une telle monstruosité ?

Une petite horloge à la faïence fêlée ornait le dessus de la porte principale de l'usine. 16 h 34, parfait, Bodichiev avait l'avance voulue sur l'heure de son rendez-vous. Il traversa Blomfield Road pour aller s'accouder au parapet, sur l'autre trottoir. De là, il pouvait contempler le bassin récemment rebaptisé « Petite Venise » : un large carrefour aquatique entre trois bras du Grand Union Canal. D'étroites péniches peinturlurées de couleurs vives s'y alignaient, accostées le long des quais ou fixées à l'île centrale. Quelques mariniers s'affairaient sur les embarcations, un pêcheur attendait placidement, assis près de sa canne. La lumière jaunâtre éveillait des étincelles à la lisière de chaque vaguelette, conférant à l'eau du bassin un aspect étrangement hasardeux, entre un enchantement safrané et un malsain huileux. Bodichiev resta un bon moment accoudé au-dessus de l'eau. Il rêvassa en regardant passer les péniches et folâtrer les foulques.

Maintenant qu'il y songeait, la simple présence des canaux répondait à la question que le détective s'était précédemment posée : non seulement les habitants du quartier n'avaient jamais eu à s'exprimer sur la présence de l'usine, mais sans doute cette dernière datait-elle d'avant le redéveloppement des environs. Divers entrepôts, ateliers et petites usines subsistaient encore aux abords des canaux, même dans les parties les plus chics de la ville. De l'autre côté des élégants croisillons bleus du petit pont, un pavillon bas à la façade de briques jaunes et aux fenêtres soulignées de blanc témoignait lui aussi du passé industriel des lieux : un ancien poste des douanes fluviales.

Bodichiev étouffa un bâillement. Rarement la perspective d'une enquête lui avait inspiré aussi peu d'enthousiasme – il n'aurait jamais dû accepter. Enfin, la gamine ne lui avait pas vraiment laissé le choix…

Une bourrasque se réveilla, dévalant Warwick

Avenue pour venir brouiller la surface du bassin. Elle cingla désagréablement le détective, qui décida avec regret de se détacher du parapet. De chaque côté de Blomfield Road, les arbres bruissaient dans le désordre du vent. Les passants rentraient la tête dans les épaules. Soufflant sur ses doigts engourdis, Bodichiev retraversa la rue pour aller voir où se situait le n° 16. Il s'agissait d'un grand immeuble, élégant sans avoir vraiment de style, du genre que l'on avait bâti un peu partout une cinquantaine d'années auparavant.

Bodichiev sortit de sa poche la clef remise par Miss Mieszkowski mais n'eut pas besoin d'en faire usage : la porte de l'immeuble n'était pas fermée. D'ailleurs, le détective vit en se penchant vers la serrure que cette clef ne convenait pas. Il lui aurait fallu une clef longue, classique, tandis que celle-ci n'était qu'un tout petit morceau de métal dentelé. Sans doute ne s'agissait-il que de la clef du verrou de l'appartement et, sachant la porte de l'immeuble généralement ouverte, Miss Mieszkowski n'avait-elle pas jugé nécessaire d'en fournir une autre au détective… Une évidence. Mais même les évidences devenaient difficiles, lorsque la lassitude embrumait la moindre pensée.

Se redressant avec un grognement, Bodichiev se dit qu'il devenait urgent de retrouver un peu d'efficacité. Il secoua la tête dans une tentative futile de s'éclaircir les idées. Son geste n'eut comme résultat que d'éveiller un vague point de migraine dans ses tempes – aussitôt dissipé, heureusement. Il respira un bon coup et fit quelques pas. L'entrée du 16, Blomfield Road baignait dans la sorte de crépuscule grisâtre qui semble le lot de la plupart des halls d'immeuble, fussent-ils les plus cossus. La seule véritable lumière tombait depuis l'escalier, en rayons clairs.

N'ayant pas trouvé le cordon ou l'interrupteur de l'éclairage, ayant la flemme de le chercher davantage, Bodichiev fronça des yeux en se penchant vers les boîtes aux lettres. La lumière rasante, en faisant luire les plaques de cuivre, permettait de déchiffrer le nom des locataires. Miss Mieszkowski, Miss Mieszkowski… Où nichait donc la donzelle ? Voilà : K. Mieszkowski, troisième étage, droite.

Pour un homme de la corpulence de Bodichiev, la perspective d'affronter des escaliers présentait toujours un dilemme. D'un côté, grimper des volées de marches était forcément fatigant. De l'autre, il se méfiait des cabines d'ascenseur. Avec un soupir, il se décida pour l'escalade. Lentement, délibérément, afin d'économiser son énergie. Cette stratégie fut payante : arrivé devant la porte de Miss Mieszkowski, sur le troisième palier, le détective n'avait pas le souffle court non plus que les jambes coupées.

Un premier coup de sonnette, puis un deuxième, plus long, n'éveillèrent aucun écho perceptible dans l'appartement. Bodichiev tenta sa chance une troisième fois. Toujours rien. Il n'était pourtant pas tard – les 18 heures du rendez-vous sans doute encore assez éloignées. Avec un haussement d'épaules, Bodichiev se décida à ressortir la clef de sa poche. Cette fois, elle devait trouver son utilité… Clic, clac. La serrure répondit sans difficulté, Bodichiev pesa sur la poignée et la porte s'ouvrit. Sans un bruit.

Bodichiev siffla entre ses dents.

De deux choses l'une : soit Miss Mieszkowski n'était pas très ordonnée, soit Bodichiev était arrivé en retard.

La porte d'entrée ouvrait directement dans la pièce principale, un salon si l'on en jugeait par le sofa qui émergeait du chaos. Il ne restait plus rien en place : tout avait été renversé, vidé, broyé, bousculé, mélangé… Une tornade piégée dans l'appartement n'aurait pas mieux retourné mobilier et objets.

Refermant la porte derrière lui, Bodichiev fit encore quelques pas, en prenant garde de ne marcher sur rien. Il se planta vers le milieu du salon, les poings sur les hanches et un pli soucieux sur le front.

Comme beaucoup de jeunes gens de la bonne société, Miss Mieszkowski semblait apprécier le regain de mode pour les décorations orientales. Les murs de la pièce se tendaient de soie rose, le cadre des fenêtres et des portes se laquait de noir, un paravent richement orné gisait de guingois contre une porte, des dragons brodés couraient sur les nombreux coussins répandus de-ci de-là. Il y avait même un colossal samovar, présentement en mauvaise posture sous une pile de planches et de bouquins – les débris d'une bibliothèque. Bodichiev parcourut la pièce du regard, lentement. S'approchant d'un mur, il passa la main sur la toile de soie puis, machinalement, il se pencha pour ramasser au sol une petite statue verdâtre. La faisant tourner dans la lumière, il identifia une jolie représentation du bélier à une corne censé accompagner le dieu Gao Yao. Le détective cherchait vainement où reposer la petite sculpture, lorsqu'un bruit lui fit relever la tête.

Un homme se dirigeait vers la porte d'entrée.

Enfouissant la statuette dans une de ses poches, Bodichiev bondit sur l'intrus. Il lui tomba dessus avec une telle vitesse que l'autre alla valdinguer contre la porte d'un placard, qui émit un craquement lugubre. Se relevant, le fuyard tendit de nouveau la main vers la poignée de la porte, mais Bodichiev lui assena une grande claque et lui bloqua le chemin. Furieux, l'autre lança un coup de poing en direction de Bodichiev. Celui qu'il reçut en retour l'envoya de nouveau valser, cette fois au milieu du salon. Comme il titubait, Bodichiev le poussa du plat de ses deux mains. Le pauvre garçon alla s'étaler dans le capharnaüm qui jonchait le sol, les quatre fers en l'air, dans un concert de craquements et de froissements.

« Stop ! Arrêtez, je me rends ! » haleta-t-il en levant les mains en l'air.

Essoufflé, Bodichiev alla planter son imposante carrure devant son adversaire, qu'il toisa de haut. Il serrait les poings, tremblant de fatigue après son effort, l'air pas content du tout. L'homme qu'il venait d'empêcher de s'enfuir avait une vingtaine d'années, le nez crochu et de longs cheveux bruns qui lui tombaient sur les yeux.

« Qui êtes-vous, que faites-vous ici ? gronda-t-il.

— Hé ! Je pourrais vous demander la même chose, dites donc ! protesta le jeune homme, tout en se passant une main dans les cheveux pour tenter d'y remettre un peu d'ordre.

— Je vous ai posé la question en premier… gronda de nouveau Bodichiev.

— Oh, c'est bon, c'est bon, vous énervez pas ! Vous m'aidez à me relever ? » demanda le jeune homme en faisant mine de tendre la main à Bodichiev. Ce dernier se recula un peu, les sourcils toujours férocement froncés. Le jeune homme se remit sur ses pieds tout seul et, regardant autour de lui sans trouver d'endroit où s'asseoir, opta pour une pose nonchalante contre l'appui de la fenêtre, les bras croisés. Sa respiration encore haletante démentait son calme apparent. Bodichiev croisa lui aussi les bras, en grondant derechef.

« Alors ?

— Nom patronymique : Emmett ; prénom : Anton Frederick ; profession : pianiste ; passion : Kathia Mieszkowski, récita le jeune homme en feignant de regarder le plafond.

— Et quels sont vos rapports avec Miss Mieszkowski ?

— Mais je suis son petit ami, bon sang ! » râla Emmett avec une véhémence soudaine. Il se redressa pour menacer Bodichiev de l'index : « Vous êtes qui, vous, d'abord ? De quel droit êtes-vous entré ici ? »

Nullement impressionné par le doigt pointé vers lui, Bodichiev demeura impassible, les bras toujours croisés sur son ample torse.

« Je travaille pour Miss Mieszkowski.

— Ah ça c'est la meilleure ! Elle embauche des gorilles pour me casser la figure, maintenant ? Mais qu'est-ce que c'est que cette histoire ? Où est Kathia ? Qui a tout foutu en l'air ici ? vitupéra Emmett en gesticulant.

— C'est également ce que j'aimerais savoir, monsieur Emmett. Pour votre gouverne, je ne suis pas gorille mais détective privé. Et j'avais rendez-vous ici à 18 heures. À quelle heure êtes-vous arrivé ?

— Je ne sais pas, je ne porte pas de montre. Mais je venais à peine d'arriver lorsque vous êtes entré dans l'appartement.

— Où étiez-vous, lorsque je suis entré ?

— Dans la chambre, répondit le jeune homme en faisant un vague geste de la main en direction de la porte qui s'ouvrait sur le côté droit de la pièce.

— Et pourquoi vouliez-vous vous enfuir ? »

Emmett haussa les épaules, l'air embêté, une moue puérile sur les lèvres. Sans répondre, il se décolla de la fenêtre afin d'aller ramasser diverses bricoles. Bodichiev le suivit du regard sans bouger. Son jeune interlocuteur progressa jusqu'au sofa, qu'il remit d'aplomb. En ayant plus ou moins dégagé un coin, il s'assit, toujours pensif. Il ramassa un coussin, se le cala sur les genoux, avant d'enfin expliquer : « En fait, je ne sais pas trop. Je crois que j'ai paniqué. Découvrir l'appartement de Kathia dans cet état, et puis un inconnu qui entre ici, je ne sais pas… Je me suis vaguement dit qu'il fallait que je prévienne la police. Mais surtout, je voulais sortir de là. »

Il fit un sourire gêné à Bodichiev. Les deux hommes demeurèrent silencieux un moment, Emmett cachant son regard sous le rideau de ses cheveux, se trémoussant sur le sofa, Bodichiev visiblement songeur, immobile près de la fenêtre.

Finalement, le détective se décida à bouger : il se fraya à son tour un chemin au sein du fatras et alla s'affaler à l'autre bout du sofa. Il sentit un objet dans sa poche, contre sa cuisse, et sortit la statuette qu'il avait précédemment ramassée.

« C'est le *qilin* de Gao Yao : c'est moi qui l'ai offert à Kathia, expliqua Emmett. Où est Kathia, monsieur le détective ? demanda-t-il d'une toute petite voix.

— Si je le savais… fit Bodichiev en secouant la tête d'un air agacé. Quand l'avez-vous vue pour la dernière fois ?

— Il y a trois jours. Nous nous étions querellés : Kathia voulait rompre… dit Emmett sur un ton contrit.

— Et vous n'étiez pas d'accord ?

— Ah mais non ! Kathia c'est, c'est… C'est toute ma vie, bon sang, je l'adore ! Cette idée de rupture était complètement idiote, ridicule !

— Pourquoi voulait-elle rompre ? » insista Bodichiev.

Pour toute réponse, Emmett haussa vaguement les épaules et serra le coussin contre lui, la mine boudeuse.

« Vous ne l'avez plus vue, ensuite, durant trois jours ?

— Hum. » Grognement d'assentiment.

« Vous ne vivez pas ensemble ?

— Non. Kathia habite ici, moi j'ai une péniche un peu plus loin, sur le bassin.

— Et ça vous arrive souvent, de ne pas vous voir pendant trois jours ? »

Nouveau haussement d'épaules. « Nous sommes un couple libre, ça nous arrive de ne pas nous voir pendant un petit moment… Mais là c'était différent, vous comprenez, ces derniers mois nous bossions ensemble. Mais elle n'est plus venue chanter au bar ces dernières nuits. Le patron est furieux, ajouta Emmett avec une nouvelle moue désolée.

— Vous êtes pianiste dans un bar ?

— Oui. Enfin, dans une boîte, à Primrose Hill. J'avais fait embaucher Kathia comme chanteuse. Elle a une sacrée voix…

— Vous ne vous êtes pas tout de suite inquiété de son absence ?

— Après notre dispute j'ai voulu la revoir, tout de suite, pour qu'on parle… Mais Kathia n'était jamais là. Ou alors elle ne voulait pas me répondre, je ne sais pas, en tout cas…

— Vous vous êtes quand même décidé à monter, aujourd'hui, lui rappela Bodichiev.

— *Da.* » Encore un haussement d'épaules. « Il fallait bien que je sache… J'ai une clef de l'appart, expliqua Emmett en la sortant de la poche de poitrine de sa chemise.

— Moi aussi », fit Bodichiev avec un léger sourire. Il exhiba sa propre clef. « Miss Mieszkowski vous avait-elle dit pourquoi elle pensait être en danger ?

— Hein ? Mais non ! En danger ? Mais c'est quoi cette histoire ? Enfin, ce cambriolage… » Il balaya la pièce de la main. « Pourquoi Kathia vous a-t-elle embauché ? Elle ne me faisait pas suivre pour constater mon infidélité, tout de même ? demanda Emmett avec un petit rire.

— Pourquoi ? Vous lui êtes infidèle ?

— Mais non, bon sang ! Arrêtez ! C'est quoi cette histoire de danger, enfin ? Ça n'a pas de sens !

— Vous disiez que Miss Mieszkowski est chanteuse, quel est le nom de la boîte de nuit où elle travaille ?

— Vous êtes sûr que vous bossez pour Kathia, vous ? fit Emmett en coulant un regard suspicieux en direction du détective. À part la clef, rien ne me le prouve. Et si vous ne savez même pas ce qu'elle fait dans la vie… »

La remarque arracha un sourire fatigué à Bodichiev. « Ça peut sembler étrange, mais croyez-le tout de même : Miss Mieszkowski m'a bien embauché, mais sans rien m'expliquer. Elle m'a donné rendez-vous ici, m'a jeté sa clef et terminé. »

Emmett se mit à rire : « Alors là d'accord, je vous crois ! C'est du pur Kathia !

— La boîte de nuit ?

— Oui, c'est bon : le Hell's Club, sur Fitzroy Road.

— Depuis combien de temps Miss Mieszkowski y travaille-t-elle ?

— Deux mois, à peu près.

— Et que faisait-elle, auparavant ?

— Elle ne travaillait pas, justement : elle avait assez d'argent pour vivre tranquille sans rien faire de particulier, à part être Kathia.

— Vous dites qu'elle "avait" assez d'argent, ça a donc changé ?

— *Da* : Kathia a tout dépensé, elle n'a plus rien, il fallait bien qu'elle trouve un job…

— Et vous-même ?

— Je n'ai pas un sou vaillant ! C'est pour ça que je bosse comme pianiste au Hell's Club, et depuis plusieurs années !

— Ça rapporte assez pour vivre, le piano ? »

Le jeune homme eut un sourire en coin : « Vous pensez bien que non. Ça me donne juste de quoi vivoter… Kathia fournissait la plus grande partie de ce dont nous avions besoin pour vivre, jusqu'à présent. Mais elle m'a accusé l'autre jour de vouloir vivre à ses crochets.

— À tort ?

— Oui et non. » Le jeune homme fit la moue. « La question ne s'était jamais posée auparavant, je ne pensais même pas que ça pouvait être un problème. Nous n'habitons pas ensemble, je ne lui coûte pas grand-chose ! » expliqua Emmett sans regarder le détective. Il répétait sans doute les arguments qu'il avait préparés pour sa petite amie. « Après notre dispute, je suis allé au bureau de placement. J'ai pris un boulot de mise en place des rayons, le matin, dans un grand magasin des Arcades. Comme ça Kathia ne pourra plus me faire ce reproche. »

Bodichiev tournait la statuette entre ses doigts, sans vraiment la regarder. La fatigue recommençait à brouiller sa vue, il cligna des yeux.

« Les parents de Miss Mieszkowski sont… ?

— Morts », répondit laconiquement Emmett, avant d'ajouter : « Enfin, je crois. Kathia est californienne, elle est arrivée ici il n'y a que quelques années. Elle ne parle pas tellement de son passé.

— Pratique ! fit Bodichiev avec un sourire en coin. D'après vous, dans quel genre d'ennuis Miss Mieszkowski peut-elle s'être mise ?

— Aucune idée. »

Emmett se leva et commença à ramasser des objets.

« Si j'étais vous, je ne toucherais pas à tout ça. La police voudra certainement… commença Bodichiev.

— La police ! Il serait peut-être temps qu'on l'appelle, non ? l'interrompit Emmett, inquiet.

— Ça peut attendre encore un instant, dit

Bodichiev. Vous n'avez vraiment aucune idée des ennuis de Miss Mieszkowski ? N'est-ce pas un peu bizarre, pour son petit ami ?

— Mais qu'est-ce que vous voulez que je vous dise ? Je ne vais pas inventer des trucs : à ma connaissance, Kathia n'a aucun problème ! » affirma Emmett. Un ton plus bas, il marmonna : « À part moi, bien sûr, puisqu'elle veut rompre… »

En sortant du 16, Blomfield Road, Bodichiev esquissa une grimace.

Il pleuvait.

Pas fortement : juste une bruine malingre, assez cependant pour être irritante.

Aux deux sens du terme, du reste. Depuis quelques années, il n'était pas rare que la pluie londonienne acquière des propriétés urticantes en passant à travers quelque nuage industriel… Et lorsqu'elle ne piquait pas, il était également devenu coutumier qu'elle salisse, souille, macule, tache tout ce qu'elle touchait… L'effet des averses était devenu aussi imprévisible que le climat lui-même – et du fait des mêmes causes. Le gouvernement évoquait de manière régulière les nuisances industrielles, agitait un plan de déplacement des usines en dehors des zones résidentielles immédiates de London, on grommelait à Whitehall de vagues histoires de décentralisation, on chuchotait entre deux portes ministérielles les mots de « contrôle écologique » – puis un gros bonnet de l'industrie élevait la voix, s'étonnait par voie de presse de l'irresponsabilité gouvernementale en matière d'emplois et de ressources locales… Et tout était oublié de nouveau, mis sous le boisseau en attendant le prochain soubresaut de mauvaise humeur publique.

Plongeant la main dans l'une des poches de son vaste caban, Bodichiev en tira une chose informe et chiffonnée. Sa casquette, pliable et malléable, qu'il cachait toujours dans une poche ou une autre. Tapotant l'objet d'une main molle, il lui rendit un semblant de tenue avant de la visser sur sa tête. Là, au moins son début de calvitie serait protégé du pire des attaques aériennes.

Primrose Hill… Bodichiev ne voyait qu'une chose à faire : se rendre à la boîte qui employait le sieur Emmett et la jeune Kathia. Comment avait-il dit ? Le Hell's Club sur Fitzroy Road. Étouffant un bâillement, Bodichiev se frotta le cou d'un geste machinal. Il avait un début de torticolis, l'épaule droite lui tirait, une vague douleur dans le cou… Enfin, allez : Primrose Hill ce serait.

Empruntant un chemin pavé qui descendait de l'autre côté du bassin, Bodichiev retrouva le chemin de halage qui filait le long du canal en direction de Camden et au-delà. Immédiatement, il se sentit mieux. London permettait toujours de faire un « pas de côté ». Au cœur même de la colossale métropole existaient quantité de ces lieux calmes, des poches de tranquillité au sein de l'agitation urbaine. Le canal du Régent constituait un lieu d'exception au sein même de ces lieux d'exception. Un havre entre terre et eau où les vides de la ville devenaient de véritables espaces. Profitant du regard en coulisse qui lui était soudain permis, le promeneur pénétrait l'intimité de la vie citadine. Les jardins dévoilaient au ras des flots un fouillis de saules, de lierres et de buissons, comme les dentelles soulevées d'un jupon de grande dame. Derrière les ramures s'érigeaient les demeures des derniers nantis à encore vivre dans London. Fardées de roses, ces façades crémeuses érigeaient leur visage poudré en défi au ciel chargé. Bourgeoisement, Bodichiev se serait bien vu habiter par là, au lieu de camper dans son bureau.

Des poules d'eau et des canards glissaient monotones, le vent ridait la surface du canal que criblait la bruine. Un joggeur passa, ahanant dans un vidéophone cellulaire. Grondement lointain de la route, crépitement des gouttes sur le canal, ruissellement de l'eau le long des murs, gazouillis d'oiseaux dans les buissons. Une foulque se mit à criailler, on aurait cru entendre un klaxon – un cri étrangement déplacé par rapport à la sobre tenue du petit volatile, habit noir et bec blanc. Vers l'est résonnait le carillon d'un temple, léger et volubile.

Bodichiev avançait sans broncher, le nez dans son col, la casquette au ras des sourcils. Le pas régulier, il ne ressentait plus les effets de la fatigue : arrive un moment où l'adrénaline remplace toute autre nécessité chez le promeneur. La marche se nourrit alors d'elle-même, elle possède son propre élan.

Sous un pont achevait de rouiller une grosse barge en métal, qui servait de véritable décharge flottante : branchages, caddies, panneaux de circulation routière… Et ça ruisselait, ça ruisselait ; passant entre les énormes piles du Maccesfield Bridge, Bodichiev eut l'impression de pénétrer à l'intérieur d'une fontaine. Les nombreuses chutes d'eau, le vert sombre du canal, les nuances de brun, rouille, glauque, paille, brique, la végétation rousse par endroits et verte par d'autres, les rivets gris clair sous le pont, les mousses sombres, les entretoises noires, les murs en brique d'un violet profond ou d'un carmin léger, brusquement tout dessinait une délicieuse symphonie de couleurs.

Bodichiev sortit du chemin de halage à Primrose Hill, l'effet de l'adrénaline s'étant finalement estompé jusqu'à ne plus laisser dans son corps qu'une vague lassitude, une fatigue plus confortable que réellement handicapante. Traversant une avenue, Bodichiev rejoignit le bas de la colline, sans pénétrer dans le parc : à cette saison les sentiers devaient être boueux et les pelouses désagréablement spongieuses. Nul doute que même les duellistes qui, jusqu'au milieu du XIXe siècle, venaient ici pour résoudre leurs différends devaient éviter de marcher dans l'herbe lorsque le sol était aussi détrempé.

C'est avec un peu de surprise que le détective passa, sur Regent's Park Road, devant la demeure où Karl Marx venait autrefois rendre visite à son grand ami Friedrich Engels. Ce n'était pas la première fois qu'il venait dans ce quartier chic, il avait même visité une fois le musée Arthur Rackham aménagé un peu plus loin, mais jamais il n'avait songé à venir voir cette élégante maison bourgeoise où s'était échafaudée une bonne partie de l'idéologie qui fondait depuis le gouvernement de nombreux pays, France en tête. Le souvenir du papier sur le couple de Bordelais pervers arracha une grimace à Bodichiev.

Signe des temps, le détective vit un peu plus loin son chemin barré par une manifestation : pas de revendication, non, mais de joie. Des hommes et des femmes dansaient dans la rue, célébrant leur fierté et arborant pour beaucoup l'œillet vert qui était leur symbole depuis longtemps : le référendum sur le mariage pour les personnes du même sexe venait, en dépit des réticences de la Russie continentale, de délivrer un retentissant « oui » à la cause homosexuelle. Bodichiev traversa avec le sourire cette foule en liesse, qui réveillait pour une fois ce quartier cossu.

Le Hell's Club se trouvait lui aussi sur Fitzroy Road. Juste à mi-chemin du studio de Rackham et de la maison de Yeats. Discrétion de rigueur dans le quartier : une simple plaque en bronze vissée près de la porte, sous les minces colonnes de ce qui aurait pu être un hôtel *bed and breakfast*. Bodichiev sonna, attendit, puis, faute de réponse, abaissa la poignée de la porte. Qui s'ouvrit. Eh bien soit : le détective pénétra donc dans la demeure.

Il se retrouva dans un vestibule sombre : les murs avaient été peints en noir. Un peu de jour coulait par un rideau, face à la porte d'entrée. Bodichiev le souleva : au-delà s'étendait la salle principale de la boîte de nuit. Les chaises reposaient sur les tables, les pieds en l'air, une caisse de bouteilles bâillait contre une colonne, un balai traînait près du bar. La lumière poussiéreuse d'un vasistas haut placé glissait sur les choses, pâlichonne, avec toute la tristesse qu'acquièrent les lieux de nuit lorsque s'en vient le jour.

Tout au fond de la pièce, à une table d'alcôve, penché sur des papiers, un homme leva soudain le nez. Qu'il avait pointu, très pointu. Avant qu'il n'ait ouvert la bouche, Bodichiev s'était déjà avancé vers lui et, un sourire poli sur les lèvres, demandait :

« Veuillez m'excuser, monsieur, je cherche Miss Kathia Mieszkowski. On m'a dit qu'elle travaille ici…

— Voyez pas que c'est fermé ?! » aboya Nez pointu, immédiatement hargneux. Ses yeux bordés de lard clignaient rapidement, ses cheveux d'un gris éteint lui formaient comme un bol sur le dessus de la tête.

« Toutes mes excuses, assura Bodichiev avec une légère courbette vers son interlocuteur.

— Foutez-moi le camp, bon sang ! aboya encore l'homme au nez pointu.

— Vous êtes le propriétaire ? s'enquit Bodichiev sans s'émouvoir du ton de l'autre.

— Oui ! Et vous, vous êtes qui ?

— Juste un ami de Miss Mieszkowski…

— Eh bien vous lui direz que Walther Tattum n'a plus besoin d'elle ! Trois nuits qu'elle ne vient pas, la garce ! Allez : sortez, sortez ! » glapit rapidement le pointu Tattum qui, se levant vivement, poussa Bodichiev dans le dos. De petite taille, il semblait nerveux comme un singe, pas impressionné du tout par la corpulence du détective qui, d'ailleurs, se laissa reconduire à la sortie sans émettre de protestations.

Vlan ! La porte du club se referma derrière Bodichiev.

Chou blanc, prévisible. Il allait falloir que Bodichiev prenne des renseignements sur ce monsieur Tattum. Et sur sa cliente, bien entendu. Il étouffa un soupir. Quelle barbe.

Traînant des pieds, Bodichiev remonta de nouveau la rue. Pub droit devant ! Le Queens : sans doute le refuge idéal pour un détective qui ne désirait qu'une chose – qu'on lui fiche la paix et qu'il puisse lire tranquillement sans être harcelé par des clients. Que le diable emporte Miss Mieszkowski, elle avait bien eu besoin de lui tomber dessus. Bodichiev se renseignerait plus tard.

Il prit une Guinness au comptoir avant de se carrer au fond de l'établissement, dans une petite salle aux murs tendus de velours vert. Il étendit ses jambes, lourdes et presque douloureuses, sous la table. Il regarda autour de lui, la clientèle clairsemée et exclusivement masculine, avant de prendre son bouquin et de se mettre à lire.

« Monsieur Bodichiev ! C'est la Providence qui vous envoie ! »

Bodichiev fit un saut sur son fauteuil et, les deux mains crispées sur la couverture de son livre, leva les yeux avec crainte : qui était-ce encore ? Qui diable pouvait le connaître dans ce quartier où il ne venait quasiment jamais ?

« Je suis désolé de vous déranger », déclara sans en penser un mot un homme entre deux âges, sobrement vêtu d'un costume aux plis impeccables. « Monsieur le directeur cherche justement à vous joindre depuis ce matin ? »

Bodichiev continua à regarder son interlocuteur, sans répondre. Il détestait qu'on vienne troubler son repos, et il détestait peut-être plus encore les gens indécis qui terminaient toutes leurs phrases par une interrogation. L'homme entre deux âges esquissa un sourire nerveux.

« Hopkins, monsieur Bodichiev. Graham Hopkins, de la Banque Impériale. Nous nous sommes parfois croisés ? »

Bodichiev hocha la tête sèchement. Il remettait le bonhomme : un sous-fifre quelconque de la Banque Impériale. Logeant juste en face des hautaines colonnes de l'établissement, Bodichiev y avait tout naturellement ouvert son compte bancaire. Mais si d'ordinaire ce dernier criait souvent famine, descendant plusieurs fois par an dans le rouge, ce n'était assurément pas le cas pour le moment. Et puis d'ailleurs, depuis quand l'Imperial Bank lançait-elle des fonctionnaires sur la trace de ses clients ?

Refermant son livre en gardant un doigt glissé à l'intérieur, en guise de marque-page, Bodichiev fit signe à l'employé de banque de s'asseoir en face de lui. Toujours sans un mot : il ne se sentait pas d'humeur à ouvrir la bouche sans grogner.

« Merci, fit sans raison le banquier. Monsieur le directeur vous cherche partout, monsieur Bodichiev : la Banque a besoin de vous ! » C'était tout juste s'il n'avait pas des trémolos dans la voix en prononçant cette dernière phrase.

« Besoin de moi ? gronda Bodichiev, la mine renfrognée et la voix basse.

— Absolument ! Il faut que vous veniez, monsieur ? Le directeur est désespéré ? » Se penchant vers le détective, le banquier ajouta sur le ton de la confidence : « Mais je ne peux pas vous en dire plus, pas ici, il ne s'agirait pas que cela se sache dans le public, vous comprenez… »

Pas deux fois dans la même journée ! Grinçant

intérieurement des dents, Bodichiev se força à demander : « C'est vraiment urgent ? Là je ne…
— Mais oui ! Venez, nous allons prendre ma voiture ? »

Les hommes de Scotland Yard ne firent pas preuve de plus d'enthousiasme que Bodichiev : Goudounov et Joukov, deux vieilles connaissances. Le premier – un petit nerveux au visage de fouine – esquissa une grimace furieuse. Le second sourit paisiblement et tendit la main, qu'il avait épaisse et grasse. « Bonjour, Bodichiev. Content de vous voir. Je me suis permis de suggérer à monsieur le directeur que vous auriez peut-être plus de lumières que nous sur cette étrange affaire. Ça ne vous dérange pas, au moins ?
— Ah, des lumières ! Depuis quand des amateurs devraient-ils marcher sur les plates-bandes de la police ?! » jappa Goudounov avec un ricanement. Bodichiev en avait pourtant l'habitude, et bien souvent à la demande même de l'étrange duo.

L'affaire en question fut rapidement expliquée à Bodichiev, par le directeur de la Banque Impériale. Dominé par le dôme de son front chauve, de teint jaune, Son Excellence semblait granuleux tant la nervosité le rongeait ; sa peau desquamait par copeaux et la sueur perlait son front plissé.

« Cinq fois ! Cinq fois que ça se produit et rien, on n'a rien trouvé ! » glapissait-il en se tordant les mains. Oubliées les belles manières et la retenue britannique : Kiril Alexandrovitch, lord Collington-Ashdorf, ne dormait plus, ne vivait plus, ne respirait plus.

Le soir, des lingots d'or emplissaient un coffre. Le

lendemain matin, on le retrouvait vide. Parfaitement vide.

Entre ces deux événements… Rien. Rien de rien : la porte n'avait jamais été ouverte.

Et peu importait le coffre : le grand, ou le numéro untel, ou le numéro machin, rien n'y faisait, au matin chaque coffre se retrouvait parfaitement vide du moment qu'on y avait entreposé de l'or.

Car seul l'or disparaissait : les papiers, les billets, les bijoux, rien de ce qui n'était pas or ne disparaissait.

« Récapitulons : des appareils enregistrent toute ouverture de porte, n'est-ce pas ? »

Hochement de tête de Kiril Alexandrovitch.

« Des caméras surveillent également les portes, c'est bien ça ? »

Nouveau hochement de tête. Un peu plus et le pauvre homme allait se mettre à grelotter.

« Pourquoi n'y a-t-il pas également des caméras à l'intérieur des coffres ?

— Mais il y en a ! grogna Goudounov. Seulement elles ne fonctionnent jamais avec ce voleur-là. Pas d'images du tout.

— Il y a bien d'autres capteurs, dans les coffres, je suppose ? Ne fonctionnent-ils pas non plus ?

— Non, fit à son tour Joukov. Aucun enregistrement : hygrométrie, vibrations, analyse phonique, aucun appareil ne fonctionne jamais. Nous avons tout essayé, rien à faire, la seule preuve du passage de notre voleur est négative, en quelque sorte : il ne laisse derrière lui que du vide ; vide du coffre et vide des enregistrements.

— Et avant de s'éteindre, que disent les instruments ?

— À chaque fois, le capteur hygrométrique semble avoir un sursaut brutal vers le haut – puis plus rien.

— Donc, ce voleur ne laisse pas la moindre trace ?

— Aucune empreinte, si c'est ce que vous voulez dire, concéda Joukov avec un bref hochement de tête. Pas un cheveu, pas une rognure d'ongle, rien de rien, nos spécialistes ont passé les coffres au peigne fin – au peigne moléculaire, même !

— Pour rien », conclut Kiril Alexandrovitch Collington-Ashdorf avec une grimace lugubre.

« Comment l'or était-il réparti dans les coffres, à chaque fois ? N'y avait-il qu'un seul coffre à renfermer des lingots, ou bien plusieurs ? Et dans ce dernier cas, cambriola-t-on chacun des coffres ou un seul par nuit ?

— Tout l'or de chaque coffre a disparu à chaque fois », admit Joukov.

Bodichiev eut un léger sourire et se frotta les mains. Ah, au moins un mystère intéressant !

Kiril Alexandrovitch le regarda se réjouir avec une expression incrédule peinte sur son long visage défait.

« Mais pourquoi diable… commença-t-il à coasser.

— On croirait que ça vous amuse ! aboya Goudounov hors de lui. Mais vous vous rendez compte de ce que cela signifie, bon sang ? Si les coffres de la Banque Impériale ne sont plus en sécurité, c'est tout le pays qui court à sa perte !

— Je l'entendais bien ainsi, rassurez-vous, fit Bodichiev sur un ton à la tranquillité étudiée pour l'agacement du policier. Je ne me réjouis pas de ce malheur, je suis excité par une aussi puissante énigme. Nuance. »

Goudounov poussa un grognement écœuré sous le regard médusé du directeur, dont le nez passait de l'un à l'autre. Joukov demeurait coi, apparemment impassible derrière son début de goitre, les yeux opaques sous ses lourdes paupières.

Les mains croisées derrière le dos, Bodichiev se retourna vers le grand coffre. L'épaisse porte béait dans le corridor vivement éclairé.

« Il y a deux méthodes. La première est du type Poirot : les présupposés sont faux à la base, il convient de remonter avant l'événement pour en trouver l'explication. Dans le cas qui nous occupe, cela signifierait que les coffres dévalisés n'ont en fait jamais été remplis, qu'ils étaient déjà vides avant la fermeture de la porte le soir. »

Collington-Ashdorf émit un bruit curieux, un peu comme s'il venait de marcher sur une rainette humide.

« Les coffres étaient pleins, affirma Joukov sans se départir de son calme bovin. Au moins les trois dernières fois, car une telle éventualité nous était déjà venue à l'esprit et nous avons veillé à chaque étape du processus. »

Bodichiev lui concéda le point d'un bref hochement du menton.

« La deuxième méthode est du type Holmes : une fois éliminées toutes les possibilités, la dernière qui demeure, aussi improbable soit-elle, est la bonne.

— Ah ! Eh bien on vous attend, là ! ricana Goudounov.

— Pourrais-je avoir une chaise, je vous prie ? demanda Bodichiev en se tournant vers lord Collington-Ashdorf. Je vais m'installer ici pour réfléchir », expliqua-t-il en désignant l'intérieur du coffre.

Bodichiev demeura un long moment immobile dans le coffre, assis bien droit sur sa chaise. Il ne regardait pas autour de lui. Il pensait.

Au-dehors, Goudounov faisait les cent pas, Joukov demeurait immobile sans rien afficher de ses réflexions, tandis que le directeur tordait et retordait ses longues mains.

Bodichiev poussa un léger soupir. Aussitôt, Goudounov se raidit, prêt à bondir. Mais le détective privé ne donna pas d'autre signe d'activité. Un long moment s'écoula encore.

« Pensez-vous que l'on puisse installer un frigo à la place d'un des coffres, un de ces grands frigos de boucherie ? » demanda soudain Bodichiev.

On le pouvait, et ce fut fait. Scotland Yard fit venir d'une usine de la banlieue une chambre frigorifique du type que l'on trouve dans les abattoirs. Cet immense réfrigérateur fut installé en lieu et place d'un des plus petits coffres, sans rien changer au plafond ou au sol de ce dernier, seules les parois furent transformées. L'opération ne fut pas une mince affaire, mais enfin, le soir venu, tout était prêt. En temps normal, une telle installation n'aurait jamais été possible en une seule journée – mais il ne s'agissait certes pas d'un « temps normal ». Et on ne badinait pas avec l'or du Tsar.

Les deux inspecteurs de l'Imperial Police Force

vinrent chercher Bodichiev chez lui pour l'amener à la banque, constater que tout fonctionnait selon ses vœux et que l'on plaçait bien des lingots d'or sur les étagères de la chambre frigorifique. Bodichiev insista pour que l'on ne lésine pas sur la quantité de lingots. Lord Collington-Ashdorf semblait près d'expirer, mais il obtempéra. Bodichiev régla lui-même le mécanisme d'horlogerie qui devait déclencher le froid dans la chambre – une sorte de gros réveil, très simple, sans la moindre électronique dans ses composants. Puis les portes furent fermées pour la nuit.

« Ah, au fait, vous avez pensé à mes petites informations ? » fit Bodichiev comme il sortait de la Banque Impériale en compagnie de Joukov. C'était la seule rétribution qu'il avait demandée pour ses services : que l'inspecteur lui fournisse tout ce qu'il pouvait trouver dans les archives policières sur Walther Tattum, Miss Kathia Mieszkowski et Anton Frederick Emmett.

Joukov ouvrit sa mallette pour en tirer une mince liasse de feuilles.

« Voici tout ce que nous possédons. »

Bodichiev le remercia d'un vague mouvement de la tête. Derrière eux, Goudounov souffla bruyamment sa désapprobation.

De retour chez lui, Bodichiev s'assit dans son fauteuil afin d'étudier les documents de l'IPF, mais la fatigue lui tomba dessus comme un grand manteau, menaçant de lui faire ployer l'échine. Il demeura un long moment immobile, les yeux perdus vers le mur d'en face, regardant sans vraiment le voir le tableau qu'il avait sauvé de la faillite paternelle. Un brouillard parme et orangé derrière lequel se distinguaient à peine quelques monuments londoniens.

Avec un gros soupir, il se releva pour aller se faire un thé. Ce serait bien nécessaire, s'il voulait demeurer éveillé encore assez longtemps pour étudier un peu cette affaire Mieszkowski…

Au-dehors, la nuit s'étendait depuis longtemps. En voulant allumer la lumière dans la minuscule cuisine, Bodichiev se cogna douloureusement la main contre une étagère. « Saleté ! La peste soit de cette Miss Mieszkowski ! » jura-t-il à mi-voix, tout en versant de l'eau dans la bouilloire.

Walther Tattum avait un casier judiciaire, quelle surprise. Il était arrivé de Californie six ans auparavant. Diverses arnaques, une suspicion de trafic de drogue. N'était pas propriétaire de sa boîte de nuit, seulement le prête-nom – un paravent mafieux, selon toute probabilité.

Kathia Mieszkowski n'était fichée qu'en tant que chanteuse de cabaret. Arrivée de Californie également, trois ans auparavant.

Rien sur le jeune Emmett. Pourquoi l'IPF s'était-elle intéressée à la chanteuse, mais pas au pianiste ? Négligence policière ou misogynie coutumière. Ou les deux. Et puis la chanteuse venait d'une province lointaine de l'Empire, bien sûr. La Californie… Bodichiev se rejeta en arrière, ferma les yeux. Il rêvait depuis longtemps de se rendre à Saint-Francisbourg, la ville sur les collines.

Le lendemain matin, lorsque les portes du coffre furent de nouveau ouvertes, l'on y découvrit congelée une forme humaine étonnamment translucide. Les lingots se trouvaient toujours en place sur les étagères. Kiril Alexandrovitch Collington-Ashdorf s'évanouit de bonheur, trop d'émotions. Goudounov alla chercher des infirmiers pour que Son Excellence soit transportée à l'hôpital le plus proche.

« Si vous m'expliquiez ? » fit doucement Joukov en relevant la tête. Accroupi près du corps gelé, il venait de l'examiner avec une circonspection presque inquiète.

« Un voleur liquide, voilà ! » s'exclama Bodichiev sur un ton satisfait.

Il énuméra les explications sur ses doigts : structure moléculaire altérée, fluide, permettant à la fois de « couler » par les gaines d'aération d'un coffre, de rendre inopérants les appareils électroniques, de type capteurs et caméras par exemple, et d'opérer la transmutation de l'or. La dernière possibilité qui demeurait, aussi improbable fût-elle, devait forcément être la bonne. Joukov secouait ses bajoues, incrédule. Il fallait pourtant bien se rendre à l'évidence : le coupable était là, devant lui, proprement congelé. Un voleur liquide ! « Mais qu'est-ce qu'on ne va pas inventer encore ? » gémit le policier. « Je crois qu'on appelle ce genre d'expériences génétiques des "modifiés" », ajouta Bodichiev. Joukov gémit derechef.

La couleur du jour : blanc. Un ciel uniformément laiteux qui rendait blêmes les bâtiments et plâtrait les visages. La vapeur s'exhalant des bouches d'échappement se confondait avec l'éclat des nuages. En sortant de la Banque Impériale, Bodichiev prit une grande inspiration et se décida à retourner au Hell's Club. Il fallait qu'il tire les choses au clair, qu'il se débarrasse de cette affaire agaçante. Démarrant d'un bon pas, il se dirigea vers la station de métro de King William Street.

De deux choses l'une : en sortant de son club, soit Tattum remonterait vers l'est, soit il descendrait vers l'ouest. Dans la seconde hypothèse, il passerait forcément devant les vitres du pub Queens. Et cette hypothèse semblait d'autant plus probable que la fiche de police donnait la résidence du sieur Tattum comme étant une péniche, généralement garée sur le bassin de la Petite Venise. Donc à l'ouest de Primrose Hill : Bodichiev entra au Queens.

Il se posta contre une fenêtre, en vue de la porte du club. Ne restait plus qu'à attendre : une bonne partie du métier de détective privé consistait à attendre. Sans certitude quant au fait que Tattum soit à son club ce matin, non plus qu'il décide de regagner sa péniche dans la journée.

Bodichiev monta la chope de Guinness à ses lèvres.

La péniche de Walther Tattum se trouvait bien sur la Petite Venise.

Émergeant de son antre un peu avant midi, le boss du Hell's Club, sans regarder autour de lui, descendit les avenues en direction de la Petite Venise.

Prince Albert Road, St John's Wood Road : ce Tattum n'avait décidément rien d'un homme de goût. Plutôt que d'emprunter le chemin de halage du canal, ce qui aurait été plaisant, ce ridicule individu ne passait que par les grandes artères encombrées d'automobiles, de gyroroues et de camions. Fallait-il être bête, grommelait Bodichiev en son for intérieur, le cou rentré dans les épaules pour se protéger un peu du froid qui devenait cinglant.

La filature l'avait conduit jusqu'au bassin, comme prévu, où Tattum s'engouffra dans une péniche noire et basse, sur le pont de laquelle achevaient de se dessécher quelques plantes en pot.

Bodichiev s'appuya contre le parapet, tira un appareil d'une des poches de son imper et se fourra un minuscule écouteur dans l'oreille droite. Il orienta le petit canon du micro amplificateur en direction de la péniche noire. Restait à régler le volume… Des grésillements s'élevèrent dans l'oreille de Bodichiev, des craquements désagréables au sein desquels il commença à percevoir un bruit de voix. Il tenta d'orienter le micro un peu différemment, mais n'obtint pas grand-chose de mieux. Il ne fallait pas trop en demander à ce petit engin. Était-ce une voix de femme ? Difficile d'en être certain. Tattum ne parlait sans doute pas tout seul. Oui : définitivement une voix de femme. Miss Mieszkowski ?

De là où il se trouvait, Bodichiev ne pouvait pas capter les conversations exactement, mais un bref instant il reconnut, sans la moindre hésitation possible, la voix de Tattum à laquelle répondait un timbre féminin.

Satisfait pour le moment, Bodichiev enfourna le micro dans sa poche et songea à aller s'installer dans un nouveau bar, à portée de vue de la péniche. Voyons, y avait-il ça ? Regardant autour de lui, Bodichiev constata que la gargote, là-bas, ferait certainement l'affaire. Pas un pub, une de ces boutiques à sandwiches où l'on peut s'asseoir.

Une connaissance s'y trouvait déjà : un jeune

homme qui, assis tout contre la grande vitre du restau, braquait sans vergogne une longue-vue sur la péniche de Walther Tattum.

« Bonjour, monsieur Emmett. »

Le jeune homme décolla son œil de la lorgnette et considéra Bodichiev, d'abord stupéfait puis gêné.

« Vous permettez que je m'asseye avec vous ? demanda le détective en tirant une chaise vers la table d'Emmett.

— Vous… Vous surveillez Tattum, vous aussi ? bégaya Emmett en essayant de se donner une contenance.

— Bien entendu. Vous connaissiez son adresse ?

— Non : je l'ai suivi depuis le club. »

Bodichiev laissa échapper un petit rire.

« Moi de même ! Ce monsieur Tattum ne semble pas très méfiant, pour un membre supposé de la pègre !

— Oh, pas supposé ! s'emporta Emmett.

— Ah bon ? Vous savez quelque chose en particulier ? » demanda Bodichiev en levant un sourcil interrogateur.

Emmett ne laissa échapper qu'un grognement étouffé, boudeur.

« Vous savez, c'est pour Miss Mieszkowski que je travaille, vous pouvez certainement m'aider à la retrouver…

— Je sais, fit Emmett agacé. C'est juste que… Enfin, j'ai entendu Tattum dire des trucs, hier soir.

— Vraiment ?

— Oui. Je crois qu'il veut foutre le feu au club.

— Dans quel but, selon vous ? » demanda Bodichiev cependant que le jeune homme fouillait dans ses poches à la recherche d'une cigarette. Nerveux, il s'y reprit à deux fois pour l'allumer.

« C'est facile à deviner, grogna-t-il finalement.

— Oui ? » Nouveau sourcil levé de Bodichiev.

« Tattum n'est qu'un prête-nom pour les vrais boss du club, vous savez. Imaginez qu'il se tire avec la caisse : un incendie, et hop ! le Tattum disparaît sans que ses patrons sachent seulement s'il est encore en vie.

— Bien réfléchi, admit Bodichiev avec un sourire amusé.

— Oh, ce n'est pas de moi. J'ai entendu Tattum quasiment expliquer son plan à un de ses acolytes, le barman, au club, ces deux-là s'entendent comme larrons en foire. Le barman foutra le feu un soir, tant pis pour les clients, et rejoindra ensuite Tattum pour se tirer bien loin de London Metropol Area.

— Tant pis pour les clients… et tant pis pour le pianiste, non ? »

Emmett hocha lentement la tête, le visage sombre.

« Je suppose qu'il va falloir en parler à la police, hein ?

— Ça me semblerait plus sage, en effet.

— Vous ne pourriez pas vous en occuper, vous, vous êtes bien détective…

— Pfou, les coups de filet je laisse cela aux forces de l'ordre officielles, elles sont équipées en hommes et en matériel. »

Emmett hocha de nouveau la tête, lentement. Le ciel blanc, au-dehors, l'éclairait de manière crue, avec une netteté presque douloureuse. Toutes les nuances de doute, de colère, de résolution se lisaient successivement sur son visage.

« Bien. On va prévenir la police, alors. »

Comme il faisait mine de se lever, Bodichiev le retint par la manche.

« Attendez, j'ai encore une chose à vous demander. »

Emmett se rassit lourdement.

« Vous m'aviez dit que Miss Mieszkowski venait de Californie (Emmett fit un signe d'acquiescement), mais savez-vous que monsieur Tattum vient également de là-bas ?

— Hein ? Non, pas du tout, je ne le savais pas !

— Croyez-vous que Miss Mieszkowski et Walther Tattum auraient pu se connaître là-bas ?

— Mais non ! Je m'en serais rendu compte, s'ils s'étaient déjà connus !

— En êtes-vous certain ? »

Le visage d'Emmett vira au rouge. Colère, jalousie, confusion ? Il ne dit pas un mot.

Bodichiev avait pourtant prévenu Joukov et Goudounov de l'imminence du danger, mais pensez donc : le soir où l'incendie se déclara au Hell's Club, ces messieurs de l'Imperial Police Force ne furent pas fichus d'empêcher Tattum de filer. Et pendant que les pompiers faisaient en sorte d'enrayer la catastrophe sur Fitzroy Road, Bodichiev demeurait seul à la Petite Venise pour constater que la péniche noire s'éloignait tranquillement, sur le bras du Grand Union Canal qui glissait en direction de Birmingham.

Joukov ne discuta même pas lorsque, ayant fait freiner son chauffeur devant le pont où Bodichiev l'attendait en fulminant, il reçut des instructions précises du détective privé. Le moment n'était plus à la contestation des prérogatives, mais à l'action : en fonçant en voiture jusqu'au pont de Ladbroke Grove, il devrait être possible d'arraisonner la péniche.

« Il faut placer vos hommes de chaque côté du canal, en dessous du cimetière de Kensal Green et en face, sur le chemin de halage, la péniche sera obligée de stopper si vous la menacez suffisamment ! »

Les phares des voitures policières et une puissante lanterne traînée depuis le cimetière éclairaient crûment la scène, découpant la zone du canal en larges plages d'ombre et en espaces d'un jaune brutal. Walther Tattum n'avait fait ni une ni deux pour se rendre : il avait suffi que Joukov beugle quelques injonctions dans le mégaphone et le petit escroc au nez pointu avait immédiatement coupé les gaz, rabattu sa péniche contre le quai. Grincements, éclats de voix, entourés par les agents de police deux silhouettes avaient émergé de la péniche : Walther Tattum et une jeune fille – Miss Mieszkowski, bien entendu.

Ce fut bref. Un coup de feu claqua soudain. Avec un cri, Tattum s'écroula. Il se tenait l'épaule gauche. Kathia demeura figée sur place, entre deux policiers. Bodichiev se retourna en direction du tireur. Emmett se tenait là, ceinturé par un groupe de policiers ; il vociférait, tentait d'échapper aux hommes qui le maintenaient afin de se précipiter sur son rival. « Salaud ! Voleur ! J'aurai ta peau ! » Dans la pagaille, son arme était tombée au sol, un policier se pencha pour la prendre. Effondré au sol, Tattum gémissait, l'épaule en sang. « Kathia, je t'aime ! » cria encore Emmett avant de disparaître, repoussé par les agents de police, emporté par eux. « Je t'aime ! »

Miss Mieszkowski n'avait toujours pas bougé. Le visage terriblement pâle, le regard fixe en direction d'Emmett, elle porta une main à sa bouche, elle semblait sur le point de pleurer. À ses pieds gémissait toujours Tattum, dont un agent s'occupait déjà, linge ensanglanté à la main. Kathia ne baissa pas les yeux vers l'homme, elle frissonna violemment et rencontra le regard de Bodichiev. Son visage se crispa en une grimace d'anxiété, elle ferma les yeux et baissa légèrement la tête, ses cheveux balayèrent le devant de son visage, cachant sa peine au détective.

L'air sentait encore la poudre, résonnait toujours du coup de feu et des cris désespérés d'Emmett ; autour de Kathia, de Bodichiev (tous deux immobiles, presque figés) et de Tattum (recroquevillé sur la chaussée), la masse policière s'agitait vaguement, taches sombres en mouvement, désordre, talkies-walkies et sons sans signification. Le hurlement d'une ambulance s'approcha. Bodichiev contemplait, pensif, le rideau de cheveux de Kathia.

C'est tout au bout de cette trop longue nuit que Bodichiev retrouva celui qui aurait eu plus de logique à être son client que la Miss Mieszkowski : Emmett. Aux petites heures, la police se décida à le relâcher, la balle n'ayant fait que traverser l'épaule de Tattum et ce dernier, hospitalisé, refusant de porter plainte contre son pianiste – trop occupé sans doute à s'inquiéter tant des poursuites judiciaires que, peut-être plus urgent encore, de la revanche probable de l'organisation criminelle qu'il avait tenté de flouer.

Dans un rare accès de confidence, Goudounov apprit à Bodichiev que le sieur Tattum avait déjà commencé à se mettre à table, dénonçant le plus grand nombre possible de ses complices et du réseau qui les employait, afin d'obtenir l'assurance d'une protection policière.

Puis Bodichiev et Emmett sortirent ensemble de New Scotland Yard, dans une aurore qui vous enfonçait ses doigts froids et blafards dans les côtes. Les deux hommes trouvèrent immédiatement refuge dans une gargote proche, qui servait à cette heure terriblement matinale du chocolat chaud pour les porteurs d'un marché voisin.

Emmett pleura, de rage et de honte. Bodichiev, gêné par les épanchements du jeune homme, sentait son cœur se serrer sans savoir quelle attitude adopter. Enfin, cédant aux demandes pressantes de son interlocuteur éploré, qui prétendait vouloir comprendre, Bodichiev expliqua.

« Miss Mieszkowski et monsieur Tattum se connaissaient déjà, bien avant que vous ne fassiez leur rencontre : tous deux originaires de Saint-Francisbourg, ils avaient sans doute déjà été amants dans le passé. En travaillant au cabaret, Miss Mieszkowski a réalisé que Walther Tattum détournait des fonds. Et elle se sentait en danger, puisqu'elle en savait trop. En me reconnaissant dans un pub, elle eut l'idée d'assurer ses arrières. Elle venait en effet de décider de mettre Tattum au pied du mur. Pourtant, au lieu de se fâcher, Tattum lui proposa un marché ! Ils disparaîtraient ensemble, avec le magot. Tattum était-il sincèrement retombé amoureux de la jeune femme, ou pensait-il la doubler elle aussi un peu plus tard, nous ne le saurons jamais, je suppose… Seulement, problème : comment égarer les soupçons, nous écarter et me laisser en plan ? Pressée par le temps et ne sachant trop que faire, alors que par sa propre faute je me trouvais déjà impliqué, Miss Mieszkowski imagina de mettre en scène son rapt. Une sottise, bien entendu. Toujours est-il qu'elle saccagea son appartement – sans se résoudre vraiment à casser ses affaires. J'avais été frappé, lors de notre discussion sur le divan, par le fait que les choses semblaient seulement renversées, jamais détruites. Miss Mieszkowski se cacha sous notre nez – elle pensait passer inaperçue en attendant son départ, dans la péniche de Walther Tattum. Bien sûr, c'est toute cette mise en scène qui m'a fait poursuivre l'enquête ; et m'ayant embauché sur un coup de tête, Miss Mieszkowski ne savait plus que faire pour se débarrasser de moi… Que pensait-elle obtenir, en feignant un enlèvement ? Je me demande si son départ avec Tattum était entièrement volontaire.

— *Da* ! C'est ça ! Elle voulait que vous la retrouviez, bien sûr ! » s'exclama le jeune homme.

Bodichiev haussa légèrement les épaules, une moue dubitative sur les lèvres.

Avec un soupir las, Bodichiev poussa la porte du Green Man. Cette fois il s'était choisi un pub dans une petite rue de Fitzrovia, derrière le Middlesex Hospital. Personne ne viendrait l'importuner ici. Il prit une Guinness au bar puis alla s'écrouler sur une banquette. Tirant son bouquin de la poche de son imper, il commença à lire. Une douce chaleur régnait à l'intérieur de l'établissement, idéalement calme, reposant, avec peu de consommateurs.

La porte du pub claqua : « Monsieur Bodichiev ! Ça alors, quel hasard de vous trouver là, justement je vous cherchais ! Je passais par là et je vous ai aperçu à travers la vitrine ! » s'exclama Viatcheslav Pavlovitch avec son enthousiasme coutumier.

La forme d'une ville

Bodichiev demeura longtemps planté en plein milieu du carrefour désert, savourant le spectacle depuis ce sommet. Mais la fatigue se faisait sentir : le point dans son dos devenait brûlure. Sa vieille douleur dans l'épaule droite se réveillait. Il remit en branle sa vaste carcasse pour descendre l'avenue. Il avait soif, besoin de s'asseoir. Pas de pubs à Saint-Francisbourg, mais un petit restaurant s'ouvrait justement là, au bord du boulevard. Les palmiers oscillants et la largeur impressionnante de l'artère conféraient au lieu des allures de quai, de bord de mer. Bagdad Café : Bodichiev négligea les chaises en fer qui s'alignaient au-dehors, préférant la quiétude et l'ombre de l'intérieur.

Il s'apprêtait à s'asseoir lorsque se fit entendre le grelot acide de son vidéophone cellulaire. Sitôt la molette tournée, le visage blafard d'Elzbieta Piotelovna s'inscrivit sur le petit écran.

« Monsieur Bodichiev ! Revenez vite à la Cité des Sciences ! On a tué le directeur ! »

Jamais auparavant Bodichiev n'avait quitté la vieille Europe. Et qu'il avait été long, ce voyage !

Lorsque Elzbieta Piotelovna avait transmis au détective cette invitation à participer à une conférence sur la liane de la Tunguska, il ne s'était bien évidemment pas fait prier : quelle belle occasion de voir Saint-Francisbourg. Las, l'imprévisible s'en était mêlé, sous la forme du soudain embargo des États-Unis sur les escales par la côte est du continent américain.

Après des décennies de troubles et d'escarmouches, un véritable conflit armé venait d'éclater entre l'ancienne colonie britannique et ses deux puissants voisins du sud, le Brésil et le Paraguay. Les tentatives de médiation de l'Empire du Mexique, de même que celles de la Grande Russie, n'y avaient rien fait.

« Vous avez vu ? » s'exclama Elzbieta en levant brièvement sa bouille ronde de la feuille de chou qu'elle consultait. « Les Français reparlent de la nécessité d'établir une organisation supranationale d'entente entre les peuples ! Quelle belle idée ! Mais ça ne marchera jamais : les Patries Unies, c'est bien un rêve de socialistes, ça, hélas... » Avec une moue attristée, la jeune femme replongea dans sa lecture.

Bodichiev la regarda un instant, avec un sourire attendri, avant de reporter son attention sur le paysage autour de l'arrêt de bus. Si l'astrophysicienne pouvait se passionner plus pour les affaires internationales que pour le décor californien, qu'elle connaissait déjà, pour sa part Bodichiev trouvait un plaisir certain dans la contemplation de ces collines de Saint-Bruno que brûlait le soleil. Le véhicule qui devait passer les prendre se faisait attendre, mais les deux voyageurs n'étaient plus à cela près. Combien de temps avait duré le voyage ? Bodichiev n'osait pas faire le calcul. Partis de London Metropol Area, ils avaient dû traverser tout le continent russe avant de franchir le Pacifique. Ils avaient effectué de multiples étapes, avaient dormi à Riga, Moskva, Krasnojarsk, Bratsk, Jakutsk et Markovo, puis encore à Anchorage, première escale sur la façade russe du continent nord-américain. De là, un dernier dirigeable les avait descendus depuis les vastes forêts de l'Alaska jusqu'aux collines arides qui entouraient l'aérodrome de Saint-Bruno, en bas de la baie de Saint-Francisbourg.

Bodichiev l'avait su, de manière toute théorique : le désert, en Californie, ne se trouvait jamais bien loin. Mais c'était une chose que de le lire dans tel ou tel manuel de géographie, et une autre de le constater de visu. Couvertes d'une végétation rare et pâle, de molles collines cernaient dans les tons brun et or le pourtour du terminal. Un large ruban d'asphalte brillait au soleil, découpant une tranche de paysage en direction de la grande cité. En fait de forêt, au-delà de celle des tours d'amarrage, une masse de panneaux publicitaires jonchait les abords du long bâtiment de l'aérodrome, se disputant la possibilité de vanter les mérites de produits ô combien californiens, par exemple du matériel informatique.

Enfin, un homme en livrée verte sortit du terminal et, s'approchant de Bodichiev, s'enquit dans un russe terriblement labialisé (ha, l'accent californien ! Il allait falloir que Bodichiev s'y habitue) s'il était bien le visiteur que devait passer prendre une navette de la Cité des Sciences.

« C'est bien moi, et voici la doctoresse Piotelovna », répondit le détective en désignant la jeune femme qui levait le nez de son journal en clignant des yeux.

L'homme en vert, le visage taciturne, consulta un papier et esquissa un hochement de tête :

« C'est bien cela. Je suis chargé de vous présenter les excuses du directeur Smolov-Barnard, un embouteillage a retenu la navette routière. La Cité des Sciences vous a envoyé un de ses taxicoptères à la place. »

Surpris, Bodichiev ne fit pas de commentaire. Il tendit la main à sa compagne de voyage pour l'aider à se lever et ils suivirent ensemble l'homme en livrée. Des parements dorés ornaient le bord de ses manches ainsi que ses épaulettes, lui conférant l'aspect d'un groom d'hôtel. Ses manières vaguement obséquieuses (en dépit de son long visage morose), sa façon d'incliner légèrement la tête sur le côté en un geste de politesse attentive, un peu désuète, renforçaient cette impression. Seul son épouvantable accent le dénonçait comme un citoyen de la Californie plutôt que d'une respectable province ancienne de la Russie. Mais alors qu'il suivait leur guide à travers les couloirs et les grandes salles moquettées du terminal, Bodichiev n'entendait autour de lui que les labiales exagérées de ce même accent. Avec un petit sursaut d'excitation, il se dit qu'allons, il était bel et bien à l'autre bout du monde – sur ce nouveau continent que les Tsars avaient conquis autrefois, en dépit des volontés espagnoles et des velléités étatsuniennes.

Ils ressortirent enfin à l'air libre, sur le toit d'une longue extension du bâtiment. Elzbieta s'exclama, joyeuse : « Chic, nous avons droit à un tour aérien ! Ah, ce sera autrement plus amusant que d'y aller par la route ! »

Devant eux, posée sur le béton sablonneux, se trouvait en effet la masse imposante d'un autogire bien particulier : une des navettes aériennes du projet Broadacre, l'un des fameux « taxicoptères » dessinés par Frank Lloyd Wright.

Une grande cabine arrondie, comme une galette de verre, que couronnait un mince bouquet de pales. Bodichiev ne retint pas un léger sifflement d'admiration. Première fois qu'il voyait de ses propres yeux l'un de ces superbes appareils. Autrement plus élégants que les habituels autogires londoniens, les palets volants incorporés par Wright dans le projet Broadacre n'avaient pourtant pas obtenu encore d'autorisation d'exploitation industrielle en dehors de la Californie – pour des raisons plus politiques qu'autre chose. Le détective venait de lire à ce propos un article sur le procès qu'intentait la firme Breckski & Van Pol pour défendre ses intérêts.

« Installez-vous où vous voudrez, messieurs-dames », indiqua le maussade en vert avec une petite courbette.

Bodichiev et Piotelovna grimpèrent sur le marchepied et pénétrèrent dans la petite cabine circulaire. Six sièges s'y alignaient à égale distance sur tout le périmètre, chacun avec une vue parfaite depuis la baie vitrée qui formait les parois du véhicule.

Le siège immédiatement en face de la porte était celui du conducteur : un volant et un étroit tableau de bord le désignaient comme tel. Au centre de la cabine, dans l'espace laissé libre par la ronde des sièges, trônaient les bagages des deux voyageurs. Satisfait de constater que les services de l'air ne les avaient pas égarés, Bodichiev se décida à poser son large postérieur dans l'un des fauteuils. Piotelovna s'installa à ses côtés avec un soupir de plaisir. L'homme en vert rabattit le capot de la portière et vint occuper la place devant le volant. Quelques gestes au-dessus du clavier et une vibration légère emplit l'habitacle de verre. Insensiblement, la flèche qui pointait sous l'habitacle du taxicoptère se dégagea de son logement et l'appareil volant se mit à planer au-dessus du bâtiment, avant de soudain plonger vers le ciel.

Un immense panorama de collines brûlées s'ouvrit sous les yeux de Bodichiev, puis des poches de végétation que divisaient les griffures pâles des routes. Un long moment, le taxicoptère suivit le sillon brillant de l'autoroute et les deux passagers eurent tout le loisir de contempler le profil à la fois altier et déchiqueté du centre-ville de Saint-Francisbourg. Les gratte-ciel se découpaient en ombres cramoisies sur le jour bleu et vif. Puis, comme les bâtiments commençaient à acquérir leur teinte véritable, blancheur des parois et éclat du verre, le taxicoptère vira de bord, décrivant un demi-cercle dans une inclinaison qui fit basculer l'horizon de la baie. Sous l'appareil volant filait le tapis apparemment uniforme des avenues et des rues à angle droit, comme une grille démesurée qui emplissait la presqu'île de Saint-Francisbourg. Des hauteurs apparurent, couverts de végétation, leurs flancs trop abrupts pour que les maisons les escaladent.

Ces petites montagnes au cœur de la ville formaient une sorte d'épine dorsale de l'urbanisation, une brisure irrégulière au sein de l'apparente monotonie des rues. Puis, de l'autre côté, l'espace s'ouvrit sur une autre grille : des carrés si vastes et si verdoyants qu'on hésitait à leur trouver un caractère urbain. À la minéralité de Saint-Francisbourg succéda la verdure généreuse de son front océanique, Broadacre City. Presque invisibles au sein de la végétation, les maisons ne consistaient qu'en de discrètes virgules de couleur.

Se densifiant de nouveau, le tissu urbain vit son apogée autour de l'aiguille immense qui dominait le paysage – la Cité des Sciences, Université de Californie à Broadacre City !

Le taxicoptère décrivit une nouvelle courbe, incliné sur la droite afin de contourner l'immeuble géant. Un instant ébloui par le soleil, Bodichiev réalisa que la douce courbure du paysage, sous ses pieds, n'était autre que le port de Broadacre – et la vastitude bleutée du Pacifique perdit son regard dans les brumes lointaines, quelque part vers l'endroit où l'horizon devait entamer sa propre courbe.

Ayant fini de tourner, le taxicoptère plongea vers la cime des arbres, juste au pied de la tour. Avec un frisson délicieux, Bodichiev feignit de croire une seconde ou deux que leur pilote allait les précipiter dans les branches sombres. Une clairière s'ouvrit, bien sûr, et le léger appareil alla se poser dans une vasque d'appontement tel le bec d'un oiseau-mouche dans la corolle d'une fleur. La vibration s'éteignit, le pilote tout de vert vêtu se retourna vers ses deux passagers : « Bienvenue à l'UCBC. »

Les branches des pins oscillaient autour de la cabine, mimant le mouvement de deux mains qui se serrent pour un salut. La portière s'ouvrit avec un soupir mécanique et le chant des oiseaux pénétra dans la rotonde vitrée.

« Désolé, je suis désolé ! » s'exclama le géant qui les attendait au pied de l'escalier. Le taxicoptère avait planté sa flèche inférieure au sein du logement prévu à cet effet et le marchepied s'était déplié jusqu'au bord de la corolle de béton qui servait de support à l'appareil au repos. Autour d'eux, la clairière se perçait à intervalles réguliers de ces singulières constructions – une tige drue supportant l'évasement de la corolle d'appontement. Certaines vides pour l'heure, d'autres avec un taxicoptère benoîtement posé en leur sommet. De chaque tige descendait un léger escalier en colimaçon, élégante structure en métal blanc.

Bodichiev n'avait pas plus tôt posé les pieds dans l'herbe que le géant se précipitait sur lui et lui serrait la main dans les deux siennes.

« Je suis le directeur Smolov-Barnard, monsieur Bodichiev, c'est un honneur et un plaisir de vous avoir parmi nous, vraiment un honneur ! »

Doyen de l'Université de Californie à Broadacre City, il arborait une énorme barbe blonde, digne d'un pirate de légende, une ressemblance à laquelle ne devaient pas peu contribuer les grands anneaux dorés qui lui perçaient les oreilles. Si Smolov-Barnard se trouvait présentement en costume sombre, élégamment cintré à la taille, on l'imaginait mieux en fourrure et muni d'une hache, comme le guerrier viking dont il avait dû hériter en ligne directe.

Abandonnant son vigoureux secouage de paluches, le directeur se précipita ensuite pour engloutir Miss Piotelovna dans une étreinte d'ours.

« Elzbieta ! Quel plaisir de te revoir ! » s'exclama Smolov-Barnard, serrant la petite bonne femme ronde contre son ample poitrine. La jeune astrophysicienne laissa échapper un rire, sans doute habituée à l'exubérance de son hôte. Ce dernier continuait sur le même ton, à la fois enjoué et tonitruant : « Vraiment, je suis désolé, les embouteillages sont de pire en pire à Saint-Francisbourg ! Le minibus que nous avions envoyé vous prendre à l'aérodrome s'est retrouvé complètement bloqué, et le temps que le chauffeur trouve une cabine vidéophonique pour nous prévenir, vous avez attendu, c'est impardonnable !

— Ne vous inquiétez pas, monsieur le directeur, nous n'en sommes pas morts. L'attente était tout à fait supportable, affirma Bodichiev avec un sourire conciliant.

— Oh et puis le voyage en taxicoptère, ça c'est chic ! Je me sens redevenir petite fille chaque fois que je grimpe dans un de ces merveilleux engins ! ajouta Miss Piotelovna avec entrain.

— Ah oui, ce sont des appareils formidables, soupira le directeur. Mon grand regret, c'est que nous n'ayons pas encore obtenu le droit d'en exporter dans le reste de l'Empire. C'est tout de même malheureux… Mais trêve de regrets ! Monsieur Hoadley, vous apporterez les bagages, n'est-ce pas ? » ajouta le géant blond comme le pilote émergeait de la spirale de l'escalier. L'homme en vert fit une rapide courbette et s'engagea de nouveau dans le colimaçon. Bodichiev se dit que le mode de support des taxicoptères ne devait guère être pratique pour le déchargement de bagages ou de marchandises.

Smolov-Barnard guida ses deux invités à travers la pelouse, sous le feuillage grêle des grands pins qui firent bientôt place au jaillissement rugueux et au plumet d'immenses palmiers. Ces derniers courbaient leur haute tête emperruquée au-dessus de ce qui devint peu à peu une allée et qui, en s'élargissant et se couvrant de sable, conduisit les pas des visiteurs jusqu'à une monumentale porte ceinte de plaques de bronze aux motifs mayas. Des vasques en béton beige couvertes de sculptures géométriques, polygones en chaîne s'extrudant du matériau, formaient une haie d'honneur aux derniers mètres du parcours, de chaque côté du sentier qui grimpait en pente douce jusqu'à l'entrée. Vertigineuse au-dessus de leurs têtes, la tour de la Cité des Sciences (le gratte-ciel le plus élevé du monde !) perçait les nuages avant que son sommet ne s'y engloutisse.

Bodichiev s'assit sur le lit avec la sensation d'avoir la tête trop légère et que ses jambes allaient se casser. Une douleur aux genoux le fit grimacer. Il n'allait quand même pas tomber malade au moment précis où il arrivait enfin sur le continent américain ? Non, il ne s'agissait certainement que d'un peu de fatigue, se dit-il en s'étendant sur le dessus-de-lit aux motifs géométriques. La rigueur du voyage, sa durée et les décalages horaires successifs, les escales dans les aérodromes des cités les plus perdues de l'Empire, tout cela avait été absolument épuisant. Il se sentait à la fois alangui et vaguement douloureux.

Pourtant, quel bonheur de se trouver là ! se dit-il soudain dans une sorte de soubresaut de joie. Saint-Francisbourg !

Petite, mais confortable, la chambre voyait ses murs peints d'une tendre nuance beige-rosé, son plafond orné de motifs typiques de l'art de Frank Lloyd Wright, blanc sur blanc, complexes et imbriqués ; une tablette courait sous la fenêtre. Bodichiev se dit qu'il devrait se lever pour aller admirer le paysage. L'énergie lui manqua et il resta à contempler le labyrinthe au plafond, dans un état de douce lassitude béate.

Rafraîchi par sa sieste, Bodichiev émergea de la chambre de nouveau dispos et enthousiaste. Quel était le programme ? Le directeur Smolov-Barnard n'en avait rien dit, les abandonnant sur le pas de leurs portes respectives avec un simple : « Je vous laisse vous reposer. » Le cycle de conférences ne débutait que dans deux jours : Miss Piotelovna avait prévu large, de manière que son invité puisse prendre le temps de visiter la ville.

Bodichiev hésita une demi-seconde devant la porte de sa voisine, avant de décider que non, il n'allait pas la déranger. Il pouvait se débrouiller tout seul. Il remonta le large couloir qui bénéficiait de la ouateur discrète d'un éclairage *a giorno* et d'une moquette confortable. À son extrémité, le hall d'ascenseurs baignait dans un clair-obscur bigarré, fruit de la lumière rouge, jaune et vert que filtrait un vitrail aussi étroit que haut. Bodichiev se surprit à sourire en appuyant sur un bouton pour appeler la cabine : il venait de se demander où pouvait bien se trouver le bar. Ah, incorrigible buveur ! Il lui avait semblé voir des indications, lors de leur montée… Effectivement : chaque bouton d'étage s'accompagnait d'une mince plaque explicative. Laboratoire A, B, C ou D, auditorium n° 1, 2 ou 3, salle ceci ou salle cela… Et, bien entendu : un bar panoramique, au sommet de la tour. Les portes de la cabine se refermèrent sans bruit.

De sa pointe effilée comme une lame de couteau, la tour de l'université dominait tout le quart sud-ouest de la mégalopole. Il n'y avait pas grand monde dans la salle panoramique, Bodichiev en profita pour s'installer au bord de la baie vitrée. Il sortit son guide et l'ouvrit à la page du plan de la ville, pour se repérer. Au préalable, il avait fait un détour par le comptoir et, ayant soupé de toutes les bières infectes qu'il avait dû ingurgiter depuis son départ de l'archipel britannique, il avait parié sur l'intérêt du vin rouge local, de bonne réputation.

Non loin du pied de la tour s'étendait la courbe d'une baie sur l'océan : l'ancien lac Merced, ouvert sur le Pacifique lors des travaux d'aménagement de Broadacre City. Cette partie de la péninsule saint-francisbourgeoise n'avait pas été développée auparavant, ce qui explique que la Fondation Frank Lloyd Wright ait pu la sélectionner pour l'exécution en grandeur réelle des plans de son créateur. Le territoire couvert par le large quadrillage de Broadacre City s'abritait du reste de la ville par une sorte de frontière naturelle, celle-là même qui avait fait obstacle à la progression de la grille saint-francisbourgeoise. À l'angle de ce territoire nouveau s'érigeait le plus haut sommet de la péninsule, le mont Davidson qui, du haut de ses 285 mètres, contemplait d'un côté la double pointe des Twin Peaks avec, au-delà, toute l'agglomération de Saint-Francisbourg, et de l'autre côté le patchwork émeraude de Broadacre City. Un grand bouddha de bronze jetait depuis son sommet des reflets apaisants.

La bordure est du développement Broadacre se trouvait délimitée par la barre rocheuse qui occupait plus ou moins le centre de la presqu'île, la chaîne Saint-Michel et ses multiples plissements. Là, dans ses canyons tortueux et ses déclivités boisées, les deux grilles trouvaient leur limite, se contorsionnaient pour escalader des pentes et franchir des crevasses, abandonnaient enfin, laissant libres de routes ou d'habitations les arêtes et les corniches.

Apercevant cependant sur une hauteur une construction d'étrange aspect, Bodichiev sortit d'une de ses inépuisables poches une longue-vue télescopique, qui d'ordinaire lui servait plutôt en cas d'enquête sur le terrain. Sous ses yeux, le fatras vert d'une pente rocheuse prit de la précision et, d'un léger coup de menton, grimpa jusqu'à l'élégance solitaire d'une large tour, presque une ziggourat, dont les spirales successives couronnaient la forêt. Pour la forme, ce grand bâtiment rappela curieusement à Bodichiev celle de la tour de Tatline, qu'il avait déjà eu l'occasion d'admirer à Paris. Mais ici, point de monument à l'idéologie marxiste-engelsiste, non plus que de ferraille peinte en rouge : cette cylindrique pyramide resplendissait en marbre et en pierre, blanche et rose sous le ciel d'un azur sans accroc. De quel palais s'agissait-il ? Il faudrait qu'il se renseigne.

Tournant son attention au-delà des montagnes, Bodichiev s'amusa à observer Saint-Francisbourg à la longue-vue. Droit devant lui, presque au bord du miroitement indécis de la Baie, s'élevait la Tour transaméricaine – moins élevée que la Cité des Sciences, impressionnante néanmoins et de forme curieuse. Encore un rappel des pyramides ? Les Saint-Francisbourgeois semblaient raffoler des formes plus ou moins triangulaires.

De là où se trouvait Bodichiev, il était difficile de discerner d'autres détails précis de la ville. Les rues filaient rectilignes, traits de craie brisés ici et là par le rehaut d'une colline. L'une d'entre elles présentait en son sommet une étroite tour ronde, que Bodichiev devinait à grand-peine dans son objectif : la tour Coit. Consultant son guide, il lut qu'il s'agissait du monument érigé par une riche excentrique en l'honneur des pompiers, qu'elle admirait. Parfois surgissait le carré de verdure d'un parc. Des taxicoptères, nombreux, filaient de droite et de gauche, partout dans les cieux comme des abeilles affairées.

Bodichiev savoura une gorgée, puis une autre, de son excellent vin californien, avant de reporter son attention sur la ville en dessous de lui.

Broadacre City faisait la part belle à la végétation, au sein de laquelle se distinguaient de loin en loin, lorsque le permettait la hauteur des pins, celle des eucalyptus ou l'étendue d'un potager, le L d'une demeure privée. Pour la plupart conçues par Frank Lloyd Wright lui-même, à la rigueur par l'un de ses assistants, les grandes maisons du projet Broadacre, la « cité vivante », se conformaient au plan idéal prévu par le grand architecte – ce qu'il nommait une architecture « usonienne », organique et économique, confortable et à plan ouvert.

Bodichiev reposa sa longue-vue avec un soupir satisfait. Son verre était vide. Il avait assez repoussé le moment de se confronter pour de bon à la géographie saint-francisbourgeoise.

Bodichiev consulta le plan du métro, au dos de son guide : une station du BART (le métro qui traversait tout Saint-Francisbourg et l'est de la Baie) se trouvait, bien entendu, non loin de la Cité des Sciences. Il lui suffirait de descendre, voyons, à l'arrêt de la rue du Marché, et il se trouverait pile en plein centre. À moins qu'il ne se rende tout de suite à l'Embarcadero ? Il avait terriblement envie de voir la baie… Enfin, il déciderait en chemin. Bodichiev rangea le petit ouvrage et la longue-vue dans ses poches. L'imper ne serait-il pas un peu trop chaud pour le climat californien ? Diable, il n'avait pas songé à cela. Trop tard pour changer de tenue : il avait la flemme de retourner dans sa chambre.

Il appuya d'un index décidé sur le bouton du rez-de-chaussée. Bien entendu, il aurait peut-être dû prévenir Miss Piotelovna, mais il se sentait d'humeur plutôt égoïste. Elle lui avait dit qu'ils auraient quartier libre pour leur première journée et il entendait en profiter : leur voyage au long cours avait éveillé en lui quelques relents de claustrophobie.

Il se trompa et émergea de la tour non par la porte qui donnait sur les reposoirs à taxicoptères, mais par une sortie semblable. Tout aussi monumentale, à ceci près que la déclivité sableuse débouchait sur une avenue. Grand bien lui en prit, finalement : la station du BART se trouvait de ce côté-là du centre-ville. Si du moins l'on pouvait appeler ainsi cette artère champêtre, qu'accompagnaient de chaque côté des rangées d'eucalyptus à l'immense chevelure hirsute et des buissons de toutes sortes. Les larges trottoirs se couvraient du sable sombre que semblait privilégier la voirie locale ; le boulevard lui-même était asphalté, mais rigoureusement désert, sans la moindre circulation tandis que, des deux bords, les trottoirs se trouvaient pleins de monde, surtout des jeunes gens, étudiants sans doute. Les embouteillages dont le directeur se plaignait tantôt ne se situaient pas dans les environs.

Bodichiev demeura un moment immobile, indécis, regardant de droite et de gauche sans parvenir à se décider sur la direction à prendre. Il lui aurait fallu ressortir le guide de sa poche et il y rechignait, à la fois par flemme et par coquetterie – il n'avait pas envie de s'exhiber en pleine rue avec une carte dépliée, pas envie non plus qu'un de ces superbes jeunes gens, bronzés et rieurs, ne le prenne pour un vieux touriste égaré.

Il n'était pas aisé de se repérer : à l'exception de la flèche immense de la Cité des Sciences, derrière lui, aucun bâtiment n'était réellement visible. Tout juste pouvait-on deviner des formes minérales, derrière le rideau végétal. Enfin, Bodichiev se décida pour la gauche : il lui semblait se souvenir de l'orientation des lieux. Le port devait se trouver là-bas à droite, tout au bout de l'avenue. Et puis, peu importait, après tout : il était là pour découvrir la ville, autant commencer par ce bout de Broadacre City, avant de se rendre dans Saint-Francisbourg proprement dite.

Bodichiev appréciait l'ombre chenue et pointilliste projetée par le feuillage en lamelles des eucalyptus. Cela donnait à la promenade, sous les fûts rougeâtres, une grâce toute particulière. Une patrouille de police passa en sens inverse, juchée sur des bicyclettes noir et blanc. Ainsi, même la présence des forces de l'ordre paraissait plus légère. Et puis bien sûr, les agents ne portaient pas le chapeau melon si prisé dans la vieille Europe, mais une sorte de casquette plate, blanche. De loin en loin, des marchands à la sauvette proposaient divers colifichets sur leurs étalages de fortune – bracelets, bijoux, encens, montres, foulards, etc. De-ci de-là émergeait du chaos des artefacts le rouge vif d'un imprimé prosolidariste, ou le noir et blanc barbu d'un portrait de Karl Marx. Les Californiens se croyaient si loin du regard de Saint-Pétersbourg que la jeunesse y trouvait de bon ton de donner dans une pseudo-rébellion socialiste. La police, bon enfant, laissait faire ces enfantillages.

Une unique voiture automobile passa lentement. Un droschki passa aussi, tiré par un bel alezan. Lorsque soudain le jour pénétra mieux, la perspective s'ouvrit : l'avenue finissait là, en une subite envolée de ciel pâle, d'un azur bridé par le voile léger de la brume marine.

Clignant des yeux dans le jour éblouissant, planté

au bord du trottoir, Bodichiev ne put s'empêcher de sourire. Un sourire d'autodérision. Quel sens de l'orientation ! Il avait pris l'avenue dans le mauvais sens. Devant lui s'étendait le port de Broadacre, alors qu'il pensait se rendre à la station « Cité des Sciences » du BART. Enfin, tant pis. Il prendrait le métro à la station « Merced ».

Bodichiev prit une profonde inspiration : oh, cet air chargé de sel, d'iode, toute cette bonne odeur de mer – mieux, d'océan ! Vivifiante. Il y avait bien longtemps qu'il ne s'était pas rendu en bord de mer. Reprenant sa marche, le détective se surprit à fredonner. Il se sentait formidablement bien, détendu. Devant lui, légèrement en dessous du niveau du carrefour, le port déroulait son charme policé. Au temps pour les rêves de basse densité d'habitation de Wright : le front d'océan étendait une large courbe de bâtiments ininterrompus. Au pavement blanc de la chaussée (ici piétons et vélos se mêlaient, les véhicules plus importants semblaient prohibés) répondaient les ondulations élégantes des frontispices de boutiques, comme coulées dans un même moule, dans un même mouvement. Les vagues du Pacifique venaient battre contre les larges pierres du quai.

Arrivé au bord de l'eau, Bodichiev prit une nouvelle inspiration, profonde. Sa première véritable bouffée de Pacifique.

On ne distinguait pas vraiment l'horizon : coques et mâts encombraient le grand bassin, un fouillis d'embarcations aux couleurs vives au sein duquel passa en glissant, sereine et basse sur l'eau, une navette au front vitré bulbeux et au museau pointu.

Se détournant du spectacle du port, Bodichiev se

demanda où pouvait bien se trouver la station de métro. Ignorant quel signe distinctif les Saint-Francisbourgeois utilisaient pour leur réseau ferré souterrain, Bodichiev balayait des yeux la rue et les façades, les vitrines et les passants, à la recherche d'un indice. Mais il ne vit ni mât, ni poteau, ni panneau qui lui rappelât une entrée de métro.

Il passa devant une boutique de bonbons décorée de colonnes transparentes, toutes emplies de friandises. Un petit groupe de musiciens de rue passa, vêtu d'excentrique manière, qui soufflant qui tapant une plaisante, riante cacophonie. Dans le ciel, le soleil frappait dur, l'ardeur de ses rayons contredisant la fraîcheur presque excessive montant des flots. Bodichiev ne regrettait pas d'avoir conservé son imper, finalement, mais un chapeau n'aurait pas non plus été déplaisant, histoire de protéger une nuque déjà brûlante d'un probable coup de soleil. Avisant un marchand de couvre-chefs, Bodichiev entra sans hésiter.

Les boutiques commençaient à céder la place à des maisons plus hautes, généralement en bois, aux couleurs pimpantes. Puis les eucalyptus réapparurent et, sans vraiment avoir constaté la transition, Bodichiev se retrouva de nouveau sur une avenue résidentielle, calme et ombragée.

Sur sa droite, un immense bloc de marbre noir annonçait en lettres argentées la présence d'une bibliothèque – mais le bâtiment lui-même ne se devinait que sous la forme de quelques murs, au-delà d'une barrière végétale. Surgissant d'une allée latérale, la circulation reprenait un peu ses droits : quelques voitures et quelques vélos. Une odeur épicée flottait sur les lieux, parfumant l'air, et nulle part ne surgissaient des bouffées de la vapeur omniprésente en Europe. Le sable crissait sous le pas de Bodichiev, les étroites lamelles des feuilles d'eucalyptus jonchaient le sol. Des capucines envahissaient le moindre espace de terre libre, exubérantes.

Le détective se disait que, décidément, dès qu'il quittait la métropole londonienne il perdait également son sens de l'orientation, lorsque la bouche aisément reconnaissable d'une entrée de métro se découvrit au milieu du large trottoir sablé.

Perché tout en haut d'une colline, Bodichiev étouffa un bâillement. Sans doute avait-il un peu présumé de ses forces. Mais comment résister à la beauté d'une telle ville ?

Bodichiev s'étira, il avait un point douloureux dans le dos. Depuis sa descente à la station « Marché » (du nom de la grande avenue qui traversait une bonne partie de Saint-Francisbourg), il n'avait guère fait que crapahuter par les rues et les collines de cette étonnante cité. Rien n'y ressemblait tout à fait à ce qu'il connaissait. D'abord les gratte-ciel, qui, en dépit de leur hauteur, ne parvenaient pas à écraser le paysage, tant le relief ouvrait de magnifiques perspectives ; vision plongeante ou descendante sur une rue, au loin d'autres gratte-ciel, ou bien une colline qui pointait son sommet chauve, ou encore la végétation luxuriante d'un parc… Puis les rues tranquilles, avec l'océan plus loin, la Baie en fait, qui se distinguait par aperçus d'un bleu brumeux. Ici, chaque carrefour, chaque coin de rue devenait un spectacle. Les maisons rivalisaient de coquetterie (belles demeures Art déco et élégantes « victoriennes » en bois aux façades peintes), les trottoirs s'étalaient, ondulants et larges, palmiers et eucalyptus pointaient par endroits. Quant au ciel, d'un bleu aussi brumeux que les eaux de la Baie avec lesquelles il se confondait, il dominait tout, largement, amplifiant l'ample respiration de ces rues rectilignes qui jouaient aux montagnes russes.

Où Bodichiev se trouvait-il ? Il n'aurait su le dire exactement. Après être descendu jusqu'au bord de la Baie, le long d'un parc dont les murs de pavé sombre se couvraient de guirlandes de capucines, il avait flâné un moment sur les quais (cris de mouettes, odeurs de friture et hordes de touristes) puis s'était de nouveau enfoncé dans l'étrange conflit des rues et des collines : escaliers soudains qui remplaçaient une chaussée devenue trop abrupte, maisons de guingois, voitures garées avec les pneus braqués à l'horizontale de la pente, bouches d'incendie en cuivre étincelant, et toujours, au-dessus de soi, un ballet de taxicoptères bourdonnants.

Elzbieta Piotelovna se précipita dans les bras de Bodichiev dès son retour à la Cité des Sciences. Sitôt reçu son message désespéré, le détective avait quitté le restaurant où il venait à peine d'arriver et repris le métro en sens inverse, direction Broadacre City.

Une foule étudiante empêchait presque l'accès à la porte de la tour : agglutinés par petits groupes sur l'avenue, aux abords du chemin et sous les palmiers, ils devenaient plus nombreux à l'approche de l'entrée, que barricadait un cordon de policiers. Personne ne pouvait plus entrer ni sortir jusqu'à nouvel ordre. Miss Piotelovna se tenait auprès d'un des agents de faction et, dès qu'elle aperçut la corpulente silhouette du détective privé, elle se jeta sur lui.

Embarrassé par une effusion de sentiments à laquelle il n'était pas habitué, Bodichiev serra cependant la jeune femme contre lui. Elle pleurait de manière convulsive. Il lui tapota le dos, tout en cherchant à distinguer ce qui pouvait bien se passer au-delà de l'entrée de la tour. Voyant qu'il regardait dans sa direction, l'agent auprès duquel s'était tenue Elzbieta fit signe à Bodichiev de s'approcher. C'est ce qu'il fit donc, en soutenant une Miss Piotelovna encore frémissante de pleurs.

« Vous êtes monsieur Bodichiev, je suppose ? demanda le planton.

— *Da*.

— Alors passez, je vous en prie, le chef a laissé des instructions vous concernant. »

Le murmure curieux de la foule s'enfla un instant lorsque le détective et l'astronome se glissèrent entre deux agents de police.

Dans l'immense lobby de la tour régnait un désordre policier avec lequel Bodichiev était familier. Miss Piotelovna lovée contre l'épaule avec la tête baissée sur son chagrin, Bodichiev fit encore quelques pas sur le marbre d'un beau rouge sombre, en observant autour de lui. Avisant une chaise, une véritable œuvre d'art élégamment poussée contre la paroi couleur d'or éteint, Bodichiev fit gentiment asseoir sa compagne.

« Ne bougez pas, je vais voir de quoi il retourne. »

Incapable de prononcer un mot, Elzbieta hocha

convulsivement de tête. Son mouchoir, crispé dans sa main droite, était déjà trempé. Avec un soupir navré, Bodichiev laissa là son amie et se dirigea vers l'autre extrémité du hall, où s'agitait la présence policière.

L'objet de leur attention semblait être le grand comptoir d'accueil ou, plus vraisemblablement, ce qui se cachait derrière.

Un homme de haute taille, aux blondes bacchantes longues et tombantes, vêtu d'une veste en velours côtelé, se tenait penché vers l'intérieur du comptoir. En voyant s'approcher Bodichiev, il se redressa et lui lança un regard interrogateur.

« Jan Marcus Bodichiev, se présenta le détective privé.

— Bien sûr ! Ravi de faire votre connaissance, même dans des circonstances aussi tragiques, affirma l'homme aux moustaches. Je suis l'inspecteur principal Casimir Sergueiovitch Tchouchkine. Brigade de Broadacre City.

— Que s'est-il passé ?

— Smolov-Barnard a été assassiné. Une des personnes du secrétariat a découvert son corps ici, derrière le comptoir, il y a moins d'une heure. »

Une expression de peine passa, fugitive, sur le visage de l'inspecteur lorsqu'il jeta de nouveau un regard en direction de la vitrine. Bodichiev songea qu'il devait connaître le directeur, peut-être même avaient-ils été amis ? L'inspecteur recula de quelques pas pour laisser s'approcher le détective. Le spectacle n'était pas beau à voir : affalé sur le sol, la tête logée contre le pied d'un tabouret en inox, le corps du doyen reposait sur le dos. Sur sa poitrine découverte, des lacérations parallèles et sécantes dessinaient une rouge géométrie, qui déchirait la chair blême et les poils sombres.

Un homme renfrogné se releva en refermant sa petite mallette. La serrure émit un claquement sec.

« Dès que le juge sera passé, vous pourrez le faire emporter, grinça-t-il.

— Votre diagnostic ? voulut savoir l'inspecteur.

— Il a d'abord été assommé : la marque d'une forte commotion peut s'observer derrière la nuque. On verra à l'examen, mais je suis prêt à parier que c'est ce coup qui a provoqué la mort. Les lacérations n'ont été effectuées qu'ensuite, sur le cadavre. »

Comme le médecin s'extirpait du réduit, un agent muni d'un appareil daguerro s'approcha. Bodichiev et l'inspecteur reculèrent pour lui faire place. Les premiers flashs éclairaient l'or et le rouge sombre du comptoir lorsqu'un homme corpulent, petites jambes et poitrine basse, les cheveux gris et le souffle court, s'approcha vivement.

« Monsieur le juge d'instruction, le salua l'inspecteur.

— Casimir Sergueiovitch, quelle sale affaire avez-vous à me proposer ? Je suis venu dès que mon secrétariat a pu me joindre, déclara le magistrat avec une mine bonhomme.

— Vous ne savez pas, alors ? fit l'inspecteur sur un ton navré.

— Savoir quoi ? demanda le juge, soudain alarmé.

— Le directeur… Le directeur Smolov-Barnard a été assassiné… » L'inspecteur balaya la scène du crime d'un geste las.

« Oh non ? Ce bon Smolov ? »

Le juge porta la main à sa bouche, yeux écarquillés et teint pâle. L'inspecteur ne répondit que d'un hochement de la tête.

« Bon sang, quelle horreur… » souffla le juge à mi-voix. « Notre cher doyen… » Il secoua la tête à son tour, l'air profondément peiné.

Les trois hommes allèrent se planter un peu plus loin, le temps que des agents approchent le brancard nécessaire au transport du corps et s'organisent pour enlever ce dernier de derrière l'accueil.

« Ce monsieur n'est autre que Jan Marcus Bodichiev, le célèbre détective londonien, expliqua l'inspecteur en désignant celui-ci. Permettez-moi de vous présenter Sa Haute Origine, le juge d'instruction Serguei Imadovitch Tamalarov.

— Votre Haute Origine… fit Bodichiev avec un hochement de la tête à la lenteur déférente.

— Monsieur Bodichiev, enchanté ! Vous connaissiez notre cher directeur ?

— Hélas non. Il m'avait juste accueilli lors de mon arrivée, ce matin. Il m'avait invité à une conférence.

— Oh. Je vois, fit le magistrat en secouant vaguement la tête, les idées visiblement ailleurs. Je suppose qu'il va falloir prévenir la Criminelle, ajouta-t-il à l'intention de l'inspecteur.

— C'est certain, oui. Et comme je les connais, je ne vais sans doute pas pouvoir conserver l'enquête, admit ce dernier avec regret.

— Nous verrons cela ! Techniquement vous devriez pouvoir continuer, jugea Tamalarov en appuyant cette affirmation d'un air décidé. Le meurtre a été commis sur votre territoire, il relève donc de votre juridiction et la Criminelle n'est pas prioritaire. »

Tchouchkine eut une moue peu convaincue, sans autre commentaire. Toutes les polices étaient bien les mêmes, toujours à se disputer des prérogatives, maugréa intérieurement Bodichiev.

« Voulez-vous vous joindre à nous pour l'enquête, monsieur Bodichiev ? » demanda Tchouchkine en se tournant vers le détective.

« Eh bien, si monsieur le juge d'instruction m'y autorise, oui, tout à fait.

— Absolument ! Vous avez mon feu vert inconditionnel pour participer aux investigations. »

Commença alors l'habituel et ô combien lent travail de sape : recueil d'indices et de témoignages. L'ampleur de la tâche s'annonçait impressionnante, presque insurmontable. La Cité des Sciences accueillait plusieurs milliers d'étudiants, de professeurs, de bibliothécaires et de personnels administratifs, plus tous les gens d'entretien, de cuisine ou de laboratoire, ainsi que les intervenants extérieurs, les chercheurs et conférenciers de toute sorte (en parallèle avec le colloque sur les météores de la Tunguska et leur flore s'en tenait un autre, dans les nombreux auditoriums et salles de cours de la tour, qui concernait la physionomie urbanistique de Saint-Francisbourg). Et que dire du personnel de la librairie (qui se trouvait au premier étage, d'où la circulation dans la tour de personnes étrangères à la Cité des Sciences), de celui de la cafétéria (tout en haut), et des agents chargés des véhicules, navettes automobiles ou taxicoptères ? La Cité des Sciences se révélait une ville dans la ville, une véritable ruche au sein de laquelle la police allait devoir fouiller.

Tchouchkine commença ses interrogatoires par les témoins immédiats : l'agent d'accueil qui, se rendant au comptoir, avait fait la macabre découverte ; la secrétaire qui l'accompagnait ; l'un des vendeurs de la librairie, qui avait vu passer le doyen une heure avant que son corps ne soit trouvé. De là, Tchouchkine, toujours accompagné du juge d'instruction et de Bodichiev, avait méthodiquement cherché à reconstituer la journée du défunt. Pas une mince affaire, ça, tant il apparaissait que Smolov-Barnard ne cessait de papillonner d'un point à un autre, d'un bureau à un labo, d'un secrétariat à une salle de conférences. Selon les mots mêmes de son adjointe, l'endroit où le directeur passait le moins de temps dans la journée n'était autre que son bureau. D'ailleurs, il avait abandonné la vaste pièce qui lui était originellement dévolue, pour installer ses affaires dans le bureau de son adjointe.

Celle-ci, Agraféna Kondratievna, visiblement très éprouvée en dépit du digne maintien qu'elle conservait, ne s'entretint que peu avec les enquêteurs : elle était pleinement occupée par la supervision de la conférence sur l'urbanisme. Elle reconnut préférer se plonger dans son travail plutôt que de songer à la tragédie. Se disant, elle frissonna puis, se reprenant, elle prit congé des enquêteurs en promettant de s'occuper de monsieur Bodichiev dès le lendemain.

« La plupart des conférenciers arrivent demain en soirée », expliqua-t-elle. Elle prit cependant sous son aile protectrice Miss Piotelovna, connaissance de longue date. Elle quitta son bureau comme dans une bourrasque.

Le soir venu, au bout d'une longue, très longue journée, Tchouchkine invita le juge d'instruction et Bodichiev à venir dîner chez lui. Ce dernier accepta, bien sûr, en dépit de la lassitude qu'il ressentait. Qu'importait : il convenait de persévérer dans l'enquête sur l'assassinat de ce pauvre Smolov-Barnard.

En sortant de la tour, dans la nuit californienne déjà profonde, Tchouchkine fit grimper ses invités dans une petite auto. Bodichiev logea tant bien que mal son ample carcasse sur le siège arrière, tout en s'amusant de ce que les Californiens soient si attachés à leurs petites voitures – là où, dans le reste de l'Empire, les constructeurs automobiles avaient tendance à rivaliser dans la longueur, la puissance et la somptuosité de leurs véhicules, en Californie l'esprit écologiste et le sens éminemment pratique de ces descendants de pionniers avaient amené à développer des modèles compacts, sans luxe inutile, mais très portés sur les gadgets intérieurs. Pour n'être guère amateur de voitures (lui-même ne conduisait pas), Bodichiev savait que l'on parlait de plus en plus d'une prochaine « invasion » des « petites Américaines », qui viendraient concurrencer les « grosses Européennes » sur leur terrain : le lobby industriel avait été impuissant à freiner les vues expansionnistes de ses collègues d'outre-Pacifique. Ce qui avait fonctionné contre le modeste taxicoptère s'avérait impuissant contre de nouveaux modèles d'automobiles.

Tout à ses réflexions sur l'organisation du monde industriel, Bodichiev n'avait pas vraiment suivi avec attention le trajet que leur faisait emprunter Tchouchkine. Difficile, de toute manière, de se repérer en pleine nuit dans cette agglomération d'immenses avenues que bordaient des propriétés encombrées de végétation. Chaque terrain faisait exactement une acre – il s'agissait de la base du système de Wright pour Broadacre City : que tout citoyen vive sur sa propre acre, en cultivant si possible directement par lui-même une bonne partie de ses moyens de subsistance (potager, verger, etc.). La maison, toujours conçue selon les normes de l'architecture « organique » développées par la Fondation Taliesin, se cachait en général au cœur du terrain ; de la rue ne se voyaient que les haies, ne se distinguaient que les arbres.

Bodichiev avait l'impression de voyager au sein d'un immense jardin public, un Regent's Park étendu aux dimensions d'une ville. De rares lampadaires trouaient la nuit et, parfois, une lanterne posée près d'un portail. Tchouchkine ralentit devant l'un d'eux, stoppa dans une allée gravillonnée et, tendant la main au-dehors par sa fenêtre, saisit un anneau horizontal en métal sur lequel il tira. De faibles grincements se firent entendre et, dans la lumière des phares avant du véhicule, la grille du portail commença à s'ouvrir.

« C'est un système d'entraînement par poulies, expliqua l'inspecteur avec un sourire, pas d'électricité, rien que de la mécanique ! »

En descendant de la voiture, Bodichiev fut presque surpris par la douceur de l'air. Une senteur un peu poivrée flottait sur le jardin, le détective anglais en emplit ses poumons. S'agissait-il des eucalyptus ? Comme ses deux compagnons partaient vers le porche de la maison, une poutre en sourcil entre deux murs d'épais moellons, Bodichiev se pencha vers le gravier de l'allée pour y ramasser une feuille – quasiment une lanière, comme une lamelle de cuir clair et souple. Bodichiev la porta à ses narines : oui, ce parfum de poivre provenait bien des eucalyptus. Levant les yeux, il constata qu'on se trouvait bien en ville malgré tout : du fait du halo urbain, nulle étoile ne s'apercevait dans ce ciel de velours trouble. Plein d'une lassitude si prononcée qu'elle en devenait presque douce, il se décida à suivre l'inspecteur et le juge, que venait juste de happer la lumière dorée ruisselant depuis l'intérieur.

« Entrez, monsieur Bodichiev, mettez-vous à l'aise ! Que voulez-vous boire ? » lança Tchouchkine depuis le fond du salon. La porte d'entrée donnait de plain-pied sur une immense salle, sans cloisons. Un espace ouvert et chaleureux que Bodichiev considéra d'un coup d'œil approbateur.

« Vous avez une bière ? risqua-t-il en se dirigeant vers un fauteuil.

— Bien entendu ! »

Tchouchkine s'affaira auprès du bar, un meuble en bois sombre logé contre la grande cheminée. Le juge avait déjà trouvé place dans un autre fauteuil, au pied de la bibliothèque. Bodichiev s'assit avec un soupir d'aise. Ses jambes et ses pieds fourmillaient de fatigue. La lumière tamisée, provenant d'appliques camouflées dans les murs et de lampes çà et là sur les tables, contribuait à l'atmosphère reposante. Ne manquait plus qu'un feu dans la cheminée (inutile par ce temps) et le tableau d'un confort rustique serait complet. Une pierre ocre et rugueuse, en moellons apparents, constituait les murs. Les meubles avaient la robustesse et la simplicité du sapin. Des tapis amérindiens couvraient par endroits le carrelage d'un beige presque rose. De longues poutres sombres soulignaient le plafond. Merveilleux! Bodichiev se trouvait dans une véritable demeure usonienne, un exemple typique de l'architecture organique à la Frank Lloyd Wright. Auparavant, il n'en avait jamais vu qu'en daguerro.

Notant le sourire ravi qui flottait sur les lèvres du détective, ainsi que la manière dont ses yeux voletaient d'un point à un autre de la pièce, Tchouchkine lui demanda, en lui tendant son verre: « Alors, comment trouvez-vous mon humble foyer?

— Ravissant, mais tout sauf humble, si vous me permettez. »

Cette remarque fit rire le policier.

« Tous les étrangers nous disent ça! Pourtant je vous assure que je n'ai qu'un salaire normal de membre de l'IPF. Les critères établis par Wright permettent ce genre de confort, à Broadacre City! »

Bodichiev donna son assentiment en hochant du menton.

« *Da*. Je le savais, mais c'est autre chose de le constater par soi-même… Cette architecture…

— Vous vous intéressez à l'architecture, monsieur Bodichiev? intervint le juge.

— Ma foi oui, monsieur, c'est même un domaine qui me passionne…

— Oh, oh! N'admettez jamais cela devant un

habitant de Broadacre. Je crois que nous sommes pour la plupart des fanatiques d'architecture. Au moindre signe d'intérêt pour le sujet, nous démarrons au quart de tour ! » affirma Tamalarov en écartant les bras comme pour signifier qu'il n'y pouvait rien, qu'il ne pouvait pas s'en empêcher. L'inspecteur, qui venait de s'asseoir à son tour, après avoir donné son verre au juge, laissa échapper un petit rire amusé.

« C'est assez vrai ! Les soucis architecturaux sont si primordiaux dans le projet de Wright qu'on en vient presque automatiquement à s'impliquer dans la question ; j'avoue que c'est à peine si j'avais entendu parler du Maître avant d'être nommé ici, et maintenant… » Le policier désigna d'un geste large le salon dans lequel se trouvaient les trois hommes.

« Vous n'êtes pas originaire de Broadacre, donc ? » demanda Bodichiev.

Tchouchkine secoua négativement la tête tandis que Tamalarov s'exclamait : « Oh, moi non plus ! Pas grand monde n'est vraiment originaire d'ici, la ville est beaucoup trop récente pour cela… Pour ma part j'ai obtenu ce poste il y a quatre ans.

— On doit se battre pour être nommé à Broadacre City, non ?

— Pensez-vous ! Si seulement ! Mais détrompez-vous, monsieur Bodichiev, la charte urbaine est tellement contraignante, ici, que la municipalité éprouve des difficultés à trouver le nombre d'employés dont elle a besoin.

— Quelle contrainte ? Le cadre de vie semble pourtant exceptionnel.

— Ah ça, oui ! admit le juge avec un sourire

enthousiaste. Une acre de nature par foyer, la campagne à la ville, le calme… Mais tout cela a un prix : il faut construire sa maison selon les spécificités définies par Frank Lloyd Wright, la Fondation Taliesin ne laisse rien passer !

— Les fameuses maisons organiques, donc, acquiesça Bodichiev.

— Voilà ! Vous n'imaginez pas les problèmes que cela pose, les contraintes incroyables !

— Le jeu paraît en valoir la chandelle, de toute évidence, affirma Bodichiev en regardant autour de lui.

— Oh oui ! Je suis heureux d'avoir écouté ma femme, c'est elle qui a insisté pour que je demande ma mutation. Mais j'avoue qu'à l'origine, j'étais comme tout le monde : plutôt méfiant de ce que j'entendais dire sur Broadacre City et la mentalité de ses habitants.

— C'est-à-dire ? » voulut savoir Bodichiev.

Ce fut l'inspecteur qui lui répondit :

« Sectaire. Les citoyens de Broadacre City ont la réputation de se conduire comme les membres d'une sorte de secte. La manière dont ils, enfin, dont nous avons accepté les principes politico-écologiques de Wright est considérée avec méfiance par le reste de Saint-Francisbourg. On nous accuse souvent d'être “bizarres”, de vouloir faire bande à part, de réciter le credo usonien au premier prétexte…

— Ce n'est pas faux, je suis le premier à plaider coupable sur ce point ! fit le juge en riant.

— *Da*, concéda le policier. C'est bien là tout le problème de notre société : l'enthousiasme y est tout de suite considéré comme suspect ! La passion passe pour un truc de cinglé…

— Il faut comprendre les gens, si chaque fois qu'ils rencontrent un habitant de Broadacre City celui-ci se met à vanter la capacité de l'architecture à améliorer la société, à parler de la grammaire morale qui consiste à établir une relation harmonieuse entre l'habitat et le site naturel, ça peut surprendre, voire alarmer un peu, admettez-le », récita le juge.

À les considérer ainsi, l'inspecteur sérieux et le juge jovial, Bodichiev se dit qu'il devait bien y avoir quelque chose de spécial à Broadacre pour ainsi « réveiller » ses habitants, impliquer pareillement dans sa philosophie deux simples fonctionnaires de l'Empire. Et cette idée l'emplissait de joie – il admirait depuis longtemps l'œuvre de Wright, considérait avec intérêt ses idées utopiques, mais jamais il n'aurait osé les prendre au pied de la lettre, en dépit de son attirance naturelle pour les projets de ce genre.

« Et vous, inspecteur, depuis combien de temps vivez-vous ici ? demanda-t-il.

— Six ans. Non, sept. Déjà sept ans que je suis en poste…

— Vous disiez que vous n'aviez pas entendu parler de Wright avant de vous installer ?

— Quasiment pas, non. Le district avait besoin d'un inspecteur en chef, le précédent partant à la retraite. Comme j'étais le seul célibataire dans ma division, mûr pour une mutation, on m'a collé ici, d'office, sans trop me demander mon avis. *Horocho* ! ajouta le policier en se relevant. Et si l'on mangeait ? Nous récapitulerons notre triste affaire après le repas, si vous le voulez bien ? Je vais aller nous préparer quelque chose.

— Si j'osais ? demanda Bodichiev.

— Oui, je vous en prie ?

— J'avoue qu'il me plairait bien de visiter un peu plus votre demeure, si ça n'est pas trop indiscret ?

— Ah, ah ! La plus grande fierté d'un usonien, c'est sa maison, voyons ! C'est avec plaisir que je vais vous faire visiter, venez donc ! »

Les trois hommes passèrent un agréable repas, la conversation continuant à rouler sur le sujet de prédilection des deux fonctionnaires de justice – leur ville ! Bodichiev suivait leurs exposés passionnés, curieux lui-même aussi bien d'expérimentation sociale que d'architecture. Puis ils en vinrent, forcément, à évoquer le rôle de la grande université dans la vie de Broadacre City, et la conversation revint par un mouvement naturel à la mort du doyen, monsieur Smolov-Barnard.

Plusieurs témoignages saillants avaient ponctué la longue journée d'interrogatoires. Il y avait tout d'abord la secrétaire, Miss Lallich-Bodinovna, au bureau de laquelle le directeur s'était rendu peu après avoir accompagné Piotelovna et Bodichiev à leurs chambres respectives. Au début, la secrétaire avait simplement dit que leur conversation avait concerné des points d'organisation. Mais un entretien avec une autre secrétaire avait révélé que Miss Lallich-Bodinovna et le directeur ne s'étaient pas simplement entretenus, ils avaient carrément eu des mots : Smolov-Barnard était si en colère que l'on avait capté des échos de son coup de gueule depuis l'autre bout du couloir. Confrontée à ce témoignage, Miss Lallich-Bodinovna s'était contentée de hausser les épaules : non, elle n'avait pas précisé s'être pris le bec avec le défunt, elle ne pensait pas que cela regardait les enquêteurs. Et d'ailleurs, selon elle, le directeur ne connaissait guère d'autre mode de communication que l'altercation, chose commune avec lui.

Au début, Tchouchkine et Tamalarov, qui croyaient bien connaître le directeur, avaient balayé une telle opinion comme issue de l'aigreur d'une employée mécontente, mais au fur et à mesure des entretiens un portrait pas forcément flatteur du défunt se dégagea. Le visage que présentait Smolov-Barnard à ses amis et relations se révélait considérablement plus jovial que celui qu'il dévoilait dans ses rapports hiérarchiques. Une secrétaire, encore une autre, avait même eu le front d'affirmer que si le monde du travail était en général d'une certaine brutalité, le directeur en rajoutait dans l'agression. Cette femme-là ne semblait guère émue de la mort subite de son patron. Elle estima même que le directeur se conduisait d'une manière contraire aux soucis éthiques de la philosophie usonienne – harcèlement, abus de pouvoir… Au temps pour la mémoire du défunt : en voici une qui ne paraissait pas loin de penser « Bon débarras ».

Déjà passablement bouleversés par le décès de leur ami, l'inspecteur et le juge furent choqués de découvrir toute la rancœur que Smolov-Barnard avait provoquée autour de lui, toute la violence qui couvait du fait de son arrogance au sein de l'administration universitaire. Et pas seulement là : quelques professeurs interrogés cachèrent assez mal le mépris dans lequel ils tenaient feu leur responsable : « Une belette qui se prenait pour un grand carnivore », fut la métaphore choisie par un éminent physicien. Déroutés, les enquêteurs n'avaient cessé de recueillir les rancœurs et les colères de toute la Cité des Sciences. Seule l'adjointe du directeur semblait n'avoir jamais tenu tête aux exigences et récriminations excessives du survolté barbu. Elle-même n'avait pas du tout évoqué cet aspect déplaisant de la personnalité de Smolov-Barnard, comme si elle n'en avait réellement pas conscience. Le sentiment général qui semblait prévaloir au sujet de cette femme énergique s'exprimait sous la forme d'un véritable espoir, « une confiance en sa capacité à rétablir des rapports civilisés entre les différents éléments de l'Université » (selon les termes d'un documentaliste interrogé).

Contrairement à Miss Lallich-Bodinovna, monsieur Hoadley n'avait rien caché de son altercation avec le directeur : le groom en vert qui avait conduit le taxicoptère de Piotelovna et Bodichiev s'était sérieusement accroché avec son irascible supérieur, qui lui faisait des reproches sur un ton que Hoadley avait jugé injurieux. Si les deux hommes n'en étaient pas venus aux mains, il s'en était fallu de peu, selon une conférencière qui avait assisté de loin à la fin du houleux entretien. Plantant là Hoadley, le directeur lui aurait promis de le mettre à la porte sans tarder. À la décharge de Smolov-Barnard, les enquêteurs avaient pu constater que ces menaces, si elles paraissaient fréquentes dans sa bouche, étaient rarement suivies d'effets, le barbu agissant sous le coup de colères aussi brusques que passagères. Toujours est-il que Hoadley n'entendait pas spécialement attendre le verdict de Smolov-Barnard : il avait donné sa démission. Celle-ci demeurait-elle d'actualité maintenant que le directeur n'était plus là ? Hoadley avait haussé les épaules, la mine renfrognée : on verrait bien.

Au bout du compte, les enquêteurs pensaient être parvenus à reconstituer toute la journée du directeur – à l'exception de sa fatale dernière heure. Et puisqu'il ne cessait de se fâcher avec tout le monde (son adjointe exceptée), on ne savait vers quel suspect pointer : le degré de violence, la puissance de la rancœur parvenaient à un tel niveau que presque tout le monde pouvait se trouver susceptible d'avoir tué Smolov-Barnard, de sang-froid (par vengeance ?) ou sous l'emprise de la colère. On allait rechercher les personnes effectivement licenciées par le directeur, pour vérifier leur alibi. Mais sinon, comment resserrer le faisceau des soupçons ? Vu la personnalité de la victime, une seule chose demeurait réellement étonnante : que l'on n'ait pas eu l'occasion de lui faire son affaire plus tôt.

Pour continuer dans les comparaisons zoologiques, si un physicien l'avait traité de belette, un informaticien lui avait donné de l'ours – dont il avait l'aspect hirsute et l'apparente bonhomie, cachant une puissance létale aussi bien qu'un appétit glouton.

Ah, tout de même, restait un élément singulier dans le meurtre : le croisillon sanglant que l'on avait taillé dans le torse de la victime. Seulement voilà… Quel sens lui donner ?

Le lendemain, Bodichiev se rendit en ville avec Miss Piotelovna. Un changement d'air lui ferait du bien : non seulement n'entretenait-elle aucune rancœur vis-à-vis du défunt directeur, mais elle lui vouait en fait une vieille admiration. Car si ses manières en tant qu'administrateur paraissaient discutables, Smolov-Barnard s'était en revanche illustré comme un vulgarisateur de génie, à travers des ouvrages et des cours magistraux dont Elzbieta fit les louanges tandis qu'ils se promenaient dans les artères coquettes de la Plage Nord puis de la colline du Télégraphe. Toujours triste, mais plus éplorée, la jeune astrophysicienne fit découvrir à Bodichiev le charme des escaliers de bois qui, à certains endroits, remplaçaient les rues afin de ménager le passage d'un niveau à un autre, lorsque des failles du terrain rendaient vraiment impossible le maintien de la sacro-sainte grille du plan saint-francisbourgeois. Les longues marches grimpaient au cœur d'une végétation exubérante ; des fenêtres et parfois des portes s'ouvraient sur des pentes généreuses, ou bien encore le portillon d'un jardin. Et toujours d'un côté ou de l'autre apparaissait un méandre bleu pulvérulent, les eaux de la Baie, sur lesquelles un peu de brume formait de longs nuages.

Miss Piotelovna et Bodichiev grimpèrent jusqu'à la tour Coit, une curieuse bâtisse ronde qui dominait ce coin de la ville de sa haute silhouette cannelée. À l'intérieur, des fresques sur le monde du travail, de la pêche et de l'industrie témoignaient de l'attirance qu'avait ressentie fut un temps la Californie pour l'idéologie solidariste. Cette turbulente province de l'Empire avait plusieurs fois eu envie de céder à des tentations indépendantistes – pour qu'à chaque fois ces velléités fassent long feu sans que Saint-Pétersbourg ait même besoin d'intervenir. L'Empire du Mexique soutenant les solidaristes français et italiens, la Californie n'avait finalement pas osé faire l'expérience d'une idéologie menaçant de la faire tomber dans le giron d'une autre puissance impériale. Quant au rêve des « United States of North America » (les fameux USON dont les usoniens tiraient leur nom), il avait échoué sur les tiraillements internes du gouvernement de Washington, toujours plus porté sur le roulement des mécaniques et le terrorisme hypocrite que sur la main tendue et la diplomatie courtoise. En fin de compte, la Californie semblait bien se trouver, en demeurant à la lisière de l'Empire anglo-russe ; elle conservait sa réputation d'excentricité sociale et, riche de tout son or, vivait du confort qui avait permis la construction de l'utopique Broadacre City.

Miss Piotelovna et le détective anglais se trouvaient tous deux sur le parvis de la tour Coit, accoudés à la balustrade dans une tache de soleil, à admirer la ville qui ondulait plus bas, lorsque sonna le vidéophone cellulaire de Bodichiev. Elzbieta esquissa une grimace d'inquiétude. Le visage qui apparut sur le petit écran confirma son appréhension : Casimir Sergueiovitch Tchouchkine.

« Monsieur Bodichiev ? Désolé de vous déranger, je pense que les derniers événements pourraient vous intéresser.

— Bonjour inspecteur. Que se passe-t-il ?

— Un deuxième meurtre a été commis. »

Tandis que Bodichiev se rendrait au bureau central des recherches criminelles, il fut convenu qu'Elzbieta Piotelovna poursuivrait sa promenade saint-francisbourgeoise ; elle n'avait pas, mais alors vraiment pas envie de se trouver mêlée aux affres d'une enquête policière. Déjà très secouée par la mort de son ami, elle allait essayer de retrouver un peu de sérénité en se promenant.

Bodichiev descendit par une ruelle terriblement en pente, avant de tourner en direction du port. Tchouchkine lui avait indiqué que « le Central », comme il disait, se trouvait provisoirement hébergé sur le Parc nautique, face au musée de la Marine récemment rénové. Bodichiev suivit les flèches en bois qui, du haut de poteaux ronds, pointaient de loin en loin en direction du « Parc nautique ». Se faisant, il traversa un grand jardin en terrasses, descendit un escalier en moellons, longea un grand mur sur lequel coulait le lierre et qu'ombrageaient d'immenses eucalyptus. Sur le pas des maisons hautes et étroites, au bois peint de blanc et de teintes vives, des buissons et des lianes se couvraient de grosses fleurs rose fuchsia ou violet électrique. Des mouettes criaient dans le ciel d'un bleu de porcelaine. Bodichiev marchait d'un bon pas, emplissant ses poumons d'une senteur iodée. Enfin, un bassin dévoila sa courbe, entre les contreforts du jardin public et la jetée encombrée de monde du quai des Pêcheurs. Il s'agissait bien du Parc nautique, un espace d'eau calme et de yachts blancs se balançant doucement. Bodichiev admira au passage la façade Art déco du musée de la Marine, mais il se demandait où pouvait bien se trouver le fameux

« Central ». Tchouchkine avait dit « en face » – sûrement ce ne pouvait pas… ? Mais si : un bateau. Un long bateau blanc amarré contre une jetée de bois sombre. Tchouchkine lui-même émergea du navire pour se porter au-devant de son collègue britannique. En lui serrant la main, l'inspecteur admit : « Je sais, ça surprend ! Le Central a élu domicile ici depuis qu'un tremblement de terre a endommagé la coupole de son bâtiment historique. »

Une seule cabine immense, sans parois, occupait l'intérieur du bateau. Bureau après bureau s'y alignaient en une parade administrative contrariée par l'habituel chaos policier : de Scotland Yard à Saint-Francisbourg, décidément, les policiers restaient les mêmes. De la paperasse dans tous les sens, des casiers surchargés poussés contre le mur ou plantés en plein milieu du passage, des téléphones partout, dont les fils dessinaient au sol des motifs compliqués qu'accrochaient les pieds et les moutons de poussière, et puis des piles de dossiers, et des inspecteurs, parlant, gesticulant, écrivant, téléphonant ; debout, assis, partant et arrivant. Il y avait aussi quelques agents en uniforme, et l'un d'eux discutait avec le grand chef lorsque Tchouchkine et Bodichiev s'approchèrent. Le grand chef : un homme d'une cinquantaine d'années, petit, râblé, néanmoins beau gosse, un charisme qui tenait peut-être à sa mise moderne, informelle, ou à sa chevelure poivre et sel, ou bien encore à son sourire aussi rapide que lumineux, qui révélait au coin de ses yeux des pattes-d'oie moqueuses – un allez savoir quoi, mais une présence certaine, une chaleur énergique qui se dégageait du personnage au premier contact.

« Bridges », se présenta-t-il simplement, avec la solide poignée de main de rigueur. Pas son grade – Bodichiev devait apprendre plus tard, au détour d'une conversation, qu'il avait celui de commissaire principal, soit l'équivalent d'un colonel. Mais le chef Bridges préférait rester près du terrain plutôt que de s'enfermer dans un bureau, il dirigeait de manière rapprochée les recherches criminelles de la ville et cela seul l'intéressait. Ce rejet du corset hiérarchique lui aurait certainement attiré des ennuis à London ou en Russie. Dans la libre Saint-Francisbourg, il se situait presque dans la norme.

Il alla droit au but : « Casimir Sergueiovitch m'a fait part de votre intérêt pour cette enquête. Je vous connais un peu de réputation, donc bienvenue à bord ! Ici on ne fait pas de chichis. » L'éclair de dents blanches, puis tout de suite le retour au sérieux : « Un deuxième meurtre a été commis, qui semble adopter le modèle de celui du directeur de l'Université. Très préoccupant. Venez voir ! »

Bridges fila vers le fond du navire. Suivi par Bodichiev et Tchouchkine, il passa sans s'arrêter devant les « cages » où poireautaient des suspects et poussa une petite porte en fer. Une pièce minuscule, à la froideur révélatrice : une morgue. Sur la table au centre, sous un drap blanc, reposait le corps d'un homme.

« Regardez ! » exigea Bridges en tirant le drap jusqu'à dévoiler le torse du cadavre.

Un croisillon compliqué de lignes sanglantes balafrait la surface blême.

De retour dans la pièce principale, qui bruissait de toutes les pages tournées et cliquetait de toutes les touches d'ordinateur enfoncées, Bridges exposa à Bodichiev les tenants et aboutissants de ce nouveau meurtre. On avait déjà identifié la victime, elle avait encore sur elle des papiers lui appartenant : Franck Georgévitch Bontoux, un banquier important. Il s'agissait de l'un des patrons de l'Union générale, un établissement bancaire français exilé en Californie depuis la révolution solidariste.

« Nous allons conduire des recherches du côté politique de la chose, expliqua le chef Bridges. Bontoux était un fervent royaliste, sa banque a été créée autrefois avec l'argent de l'aristocratie française. Il y a peut-être une connexion à trouver par là…

— Un attentat politique, vous voulez dire ? Une affaire d'espionnage avec la France ? demanda Bodichiev.

— C'est en tout cas une possibilité à explorer… fit Bridges en haussant les épaules sans avoir l'air autrement convaincu.

— Le problème, c'est que je n'arrive pas à voir la connexion avec le directeur, expliqua Tchouchkine. Il ne cachait pas son admiration pour le gouvernement du Tsar ! Il avait même écrit un très bel ouvrage exposant l'inexorabilité d'un gouvernement mondial sous l'égide de notre seul souverain. Je ne vois pas quel rapport il aurait pu entretenir avec un réactionnaire dépassé comme Bontoux. L'Union générale est une force rétrograde bien connue par ici, très moraliste, elle finance un petit journal ultra-conservateur.

Tandis que le directeur se voulait à l'image de Broadacre City, porté vers le progrès et l'épanouissement ! »

Bridges laissa échapper un ricanement, avant d'admonester son collègue : il ne devait pas sombrer dans la propagande usonienne. Il fit cette remarque avec un sourire bonhomme qui adoucissait sa critique. « Cela dit, ajouta-t-il, pour le moment nous ignorons s'il y avait le moindre rapport entre les deux victimes. Seul le *modus operandi* les rapproche. Bontoux a été découvert à la colline du Télégraphe, donc très loin de la Cité des Sciences. »

Il s'interrompit pour interroger un de ses adjoints, un petit bonhomme coiffé d'un béret rouge, qui s'approchait d'eux avec à la main une brassée de journaux.

« Vous aviez raison, Casimir Sergueiovitch, déclara finalement le chef Bridges en se retournant vers Tchouchkine. La presse n'a pas fait état des lacérations dont le directeur a été victime. Il ne peut donc pas s'agir d'un copieur de crimes…

— Et une coïncidence serait très improbable… » acquiesça l'inspecteur de Broadacre City en laissant mourir sa voix.

Bodichiev avait bien saisi le motif de leur inquiétude : « Vous pensez à un tueur en série », affirma-t-il à mi-voix.

Cette funeste prédiction devait se révéler exacte dès le lendemain. La troisième victime fut une femme divorcée, qui vivait seule dans un petit appartement de la colline aux Lauriers.

Bodichiev assistait à l'une des premières conférences du colloque sur les météores de la Tunguska, lorsque Tchouchkine se glissa dans l'amphithéâtre. Il venait annoncer au privé londonien non seulement le troisième meurtre, qui confirmait macabrement la théorie d'un tueur en série, mais aussi que l'affaire ayant pris une ampleur municipale, il en avait été relevé au profit du seul Central – le chef Bridges dirigeait les opérations. Les crimes ayant largement débordé de son territoire, Tchouchkine devait reconnaître que cela ne dépendait plus de sa compétence.

Ce disant, l'inspecteur avait l'air un peu gêné… Il lui restait tout de même un interrogatoire à mener : Miss Piotelovna ! Le policier n'avait pas eu l'occasion de la questionner et vous comprenez bien que…

Elzbieta se leva sans broncher. Elle accompagna Tchouchkine dans une pièce voisine. Lorsqu'elle revint, seule, son visage reflétait de la colère, ou du moins de l'indignation, plutôt que de la tristesse. Tchouchkine, relayant de toute évidence les soupçons de son supérieur, Bridges, avait interrogé l'astronome non seulement sur ses relations avec le directeur, mais aussi sur ses allées et venues : elle se trouvait à la Cité des Sciences lors du premier meurtre, puis sur la colline du Télégraphe lors du deuxième.

« Et pour le troisième ? s'enquit Bodichiev avec un fin sourire.

— Ah ! J'en ai une bien bonne, monsieur le détective, affirma Elzbieta en retrouvant un peu de son entrain habituel. Figurez-vous que vous êtes mon alibi ! Le troisième meurtre s'est déroulé ce matin, donc soit lorsque nous prenions notre breakfast à la cafétéria, soit lors de la conférence d'ouverture ! Que dites-vous de cela ?

— Oh, je ne sais pas... fit Bodichiev en faisant mine de réfléchir. Ne vous êtes-vous pas éclipsée un peu trop longtemps, à un moment ? »

Elzbieta gloussa sans joie.

« Maudit détective ! Et comment me serais-je rendue aussi vite sur le lieu de mon forfait, je vous prie ? J'ai emprunté un taxicoptère, peut-être ? »

Bodichiev assura que son amie ne pouvait pas avoir eu le temps matériel de quitter la Cité des Sciences.

Il quitta Elzbieta pour se rendre à son tour sur la scène de l'auditorium : il était l'heure de sa propre conférence. Bodichiev expliqua dans quelles dramatiques circonstances il avait fait la découverte de la liane issue des pierres de la Tunguska. Peu habitué à de telles prestations, le détective craignait que son auditoire de scientifiques ne s'ennuie à son histoire d'enquête policière, mais ce ne fut apparemment pas le cas : l'affaire de la pension astronomique était devenue une sorte de légende dans leur milieu, ils étaient ravis d'en entendre le récit circonstancié de la bouche même de son principal protagoniste. Les applaudissements qui éclatèrent lorsque Bodichiev eut terminé laissaient peu de place au doute quant à leur appréciation. Rasséréné, Bodichiev descendit de l'estrade les jambes tout de même un peu cotonneuses.

Si la Cité des Sciences de Saint-Francisbourg / Broadacre City avait organisé cette série de conférences, c'est que les biologistes californiens, tout comme d'ailleurs leurs collègues du vieux continent, n'avaient toujours pas digéré l'affront que le gouvernement leur avait fait (à leur sentiment) en opérant le choix du lieu d'implantation du laboratoire de recherche sur la flore extraterrestre. Suite à l'affaire de la liane tueuse de la pension Antokolski, deux expéditions avaient été menées en Tunguska, à la recherche d'autres fragments de la météorite qui s'était écrasée en 1906. On retraça également la source des pierres que le sculpteur Lev Markewicz Antokolski utilisait autrefois. Et en définitive, le ministère des Sciences s'était retrouvé avec sur les bras un véritable trésor en termes de minerai extraterrestre – et l'obligation de définir une structure particulière pour son étude. À la même époque, un scandale secoua le protectorat japonais : un préfet fut arrêté pour corruption, au moment où s'achevaient dans sa province (à l'ouest de Tokyo) les travaux de construction de ce qui devait être un musée du Fruit. Un trio de formes hémisphériques, des serres à la beauté remarquable de pureté, faisait toute la grâce de ce site. Les dômes de la préfecture Yamanashi changèrent soudain de destination pour devenir le Centre de Recherche de la Tunguska. Et c'est ainsi que les plus grands biologistes et minéralogistes du monde entier se retrouvèrent à travailler fort loin de leurs laboratoires et universités habituelles, en plein Japon.

La communauté scientifique n'avait accepté qu'avec force grognements et réticences cette décentralisation aux motivations purement politiques, voulue par le Tsarévitch et son Impératrice de mère. Des têtes changèrent à la direction du ministère des Sciences, mais Yamanashi conserva ses trois sublimes serres… et l'ensemble des pierres de la Tunguska.

Pour sa part, Bodichiev se serait bien accommodé d'une visite de l'archipel nippon, mais il s'estimait tout aussi chanceux de l'occasion de découvrir Saint-Francisbourg. Comme il avait donné sa conférence et que, de toute évidence, les exposés qui allaient suivre (sur la nature des roches, des spores qu'elles contenaient et de la liane ferrugivore) seraient de trop haut vol pour son vernis scientifique, le détective décida de s'éclipser. Il avait déjà repéré qu'un des musées locaux proposait une exposition rétrospective sur la carrière du peintre californien Richard Diebenkorn ; il ne pouvait pas manquer cela.

Hélas, lorsqu'il revint de son escapade, tout ragaillardi par une longue promenade dans les rues lumineuses, ce fut pour constater qu'une fois encore des ténèbres avaient tracé leurs sillons sanglants sur le torse d'une victime.

Bodichiev dîna de nouveau dans la belle demeure de Casimir Sergueiovitch, cette fois-ci en tête à tête. Le policier californien fit au détective anglais un compte-rendu complet de tout ce qui avait été recueilli dans les enquêtes sur les quatre meurtres. Toutes les pistes, toutes les analyses. Pourtant, l'énigme de ce tueur demeurait ; opaque, infranchie. Rien n'avait été découvert qui permette de tracer un lien entre les quatre victimes. La dernière était un homme, employé dans une laverie d'Anza Vista, le quartier où son corps avait été découvert. Anza Vista était une colline toute proche de la colline aux

Lauriers, où l'on avait retrouvé la troisième victime. Difficile, cependant, de voir un rapport flagrant dans cette proximité : si les meurtres numéro deux, trois et quatre avaient eu lieu sur des collines, le premier s'était déroulé sur le terrain plat de Broadacre City. Et le tueur prenait-il ses victimes au hasard ? Car enfin, les quatre morts ne vivaient pas dans les mêmes quartiers, ne paraissaient nullement se connaître, ne présentaient pas de traits physiques en commun, ne provenaient pas des mêmes couches sociales, ne possédaient pas un véhicule d'un type semblable, non plus qu'un compte dans une même banque ou chez un assureur identique !

Rien ne semblait avoir été laissé au hasard dans l'enquête dirigée par le chef Bridges, qui ne ménageait ni son imagination ni l'énergie de ses troupes. Alors ? Quelle motivation, quel schéma ? Si les victimes ne pouvaient pas former le lien de ces crimes, un unique élément indiquait la même volonté criminelle : les lignes tracées sur le torse de chaque cadavre. Bien entendu, les dessins ainsi formés avaient été analysés de quantité de manières, mais pour l'heure aucun ordinateur, aucune base de données n'avait su les interpréter, les rapprocher.

Le journal du lendemain matin apporta la révélation d'un cinquième mort. Sur la colline Potrero.

« C'est abominable… formula Elzbieta dans un souffle. Je me sens si impuissante… » Elle avala une minuscule gorgée de café et fit une grimace – provoquée par l'amertume de la boisson ou par celle de ses sentiments, Bodichiev n'aurait su le dire.

« Que pouvons-nous faire contre un tel monstre ? » demanda encore la jeune femme.

Bodichiev demeura silencieux un instant, sans répondre. Il ne savait trop quoi dire, éprouvant lui aussi ce sentiment d'écœurement et d'impuissance. Pourtant, il se décida à relever les yeux vers son interlocutrice :

« La police est la mieux équipée pour lutter contre un tueur en série. Nous ne pouvons rien faire d'autre qu'attention à nous-mêmes, avoua-t-il.

— Vous avez déjà enquêté sur un tueur de ce genre ? voulut savoir Elzbieta, les sourcils froncés, les yeux pleins de tristesse.

— *Da*… Bodichiev hocha lentement la tête. Plusieurs fois, en fait. Quoique ce soit chaque fois différent, bien sûr. Attraper un tueur en série n'est pas vraiment du ressort d'un détective privé, tout seul, vous savez. Je suppose que j'ai eu de la chance, en quelque sorte. Je me trouvais au bon endroit, j'avais observé les bons détails… »

Bodichiev se tut. Il but une gorgée de thé, tandis qu'Elzbieta sirotait un peu de café. Ils étaient presque seuls dans la cafétéria du sommet de la Cité des Sciences. Bodichiev reprit :

« La première fois… C'était lorsque j'avais aidé la police à mettre la main sur les Envies.

— Les Envies ? demanda Elzbieta.

— *Da*, les Envies. Vous êtes sans doute un peu trop jeune pour avoir connu cette terrible période… C'était un soir d'octobre, il y a une vingtaine d'années. Un garçon de dix-neuf ans sortit sur le pas de la porte de la maison de Nash, sur le Mall. Le garçon était allé voir un film à l'Institut d'Arts

Contemporains, il s'était ennuyé et avait eu envie d'une cigarette. Juste devant l'IAC se trouve une volée de marches, abritées par les arbres. Le garçon s'y installa tranquillement pour fumer. Il faisait bon ce soir-là, le Mall était plein de couples en promenade et de touristes rentrant à leur hôtel. Lorsque le film se termina, la petite foule sortant de l'IAC trouva le corps du garçon, sous les arbres, affalé comme un poivrot ou un clochard. »

Elzbieta retint son souffle, choquée ; ses yeux s'emplirent de larmes et elle porta une main à sa bouche.

« Le garçon est toujours vivant de nos jours, mais il est demeuré paralysé. Deux hommes, expliqua-t-il, lui avaient bondi dessus depuis le côté de l'escalier. L'un l'avait bâillonné avec sa main, tandis que l'autre passait son bras derrière son cou et lui sectionnait la colonne vertébrale avec un couteau. Toute l'affaire avait une précision chirurgicale. Le garçon ne connaissait pas ces hommes, qui ne lui volèrent rien – rien d'autre que sa liberté.

— Mais pourquoi ? murmura Elzbieta.

— Ce genre d'attaques continua dans les semaines suivantes. Chaque fois, deux jeunes hommes, pas toujours les mêmes, mutilaient leur victime dans un endroit public, chic, propre, loin a priori de toute violence. La police essaya d'empêcher la presse d'en parler, pour éviter la panique aussi bien que des crimes d'imitateurs. Mais cela finit par se savoir… La presse nomma le gang « les Envies » : ces monstres s'attaquaient aux apparences, à ceux qui leur semblaient prospères, chanceux. Le garçon sur les marches de l'IAC n'avait eu que ce tort : être bien habillé, paraître heureux. Certaines des autres victimes s'en sortirent mutilées, mais vivantes, d'autres moururent. » Bodichiev s'interrompit un moment, perdu dans ses souvenirs, le visage fermé. « Je débutais dans le métier. J'avais l'habitude de me rendre, le soir, dans un pub… J'y avais remarqué un beau gosse, sans jamais lui avoir parlé. Un soir il ne vint pas. En revanche j'entendis la conversation de deux autres jeunes gens… » Bodichiev secoua la tête. « Oh, j'ai eu très peur, cette nuit-là. La police ne m'aurait pas cru, bien sûr. Il fallait des preuves. Mais j'avais bien trouvé les Envies… Le hasard, simplement le hasard… »

Bodichiev but une nouvelle gorgée de thé. Elzbieta le regardait, triste et alarmée. Finalement, elle risqua une nouvelle question :

« Juste l'envie, la jalousie, c'est tout ce qui les motivait ?

— *Da*. Un petit groupe de nihilistes, des jeunes gens qui prenaient plaisir à détruire un peu de joie, chez ceux qu'ils estimaient représenter les “nantis”…

— C'est tellement horrible… murmura encore Elzbieta, qui, frissonnante, esquissa le geste de remonter son col.

— Chaque tueur en série a sa propre motivation. Souvent difficile à comprendre. Ils ont généralement quelque chose à prouver – à eux-mêmes ou bien au reste du monde, allez savoir. Celui-ci… fit Bodichiev en désignant le journal froissé sur la table voisine. Pourquoi tue-t-il, pourquoi seulement une victime par quartier ? La police a des psychologues, qui étudient ce genre de choses… »

Les conférences autour des pierres de la Tunguska s'achevaient ce jour-là, mais Bodichiev ne se sentait guère d'en suivre la complexité scientifique. Il avait suivi les exposés préliminaires, avait été enchanté par le diaporama sur les serres de Yamanashi, cela lui suffisait. Une autre série de conférences trouvait son terme ce même jour, à laquelle Bodichiev eut la curiosité de se rendre. L'architecture et l'urbanisme faisaient partie de ses « dadas » et, après avoir exploré les artères et les pentes saint-francisbourgeoises, il se sentait assez curieux d'en comprendre l'origine, d'en étudier la configuration. Il ne fut pas déçu : les conférenciers présentaient des exemples d'aménagements urbains, projetaient des daguerros comparant l'urbanisme de Saint-Francisbourg avec celui de plusieurs grandes villes du continent nord-américain ainsi qu'avec quelques cités de la vieille Europe. Le plus passionnant pour Bodichiev, ce fut un exposé historique sur la construction de la ville. Depuis le minuscule village de Yerba Buena, jusqu'à la métropole qui occupait de nos jours tout le pourtour de la Baie. L'établissement de la grille habituelle aux villes nord-américaines (les grandes rues parallèles et les contre-rues à angle droit). Le pivotement effectué par la grille sur le site de l'ancien Yerba Buena. Les aménagements et les ruptures forcées de la grille lorsque le relief devenait insurmontable, trop abrupt. Les solutions proposées par certains (un ingénieur municipal avait même promulgué, autrefois, l'arasement de la plupart des collines – des travaux titanesques qui avaient heureusement avorté)…

Sur l'estrade la conférencière, une certaine

Pr Florence Lipsky, expliquait, à l'aide de projections sur un écran, des diagrammes représentant des cas exemplaires de rupture de la grille de la ville. Bodichiev comprit soudain. Le tueur ! Il savait de qui il s'agissait, et pourquoi ! Se levant vivement, il se précipita hors de la salle pour téléphoner à Tchouchkine.

« Des dessins ? s'exclama Elzbieta incrédule.

— Oui : des dessins. Ou plutôt, ce que le Pr Lipsky nomme des "objets urbains". Il s'agit de morceaux de grilles (rues, avenues, allées et boulevards) déformés à leur passage sur une colline. Ils se présentent sous la forme de monticules isolés, parsemés dans une topographie générale relativement plane. Souvenez-vous des lieux des meurtres : la colline du Télégraphe, la colline aux Lauriers, Anza Vista, Potrero.

— Mais le directeur Smolov-Barnard a été tué ici, à la Cité des Sciences ! Sûrement vous ne considérez pas la tour comme une colline ? protesta Elzbieta.

— Non, mais ce premier meurtre éclaire tous les suivants : en elle-même, Broadacre City constitue une rupture considérable de la grille normale de Saint-Francisbourg. Ici, sur le terrain plat hérité de la lagune de Merced, la grille est beaucoup plus large, autonome de celle du reste de la ville.

— Oui ? fit Elzbieta avec une moue dubitative.

— La police a déjà comparé les marques sanglantes que le tueur pratiquait sur les corps de ses victimes avec les "objets urbains" du Pr Lipsky. Cela correspond : sur le torse du directeur, de larges entailles régulières, représentant la grille de Broadacre. Puis le maillage rompu de la colline du Télégraphe, et ainsi de suite. Chaque fois, le tueur marquait ainsi, dans un rituel, une altération de la grille de la ville.

— C'est monstrueux… murmura Elzbieta.

— D'après le Pr Lipsky, il existe trente-deux objets urbains qui déforment la grille. Le tueur se serait peut-être arrêté à trente-deux – ou bien peut-être sa folie aurait-elle pris encore d'autres aspects… Nous ne le saurons jamais, heureusement !

— Et le directeur ?… souffla Elzbieta.

— Il fut apparemment le catalyseur de toute cette démence. Smolov-Barnard : il était le descendant de l'un des trois ingénieurs qui, en 1854, reprirent la réflexion sur l'aménagement de Saint-Francisbourg. J. G. Barnard était un ingénieur militaire. En compagnie d'Arrowsmith, un ingénieur en génie civil, et de Hardie, un lieutenant du 3e régiment d'artillerie, il fut de ceux qui remplacèrent l'équipe ayant précédemment décidé de l'arasement de la plupart des collines de la ville. La municipalité avait réalisé que ce projet n'était pas réalisable, à la fois trop coûteux et trop dangereux.

— Mais, le rapport avec le tueur ?

— Vous ne vous souvenez pas de son nom ?

— Hoadley.

— *Da* : Hoadley. Hoadley, l'homme en uniforme vert, le pilote de taxicoptère. C'est lui qui devint le tueur en série… Car l'équipe qui avait autrefois été déboutée dans son projet d'application radicale de la grille à Saint-Francisbourg, cette équipe était dirigée par un certain Milo Hoadley. Un aïeul du tueur…

Souvenez-vous que le directeur et lui se disputèrent gravement ; cela suffit à faire basculer le pilote dans la folie. Ce jour-là, il tua l'homme qui à ses yeux était à la fois son persécuteur haï, et le représentant de ceux qui autrefois avaient humilié sa famille. Hoadley assassina le directeur. Puis il commença à décider d'un plan dément, d'une manière de marquer dans le sang chaque colline qui déformait sa sacro-sainte grille urbaine… Pour Hoadley, la forme d'une ville était devenue la forme d'un crime. »

Les trafiquants de couleur

Ce fut une complète surprise, un événement presque grotesque. « J'avais rendez-vous hier avec un antiquaire, qui devait expertiser du mobilier que j'ai entreposé. Et l'on vient de retrouver cet antiquaire, mort, dans le box qui me sert de garde-meubles ! » déclara Bodichiev avec un mouvement de tête incrédule. Dans le fauteuil des clients, monsieur Tatichiev gloussa doucement.

Les prémices de cette affaire s'inscrivaient pourtant dans un contexte bien anodin, en première apparence…

« Une perle ? s'étonna Bodichiev.

— Une perle, affirma Boadicée.

— Et où l'avez-vous perdue ? s'enquit le détective en posant devant lui le livre dans lequel il se trouvait plongé avant l'interruption de la jeune fille.

— Je ne sais pas du tout ! C'est bien ça le mystère : on m'a volé ma perle alors qu'elle ne peut pas quitter ma personne. »

Boadicée se tenait devant son patron, plantée de l'autre côté de la table basse avec les poings sur les hanches. Bodichiev la considéra en fronçant les sourcils.

« Et comment une perle peut-elle ne pas quitter votre personne, comme vous le dites ? demanda-t-il, légèrement méfiant.

— Je vais vous montrer ! s'exclama aussitôt la jeune fille, en relevant prestement le bas de son t-shirt. Vous voyez, j'ai un piercing… commença-t-elle à expliquer en baissant le regard vers son nombril.

— Boadicée ! Rhabillez-vous tout de suite ! » lui ordonna Bodichiev qui avait fermé les yeux, quoique non sans avoir eu le temps de voir la charmante dépression sur le ventre plat à la peau sombre. Le détective hésitait entre la sévérité et l'amusement.

« Mais euh… bouda Boadicée en esquissant une moue, je voulais juste vous montrer… La perle se trouvait sur mon piercing de nombril. Avouez tout de même que c'est étonnant, comment a-t-on pu me la prendre ? »

Avec un soupir faussement résigné, Bodichiev se rejeta en arrière contre le dossier du canapé et considéra la jeune fille qui se tenait toujours debout devant lui.

« Vous dormez avec votre piercing, je suppose ?

— Bien sûr.

— Alors peut-être la pierre tomba-t-elle durant la nuit ? Avez-vous cherché dans votre chambre ? Si vous vous remettiez à votre repassage ?

— Oh, moi ce que j'en dis, je voulais juste vous soumettre une énigme intéressante, voilà tout. »

Bodichiev secoua la tête, incrédule mais diverti

malgré lui. Sans faire plus de commentaires, il reprit sa lecture.

Il avait fait une sacrée pioche, en embauchant la jeune Boadicée Maria Bonelli. Depuis qu'il avait quitté sa chambre de la City, à l'agence, pour acquérir cette petite maison au bord du canal, Bodichiev se reconnaissait des envies de confort bourgeois. Il avait donc passé une petite annonce afin de recruter quelqu'un qui viendrait lui faire un peu de ménage ainsi que le repassage. Une fille de dix-neuf ans, bronzée et rigolote, s'était présentée pour le job.

L'existence de Bodichiev avait passablement changé, ces temps derniers. D'abord, il y avait eu la nette amélioration de ses revenus. Un client en conseillant un autre, et avec la discrète recommandation tant de madame Koulikova, qui régnait en maîtresse femme sur le Tout-London aristocratique, que de dignes membres des cercles gouvernementaux, reconnaissants de ses services rendus à l'Empire, l'agence Bodichiev avait désormais pris assez d'aisance pour se permettre non seulement la rémunération d'un assistant (le remuant Viatcheslav) et d'une secrétaire (la redoutable Mrs Cherrytail), mais aussi l'emploi de quelques subalternes occasionnels (pour les tâches de routine) et une substantielle augmentation de sa tarification (avec l'avantage supplémentaire de mettre d'autant plus en confiance la clientèle aisée).

Il y avait également les brevets de Bodichiev, qui lui rapportaient depuis quelques années des sommes aussi rondelettes que régulières : dispositifs de sécurité domestique ou commerciale, logiciels de surveillance, le cerveau de Bodichiev se tournait toujours vers la conception de petites machines logiques coercitives. Pas du tout enclin à la paranoïa, et politiquement plutôt sympathique aux mouvements libertaires, le détective se délectait pourtant de la rédaction d'artefacts sécuritaires. Il ne cherchait pas à analyser cette tournure d'esprit, s'estimant satisfait de se voir verser de coquettes rentes pour l'exploration de cette lubie. Somme toute, si son goût pour les systèmes l'avait poussé vers le jeu d'échecs, sans doute n'aurait-il pas aussi bien gagné sa vie.

Enfin, le dernier en date des facteurs de changement de son existence, et le moins prévisible, avait adopté la forme de deux héritages. Quelle ironie du sort : lui qui avait jusqu'à présent tant peiné pour gagner sa vie, contraint d'abandonner ses études tout jeune afin d'aller travailler, logeant dans la pièce attenante à son bureau faute d'avoir les moyens de mieux se loger après son divorce… Le voilà qui, sur ses vieux jours, se retrouvait propriétaire de deux maisons – alors qu'il n'en avait plus besoin. Bodichiev venait en effet d'acquérir son pavillon du canal, dans le petit quartier de Copenhagen, lorsque le coup de fil d'un notaire lui avait appris d'une seule foulée le décès de son oncle par alliance et son propre état d'ayant droit unique. Un petit peu plus tard, il avait également appris que Lady Natalia venait de mourir.

Cela faisait des années, deux décennies peut-être, que Bodichiev n'avait plus vu son oncle. L'homme, veuf de la sœur de Sylvain Bodichiev, n'avait jamais montré de sympathie pour son neveu. Pas plus avant qu'après le suicide de ce pauvre Sylvain, ruiné par un scandale politique et acculé par un usurier impitoyable. Virtuellement étrangers l'un à l'autre, Jan Marcus Bodichiev et son oncle Melrose ne se fréquentaient pas du tout. Bodichiev apprit donc avec une certaine surprise que le vieil homme lui laissait son héritage.

Sans enfant et ne risquant pas de léguer ses biens à son autre neveu, le malfrat international Félix, oncle Melrose abandonnait à Jan Marcus un petit portefeuille d'actions, une ruine dans le Northamptonshire qu'il avait appelée sa maison de campagne, une maison à London pleine d'art africain – son seul hobby – et diverses broutilles à débarrasser.

Du fait des lois sur la transmission de patrimoine, Bodichiev se trouva contraint de vendre presque tout, afin de régler la part de l'État. Il doutait que la ruine champêtre trouve un jour acquéreur, mais pour le reste, la demeure de Belsize Park se vendit sans coup férir. Problème : que faire du mobilier, des collections de masques et de statues en bois, de tout le reste des objets d'une vie ? La maison n'était pas bien grande ni l'oncle particulièrement fortuné, mais le simple amoncellement d'une existence suffisait à emplir la bâtisse étroite depuis l'office en sous-sol jusqu'au grenier sous les poutres aiguës. Et puis si l'oncle se caractérisait par sa parcimonie, son épouse avait eu une nature plus généreuse, plus dispendieuse diraient certains, à l'instar d'ailleurs de son frère.

Confronté à une maison emplie des alluvions de deux existences, des sentiments contradictoires assaillirent souvent Bodichiev durant cette période. Comme il emplissait un carton de vaisselle, ou bien qu'il se contentait de faire l'inventaire du contenu d'une commode, il se sentait soudain soulevé par cette lame de fond que l'on nomme spleen, doute existentiel ou plus simplement mélancolie. Débordé par une sorte de léthargie, il poursuivait alors avec difficultés.

Il ne pouvait se faire aider par sa nouvelle secrétaire, fort occupée à mettre en ordre prussien la paperasse que Bodichiev avait, depuis ses débuts dans la profession de détective privé, laissée proliférer en une candide anarchie. Finalement, il fallut l'intervention de Viat pour que le travail quasi archéologique de Bodichiev veuille bien s'organiser un brin.

Avec sa coutumière énergie, Viat bouscula son patron et ami, fit venir une armée de trieurs professionnels : brocanteurs, antiquaires (dont le propre parrain de Bodichiev), employés d'entreprises de charité, libraires – quoique l'oncle n'ait eu qu'assez peu de livres –, fripiers et allez savoir qui d'autre encore. En deux semaines, la maison se trouva presque vidée, les affaires qu'elle contenait vendues si possible, données lorsqu'il s'agissait de choses sans grande valeur. Les Koulikovy entretenant plusieurs œuvres charitables, ce fut aisé. Et le notaire ayant entre-temps trouvé acquéreur pour les murs, il resta à évacuer seulement les meubles les plus importants.

C'est encore Viat, en voyant une publicité dans le métro, qui trouva l'idée : que Bodichiev prenne la location d'un petit entrepôt pour tout ce qu'il souhaitait conserver, ainsi que pour le mobilier demandant une expertise plus poussée. Le temps pressait : les impôts réclamaient leur dû et les acheteurs de la maison de Belsize Park souhaitaient s'installer.

Bodichiev loua une sorte de garde-meubles ou de garage amélioré, sis dans un coin pittoresque derrière St Pancras. Une sorte d'enclave entre le canal et la voie de chemin de fer, un ressac urbain où s'étalaient de petits ateliers (carrosserie, motos, serrures, paraboles, etc.), des garages particuliers, des écuries reconverties en entrepôts et garde-meubles comme celui de Bodichiev, une jardinerie, des artisans et des artistes, des mécaniciens et des informaticiens. En passant pour la première fois le bref tunnel, sous la voie ferrée, qui ouvrait sur la Zone, Bodichiev eut l'impression de pénétrer en utopie.

Les arbres, les herbes folles, les ateliers tranquillement occupés à leurs tâches ordinaires, les jeunes gens travaillant devant des écrans flambant neufs dans des locaux au désordre designé, la terre battue et les barrières pimpantes, la jaguar rouge vif du voisin et le pick-up rouillé du concierge, tout contribuait à l'image d'une quotidienneté non affairée. Un sentier plus boueux que bitumé serpentait entre le talus herbeux et les rangées de portes, de porches ou de palissades. Bodichiev croisa quelques personnes : d'abord une jeune femme en veste de costume sur un jean à l'usure certainement coûteuse lui avait lancé un sourire à fossettes, puis un mécano rubicond et entre deux âges à salopette graisseuse, au bonjour tonitruant, et enfin un groupe de trois adolescents à la nonchalance étudiée le regardèrent passer sans mot dire. Les jeunes mâles de la race humaine aiment à feindre cette fausse quiétude du cow-boy avant le coup de feu.

Le box loué par Bodichiev se trouvait tout au fond de la Zone, à l'endroit où le chemin s'élargissait une dernière fois pour s'ouvrir sur une placette au sol de gore rouge, qui formait un cul-de-sac. Lesdits box semblaient avoir connu un précédent usage comme écuries, à moins qu'il ne s'agisse de petits entrepôts à la rénovation soignée, leurs portes arrondies en bois épais camouflant un intérieur blindé comme celui d'un container industriel. Une énorme poulie pendait de loin en loin, au-dessus des portes peintes en couleurs vives. Une pompe en fonte, d'une masse impressionnante, trônait au milieu de la cour. Des buddleias poussaient partout où les liserons n'occupaient pas les lieux, en hôtes habituels des terrains plus ou moins vagues. Un potager se distinguait derrière les box, avec des haricots ou des tomates sur des tuteurs, et une haie d'estragon qui débordait sur le sol rouge. En ayant cueilli un brin pour le frotter entre ses doigts avant de le porter à ses narines, Bodichiev fut surpris de découvrir que cette plante pouvait pousser sous forme de buisson, dans le climat londonien.

Ayant ouvert les portes de son box et inspecté l'intérieur, propre et sec, avec un sol de béton et des parois en métal ondulé, le détective, sous le charme des lieux, alla s'asseoir dans l'herbe de la butte qui fermait un côté du ressac. En dépit du ciel nébuleux et de l'humidité de l'air, un vent léger adoucissait cette journée du début d'automne et faisait trembler les hautes herbes. Bodichiev espérait que Viat allait trouver sans problème – l'entrée de la Zone, le petit tunnel en biais entre deux maisons, se tenait passablement camouflée dans le tournant d'une rue elle-même assez discrète.

Le concierge, émergeant de sa petite maison, se

dit enchanté de faire connaissance du nouveau locataire. La publicité du métro affirmait que les lieux se trouvaient sous surveillance 24 heures sur 24 : cela semblait donc vrai. Bodichiev expliqua qu'il attendait la camionnette apportant une partie de ses meubles. Oui, il n'y a aucun problème pour venir jusqu'ici, expliqua le concierge, en désignant son propre pick-up, garé non loin de là. Un gros véhicule pouvait passer, évidemment : il fallait bien que « les gens » apportent leurs affaires.

Bodichiev devait également ladite camionnette à l'ingéniosité de Viat : plutôt que de chercher un véhicule de location, le jeune Pavlovitch avait déniché un copain pouvant leur en prêter un. Grâce à ses activités sportives, Viat évitait de ne fréquenter que des rejetons de banquiers, d'industriels ou d'aristocrates. Sa tante désapprouvait, bien entendu.

En l'attendant, Bodichiev fit quelques pas et, avisant un panneau pour les petites annonces des locataires, rédigea sur un coup de tête et un bout de papier sa recherche d'une aide ménagère. Ainsi, Boadicée Maria Bonelli débarqua donc au bureau de l'agence Bodichiev : fille d'un garagiste voisin spécialisé dans la transformation et la décoration des grosses cylindrées, elle avait lu l'annonce.

« Voilà. Je crois que tout est terminé », déclara Boadicée sur un ton satisfait.

Bodichiev releva le nez de son roman et ne vit rien de spécial : son aide ménagère avait déjà rangé tout le linge et replié la table à repasser ; Boadicée était l'efficacité même.

Confortablement enfoncé au creux du canapé,

Bodichiev lui demanda : « Au fait, connaissez-vous l'origine de votre prénom ?

— Euh, non… hésita-t-elle, prise en défaut de repartie.

— Boadicée, également nommée Boudicca, avec deux « c », était au temps des envahisseurs romains la reine d'un clan dirigé de manière matriarcale. Refusant l'organisation patriarcale qu'imposait l'Empire romain, Boadicée souleva les tribus alentour et marcha sur London, la capitale, qu'elle captura et rasa par le feu. Elle ne laissa pas un bâtiment debout ! »

La Boadicée moderne laissa échapper un sifflement admiratif.

« Allons, puisque vous avez terminé, nous pouvons aller à la Zone, non ? demanda-t-il en se levant.

— Je n'ai pas signé pour vous servir de chauffeur, répondit Boadicée sur un ton faussement réprobateur, tout en enfilant le blouson à manches coupées qui lui servait de veste.

— J'ai rendez-vous dans à peu près une heure avec un antiquaire que m'a trouvé Viatcheslav, expliqua Bodichiev en mettant également son manteau, sans s'offusquer de la feinte rebuffade, que d'ailleurs Boadicée avait tout de suite oubliée.

— Je sais, commenta-t-elle tout de même, en retrouvant son ton moqueur. Vous me l'avez déjà expliqué. »

Bodichiev s'installa sur le siège passager de la Morris de Boadicée. Cette dernière, en mettant le contact, pensa à lui demander ce qu'était devenue cette fière guerrière, au fait ?

« Les légions romaines sont revenues en force et l'ont massacrée. La légende veut que son corps se trouve enterré quelque part sous un quai de la gare de King's Cross. »

Bodichiev assortit cette réponse d'un doux sourire innocent. Boadicée laissa filer un soupir dégoûté et démarra.

Sur la Zone, le ciel paraissait toujours plus clair, influencé peut-être par la lumière du canal, de l'autre côté de la butte ferroviaire. La vie de Bodichiev se rythmait plus que jamais au gré des eaux, sa maison se trouvant en lisière du clapotis qui irriguait également ce havre où avait trouvé refuge son surplus de mobilier.

Boadicée largua sans cérémonie son patron à l'entrée du garage paternel, pressée d'aller faire la bise à l'auteur de ses jours. Cela convenait au détective, pas mécontent d'un retour au calme après la tornade de la jeune Bonelli. Consultant sa montre, il se demanda si l'antiquaire l'attendait déjà. Il espérait que non, étant juste à l'heure du rendez-vous et n'aimant guère faire languir son monde.

Une cloche tapait au loin, son carillon porté par la brise qui agitait les fleurs de la haie. Bodichiev fit halte un instant, considérant un peu interloqué les lourdes têtes odorantes qui dodelinaient dans un feuillage sombre, presque rouge. Soulevant l'une des fleurs, il constata avec satisfaction qu'il s'agissait bel et bien d'une sorte de rosier, comme il le pensait vaguement.

Marchant lentement, songeur, il essaya de se souvenir du nom d'une autre fleur, dans l'herbe du côté. D'un jaune miellé, presque fauve, aux pétales largement écartés et au cœur cillé d'orange et de noir. Il avait su cela. Bodichiev se souvint : des mermaids.

Après la haie, une haute palissade en bois sombre dominait une étroite bordure d'herbe où dansaient des coquelicots et des bleuets. De l'autre côté du sentier, des lavandes tapissaient le talus d'un vert dru et des bouquets mauves de leur floraison. Quelques insectes bourdonnaient, d'une tige à l'autre. Il ne manquait guère plus que le chant d'un coq pour que l'on puisse s'imaginer en pleine campagne, alors que l'on se trouvait au cœur de la ville, non loin de l'agitation de Camden. D'ailleurs, il arrivait que des canards nichent dans les parages, venus du canal, mais les nombreux chats en maraude, et ceux domestiqués par les jeunes gens des ordinateurs, rendaient périlleuse toute entreprise des palmipèdes. Seule réminiscence de l'activité urbaine, le passage des dirigeables très haut dans le ciel ne troublait en rien la quiétude de la Zone.

Avec un soupir satisfait, le détective constata que son antiquaire ne semblait pas encore arrivé : pas de voiture ni de camionnette dans la petite cour des entrepôts.

Le vent, qui se faisait plus insistant, secouait mollement les poulies et faisait grincer le seau qui pendait, accroché au bec de la pompe. Une flaque témoignait seule d'une récente activité humaine. Les mains enfoncées dans les poches de sa veste, Bodichiev regarda autour de lui puis décida que, plutôt que d'ouvrir la porte du box, il allait attendre le visiteur en s'asseyant dans son coin favori, le talus contre la clôture du potager.

Les pieds fermement posés sur la berme herbue, Bodichiev se laissa tomber en arrière, le dos contre la pente douce et les mains croisées derrière la tête. Pour un peu, il se serait bien laissé aller à une sieste, mais l'antiquaire ne tarderait plus, sans doute.

Plutôt que l'intérieur de ses paupières, le détective contempla les striures des nuages, riches de promesses aquatiques qu'ils s'abstenaient de tenir depuis déjà plusieurs jours. On n'aurait su s'en plaindre : pour une fois que la métropole échappait tant aux averses qu'à la canicule… Enfin, les pluies acides devenaient rares, de nos jours. Le détective avait connu l'époque des grandes pollutions.

Bodichiev souleva la tête pour jeter un coup d'œil en direction du chemin : toujours personne. Pour le moment, pas un bruit ne planait sur la Zone, en dehors de quelques chants d'oiseaux.

Que faisait donc ce marchand ? Bodichiev avait la flemme de sortir sa montre, mais l'heure du rendez-vous était passée depuis un bon moment. Viat avait dit qu'il les rejoindrait sans doute, il finirait par arriver avant l'antiquaire, si celui-ci continuait à tarder. Le vrombissement d'une scie résonna dans l'espace calme, suivi par des coups répétés. Bodichiev leva la main pour chasser les agacements d'un moucheron qui alla danser plus loin, et utilisa cette même main pour étouffer un bâillement. Au ras du sol, le vent ne troublait pas la confortable chaleur accumulée par la terre.

Malgré lui, Bodichiev commença à repenser à sa vieille amie, Lady Natalia Gontcharova, décédée peu de temps auparavant. Il essaya de songer à autre chose, mais peine perdue : la tristesse familière lui creusa les entrailles. Lady Natalia, ancienne amie de son père, n'avait jamais ménagé sa gentillesse et son influence pour venir en aide à Jan Marcus Sylvanovitch. De peu de fortune, elle ne pouvait apporter un soutien financier à son protégé, mais, depuis qu'il œuvrait dans les investigations particulières, il avait eu maintes preuves des intercessions de l'aristocrate en sa faveur : des enquêtes mineures que Scotland Yard lui donnait l'air de rien, des clients huppés préférant sa jeune agence aux cabinets bien établis. Lady Natalia et lui n'en avaient jamais discuté, ces choses-là ne se disaient pas, mais Bodichiev n'était pas dupe de sa bonne fortune et il avait gratifié son aimable aînée de toute sa reconnaissance.

Et voici que la digne princesse, pauvre et fière, venait de disparaître. Faisant de Bodichiev, comme de bien entendu, son unique légataire. Un héritage, encore un. Nettement plus douloureux que celui de l'oncle Melrose, dont la disparition ne lui inspirait aucune émotion.

Le temps avait manqué pour qu'il s'occupe de la liquidation de la succession de Lady Natalia – il ne devrait plus trop tarder à le faire, lui avait rappelé son notaire la semaine précédente. Encore du travail, encore des antiquaires.

Bodichiev se rendit compte qu'il s'était assoupi lorsqu'un vrombissement le réveilla. Quand il se redressa, un merle s'envola en protestant, avec force caquètements. Une moto approchait : encore une influence de Boadicée. Son père avait vendu ce monstre de métal à Viatcheslav. Bodichiev, que ne rassuraient pas les statistiques sur le nombre d'accidents des deux-roues, ne se réjouissait pas du nouveau véhicule de son assistant. Les sourcils froncés, il se dit que ce fichu antiquaire ne viendrait plus. Il leva la main pour saluer Viat.

Bodichiev regarda le banc, ou plutôt ce qu'il en restait. Dire qu'il s'était assis là seulement l'été précédent. Les pieds, bien que sévèrement rouillés, tenaient encore, mais les montants ne tarderaient plus à retourner à la nature. Fasciné un peu malgré lui, Bodichiev se pencha sur le bois pourrissant. Il dénombra deux, non, trois sortes différentes de lichen, en plus de la mousse. L'un d'un vert très clair, tel l'envers d'une feuille, étalait ses lamelles rugueuses en flaques longues comme la paume d'une main. Un autre formait de petites plaques d'écailles d'un gris presque bleuté, singeant les dernières traces d'une peinture qui, en vérité, n'était même plus un souvenir. Le troisième, à moins qu'il ne s'agisse des restes desséchés d'un des précédents, formait de modestes soucoupes d'un brun proche de celui du bois. La mousse sombre frisait par endroits en mèches plus claires. Du lierre et des fraisiers sauvages couvraient le sol en menaçant de manger l'allée, tandis que de jeunes lilas achevaient d'ensevelir les planches rompues de ce qui avait été un banc, où la vieille dame aimait à prendre l'ombre de son jardin. Un sombre sentiment de mort secoua l'échine de Bodichiev, comme un présage du crime qui l'attendait. Il mit cette impression sur le compte de son agacement.

Le maudit antiquaire n'avait pas pointé le bout de son nez. Viat, terriblement embêté bien qu'il ne fût pas responsable de l'absence du commerçant dont il avait juste fourni la référence, avait insisté pour reconduire son patron en ville. Devant la mine chagrinée du jeune homme, Bodichiev n'avait pas eu le cœur de refuser.

Peu rassuré et se sentant ridicule, perché à l'arrière de la moto, le gros homme avait décliné l'offre de Viat de l'amener jusqu'au quartier de Notting Hill, où se trouvait la boutique de l'antiquaire. Cela faisait un bien trop long trajet et puis si ce monsieur Jetsam le voulait, il reprendrait contact. En cette veille de Bank Holiday et de célébrations impériales, il ne fallait pas trop compter que l'homme se manifeste de sitôt, sans doute. Objectant qu'il doutait que les antiquaires prennent leurs vacances en même temps que tout le monde, Viat n'insista malgré tout pas, et conduisit plutôt Bodichiev non loin de la Zone, dans le quartier de Highbury, où se trouvait l'ancienne demeure de Lady Natalia. Et comme le détective craignait que l'intérieur de la maison ne le déprime trop, ils optèrent pour une petite promenade dans le jardin.

Les deux hommes marchèrent en silence, sous le bruissement des noisetiers et du grand laurier. Dans l'ensemble, les lieux conservaient leur allure des beaux jours de la princesse russe : le jardinier, fort âgé lui-même, tenait à continuer l'entretien, en attendant que monsieur Bodichiev ait pris sa décision.

Mais quelle autre décision prendre que la vente ? Il ne serait pas raisonnable de conserver deux maisons et celle qu'il venait d'acheter au bord du canal lui convenait parfaitement. Oui, il fallait vendre la maison de Lady Natalia, mais le temps lui avait manqué, pour le moment. Il était débordé, tant par ses sentiments vis-à-vis de la vieille dame que par ses activités de sécurité – ayant obtenu le contrat pour le concert de Buckingham Palace – et par la liquidation des affaires d'oncle Melrose.

Le soir même, un événement heureux vint chasser les nuages de mélancolie dont la visite chez sa défunte amie avait empli la tête du détective. Dans le cadre des festivités du Jubilé de l'Impératrice, qui devaient débuter le lendemain, une grande première cinématographique avait été organisée : la projection en exclusivité du nouveau film de Jacques Tatichiev, *Confusion*. Longtemps exilé en territoire neutre, au royaume de Suède, le vieux réalisateur franco-russe s'était récemment laissé convaincre par le Tsarévitch de rejoindre son équipe culturelle, avec à la clef le financement de *Confusion*, dont Tatichiev cherchait le budget depuis des décennies.

À son complet délice, Bodichiev se retrouvait parmi l'élite invitée devant Buckingham Palace, pour la projection exceptionnelle. Il ignorait auquel de ses anciens clients il devait un tel honneur, mais n'entendait pas bouder une si belle occasion, étant très amateur des films cocasses et subtils du père de Monsieur Hulot.

La déception ne fut pas au rendez-vous : *Confusion* convulsa de rire le détective, l'emplit d'admiration pour les prouesses d'observation de Tatichiev, le souleva d'enthousiasme pour son utilisation de la couleur, si neuve… Il en oublia son chagrin de l'après-midi, transporté par la grâce burlesque d'un film revenu au niveau des anciens chefs-d'œuvre de

Tatichiev, *Mon oncle* et *Playtime*. Le cœur de nouveau léger, Bodichiev émergea de l'immense chapiteau blanc érigé sur la pelouse devant le palais. Il considéra, amusé, la presse des smokings noirs et des robes claires, tous empressés qui de grimper à bord de leur limousine, qui de partir au trot altier de leur droschki, ou encore, pour les moins fortunés, de héler l'un des nombreux taxis qui, tels une nuée de scarabées noirs, grondaient auprès du monument de Wellington.

Les beaux messieurs portaient le haut-de-forme, bien entendu, mais cette saison les belles dames leur faisaient concurrence dans le port du tuyau : la mode était à des sortes de hennins, qui oscillaient sur la foule comme des crayons de pastel abandonnés sur un dessin d'enfant. Çà et là, la tache plus conventionnelle d'un chapeau rond piquait cette toile mondaine.

Bodichiev demeura un long moment à observer le ballet des chauffeurs et des laquais, des Rolls-Royce et des attelages. À deux reprises, il se retint de plonger ses mains dans les poches du pantalon de son smoking : Boadicée le tuerait s'il les déformait.

Les cimes de St James' Park s'agitaient fortement, mais le vent qui tourmentait les ramures ne glissait pas jusqu'à la chaussée et, en dépit de l'heure, la température restait clémente. Bodichiev choisit de remonter à pied, au moins jusqu'à l'extrémité du Mall. Il trouverait forcément un taxi aux environs de l'Amirauté. De chaque côté de la vaste avenue de gravier rouge, les bâtiments encrés par la nuit ne laissaient plus voir que leurs façades fantomatiques, murailles flottantes sur l'herbe obscure, que teintait de rose l'éclat du sodium dans les lampes en sentinelles.

Fredonnant une ritournelle du film, Bodichiev marchait lentement, avec l'impression rare de vibrer en harmonie avec la ville. De jeunes gens filaient sur leurs patins à roulettes, des couples élégants croisaient le détective en le saluant d'un petit hochement de tête. En cette aube de Jubilé, le Mall incarnait toute l'aristocratique grâce de l'Empire. Bodichiev songea encore à sa vieille amie, Lady Natalia, mais cette fois avec une tendre chaleur plutôt qu'avec la douleur froide de la perte.

« Monsieur Bodichiev ? J'ai bien failli ne pas vous reconnaître, sur vos daguerros vous aviez des cheveux », déclara Jacques Tatichiev d'un ton malicieux lorsqu'il entra dans le bureau du détective.

Bodichiev demeura un instant interdit, hésitant à croire que son idole se tenait devant lui. Ne trouvant pas ses mots, il se leva et serra simplement la main de ce grand bonhomme courbé par le poids des ans, qui le considérait avec une lueur brillant sous ses lourdes paupières.

Tatichiev, immense et ventripotent, se vautra sans plus de cérémonie dans le fauteuil qu'on lui désignait.

« Je vous ai observé, hier soir, reconnu le cinéaste avec une petite grimace contrite, mais je suis désolé de n'avoir pas pu vous rejoindre à ce moment-là, comprenez-vous, je me trouvais en auguste compagnie…

— Hum, oui, fit Bodichiev en se grattant la gorge, j'ai vu que vous étiez sur le dais en compagnie du

Tsarévitch et de son entourage. Mais… pourquoi vouliez-vous me rencontrer ?

— Je vous ai observé, disais-je, et vous avez beaucoup ri. Que voulez-vous, je suis vaniteux : j'aime qu'on aime mes films », expliqua Tatichiev avec de nouveau cette étincelle amusée dans le regard.

« Vous avez devant vous l'un de vos plus grands fans », affirma Bodichiev, la main sur le cœur et le sourire aux lèvres.

Tatichiev leva une main, comme pour dire « n'en faisons pas trop », mais les plis aux coins de ses yeux trahissaient son plaisir.

« Un ami, qui m'avait recommandé vos services, m'a également touché mot de vos goûts. C'est pourquoi je me suis permis de vous faire inviter à la première. »

Bodichiev leva un sourcil, intrigué par la mention d'un ami commun, mais laissa poursuivre le cinéaste.

« Le Tsarévitch Vladimir, qui est un homme formidable et un passionné de culture, m'a fait venir à London non seulement pour que mon nouveau film soit projeté, dans le cadre des festivités du Jubilé de son auguste mère, mais aussi pour que je dépose le brevet international de mon procédé de pellicule en couleurs. Les brevets des procédés français et italiens ne sont pas reconnus par l'Empire, et de toute manière ce sont des méthodes médiocres, assez peu utilisées. Le Tsarévitch pense pourtant, tout comme moi, que la couleur est l'avenir du cinéma.

— Beaucoup de gens sont réticents, cependant, avança Bodichiev. Le goût commun veut que le cinéma soit en noir et blanc, la couleur choque encore beaucoup de monde.

— Bah ! fit Tatichiev en balayant cet argument d'un revers de la main. Les goûts changent, il suffit d'éduquer le public ! Le cinéma est un art trop peu développé, la plupart des productions sont encore rudimentaires, sans même parler de la vulgarité des films prussiens ! Le Tsarévitch estime qu'il est grand temps que l'Empire fasse concurrence à la Prusse dans le domaine cinématographique, et les studios anglais sont déjà d'un certain talent, il suffirait d'un peu de volonté politique, et donc de finances, pour que naisse un grand cinéma anglo-russe ! »

Tatichiev se tut un instant et se renversa contre le dossier du fauteuil, avec un petit sourire pour se moquer de lui-même. Durant sa diatribe, il s'était mis à brasser l'air devant lui avec de grands moulinets de bras.

« La pipe ne vous gêne pas ? » demanda-t-il et, devant le signe négatif de Bodichiev, il commença à bourrer la bouffarde qu'il venait d'extraire d'une de ses poches. Bodichiev le regarda, fasciné par l'impression que monsieur Hulot venait d'apparaître dans son bureau. Amusé, il se dit que, par chance, ses fauteuils n'émettaient pas de couinements. Le silence s'éternisa, confortable, que Bodichiev se garda bien de rompre. Tatichiev décroisa les jambes, les croisa dans l'autre sens, sourit doucement en tirant sur sa pipe. En le regardant plus attentivement, Bodichiev se fit la remarque que le grand homme n'avait pas bonne mine : des cernes soulignaient ses yeux, ses bajoues se creusaient d'un sillon malsain. En vérité, Tatichiev ne devait plus être tout jeune – quel âge pouvait-il avoir ? Dans les quatre-vingt-quinze ans, sans doute. Il avait conservé le physique nerveux et allongé de sa jeunesse, mais l'âge y avait ajouté des poches et beaucoup de ventre, le Monsieur Hulot qui avait donné un nouveau sens au terme « dégingandé » s'alourdissait désormais de viande, en bourrelets mollassons.

Tatichiev reprit enfin la parole. « À l'origine, je pensais simplement faire appel à votre expérience en matière de dépôt de brevets. Le *commissaris* Samson m'a expliqué que vous en aviez fait l'une de vos spécialités.

— Le *commissaris* ? Ah, le cher homme. Je l'apprécie beaucoup. Il faudra que vous me disiez comment vous l'avez rencontré.

— Aisément. C'était lors d'une de mes visites à Amsterdam, vous savez que la communauté française y est importante. Le *commissaris* coordonnait la sécurité d'un de mes spectacles.

— Et vous désirez que j'organise celle-ci pendant votre séjour à London ?

— Non, pas du tout ! Son Altesse le Tsarévitch se charge de tout cela, à supposer que cela soit nécessaire. Non, comme je vous le disais j'espérais que vous pourriez me conseiller quant aux brevets, mais depuis, un autre problème, autrement plus sérieux, a vu le jour.

— Un autre problème ?

— Absolument : on a volé tous mes documents. »

Tatichiev proféra cette dernière phrase sur un ton tranquille, sans rien changer au calme avec lequel il tirait des bouffées de son tabac.

« Ce drame ne paraît pas vous bouleverser outre mesure, proféra Bodichiev sur un ton neutre, curieux de comprendre les raisons d'une telle placidité.

— Bah ! fit encore Tatichiev, avec toujours dans son regard une lueur amusée que couvaient ses lourdes paupières. J'ai connu plus d'un revers dans mon existence, alors à mon âge plus grand-chose ne m'affole. La vie est ainsi faite… Pleine d'ironie. » L'air patelin, le grand homme tira une bouffée de sa pipe, une volute bleutée dont il contempla la montée vers le plafond.

« Néanmoins, je suppose que vous désirez que je retrouve vos documents ? » demanda Bodichiev doucement, curieux de la position de son interlocuteur. Les deux hommes échangèrent un sourire, interrogateur pour le détective, taquin pour le cinéaste. Tatichiev suça encore l'extrémité de sa bouffarde, un nuage blanc grisâtre commençait à l'auréoler. Des fossettes de chérubin apparurent aux coins de sa bouche.

« Vladimir voudrait que ses services secrets s'en occupent. Scotland Yard devrait se sentir concerné, aussi. Mais je me dis que vous seriez bienvenu dans cette affaire, monsieur Bodichiev. Vous-même, quel est votre sentiment ? »

Bodichiev laissa échapper un grognement. « Outre que me frotter aux services secrets ne m'enchanterait guère, il conviendrait que j'en sache plus avant de pouvoir juger. Cela dit, vous avoir comme client serait vraiment un grand honneur. »

Tatichiev secoua la tête avec un air ravi, tendant et rentrant alternativement le menton dans un mouvement qui rappelait celui d'un dindon. Un souffle souleva ses deux bajoues et un rictus amusé plissa ses lèvres.

« Il existe une anicroche supplémentaire, voyez-vous, gloussa-t-il. Quelque chose qui pourrait aussi bien être un avantage qu'un handicap : il faut que nous remettions la main sur mes documents d'ici à demain soir.

— Tiens donc ?

— Mais oui : en raison de Bank Holiday, le bureau des brevets ne rouvrira ses portes qu'après-demain matin. D'ici là, les experts de Son Altesse estiment que mes voleurs ne tenteront rien. L'intérêt, pour eux, est de déposer le procédé de cinéma en Taticolor à leur nom !

— Taticolor ? glissa Bodichiev.

— Oui, j'ai trouvé ça drôle ! Mais si mes documents ne réapparaissent pas au plus vite, ce sera plutôt du scéléracolor ! »

Tatichiev pouffa, visiblement peu affecté par cette idée.

« Le Tsarévitch est dans tous ses états, le pauvre d'ordinaire si calme ne décolère plus depuis le vol. Je crois qu'il va y avoir du remaniement dans la hiérarchie policière… Mais enfin, c'est un très cher homme, et je lui dois au moins ça, mon procédé serait crucial dans l'établissement de l'industrie cinématographique impériale dont il a le rêve. »

Tatichiev disait cela comme s'il ne s'agissait que d'une indulgence de sa part. La lourdeur de ses paupières et le rythme de sa bouffarde suggéraient qu'il se trouvait bien au-delà de tels tracas. Il lança un nouveau sourire béatifique au détective, qui cependant sentit une pointe d'inquiétude le percer. Cette tranquillité et ces cernes sous les yeux ? Les marques rouges qui lui mangeaient les joues ? Se pouvait-il que le cinéaste soit malade ? Bodichiev eut l'intuition qu'une telle sérénité naissait d'une résignation, celle de la mort toute proche. Il se morigéna en son for intérieur, sans parvenir à chasser son malaise soudain. Dans son métier, la mort ne se trouvait jamais bien loin. Et avec ses deux héritages récents… Un sursaut entre panique et tristesse lui étreignit les intestins au souvenir de Lady Natalia. Que devait-il dire à Jacques Tatichiev ? Deux jours seulement, et encore, à peine ? Comment pourrait-il faire mieux que les services secrets de l'Empire ? Pourtant, lorsqu'il ouvrit la bouche, ce fut pour s'entendre dire qu'il acceptait : l'affaire lui semblait intrigante. Sans aucune garantie de résultat, assurément : monsieur Tatichiev devait lui en dire plus.

Viatcheslav choisit cet instant pour faire son entrée dans le bureau, coupant court à l'échange.

« Pardon, désolé, monsieur, il faut que vous preniez le téléphone ! » éructa-t-il tout de go, agité et effaré.

Lorsqu'il eut raccroché, Bodichiev demeura silencieux un long moment, interdit par ce qu'il venait d'entendre. Puis, les sourcils légèrement froncés, regardant alternativement Viat, qui se tenait toujours près de la porte, l'air alarmé, et Tatichiev, qui fourbissait sa pipe, le détective secoua lentement la tête de droite à gauche.

« Eh bien ça… » murmura-t-il. Repoussant le bureau de ses deux bras étendus, il se rassit tout au fond de son fauteuil, tout en murmurant encore un « Eh bien ça… » ébahi. Levant les yeux vers Viat, il lui demanda : « Ils vous ont dit ? » Son acolyte hocha du menton avec un air funèbre. Bodichiev éclata soudain de rire. Tatichiev le considéra d'un air interrogateur, tandis que Viat soufflait et levait les bras au ciel. Bodichiev éclata de rire derechef, pour finir avec une série de pouffements nerveux. S'essuyant les yeux, il présenta ses excuses à son célèbre client.

« Je vous en prie, le rire est une excellente réaction, mais puis-je éventuellement partager votre hilarité ? demanda Tatichiev.

— Partager je ne sais pas, mais je peux vous donner des éléments d'explication… Vraiment, excusez-moi encore, mais ce que l'on vient de m'annoncer est si… grotesque, et inattendu… *Horocho*, c'était la Police Impériale, Scotland Yard. Ils veulent me voir. J'avais rendez-vous hier avec un antiquaire, qui devait expertiser du mobilier que j'ai entreposé. Et l'on vient de retrouver cet antiquaire, raide mort, dans le box qui me sert de garde-meubles ! » Bodichiev fit encore un mouvement de tête incrédule, tandis que Tatichiev gloussait doucement.

« Voilà qui n'est pas banal, dit-il, puis se reprenant : à moins au contraire que ce genre de mésaventures ne fasse partie du lot quotidien d'un détective privé ?

— Je vous assure que non. Et puis Viat, cesse donc de faire cette mine catastrophée. À moins que tu ne te sentes coupable ? fit Bodichiev. Imagine un peu : ce pauvre inspecteur Goudounov semblait dans tous ses états ! »

Du coup, Viat retrouva son sens de l'humour et esquissa un petit sourire.

« Je suis désolé, monsieur Tatichiev, il faut que je me rende sur les lieux de l'enquête… ajouta Bodichiev.

— Puis-je vous accompagner ? l'interrompit le cinéaste.

— Eh bien, ma foi, je suppose que oui… fut la réponse de Bodichiev, un peu étonné.

— Je trouve très intéressantes les opérations de police. »

Avec une mine interrogative, Bodichiev lui demanda : « Songeriez-vous à faire de votre prochain film une œuvre policière, monsieur Tatichiev ?

— Cela se pourrait en effet, fit le cinéaste en rougissant comme un enfant pris sur le fait. N'y aurait-il pas là matière à quelques déambulations de Hulot, dans les recherches d'une police ultramoderne ? *Da*, c'est bien possible, monsieur le détective. C'est d'ailleurs pour cela que j'ai fait la connaissance du *commissaris* Samson, lorsque je me trouvais à Amsterdam. »

De ce fait, Bodichiev et Viat profitèrent de la limousine de Tatichiev, dont le chauffeur attendait de l'autre côté de la rue, garé devant la Banque Impériale. Les services du Tsarévitch avaient attribué une Rolls au cinéaste français, ce qui assura que leur arrivée à la Zone ne passe guère inaperçue. Les garagistes et les informaticiens se trouvaient tous sur le pas de leur enclos : le passage de la Rolls ne manqua pas de piquer la curiosité générale, déjà singulièrement émoustillée par l'arrivée quelque temps auparavant d'une ambulance et de plusieurs voitures de police. Pour sa part, le chauffeur ne broncha pas lorsque Bodichiev lui indiqua de tourner afin de passer sous le boyau ferroviaire, non plus que lorsque les pneus de la Rolls commencèrent à mordre dans la poussière du chemin. Tatichiev semblait ravi, il portait un regard à l'enthousiasme enfantin sur tout ce qui défilait derrière la vitre du véhicule.

« J'ai souvent pensé à *Mon oncle* en venant ici », acquiesça Bodichiev en réponse à la question silencieuse qu'il venait de lire dans un coup d'œil du cinéaste.

En entendant leur voiture s'arrêter sur les graviers rouges, Goudounov sortit du box de Bodichiev. À le voir battre nerveusement des mains contre ses jambes de pantalon, on aurait dit qu'il se demandait s'il devait se mettre au garde-à-vous. En réalité, furieux et indécis, il considérait la sombre limousine d'un regard non moins noir. Quel tour nouveau lui jouait donc ce fichu Bodichiev, à débarquer comme ça dans une Rolls du corps diplomatique ? Et quelle pouvait être l'identité du grand vieillard qui se déplia hors du véhicule de luxe, ses cheveux blancs moussant dans le souffle de vent qui battait la petite cour ? Le détective privé n'eut pas l'occasion de présenter Tatichiev au limier de Scotland Yard, Goudounov lui fondit dessus comme la misère sur le pauvre monde, sans lui laisser le temps de parler.

« Alors Bodichiev, vous assassinez des gens pendant vos loisirs, maintenant ? Vous n'avez pas assez de clients, que vous créez vos propres affaires ? lança-t-il d'un ton lourdement sarcastique.

— J'ai toujours dit à Bodichiev qu'il devrait prendre meilleur soin de ses affaires, plaisanta Viat en lançant un coup d'œil à son patron, qui ne réagit que par l'apparition d'une petite fossette au coin de ses lèvres. Un prêté pour un rendu.

Tatichiev, demeuré près de la Rolls, regardait

autour de lui le nez en l'air, tandis que Goudounov expliquait avec force trépignements les tenants et aboutissants de cette étonnante affaire. Le concierge avait effectué la macabre découverte, alarmé par la puanteur.

« Le corps se trouvait dans un des meubles, d'ailleurs il s'y trouve encore, je voulais vous montrer ça – et puis de toute manière, les gars n'ont pas encore terminé leurs examens », expliqua l'inspecteur en désignant du pouce la porte du box derrière lui, entrouverte sur des crépitements de flash et des bruits de voix. Des voitures noir et blanc aux armes de l'Empire, un véhicule banalisé et une longue ambulance grise occupaient tout l'espace de la cour, garés en catastrophe dans tous les sens. Bodichiev se dit qu'il ne serait pas question de rechercher des traces de pneus dans ce désordre : les forces de police n'avaient pas jugé utile de préserver les abords du site.

« Quand deviez-vous voir cet antiquaire ? voulut savoir Goudounov.

— Hier, en début d'après-midi.

— Vous aviez rendez-vous ici ?

— *Da*. Mais je l'ai attendu en vain. Je suis arrivé exactement à l'heure que nous avions fixée, pourtant.

— Et qu'avez-vous fait en l'attendant ?

— Rien, ou plutôt : j'ai somnolé, allongé dans l'herbe, là-bas, sous le pied de pivoine.

— Rien vu ou entendu ? grogna Goudounov.

— Je reconnais m'être assoupi, admit Bodichiev sans s'émouvoir. C'est le bruit de la moto de Viat qui m'a réveillé.

— Vous pourriez me donner des heures précises ?

— Volontiers : je suis arrivé à 15 heures. Vous interrogerez ma femme de ménage, Boadicée Maria Bonelli, c'est elle qui m'a conduit ici. Quant à l'heure de mon réveil, eh bien, je suppose qu'il devait être dans les 16 heures, qu'en dis-tu Viatcheslav ? »

Ce dernier opina du chef. Il avait une horloge incluse dans un des gros cadrans de sa moto, précisa-t-il.

« Nous recouperons cela avec les témoignages des gens des alentours, bougonna le policier en plissant son long nez. Mais tout de même, c'est étrange : personne ne vous a vu, Bodichiev.

— Vraiment ? Ma foi, j'étais étendu dans l'herbe haute, il est donc possible que je sois passé un peu inaperçu », rétorqua le détective.

Le corpulent collègue de Goudounov, Joukov, sortit du box à cet instant. Le gilet impeccablement boutonné et le melon vissé au crâne, il salua brièvement les deux détectives privés avant de se tourner vers Goudounov. D'un geste sec, il lui fit signe qu'ils devaient tenir un conciliabule. Les policiers s'éloignèrent de quelques pas afin d'échanger leurs vues. Pour être souvent partenaires d'enquête, ces deux hommes ne s'entendaient guère. Non seulement semblaient-ils de caractères fort dissemblables – Goudounov hargneux, mais franc, toujours agité et grognon, tandis que Joukov pratiquait plutôt une suave hypocrisie, tout en calme et en ton mielleux –, mais encore Bodichiev les voyait-il fréquemment palabrer ainsi, avec une tension palpable. En attendant qu'ils aient fini de discuter, Bodichiev rejoignit Tatichiev contre le capot de la Rolls.

« Lorsque je vous disais que ce style d'enquête me semble receler une grande matière comique, fit le cinéaste en désignant mollement les gesticulations nerveuses de Goudounov. Savez-vous que j'ai eu la révélation de mon filon humoristique à London ? Je me promenais dans le marché de Spitalfields, après une audition qui n'avait rien donné, lorsque j'ai réalisé combien tous les gestes de la vie quotidienne, autour de moi, pouvaient prêter à rire. Et sans vouloir manquer de respect à la police impériale, je trouve que ces messieurs, ajouta-t-il en regardant toujours en direction des enquêteurs de l'IPF, possèdent un potentiel comique infiniment plus important que le sympathique, mais austère *commissaris* Samson de la police d'Amsterdam. »

Bodichiev laissa échapper un gloussement approbateur.

Un mouchoir plaqué contre le nez, Viat proféra une phrase incompréhensible.

« Pardon ? demanda Bodichiev.

— Je disais : cet antiquaire avait un goût atroce. Ce secrétaire à abattant m'a toujours semblé très vilain. »

Goudounov lui jeta un coup d'œil excédé : « Croyez-vous vraiment que ce soit le moment de plaisanter, monsieur Koulikov ?

— Moi, ce que j'en dis… » répondit Viat en feignant de bouder.

En dépit de la ventilation procurée par l'ouverture en grand de la porte du container, une odeur terriblement douceâtre flottait dans le garde-meubles. Le corps de l'antiquaire s'apercevait par le battant ouvert du petit meuble, plié et tassé au fond, un œil luisant ouvert sous le tiroir.

Planté derrière Bodichiev, Joukov déclara que cela tombait bien que ces messieurs n'attachent pas une trop grande valeur à ce secrétaire à abattant, car la police scientifique allait certainement vouloir s'en saisir, et le démonter pour de plus amples examens.

« Pure routine, bien entendu », proféra le doucereux policier.

« Il faudra que vous nous donniez les coordonnées de vos déménageurs, ajouta Joukov, pour la comparaison des empreintes. »

Bodichiev acquiesça distraitement. Il regardait le portefeuille de la victime, que la police avait trouvé dans sa veste, également bourrée dans le meuble de l'oncle Melrose. Samuel F. Jetsam, antiquaire, avec une adresse dans Notting Hill. L'homme lui avait été recommandé par madame Koulikova, la tante de Viat. Apparemment, cet antiquaire s'était constitué une clientèle aisée et une réputation flatteuse. Pourtant, à voir son nom écrit là, en toutes lettres sur le passeport officiel, il venait soudain à Bodichiev une sorte de doute, un malaise qui ne devait pas grand-chose à la présence du cadavre dans son garde-meubles, pour énigmatique que fût ce meurtre, mais bien plutôt au patronyme du défunt boutiquier. Les brancardiers interrompirent ses réflexions, et détectives comme policiers durent évacuer les lieux afin de laisser place à la désincarcération du corps.

« Pour autant, je ne pense pas que monsieur Jetsam ait véritablement choisi sa destination finale, commenta Bodichiev en reprenant le fil de la remarque précédemment jetée par Viat. Un esprit tordu pourrait peut-être même déduire de sa présence dans un secrétaire sans grande valeur, au sein de tout ce fatras de meubles anciens, l'œuvre d'un tueur suffisamment connaisseur en mobilier et ne désirant pas dégrader une belle pièce. À deux pas du secrétaire à abattant se trouve une armoire Régence, pourquoi ne pas y avoir caché le corps de l'antiquaire ? Cela aurait pourtant été bien plus simple que de le fourrer dans le secrétaire. »

Poussant un grognement irrité, Goudounov se prit cependant au jeu des spéculations : « Esprit tordu, en effet ! Il ne faut pas aller chercher aussi loin. Je pense qu'il s'agissait d'un tueur inexpérimenté, qui ignorait qu'un cadavre se met à puer très rapidement. En le cachant dans le secrétaire, où il était invisible une fois le battant refermé, plutôt que dans l'armoire où l'on pouvait le trouver beaucoup plus vite, l'assassin escomptait sans doute retarder la découverte du corps le plus longtemps possible.

— Cela se tient, concéda volontiers Bodichiev. Mais tout ça ne nous renseigne guère sur l'identité du coupable, non plus que sur ses motivations.

— Je pensais que vous vous en fichiez, grommela Goudounov. Monsieur Koulikov et vous-même semblez prendre très à la légère ce meurtre, qui a pourtant eu lieu dans votre propre garde-meubles. Vous ne devriez pas. »

Bodichiev jeta un regard intrigué au policier, mais celui-ci marchait avec les yeux baissés vers le sol, le détective ne put donc lire son expression. Goudounov voulait-il le prévenir de quelque chose ? Joukov n'avait pas encore dit grand-chose, prétendrait-il l'incarcérer en tant que suspect principal ? Le gros policier en était bien capable : Bodichiev savait que, pour une raison qu'il ne connaissait pas, Joukov semblait en avoir après lui. Bien que toujours abrasif, Goudounov en revanche n'entretenait pas d'animosité spécifique envers le détective privé.

Les deux hommes rejoignirent Viat et Joukov auprès de la limousine de Tatichiev. Bodichiev fit les présentations et, si la profession de cinéaste ne sembla guère impressionner les deux hommes de l'IPF, pas plus que le nom de Tatichiev qu'ils ignoraient visiblement, la mention de la protection du Tsarévitch les marqua. Goudounov, plus grave que jamais, regarda en direction de Bodichiev. Son visage fermé ne révéla rien de ses sentiments, mais le détective sentit que Joukov soupesait quelques arguments. Peut-être craignait-il d'arrêter quelqu'un qui fréquentait un artiste aux si hautes relations ? L'air de ne pas y toucher, Bodichiev s'amusa à glisser qu'il travaillait sur la sécurité du concert de Buckingham, qui devait se dérouler le lendemain soir. La mâchoire de Joukov se resserra-t-elle d'un cran ? Le policier sembla en tout cas s'alourdir. Un civil qui dirigeait des opérations aussi délicates pour le compte de la couronne, qui de plus voyageait en véhicule du corps diplomatique, voilà qui devait contrarier le très opaque officier de Scotland Yard.

Les ambulanciers sortirent du box, avec le corps sur un brancard, couvert par un drap en plastique d'un jaune criard. Goudounov leur fit signe de s'immobiliser.

« Monsieur Bodichiev, monsieur Koulikov, s'il vous plaît ? Nous aurions besoin que vous identifiiez la victime. »

Bodichiev rappela d'un ton neutre que, n'ayant jamais rencontré l'antiquaire, il serait bien en peine de l'identifier, et Viat qu'il ne l'avait aperçu qu'une seule fois, brièvement, chez sa tante. Pour autant, l'un des ambulanciers souleva le drap, dévoilant le visage du mort. Les deux détectives privés n'eurent pas l'occasion de s'exprimer : Tatichiev poussa un grognement de surprise et s'avança d'une seule enjambée de ses immenses guiboles. Il fixait le visage blafard.

« Eh bien ça ! s'exclama-t-il en dévisageant le mort de plus près.

— Vous connaissez cet homme ? » s'étonna Bodichiev. Tatichiev demeura planté au-dessus de la civière, une expression de surprise lui détendant les traits. Il hocha lentement de la tête, en signe d'affirmation.

« Vous connaissez la victime ? insista à son tour Goudounov.

— Bah ! Oui, je le crois bien. Pensez-vous à la même chose que moi, monsieur Ladinov ? » répondit Tatichiev sans relever le regard.

Les quatre autres hommes se retournèrent, un peu interloqués, vers le chauffeur de la limousine, qu'ils n'avaient pas vu les rejoindre. De petite taille, svelte et les cheveux grisonnants sur un visage jeune, il arborait un air grave. Considérant le mort, il n'hésita pas à répondre : « *Da* ! Cet homme se trouvait présent au palais lors du vol de vos documents, monsieur Tatichiev. Il portait alors une perruque blanche, qui le vieillissait, ainsi que des favoris de même couleur. Et il avait le visage plus blanc, je ne me souviens pas des traces de couperose qu'il présente maintenant. *Da* ! Je suis affirmatif : cet homme se faisait passer avant-hier pour le chef de rang lors du dîner de Son Altesse le Tsarévitch Vladimir. »

Durant le bref silence qui suivit cette déclaration, Bodichiev observa le prétendu chauffeur : en uniforme gris serré près du corps, l'allure effacée, le physique ordinaire et entre deux âges… Bien entendu, il aurait dû s'en douter : le chauffeur d'un hôte de marque tel que Jacques Tatichiev ne pouvait qu'être un agent des services secrets.

« Iakov Sergueiovitch Ladinov, lieutenant du deuxième rang, département de la Sécurité, Marine impériale », se présenta le petit homme avec un hochement sec de la tête, en direction d'abord de Goudounov, puis de Joukov. Ce dernier semblait prendre une densité nouvelle, s'alourdir encore : le regard sombre, la mâchoire serrée, il voyait déjà l'enquête lui échapper – et avec elle la possibilité de causer quelques soucis au détective privé, auquel il destina un sourire glacial. Aucun mot ne fut échangé, tout était dit.

« Partie remise », songea Bodichiev avec le mélange d'abattement et d'incompréhension qu'il ressentait toujours au contact de Joukov.

Les deux agents de l'IPF furent pris à part par le chauffeur de Tatichiev. Marine impériale : le Tsarévitch Vladimir, avant d'investir le champ culturel, avait assis son autorité en prenant la direction des forces navales de l'Empire, précédemment acquises à sa mère, et donc de leur service de renseignement.

Bodichiev reporta son attention sur le mort : chef de rang un jour, antiquaire le lendemain, un emploi du temps étrangement éclectique. Viat entretenait de mêmes pensées, qui, après s'être mordillé les lèvres un instant, laissa échapper un « Belle canaille en vérité, ce grand spécialiste conseillé par ma tante… ». Il ne put s'empêcher de sourire légèrement, diverti par cette preuve de la faillibilité de sa formidable parente.

« On peut imaginer que cet homme se procurait de jolies pièces à vendre dans sa boutique, s'il pratiquait directement l'enlèvement au domicile des grands de notre capitale, songea Bodichiev à haute voix.

— *Da*. Et il connaissait bien les grands en question, dont il avait fait sa clientèle en plus de ses fournisseurs involontaires. C'est un procédé d'une certaine élégance, si l'on y songe bien : il volait les riches pour revendre aux riches, commenta Viat. Votre demi-frère approuverait », ajouta-t-il en glissant un regard moqueur en direction de son patron. Ce dernier esquissa une petite grimace, mais ne releva pas la pique. Il se tourna vers son client : « Il semblerait bien que le hasard me mette illico sur la suite de votre affaire. Une curieuse coïncidence, vraiment. »

Tatichiev leva les mains en protestation d'innocence.

« Croyez que je ne suis pour rien dans ce hasard. Pour moi, cet homme n'était encore il y a une seconde que l'un des serveurs de la réception.

— Vous remarquez ainsi même les membres du petit personnel d'un lieu ? feignit de s'étonner Viatcheslav, ce qui arracha un gloussement au cinéaste.

— Monsieur Koulikov ! Je suis très physionomiste, c'est en quelque sorte ma profession. Nul sujet n'est si discret que je ne remarque pas son éventuel potentiel comique. Et les serviteurs des "grands", comme vous le dites, sont souvent amusants à observer. Quoique… » Tatichiev tourna son regard soudain songeur vers la forme immobile de Samuel F. Jetsam sur le brancard. « Je n'avais pas réalisé l'autre soir que son côté vaguement amusant provenait de ce qu'il était grimé. Au temps pour mon sens de l'observation. »

Bodichiev frissonna en posant le pied sur le sol de la douche. Il s'empressa de faire jaillir l'eau chaude, et poussa un soupir de contentement. Accrochant le pommeau à son support sur le mur, il pencha la tête de manière à faire tambouriner l'eau sur la peau nue de son crâne. Rasé depuis peu, il en ressentait encore une certaine sensualité.

Ce fut en se savonnant, afin de se débarrasser de l'odeur de mort dans laquelle il avait baigné au garde-meubles, que le détective réalisa enfin ce qui l'avait chiffonné dans le patronyme de l'antiquaire. Réfléchir sous la douche s'avérait toujours profitable. En serrant autour de lui les pans de son peignoir, au sortir de la cabine toute fumante de vapeur, il grogna doucement : le culot de ce gredin !

« Que voulez-vous dire ? fit Tatichiev, dont les lourdes paupières se soulevèrent légèrement sous l'effet de la surprise.

— Peut-être ne connaissez-vous pas cette expression typiquement britannique, bien sûr, mais dans notre coin de l'Empire les termes *flotsam and jetsam* désignent les objets flottés, les épaves rejetées par la mer ou une rivière. Vous voyez donc : Samuel F. Jetsam, Sam Flotsam Jetsam… De la part d'un commerçant qui pratiquait aussi la rapine…

— Le nom ne manque pas de sens, oui, je vous l'accorde », acquiesça Tatichiev en hochant la tête.

Les deux hommes avaient convenu de se retrouver pour le dîner. Le cinéaste avait repris des couleurs, s'étant un peu reposé.

Après le bref entretien du chauffeur-espion, Ladinov, avec les inspecteurs de l'IPF, il avait été décidé que Goudounov les accompagnerait à la boutique de Jetsam – ou l'inverse, mais il semblait bien que ce fût l'agent de la Marine qui commandait désormais le déroulement de l'enquête. Pour sa part, Joukov, le visage de marbre, demeurait à l'entrepôt pour diriger les recherches de l'équipe technique. Quant à Viat, il s'était déjà éclipsé, avec la complicité de Bodichiev : il devait fouiner dans les environs pour découvrir si l'on avait aperçu un visiteur – l'assassin. Un groupe formé par Bodichiev, Ladinov, Tatichiev et Goudounov avait donc quitté la Zone pour les rues pimpantes de Notting Hill. Dans ce quartier récemment redevenu chic, au sein des petites maisons aux façades pastel organisées en croissant comme des arcs-en-ciel, s'étalaient des suites de boutiques d'antiquaires et de brocanteurs. La devanture de chez Jetsam Antiques ne différait en rien de celles de ses voisins : un fronton en bois, à la peinture bleu-vert un peu écaillée, sous une façade d'un blanc crème que faisait briller un ciel ayant viré au gris profond bien qu'il retienne toujours ses eaux.

Le fatras habituel à ce type de commerces encombrait la vitrine, des porcelaines Wedgewood en désordre sur le dessus d'une table au pied tarabiscoté, une dame trop sombre s'étalant d'un air compassé dans un tableau au lourd encadrement doré, une collection de médailles sur fond de velours, des lampes en verre criard et des casseroles en cuivre repoussant… Rien de distinctif, vraiment, et Bodichiev se demanda vaguement à quoi l'on était censé reconnaître un antiquaire plus chic qu'un autre. Mais il admettait n'y rien connaître, trouvant uniformément laids aussi bien le vase à la gauche de la porte, étiqueté pourtant à grand prix, que le vaisselier à motifs d'épis de blé tressé qui fermait le côté de la vitrine. Goudounov ouvrit la porte en un tour de main, à l'aide d'un passe. Nulle alarme ne rugit : le magasin ne paraissait pas spécialement protégé. L'inspecteur du Yard ordonna au groupe de ne pas bouger et, la mine froncée, fit du regard le tour de la pièce après s'être avancé de quelques pas. Il n'y avait pas signe de fouille ou de désordre suspect. L'assassin avait-il récupéré sur sa victime les documents qui l'intéressaient ?

Goudounov alluma la boutique et Ladinov entra sans plus attendre, suivi par un Tatichiev au pas lourd. Avisant un fauteuil, dans un renfoncement près du comptoir, le cinéaste s'y effondra en émettant un soupir bruyant. La dernière fois que Bodichiev avait entendu un soupir aussi fort, ç'avait été l'un des labradors de madame Koulikova, la tante de Viat, qui l'avait émis dans un élan de désespoir canin, en attendant sa maîtresse partie faire une course. Du coin de l'œil, le détective considéra le grand homme :

son teint avait acquis une couleur cendreuse, la barre rouge de ses joues ressortait de manière d'autant plus malsaine sur sa peau blafarde. Gêné, Bodichiev détourna le regard.

L'exploration des lieux, conduite par Goudounov et Ladinov, ne révéla rien qui semble sortir de l'ordinaire. De fait, elle ne révéla même pas quel était le domicile personnel de l'antiquaire : les deux enquêteurs eurent beau compulser les papiers que recelait le comptoir, ainsi que le bureau dans une pièce à l'arrière, ils ne découvrirent pas au premier examen de documents susceptibles de les renseigner. Voyant combien son VIP de cinéaste paraissait fatigué, le faux chauffeur se décida à enfin mettre un terme aux recherches. Il proposa à Bodichiev de le raccompagner chez lui, ce que ce dernier accepta volontiers : il ne voyait pas ce que pourrait leur apporter plus ample fouille du petit magasin. Bien que les criminels soient souvent imprudents, il demeurait douteux qu'un personnage aussi culotté que Jetsam laisse dans sa boutique officielle des preuves tangibles de ses activités illicites. Plus sûrement disposait-il d'un autre local, et peut-être ne le connaissait-on à son domicile que sous une autre identité. Opiniâtre, le policier de Scotland Yard décida de rester sur place. Au moment où le trio tournait les talons, l'inspecteur téléphonait à l'IPF pour obtenir une équipe technique.

De retour chez lui, Bodichiev donna lui aussi un coup de téléphone, chez son parrain, G. F. Lawrence. Par chance, le vieil excentrique se trouvait encore à sa boutique de Paternoster Row, en dépit de l'heure un peu tardive, et Bodichiev l'obtint tout de suite.

Antiquaire, expert en art, archéologue, numismate et spécialiste en à peu près tout ce qui était ancien, G. F. Lawrence vouait un culte aux objets et vivait dans le passé. Las, si le nom de Samuel F. Jetsam ne lui était pas inconnu, il ne sut pas renseigner son filleul d'importante façon. Son défunt collègue avait tout d'abord tenu commerce dans le Devon, ou bien était-ce le Dorset ? Non, cela lui revenait maintenant : on lui avait dit qu'il venait de Plymouth. Il avait racheté le bail d'un brocanteur désireux de prendre sa retraite et avait commencé son petit business de Notting Hill, sans remous particuliers. Oui, il s'était rapidement forgé une clientèle au sein de la bonne société. Non, G. F. Lawrence ne se souvenait pas du moindre début de soupçon de scandale concernant ce confrère – le devait-il ? voulut savoir le vieux curieux. Bodichiev lui annonça simplement la mort de Jetsam, sans plus de précisions, et raccrocha pour aller prendre sa douche : il sentait encore quelque chose de l'affreuse odeur du garde-meubles. En se déshabillant, il se dit que ç'allait être un problème supplémentaire pour la vente du mobilier, car il serait sans doute malaisé d'évacuer du local ce méchant effluve. Ce fut pendant cette douche qu'il comprit le sens du patronyme de l'antiquaire assassiné.

Lorsque Bodichiev arriva au Baron of Beef, le restaurant près de Gresham Street où ils s'étaient fixé rendez-vous, tant Viatcheslav que Tatichiev se trouvaient déjà à une table, bavardant plaisamment. Ils parlaient de sport, sujet parfaitement étranger à Bodichiev, mais qui faisait fréquemment l'enthousiasme de son acolyte. En l'occurrence, les deux hommes s'entretenaient de *cup-bowl*. Longtemps joueur de cette discipline, Viat en rebattait souvent les oreilles de son patron. Bodichiev constata que le cinéaste français ne semblait pas faire montre de moins d'enthousiasme que son jeune interlocuteur. Seule l'arrivée du maître d'hôtel leur fit abandonner leurs histoires de balles et de rebonds, pour le difficile choix des *potted shrimps*, du *sirloin* ou du *Yorkshire pudding*. Leur commande passée, Viat se tourna enfin vers son patron.

« Je n'ai pas grand-chose à vous apprendre, malheureusement, fit-il un peu contrit.

— En matière de *cup-bowl* ? feignit de comprendre Bodichiev. Oh si, certainement, mais vous savez que le sujet me passionne assez peu... »

Pas décontenancé, Viat continua : « J'ai fait le tour des ateliers, à commencer par celui du père de Boadicée. Il semblerait que personne n'ait vu notre visiteur meurtrier. À la vérité, personne n'a observé non plus la venue de l'antiquaire. J'imagine qu'ils sont arrivés à pied, le tapage d'une voiture aurait été remarqué. Il n'est pas impossible même qu'ils soient venus ensemble : qu'en dites-vous ? Cela expliquerait qu'on n'ait vu ni l'un ni l'autre : ils seraient venus à pied et en même temps, à un moment où il ne se trouvait personne pour les voir passer.

— *Da*, c'est en effet une possibilité, supposa Bodichiev. N'oublions pas que notre assassin a dû repartir. S'il n'a pas été détecté à l'arrivée, peut-être l'a-t-on repéré au départ ?

— Il aura joué de chance, alors, car les riverains que j'ai interrogés n'ont vu que deux personnes :

vous-même, à pied, et moi, en moto. Tous les témoignages concordent, à l'exception des questions d'horaire.

— Oh, comment cela ?

— Eh bien, c'est bien sûr sans importance, mais l'un des garagistes m'a soutenu que j'étais arrivé à 15 heures, alors que je sais fort bien qu'il était 16 heures quand je vous ai réveillé de votre sieste. »

Bodichiev opina du chef : « Oui, et puis c'est moi-même qui suis arrivé à 15 heures.

— Voilà, exactement, c'est ce que j'ai dit au garagiste, mais il ne voulait pas en démordre, m'a dit qu'il avait regardé l'heure à ce moment-là, machinalement. Enfin, en dehors de cette erreur de témoignage, tout concorde. Et par conséquent, personne n'a rien vu de vos deux visiteurs. »

Le lendemain matin, Bodichiev descendit dans sa cuisine pour y trouver Boadicée déjà occupée à lui préparer un petit déjeuner. Plus amusé que surpris, il regarda un instant la jeune fille s'affairer au-dessus de la poêle grésillante, avant de laisser connaître sa présence par un léger raclement de gorge. Boadicée se retourna avec une légère expression de culpabilité, qui se transforma aussitôt en un sourire radieux : « *Good morning* ! Je me suis dit qu'après le choc d'hier, vous auriez peut-être besoin du réconfort d'un solide breakfast.

— C'est bien aimable à vous, fit Bodichiev en s'installant devant une assiette de jambon grillé, de petites saucisses, de tomates grillées et de deux œufs sur le plat. Et je suis bien certain que tant d'activité matinale ne vous est inspirée que par un fort sentiment altruiste, bien entendu, sans rapport avec une quelconque curiosité », commenta-t-il avant de boire une gorgée de jus d'orange.

Sans vergogne, la jeune fille laissa éclater les perles de son rire et tira une chaise à elle, afin de s'asseoir face à son employeur.

« J'ai mené ma propre enquête ! annonça-t-elle tout de go.

— Allons bon, fit simplement Bodichiev.

— Hé, c'est que la Zone est un peu mon chez-moi, vous comprenez ?

— *Da*. Je comprends mais je n'approuve pas forcément.

— Oh, ne soyez pas si ronchon de bon matin, ça ne vous va pas. Mes œufs sont bons ?

— Délicieux.

— Et mon jambon ?

— Aussi.

— J'ai interrogé tous les confrères de mon père, ainsi que les jeunes gens des agences de publicité. Aucun n'a rien vu ni entendu…

— C'est bien utile, déclara Bodichiev le nez dans son assiette.

— Sauf un mécano, qui a vu arriver Viat sur sa moto, tout comme les trois ados.

— Le trio aussi ? Bah, Viat m'a dit qu'il avait discuté avec le mécano.

— Et vous a-t-il dit que tous ces témoins l'avaient vu arriver vers 15 heures ? »

Bodichiev leva le regard vers sa jeune employée : « Tous ? Le trio également ?

— Le trio surtout, ils sont formels : la moto de Viat est passée un peu avant 15 heures.

— Ridicule : c'est l'heure à laquelle je suis arrivé, à pied. Viat n'est venu me chercher qu'une bonne heure plus tard.

— Je sais, mais les ados ne peuvent pas se tromper, apparemment : ils sont partis juste après 15 heures, parce qu'ils avaient cours. Ils ne vous ont pas vu, mais ont bien reconnu la moto de Viat aussi. Et selon eux, Viat est arrivé avant vous. » Boadicée eut un haussement d'épaules, l'air plutôt embarrassée. Bodichiev la contempla un long moment, sans vraiment la voir : il était plongé dans ses pensées.

« Monsieur Tatichiev, vous m'avez bien dit que c'est le *commissaris* Samson, de la police d'Amsterdam, qui vous a recommandé mes services ? demanda au vidéophone le détective, qui avait appelé son illustre client.

— Eh bien, oui… fit Tatichiev un peu surpris.

— Mais ?

— Comment ça, mais ?

— Pardonnez-moi, mais j'ai cru entendre un "mais"dans votre réponse.

— En fait… pour être précis, votre collègue d'Amsterdam m'avait parlé de vous, monsieur Bodichiev, mais quelqu'un d'autre, ici, m'a redonné l'idée de vous contacter, je ne sais plus comment c'est venu dans la conversation.

— Et cette personne ?

— Mais, eh bien, mon chauffeur, Iakov Sergueiovitch Ladinov.

— Permettez alors que je vous conduise au bureau des brevets, lundi matin, monsieur Tatichiev.

— Comment cela ? Avez-vous déjà retrouvé mes documents ?

— Je n'en suis pas encore tout à fait certain, mais il se pourrait que je les récupère à temps pour leur dépôt à l'ouverture du bureau, demain. »

À l'écran, le cinéaste gloussa joyeusement.

« Mais, vous étiez sûr de vous ? demanda Boadicée, installée sur le canapé du salon.

— Autant que l'on puisse l'être d'une déduction logique basée sur l'analyse des faits », grogna Bodichiev sur un ton volontairement sentencieux, qui fit rire Viat et pouffer Boadicée. Cette dernière revint à l'attaque :

« Non, mais sérieusement ?

— Je suis sérieux. Dans ce genre de cas, il faut faire confiance à son instinct autant qu'à ses déductions. Si je m'étais trompé, j'en aurais été quitte pour un savon de Scotland Yard, pour la plus grande satisfaction de Joukov. » Avec un léger haussement d'épaules, le détective, debout contre la table du salon, devant ses deux employés, ajouta tout de même : « Il faut bien avouer que j'ai un certain flair, je ne me suis jamais trompé qu'une seule fois, à ce petit jeu.

— Vraiment ? Quand ça ? » demanda Boadicée. Viat lui donna aussitôt une petite tape sur la main, pour la rappeler à l'ordre : « Voyons, on ne demande pas des choses pareilles !

— De plus, je croyais que vous étiez plus intéressée par le récit des événements de ce matin ? fit Bodichiev nullement vexé.

— Bien entendu, répondit le fidèle Viatcheslav.

— *Horocho*. Donc, je suis passé chercher monsieur Tatichiev à son hôtel, et nous sommes allés ensemble au bureau impérial des brevets, qui se situe à Aldwych. Nous avions le temps, nous sommes donc allés à pied, monsieur Tatichiev ayant exprimé le souhait de se promener un peu. Sans retard, nous avons retrouvé Goudounov dans le hall du bureau. Il faut savoir qu'il s'agit d'un bâtiment grandiose, le hall est une sorte de gigantesque caverne de marbre, on jurerait l'entrée d'un palace de luxe. L'inspecteur avait donc eu tout loisir de s'installer de manière discrète, et il avait disposé ses hommes de même. La souricière paraissait imparable.

— Je sens que vous allez dire "mais !", interrompit Boadicée avec un large sourire ravi.

— C'est vrai : mais… *Mais* il fallait compter avec l'audace de notre criminel. Qui vaut bien son défunt complice, lorsqu'il s'agit de se déguiser. Là résidait toute la fragilité de notre embuscade : soit que l'homme vienne si bien grimé qu'on ne l'arrête pas à temps, soit qu'il ait finalement envoyé un messager. Mais je doutais fort de cette seconde possibilité. Après avoir éliminé l'antiquaire, l'homme n'allait pas risquer de confier ses intérêts à un autre complice.

— Mais alors ? fit encore Boadicée, captivée comme une enfant.

— Mais alors, le fabuleux sens d'observation de monsieur Tatichiev empêcha l'animal de s'approcher des guichets d'enregistrement en passant inaperçu. En moins de temps qu'il n'en faut pour le dire, tous les hommes du Yard ont encerclé notre homme, et ils l'ont défait des documents qu'il s'apprêtait à enregistrer au nom de l'Union des Républiques Solidaires Françaises.

— Hein ? C'était un coup des solidaristes ?

— On peut le dire comme ça, en effet : le voleur agissait au nom du gouvernement français, selon lui. Bien entendu, nos voisins nieront tout de la manière la plus ferme. Mais enfin, monsieur Tatichiev a finalement eu tout loisir de faire le dépôt de son brevet Taticolor, puisque nous avions les documents, et il l'a donc fait immédiatement, en son propre nom et pour l'exploitation sur le territoire de l'Empire.

— *Ta-daam* ! s'écria Boadicée.

— Exactement : tout est bien qui finit bien, le méchant a été attrapé et le gentil fut récompensé.

— Mais le voleur, c'était qui ?

— Monsieur Ladinov, bien entendu. Le chauffeur de Tatichiev, qui émargeait officiellement aux services de renseignement de la Marine – et officieusement, à ceux des intérêts solidaristes. Un agent double, quoi.

— Pfiou, comme dans les histoires d'espionnage.

— C'en était une, jeune fille.

— D'accord, et son rapport avec l'antiquaire ?

— L'enquête ultérieure nous le dira, j'imagine, mais le prétendu Samuel F. Jetsam ayant exercé auparavant à Plymouth, je ne serais pas étonné que les deux hommes se soient connus dans les milieux du port. Et avant que vous ne me posiez d'autres questions, laissez-moi vous exposer notre petit problème d'horaire. Vous vous souvenez que les témoins avaient affirmé avoir vu Viat arriver, en moto, un peu avant 15 heures ?

— Si je m'en souviens ! fit Viat.

— Je l'ai presque soupçonné, rétorqua Boadicée avec un petit rire sans remords.

— Voyez, l'explication était simple. Puisque Viat était arrivé à 16 heures, le motard aperçu avant 15 heures par le trio n'était pas Viat, mais quelqu'un d'autre.

— Pourtant, les témoins avaient bien reconnu sa moto ?

— Monsieur Ladinov n'a pas fait les choses à moitié : il avait convaincu Tatichiev de faire appel à mes services, il savait que j'avais rendez-vous avec son complice, il s'est donc renseigné sur nos habitudes, a utilisé une moto identique à celle de Viat, et est arrivé juste avant moi. Il a liquidé Jetsam dorénavant inutile à ses plans, l'a fourré dans le secrétaire à abattant et a simplement attendu que je m'assoupisse dans l'herbe pour ressortir et partir, en poussant sa moto de manière à ne pas faire de bruit. Le trio étant parti en cours, ils ne l'ont pas vu, et quand bien même, si ç'avait été le cas ils auraient accusé Viatcheslav. Le problème, pour Ladinov, c'est qu'il ne pouvait prévoir que Tatichiev nous accompagnerait sur le lieu du crime, ni qu'il reconnaîtrait tout de suite Jetsam comme étant le chef de rang de la réception où on lui avait volé le procédé couleur. En dépit du fait que l'homme ne portait plus son grimage, le cinéaste l'a identifié sans coup férir. Ladinov n'a donc pu que confirmer, renversant par là même le plan qu'il avait monté pour me faire porter le chapeau et égarer la police. Pire même, de son point de vue : son crédit en tant qu'agent du gouvernement empêcha Joukov de chercher à m'arrêter. Le scélérat se trouvait donc contraint de prendre le risque de se présenter au bureau des brevets. »

Boadicée demeura songeuse un certain temps, puis ajouta une question :

« Mais, et s'il avait attendu plusieurs jours ? Rien ne l'obligeait à se présenter dès lundi matin. »

Cette remarque arracha une grimace à Bodichiev : « Je pense que si, jeune fille. Il lui fallait venir à la première heure, car sans cela il courait le risque que monsieur Tatichiev dépose une partie du brevet, en reprenant de mémoire une partie de ses recherches. Pour le voleur, le risque avait toujours été là. Mais Ladinov n'imaginait pas que l'on puisse avoir songé à lui comme coupable. Moi-même, je nageais dans l'incertitude, prêtant confiance à une simple intuition – si nous n'avions pas repéré monsieur Ladinov, le procédé Taticolor aurait échappé à l'Empire. »

Après le départ de Viat et de Boadicée, Bodichiev demeura un moment encore dans le salon, un peu triste, très pensif. L'arrestation effectuée et l'enregistrement de même, Tatichiev avait pris congé de lui. En lui serrant la main, le vieux cinéaste avait expliqué qu'il entrait en clinique en fin de journée. Leucémie, avait-il prononcé avec un rictus de lassitude. Puis son regard avait suivi, un très bref instant, le dos de Ladinov qui s'éloignait entre deux gaillards en chapeau melon, et Bodichiev avait cru y lire… quoi donc ? Une hésitation, un regret ? Tatichiev était d'origine française – que son brevet aille au gouvernement de ce pays lui aurait-il totalement déplu ? Tatichiev avait esquissé un nouveau sourire las, avant de s'en aller.

Prodramation intime

« Je déteste les robots », gronda l'inspecteur Goudounov en entrant dans l'usine, dont le plan ouvert se ponctuait de hautes silhouettes métalliques aux bras mécaniques, immobiles.

Terrible spectacle que celui qui l'attendait, à l'intérieur de cet atelier : un corps venait d'y être découvert par la première équipe, sur un tapis roulant d'assemblage. Nous étions au jour du Nouvel An, mais, toujours sobre, l'homme de Scotland Yard était resté sur la brèche toute la nuit et ne broncha pas. Son acolyte en revanche rendit son dîner sur la scène du crime, au grand agacement de Goudounov. Depuis la démission de son ancien partenaire, Joukov – un sujet qu'il valait mieux ne pas aborder en sa présence –, l'inspecteur voyait défiler une série de jeunes gens enthousiastes qui ne tardaient pas à monter dans la hiérarchie. Le dernier en date, prénommé Anton, ne ferait certainement pas exception, sorti de l'Académie tout lisse et plein d'ambition. Goudounov pour sa part s'y refusait : il n'avait pas intégré les rangs de l'Imperial Police Force pour aller pousser des papiers dans un bureau, faire du management ou apprendre à réaliser de beaux diaporamas d'information. Alors il ne prenait pas de grade et sa paye ne bougeait guère, mais peu lui importait : après avoir longtemps déclaré qu'elle comprenait, son épouse avait un jour regagné son Écosse natale. Goudounov demeurait donc marié au métier de flic, le seul qui convenait à sa nature irascible et inquisitrice. Et à son sens moral, qui ce matin-là subissait quelque affront. Tout d'abord, l'usine Stomet ne fabriquait pas exactement des jouets, comme il l'avait cru. Ensuite, le mort avait été…

« Comment ? Que dites-vous ?

— Fourré de matière synthétique, très légère, de celle dont l'on remplit les jouets en peluche, expliqua le docteur Sigerson déjà sur place. Et notez le détail cocasse : ses yeux ont été remplacés par des yeux en porcelaine, le modèle bleu, comme les autres poupées du catalogue. »

Plissant du museau et grondant tout bas, l'inspecteur ne partagea pas l'amusement du médecin légiste. Un intrus qui trouve la mort dans une usine, passe encore. Mais qu'il s'agisse d'une usine de « poupées gonflables » (« En fait, inspecteur, il s'agit de mannequins ludiques à usage intime », balbutia le directeur à ses côtés), et que la victime ait été bourrée de mousse par des robots sur la chaîne d'assemblage…

« Et vous reconnaissez la victime ? » voulut savoir l'inspecteur.

Le directeur balbutia derechef, un babil confus d'où il ressortait cependant une réponse négative, rapport notamment aux fameux yeux, les orbites sanglantes du mort s'ornant chacune d'un œil rond et bleu de poupée. À ses côtés, un ingénieur tremblait, le visage d'un délicat vert pâle.

« Ceci devrait vous intéresser », déclara Sigerson en tirant des vêtements de la victime d'abord un portefeuille, d'une poche intérieure, puis d'une poche extérieure une feuille de papier froissée et pliée. Mettant des gants en caoutchouc, l'inspecteur saisit la feuille qu'on lui tendait tandis que le légiste ouvrait le porte-documents. « Sancé de Monteloup, déclara-t-il. Bruno Sancé de Monteloup, ce nom-là vous dit quelque chose ? » Le directeur ayant, à ce patronyme, émis un bruit curieux, comme une aspiration d'air, il aurait eu difficulté à feindre l'ignorance et n'essaya d'ailleurs pas : « Ce fou ! » grommela-t-il, les sourcils froncés.

« C'est-à-dire, monsieur ? demanda sèchement l'homme de loi.

— Si c'est là ce Sancé de Monteloup de malheur, alors oui, malencontreusement je vois très bien de qui il s'agit, affirma le directeur tandis que quelques pas derrière lui l'ingénieur se tordait les mains et grimaçait, comme en colère. Un fou, vous dis-je : ce maudit Français nous poursuivait de ses reproches, lui et un petit groupe de pauvres dérangés. »

Devant l'air interrogateur des policiers, le directeur de l'usine Stomet précisa un peu :

« Des catholiques immigrés, qui n'ont fui le régime solidariste que pour venir nous importer leur conception frigide et dépassée de la morale. La bande de ce Sancé de Monteloup n'a de cesse de nous harceler de courriers désagréables, ils ont même organisé un piquet de protestation devant l'usine, il y a quelques semaines – pitoyables ! »

Le directeur en postillonnait de réprobation.

« Vous n'avez pas porté plainte ? voulut savoir Goudounov.

— Mais si, bien entendu ! On m'a répondu que ces citoyens ne faisaient qu'exercer leur droit d'expression, eh bien bravo, vous voyez ce que ça nous donne maintenant, ces agitateurs ? » protesta le directeur en désignant le corps de sa main tendue.

Dépliant la feuille que lui avait confiée le docteur Sigerson, et tandis que celui-ci s'approchait pour lire par-dessus son épaule, Goudounov découvrit un tract du groupe de militants en question, plein de points d'exclamation et de mots en majuscules rouges.

« Très remontée, cette ligue de morale », murmura Sigerson.

Avec un grognement, Goudounov lui rendit le papier tout en demandant au directeur quel était le processus pour la fabrication des, de ces… « Mannequins ludiques à usage intime », compléta l'ingénieur.

« Oh c'est très simple, chaque carcasse assemblée est apportée ici… » commença le directeur en se plaçant sous l'une des grandes machines. Immédiatement, les bras de cette dernière s'abaissèrent et, dans un claquement de métal, agrippèrent l'homme dans deux pinces géantes. Avec un vrombissement léger, le robot souleva son prisonnier pour l'amener à la verticale du tapis roulant.

« Monsieur le directeur ! » s'écria l'ingénieur comme son patron, déposé sans ménagement, se trouvait maintenu sur le tapis par une sangle qui venait de s'abaisser.

S'étant précipité vers le malheureux, Goudounov se trouva à son tour visé par la machine : une pince tenta de le saisir, qu'il bloqua avec son chapeau melon puis, se contorsionnant pour échapper à l'autre pince, il arracha du chef de son assistant son propre chapeau, qui avec un « clang ! » servit à bloquer cette autre pince. Blindés, les chapeaux melon de l'IPF résistèrent vaillamment aux efforts de la puissante mécanique. Passant sous les pinces, Goudounov bouscula l'ingénieur en lui gueulant d'aller éteindre, bon sang, éteignez l'alimentation !

« Je déteste les robots », gronda encore l'inspecteur Goudounov, lorsque le courant coupé et les machines immobilisées, Sigerson et le jeune Anton parvinrent à récupérer le directeur, sain et sauf, pas encore goinfré de mousse synthétique. Effondré contre l'un des robots, l'ingénieur balbutiait une histoire de virus informatique, il ne voyait que ça, la programmation… La moue sévère, Goudounov approuva : certainement l'agitateur français avait-il introduit dans la chaîne un nouveau programme, pour s'en trouver aussitôt la victime.

« Vraiment, je n'aime pas les robots », conclut-il.

La pluie de sang

Au-dehors, l'air nocturne vibrait doucement de la circulation de Threadneedle Street. Comme souvent, Bodichiev ne se décidait pas à rentrer chez lui. Il traînait encore au bureau, longtemps après le départ de son assistant et de sa secrétaire. Sa petite maison au bord du canal ne manquait pas de charme, cependant ne l'y attendait que la solitude. La City se vidait, à cette heure tardive, mais une métropole comme London ne dormait jamais réellement et ses artères palpitaient à toute heure du flot des véhicules, tandis que dans le ciel transformé en couvercle de cuivre passaient les ombres longues des dirigeables, vernies par la lumière de la lune.

Ayant laissé éclairée seulement la petite lampe de son bureau, Bodichiev s'assit dans le fauteuil des clients et commença à allumer son cigare. Mrs Cherrytail désapprouverait certainement, le lendemain matin, de sentir une odeur de tabac froid flotter dans l'agence… Pour l'immédiat, le détective ressentait le besoin du goût de la fumée et du parfum du cigare. Il fumait rarement, mais ce soir… Levant brièvement les yeux au plafond, il songea de nouveau à l'affaire qui l'avait occupé la veille.

En ce dimanche de février, l'activité policière se faisait aussi tranquille que le vaste ciel d'un bleu glacé qui dominait London Metropol Area. L'inspecteur Goudounov, de garde ce matin-là dans les locaux de la branche criminelle de l'IPF, n'avait eu à subir que les assauts coutumiers d'une vieille femme à l'esprit dérangé, qui régulièrement venait dénoncer dans les bureaux de Scotland Yard les agissements supposés néfastes de son ancien époux.

Chaque fois, Goudounov écoutait avec agacement et plissements du nez les étonnants récits de madame Xhatan, faisant semblant de prendre des notes et proférant quelques « oui, oui » aux endroits appropriés, parce qu'à force il n'y avait plus rien d'autre à faire. Une pauvre femme en fait, complètement dérangée, c'en était vraiment une pitié. Les agents de l'entrée parvenaient généralement à la refouler, mais madame Xhatan se faufilait quand même de temps à autre jusqu'à l'étage du département de la police criminelle.

La première fois, Goudounov lui-même était allé sonner à la porte du mari, une adresse dans la City, fournie par la plaignante. Logiquement, une telle corvée relevait d'un simple détective, mais l'inspecteur voyait très bien où c'était… Un immeuble sur Threadneedle Street, presque en face de la Banque Impériale ? Voilà qui le fit ricaner. Le mari aux agissements supposément suspects vivait au-dessus de l'agence Bodichiev !

Pour autant, le maigre enquêteur de l'IPF en avait

été pour ses frais : le professeur Xhatan, la courtoisie même, s'était longuement excusé pour les lubies de son ancienne épouse, la pauvre. Séparés depuis de nombreuses années, ils n'avaient pas rompu leur contrat de mariage, Xhatan tâchant de subvenir aux besoins matériels de cette femme dont la santé mentale ne cessait de se dégrader. Depuis, les visites de madame Xhatan s'étaient faites aussi régulières que ses récits s'amplifiaient en extravagance.

La matinée ne devait cependant pas demeurer aussi calme : peu de temps après le départ de la vieille femme, Goudounov fut prévenu d'une mort suspecte dans la City. En notant l'adresse exacte, l'inspecteur réalisa avec un sursaut de stupeur qu'il s'agissait de l'immeuble de Bodichiev et de Xhatan.

Ce matin-là, Jan Marcus Bodichiev ne fut dérangé ni par le choc qui ébranla l'appartement au-dessus de l'agence, ni par la chute d'une énorme calculatrice devant les vitres de son bureau. Sa radio jouait en sourdine, il lisait, le détective ne vit ni n'entendit rien, c'est un comble. Ce qui le tira de son journal, ce fut un coup de sonnette à la porte. Il nota machinalement que sa secrétaire allait répondre, mais ce ne fut qu'en l'entendant introduire quelqu'un qu'il leva les yeux.

« Goudounov ! » gronda-t-il avec surprise en voyant le policier se planter, l'air mal à l'aise, sur le pas de la porte du bureau, triturant son melon entre ses doigts nerveux. « Entrez, mon vieux, ne restez pas là. Que se passe-t-il donc ? Une affaire dans le quartier ?

— Eh bien, monsieur… En fait, je crois qu'un

assassinat vient d'être commis au-dessus de chez vous. »

Bodichiev demeura un instant interdit. Combien y avait-il de chances pour qu'un meurtre se déroule justement dans l'immeuble où travaille un détective privé ? Posant le quotidien en vrac sur la petite table à ses côtés, Bodichiev se leva lourdement.

« Un assassinat, dites-vous ? Racontez-moi ça.

— À l'étage au-dessus, en fait, fit Goudounov en désignant le plafond du doigt. Vous n'avez pas entendu l'explosion ?

— Ma foi non.

— Bizarre, rétorqua le policier avec son habituelle grimace de suspicion. *Horocho*, il y a encore autre chose », ajouta-t-il. Faisant quelques pas dans le bureau, il désigna la fenêtre : « Si je peux me permettre, venez donc voir. »

Sans attendre l'accord du détective, l'inspecteur alla ouvrir la croisée.

« Regardez ça. En bas. »

Se penchant par l'ouverture, Bodichiev regarda en direction du trottoir. Point de corps écrasé en bas de l'immeuble, seulement la carcasse explosée d'une grosse machine, dont les morceaux avaient volé alentour. Deux agents de police s'occupaient présentement de les collecter. Relevant la tête, Bodichiev croisa le regard inquiet de l'inspecteur Goudounov.

« Expliquez-moi, Goudounov : quelqu'un a jeté un appareil depuis l'appartement au-dessus du mien, c'est bien cela ?

— Oui, mais il y a aussi un mort, et… Oh, je crois qu'il vaut mieux que vous m'accompagniez, mais je vous préviens, ce n'est vraiment pas beau à voir. Connaissez-vous votre voisin du dessus ?

— Hum, non, je ne crois pas. Je ne connais pas du tout les autres habitants de l'immeuble, je dois dire.

— Nous avons souvent eu des plaintes sur ce voisin, en tout cas. »

Bodichiev ne commentant pas, Goudounov murmura :

« La victime est un savant du nom de Grigor Xhatan.

— Ah bien, je vous confirme que je ne le connaissais pas… Allons-y ? » demanda Bodichiev, surpris par l'attitude hésitante de l'inspecteur, si peu habituelle.

Débarquant sur le palier supérieur, les deux hommes y trouvèrent le chaos. Une femme pleurait toutes les larmes de son corps, prostrée dans l'encadrement de la porte de l'appartement de gauche. Un constable essayait maladroitement de la réconforter. Un peu plus loin, un autre policier pleurait lui aussi, balbutiant « Une pluie de sang… une pluie de sang… » sans devoir s'arrêter, soutenu par un collègue qui tentait en vain de le soutenir. Bodichiev, stupéfait, se retourna à demi vers Goudounov, avec sur les lèvres une question quant à un tel pandémonium, lorsqu'il vit qu'un troisième policier gisait au pied des deux premiers. Couvert de sang des pieds à la tête, il pleurait, presque hystérique. Sur toute cette scène planait une odeur pestilentielle, à la fois fade et prégnante.

« Mais qu'est-ce que c'est que ça... commença à gronder Bodichiev.

— Ce n'est pas son sang », affirma Goudounov, le visage crispé. Il allait ajouter quelque chose lorsqu'il fut interrompu par deux collègues en civil, des enquêteurs du Yard, qui sortaient de l'appartement de droite. Le teint blême, ils saluèrent tout de même l'inspecteur d'un léger mouvement de tête.

« Le sang a presque cessé de couler, fit l'un des deux détectives d'une voix rendue rauque par l'émotion.

— N'entrez pas, monsieur ! s'exclama le second, en voyant Goudounov s'avancer vers la porte par laquelle ils venaient de sortir.

— J'ai déjà vu la scène une première fois », affirma-t-il. Considérant Bodichiev, il ajouta : « Je vous préviens, Bodichiev, ce n'est pas beau à voir, vraiment pas beau...

— Enfin Goudounov, j'en ai vu d'autres, qu'y a-t-il ?

— Il faut le voir pour le croire », répondit Goudounov en secouant la tête dans un geste d'impuissance. Les sourcils plus férocement froncés que jamais, la bouche tirée par une grimace douloureuse, il pénétra dans l'appartement. Après avoir jeté un dernier coup d'œil aux flics en pleurs, Bodichiev passa la porte comme l'on plonge dans une eau inconnue. « C'est là », dit Goudounov en lui désignant une pièce sur leur droite. « N'entrez pas. »

Conseil inutile : des traînées sanglantes maculaient le seuil de cette porte et, au-delà... Bodichiev écarquilla les yeux, plus interloqué que choqué. Au début, il eut du mal à vraiment discerner, à véritablement interpréter ce qu'il voyait. Puis la scène se précisa, rouge et brune, pleine de taches visqueuses et de… Bodichiev secoua la tête, ne voulant pas trop s'attarder sur ce genre de pensées. Il tenta aussi de faire abstraction de l'odeur, atroce mélange de la fadeur du sang et du fumet entêtant des excréments, une puanteur de mort. Dans un premier temps, il songea à la description d'une scène de boucherie, dans les pages les plus crues de Flaubert. Mais c'était pire, bien pire. Devant lui s'étendait une grande chambre, un bureau ou quelque chose comme cela, entièrement aspergé de sang et d'autres humeurs humaines. Le mobilier, bousculé par une explosion au centre de la pièce, se mêlait en chaos avec des plaques brisées, des gravats de ciment et des entretoises de métal. Bodichiev s'accroupit sur le seuil, afin de mieux prendre la mesure du carnage. Son regard fit le tour de la pièce – littéralement : connaissant ses classiques, il n'oublia pas d'également considérer le plafond. Ou ce qu'il en restait. Sifflant entre ses dents, il resta un long moment à observer la forme qui se trouvait plantée là, au-dessus de l'épicentre apparent de l'explosion.

Une forme humaine. Oui, humaine, cela demeurait une certitude. Dire s'il s'agissait d'un homme ou d'une femme, en revanche… Elle, la forme, se tenait collée au plafond, comme une mouche géante. La puissance du souffle qui l'avait soulevée était telle, si forte, que la victime avait presque traversé le faux plafond, qui se hérissait autour d'elle en imitation de la glace brisée à la surface d'une rivière de Russie, l'hiver. Mais de blancheur, aucune : rouge, rouge, brun, sang et viscères maculaient tout. Bodichiev détacha son regard de la forme au plafond, redescendit au niveau du plancher. Plaques, gravats et poutrelles provenaient du plafond défoncé. En s'y encastrant, la victime avait délogé une partie de la structure du faux plafond et, même, du plancher de l'appartement du dessus. Ou bien s'agissait-il du toit de l'immeuble ? Sur le moment, le détective ne parvenait plus à se souvenir s'ils se trouvaient au dernier étage ou…

Il se releva avec précaution, conscient que son hésitation provenait du choc. Toujours très lentement, il se retourna vers Goudounov qui, le visage aussi blême que plissé, fixait des yeux le plancher du couloir.

« Eh bien… » souffla Bodichiev.

Goudounov hocha vaguement la tête. Il fit quelques pas en direction du vestibule de l'étage. « Je crois que j'en ai assez vu… » proféra-t-il sans oser regarder son interlocuteur. Ce dernier le suivit, songeur. Et lui, en avait-il assez vu ? Certainement pas, décida-t-il, pourtant au bord de la nausée. « Attendez ! » ordonna-t-il à l'inspecteur, qui cette fois le dévisagea, étonné.

« Les deux policiers, dehors, ils ont trouvé le… la scène ? demanda Bodichiev.

— Oui, c'est ça. L'un est entré directement dans la pièce. Le sang retombait encore. L'autre l'a retenu. Ils ont quand même été… trempés.

— Une pluie de sang… C'est ce qu'il disait, murmura Bodichiev. Et vous n'avez aucune idée de ce qui a provoqué cette horreur ?

— Ah ça, non !

— La victime a été identifiée, m'avez-vous dit ? »

Goudounov hocha de nouveau la tête : « Le professeur Grigor Xhatan, il travaillait là et habitait en face. C'est sa femme, dans l'entrée. Elle venait souvent à Scotland Yard se plaindre des recherches dangereuses de son mari, d'après elle – ils ne vivaient pas ensemble.

— Il faisait quoi, ce professeur Xhatan ?

— Je ne sais pas encore. Bizarre, fit l'inspecteur avec une expression perplexe. C'était un savant, apparemment. Un inventeur : il vivait en déposant des brevets pour des tas de trucs.

— Vraiment, des brevets ? » commenta simplement Bodichiev, grand habitué lui-même du dépôt d'inventions. Sans plus d'hésitation, il tourna les talons pour retourner se camper dans l'embrasure de la porte qui ouvrait sur l'horreur.

« Qu'est-ce qui a pu faire ça ? » demanda Goudounov derrière lui, d'une voix sourde que la colère faisait vibrer.

Quoi donc ? C'était ce que Bodichiev cherchait à déterminer. De nouveau, il s'accroupit sur le seuil. Il fouillait des yeux le capharnaüm sanguinolent. Méthodiquement, évacuant de ses perceptions tout ce qui pouvait le gêner : odeur, sang, bruits de pleurs, il tenta de reconstituer une image complète des lieux.

La fenêtre aux vitres brisées. Le bureau renversé contre un mur. Le dessin d'une explosion au centre de la pièce, ayant poussé tout le reste autour d'elle, vidant le centre – en expulsant la victime vers le plafond. Comment ? La tenue de la victime. Une sorte de combinaison ? À la place de la cuisse gauche, un grand lambeau du tissu grisâtre pendait, déchiré. Métallique ? Incontestablement métallique, décida

Bodichiev. Au centre de la figure – une absence. Le ventre de Xhatan, écrasé, aplati contre le plafond, mais en son centre manquait un élément, comme une soucoupe. Bodichiev reporta son attention au sol, directement en dessus du mort : pas trace de la soucoupe. Fronçant les sourcils, le détective se tendit, essayant de discerner s'il pouvait voir la soucoupe parmi les débris. Peut-être là-bas ? Il faudrait pénétrer dans la pièce, de toute évidence. Il baissa les yeux vers ses pieds. Hors de question : il s'agissait de ses meilleures chaussures. Il recommença à scanner la pièce du regard : peu d'équipement, une chaise distordue, une massive calculatrice réduite en miettes, sous la fenêtre brisée. L'autre partie de la machine gisait au même moment sur le trottoir, plusieurs étages plus bas. Après un dernier coup d'œil au corps supplicié du professeur Xhatan, Bodichiev poussa un soupir et recula de quelques pas. Sa conviction était faite.

Les gens du labo de police scientifique ne purent jamais prouver ou infirmer la théorie que, ce matin-là, de retour au calme de son propre bureau, Bodichiev exposa à un Goudounov pâle et attentif, assis dans le fauteuil en face de lui. De fait, Bodichiev lui-même avait un peu de mal à croire en ses propres conclusions. Peu au fait réel des recherches de son mari, en dépit des spéculations dont elle abreuvait Scotland Yard de façon régulière, la veuve Xhatan témoigna dans un sens qui semblait corroborer ce qu'avait avancé le détective privé. En tout cas, il n'y avait pas à chercher de coupable pour cette mort, pas d'autre en tout cas que la victime : il ne s'agissait pas d'un assassinat, mais bien d'un accident.

« Antigravité ? avait juste répété Goudounov, incrédule.

— Quelque chose comme cela, je pense. C'est ce que m'a dit son épouse : une histoire d'apesanteur. Le professeur Xhatan testait un nouveau dispositif, un appareil qu'il portait à sa ceinture. Cet appareil soit fit explosion, soit, plus probablement, ne fonctionna que trop bien : il souleva l'inventeur – dont le corps fut aussitôt arrêté par le plafond. Sous le choc, l'appareil se détacha, tomba à terre où il créa une nouvelle onde de choc, une explosion qui éjecta notamment cette énorme calculatrice par la fenêtre. »

Une des choses que la presse n'apprit pas, bien entendu, était qu'en entrant dans la pièce, choqué de se retrouver sous la pluie de sang qui tombait encore du plafond, le premier policier arrivé sur place avait marché sur la plus importante des pièces à conviction : la fameuse soucoupe, tombée à terre. En dépit des efforts de quelques scientifiques, l'appareil ne pouvait être réparé, on ignorait même tout de son mode de fonctionnement. Quant aux données des recherches de l'inventeur, elles avaient également disparu, détruites lors de l'écrasement de l'ordinateur sur le trottoir.

Le professeur Grigor Xhatan avait-il réellement inventé une méthode d'antigravité, comme le prétendait sa veuve ? Scientifiquement improbable. Une improbabilité qui lui avait tout de même été fatale.

L'affaire des masques

Pour une fois, l'inspecteur Jones Jones II n'arborait pas son habituel air réjoui et ses manières bondissantes : bien au contraire, ce dimanche-là il agitait sa longue silhouette avec une mine gênée, comme si le fauteuil présentait trop d'inconfort. En s'excusant presque, il reconnut que son interlocuteur faisait partie des suspects dans l'affaire du vol des millions de la Imperskaja Kompanija Navigacii. Bodichiev, qui s'y attendait, leva les yeux vers l'autre inspecteur, ce cher Goudounov, tout froncé sous son chapeau melon dont le tissu commençait à verdir. Observait-il la moindre étincelle de culpabilité dans le regard de son vieil adversaire ?

« Et dans quel masque avez-vous trouvé ce rouleau de billets ? » demanda Bodichiev d'un ton égal, en demeurant assis.

Jones Jones II chercha des yeux au sein du mur de l'entrée, que couvraient de leurs faciès grotesques et grimaces en bois sculpté un grand nombre de masques, de facture africaine. L'inspecteur s'approcha de la paroi et, levant le doigt, désigna une large bouche aux dents entrouvertes.

« Ici, le rouleau était poussé dans le gosier de ce masque », affirma-t-il.

Bodichiev considéra l'objet sans broncher puis, tournant la tête vers Goudounov, déclara simplement :

« L'autre matin, lorsque vous êtes venu m'interroger sur les fantômes de Truro, je vous ai trouvé en train d'examiner les dents de l'un de mes masques, mais il ne s'agissait pas de celui-ci, vous regardiez le jaune, là, le grand, je me demande comment cela se fait au juste ? »

Goudounov ouvrit la bouche, la referma, le teint virant subitement au bistre et le regard furibond. Jones Jones II s'interposa avant qu'il n'explose :

« Allons, allons, pas d'accusations hâtives, vous savez bien, monsieur Bodichiev, que dans une affaire pareille…

— Je n'accuse nullement, je m'interroge, c'est tout, déclara le détective. Reconnaissez qu'il y a de quoi se poser quelques questions : je m'absente plus d'une semaine, il y a un cambriolage à côté de chez moi, Goudounov se déplace à mon domicile sous le prétexte d'une affaire que je viens de résoudre alors que la police ridiculisait mon pauvre client, et soudain on me perquisitionne, on découvre une liasse de billets disparue dans l'un des masques de mon défunt oncle, et ce, alors que j'avais justement surpris Goudounov en train d'en examiner un autre – n'est-ce pas un peu étonnant, tant de coïncidences ? »

Jones Jones II ne répondit pas immédiatement, il observait à tour de rôle Bodichiev et son collègue.

Bodichiev collectionnait les héritages, ces temps-ci : tout d'abord celui de sa vieille marraine, lady Natalia, puis tout de suite après, celui de l'oncle Melrose. Ce dernier n'avait eu qu'une passion dans une existence étriquée et avaricieuse : les arts premiers, tout particulièrement les masques et les statues africains.

Le hasard voulait que Bodichiev vînt juste d'acquérir une petite maison dans le bas du quartier de Barnsbury, plus exactement dans le quartier anciennement nommé Copenhagen, avec un bout de jardin donnant sur le canal. Cette demeure modeste ne lui avait pas coûté bien cher, coincée qu'elle se trouvait non loin d'une grande artère et bordée par les entrepôts et hangars d'une société de transport par dirigeable, la Имперская компания навигации (Société Impériale de Navigation), française d'origine malgré sa raison sociale. En face se trouvait un atelier de boulangerie. Copenhagen demeurait un secteur notoirement pauvre, en dépit d'un récent plan social qui avait vu l'érection d'une école flambant neuve en alu et d'une belle médiathèque à la façade en bois, à côté de Barnard Park, le seul espace de verdure des environs. Et puis, on ne pouvait dire que la maison se trouvait en fort bon état, la salle à manger se révélait passablement humide, le chauffe-bain ne marchait plus depuis longtemps, de toute évidence, et par ailleurs un fatras de cartons à chapeau et d'objets de toute sorte encombrait la baignoire. Boadicée, fascinée par cette collection, promettait de l'en débarrasser bientôt, afin qu'il puisse profiter de sa propre salle de bains et non de celle du bureau. Enfin, pour positiver, il y avait les gares de

King's Cross et de St Pancras à portée de pas, et un beau bassin de navigation tout près. Le quartier entamait sa transition, de la désindustrialisation à la gentrification, sans doute Bodichiev avait-il finalement réalisé une bonne affaire. Ses héritages allaient tomber à point nommé pour lui permettre de rembourser les emprunts au plus vite. En attendant, après s'être occupé de vider les demeures de sa marraine et de son oncle, le temps avait soudain manqué pour qu'il arrange son propre intérieur. Il arrivait encore de façon fréquente qu'il reste dormir dans le cagibi attenant à son bureau, dans la City. Se découvrant une certaine admiration pour ce que les vieux colons nommaient encore « l'art nègre », Bodichiev avait tout de même empli l'entrée de sa nouvelle maison d'une partie des statues et des masques de son héritage – le loisir lui avait ensuite fait défaut pour plus de travaux de décoration, un appel à l'aide l'ayant convaincu de se rendre dans les Cornouailles.

« Allons, ça n'a aucun sens », fit Bodichiev qui n'avait toujours pas bougé de son fauteuil.

Devant lui, Goudounov et Jones Jones II ne semblaient pas savoir quelle contenance afficher, l'un fâché, l'autre embarrassé, également ridicules avec leur chapeau melon qu'ils roulaient entre leurs doigts.

« Et puis asseyez-vous », exigea Bodichiev avec un brin d'irritation. Ses interlocuteurs lui obéirent. Le détective reprit sur un ton égal :

« Je m'absente, quoi ? À peine plus d'une semaine, et voici que Goudounov vient jouer les dentistes pour masque africain, avant de débarquer ici avec hommes en uniforme et mandat de perquisition. Franchement, mon aide-ménagère en est encore toute retournée (mensonge que cela, la jeune Boadicée, qui s'occupait des tâches domestiques, ne se troublait pas si aisément et il en faudrait bien plus pour la bouleverser). Enfin quoi, c'est idiot, je n'étais même pas là durant votre fameux cambriolage ! Non, ça n'a aucun sens. Par conséquent, il conviendrait de lui en trouver un, messieurs. Un sens, messieurs ! »

Sous le regard tranquillement réprobateur de Bodichiev, Jones Jones II se gratta la gorge, puis osa un :

« Avouez tout de même… »

Une expression peu commode venait de percer la feinte placidité de son interlocuteur. Le policier s'interrompit, reprit enfin :

« C'est-à-dire, avec toute la considération que Scotland Yard a appris à vous porter depuis pas mal d'années, monsieur, il reste de notre devoir de… comment dire ? C'est une chose étonnante, non, qu'un cambriolage d'une telle ampleur se déroule à la porte à côté de chez vous, littéralement chez vos voisins, ne pensez-vous pas ? Et sur des informations reçues, nous…

— Des informations reçues, répéta Bodichiev dans un grondement. Je vais vous répondre, inspecteur : ce que je pense, c'est qu'il s'agit d'enfantillages. Qu'un cambriolage ait lieu à côté de chez moi… Pensez-vous réellement que cela m'accuse en quelque manière ? Et ces informations ? Un rouleau de billets entre les dents d'un des masques que j'ai hérités de mon oncle Melrose, qui en aurait certainement fait une apoplexie. Inspecteur, vous prenez les choses exactement à l'envers, voilà ce que je pense. Et pour faire bonne mesure, je désire porter plainte pour effraction : ces billets ne sont pas arrivés ici tout seuls. Mon domicile a donc fait l'objet d'une visite inamicale, durant mon séjour à Truro. »

Puis, devant les mines toujours circonspectes des deux représentants de l'ordre, il intima :

« Allez, je vous prie, résumez-moi par le menu toute cette affaire de cambriolage à la Imperskaja Kompanija Navigacii. Il me faut y voir clair. »

Dehors, le ciel dégringolait en longs fils gris ; plusieurs jours que l'automne avait viré à l'averse. Entre deux échanges gênés des trois hommes, l'on n'entendait au-dehors que la mitraille de la pluie.

« Allons j'insiste, contez-moi par le détail cette affaire de cambriolage », grogna encore Bodichiev.

Les deux flics se consultèrent du regard et, contrairement à l'attente du détective, c'est le petit Goudounov qui s'exprima, la voix rauque et les sourcils froncés.

« Mercredi dernier, à l'ouverture des bureaux, le matin, le comptable et un cadre de la Société Impériale de Navigation ont découvert que leur entreprise avait été cambriolée durant la nuit. Le coffre principal avait été forcé et les fonds avaient été dérobés. Les deux employés prévinrent leur patron, alors en déplacement en France, et appelèrent la police locale qui, devant l'ampleur de la somme subtilisée, décida de consulter Scotland Yard.

— Vous continuez à considérer les choses à l'envers, l'interrompit Bodichiev. Ça, c'est la fin de l'affaire, après le cambriolage. Et quoique ce que vous venez de dire recèle un indice intéressant, si vous avez été exact…

— Pardon, comment ça ? » glapit Goudounov d'un ton outragé.

Bodichiev, qui commençait à s'amuser, balaya l'interruption d'un geste vague :

« La fin de l'affaire, donc. Que pouvez-vous me dire dans l'ordre inverse, je vous prie, celui dans lequel les choses se sont déroulées ? »

Goudounov souffla, l'air exaspéré, mais il obtempéra tout de même :

« Pour autant que nous puissions le savoir… »

Devant le regard noir que lui coula Bodichiev, il se reprit :

« Mardi matin, le directeur de la Compagnie a emprunté l'un de leurs vols réguliers, un dirigeable de transport de marchandises qui effectue le trajet LMA-Paris chaque jour. Le but du directeur, qui se nomme Louis-Augustin Chemain du Lys, d'une famille noble de réfugiés français, était de se rendre dans la capitale solidariste. La Société Impériale de Navigation n'exploite aucune ligne de voyageurs, ils s'occupent seulement de transport de fret. Dans ces cas-là, le directeur voyage dans la cabine de navigation, avec l'équipage. Lui-même est un ancien capitaine de ligne, à l'origine sa société organisait des liaisons entre la France, l'Italie et la Catalogne.

— Donc uniquement des nations solidaristes, cette compagnie au nom si russe est en réalité terriblement continentale, si je comprends bien ? nota Bodichiev.

— Hum, oui, répondit Goudounov en se grattant

la gorge. Le directeur a monté les échelons de la hiérarchie jusqu'à se trouver nommé à la tête de l'agence de London, qu'ils ont ouverte il y a quatorze ans. »

Goudounov s'interrompit de lui-même un bref instant et, d'un signe infime de la tête, Bodichiev signifia qu'il pouvait poursuivre. Cette mise en contexte s'effectuait à sa satisfaction, de toute évidence.

« Quand le directeur est en déplacement, c'est son second, le cadre qui a découvert le cambriolage, qui dirige les opérations courantes. Il s'agit d'un ancien lieutenant de l'armée de l'air française, un Flamand du nom de Stefan Van de Velde. Il réside à London depuis quatorze ans, étant venu avec son entreprise lors des rapprochements économiques liés à la détente avec les Français. Durant les absences de leur directeur, Van de Velde et le comptable, Firmin Debaeque, un Wallon, ont la cosignature des pièces, par une mesure de vérification. »

Devant la moue de Bodichiev, il s'empressa d'expliciter :

« C'est-à-dire que ni Van de Velde ni Debaeque ne peuvent signer seuls des documents, qu'il s'agisse de valider des factures ou d'autoriser des paiements, par exemple, les deux hommes doivent signer conjointement.

— N'y a-t-il que du personnel étranger, dans cette entreprise ?

— Au niveau des cadres, oui, cela semble être le cas, en dehors de la secrétaire de Van de Velde et de monsieur Chemain du Lys, une Écossaise au-dessus de tout soupçon du nom d'Eliza Rankin.

— J'imagine que toute cette belle compagnie se trouve scrutée de manière assez rapprochée par les services de monsieur de Grunwald ? » interrogea Bodichiev, faisant allusion au ministre impérial des Affaires étrangères.

Cette fois, ce fut Jones Jones II qui répondit, l'inspecteur à moustaches se trouvant notoirement proche des services secrets :

« Effectivement, monsieur, une entreprise aussi sensible se trouve régulièrement contrôlée et constamment surveillée par les services de sécurité, c'est nécessaire. D'ailleurs, mademoiselle Rankin rend des comptes au ministère et cela n'échappe pas à la direction de la Imperskaja Kompanija Navigacii.

— … mais un autre agent du ministère surveille également ladite Compagnie de l'intérieur, j'imagine ?

— En effet, rétorqua l'inspecteur avec un petit signe ironique de la tête. Et cet agent-là ne paraît pas compromis, je m'empresse de le préciser.

— Naturellement, acquiesça Bodichiev. Mais encore ? »

Ses deux interlocuteurs s'interrogèrent de nouveau du regard, avant que Jones Jones II ne poursuive, un peu hésitant :

« Eh bien, c'est à peu près tout…

— Allons donc ! D'abord, qu'en est-il de la "dénonciation" de mon pauvre masque africain ?

— Ah, eh bien, le coup de visio anonyme, écran coupé du côté de l'appelant, est arrivé au standard de New Scotland Yard à peu près au même moment que l'avertissement du poste de police locale… »

Bodichiev leva une main, pour demander :

« Attendez. Vous voulez dire qu'au moment où un constable de la division G appelait le Yard pour vous demander assistance quant au cambriolage de mes voisins, une autre personne annonçait qu'une partie du butin était planquée chez moi, c'est bien ça ?

— Hum, il s'agissait d'un lieutenant, de la division G en effet, poste de King's Cross, mais pour le reste, c'est bien ça. Cette autre personne se trouvant être de sexe masculin, je précise.

— Les fameuses “informations reçues”, donc. Alors dites-moi, Goudounov, vous évoquiez un coffre principal de la société. Il y en a donc d'autres ; furent-ils fracturés également ? »

L'autre, surpris un instant que Bodichiev revienne à lui, secoua la tête négativement :

« Non, seul le coffre principal a été forcé.

— Forcé, pas ouvert avec la combinaison ?

— Un travail de pro, avec chalumeau et tout, grommela Goudounov.

— Les cambrioleurs savaient donc qu'il s'agissait là du coffre *principal* ? J'insiste sur ce terme. Enfin, il s'agit d'un travail venu de l'intérieur ; vos bandits paraissaient bien renseignés ? »

Goudounov hocha vaguement du chef puis il attaqua à son tour, le ton vindicatif :

« Pour que l'on ait caché cette liasse chez vous, Bodichiev, c'est que cette affaire vous concerne, d'une manière ou d'une autre. Je refuse qu'il s'agisse d'une simple coïncidence. D'abord, pourquoi iraiton planquer des billets chez un voisin, ça n'a aucun sens, et puis c'est forcément en lien avec vous, par exemple quelqu'un qui vous en veut…

— Ou qui a une dent contre votre oncle », ajouta Jones Jones d'une voix douce.

Bodichiev ne put s'empêcher de glousser à une telle idée :

« Mon oncle ! Si vous l'aviez connu ! Ce vieux grigou, ratatiné de pingrerie et xénophobe, le seul moment où le monde extérieur le préoccupait c'était lorsqu'il achetait l'un de ces masques africains ! Non, il est amusant d'imaginer que quelqu'un pouvait lui en vouloir au point de monter un tel traquenard, mais enfin, mon oncle Melrose est mort.

— Ces masques, ils proviennent plutôt de secteurs de l'Afrique sous colonie française, non ? » interrogea tout de même Jones Jones II, ce qui fit rire Bodichiev de nouveau.

« Je ne pense pas, non, vraiment pas ! Des bonnes vieilles colonies impériales, pensez donc, oncle Melrose fricoter avec des étrangers, lui qui les méprisait tant ! Enfin bref, donc vous optez finalement pour la thèse du complot, plutôt que de m'accuser bille en tête d'avoir un rapport direct avec ce cambriolage ? »

Jones Jones II ouvrit les bras dans un geste d'embarras, un sourire sous sa moustache.

« Fort bien, messieurs, reprit Bodichiev, pourquoi pas. L'explication serait intéressante.

— Vous avez fait plusieurs séjours en France, n'est-ce pas ? demanda le grand inspecteur.

— Vous le savez, puisque vous avez dû vous renseigner, et des séjours dûment agréés par monsieur de Grunwald en personne, affirma le détective, toujours amusé.

— Et qui avez-vous fâché, lors de ces séjours ? » voulut savoir Goudounov.

Bodichiev gloussa de plus belle :

« Ah, vous m'en direz tant. Plein de monde, j'imagine ! Les gens sont mécontents, quand on les fait mettre en taule, c'est étonnant.

— Des pistes, tout de même ? demanda Jones Jones II.

— Oh voyons voir, des trafiquants italiens, des criminels bordelais, que voulez-vous que je vous dise ? J'ai mené en France plusieurs enquêtes, chaque fois avec des arrestations, alors bien entendu que des gens m'en veulent, il doit y en avoir un paquet vous savez, des gens qui m'en veulent, mais pour le moment… »

Bodichiev eut un haussement d'épaules bien français. Il ajouta :

« Nous n'arriverons à rien de cette manière. Puis-je émettre une suggestion ? »

Jones Jones II ouvrit une paume en geste d'invitation :

« Je vous en prie.

— Sans aucune garantie, je serais malgré tout curieux de voir la scène du crime. Je n'ai jamais mis les pieds à côté, dans les locaux de votre fameuse Imperskaja Kompanija Navigacii, et je serais assez intéressé d'y effectuer un tour. Ne serait-ce que pour avoir une idée des lieux. »

Les trois hommes convinrent de l'utilité de cette visite. Quittant la petite maison de Bodichiev, dont la silhouette basse se cachait au coude de la ruelle derrière un mur de brique, ils firent le tour pour passer à côté. Une bruine serrée continuait à tomber. Déjà Sherlock Holmes l'affirmait, la boue constituait toujours un élément omniprésent de London, cette glaise grasse et jaune qui, par ces temps d'averses, coulait sur les rues en longues traînées. Goudounov les planta devant le haut portail de fer pour trifouiller dans ses poches, à la recherche des clefs. Au-dessus des hangars se dressaient deux grues en équerre, sentinelles silencieuses auxquelles Bodichiev était habitué depuis qu'il habitait là. La Imperskaja Kompanija Navigacii ne se révélait pas d'un voisinage très bruyant, en vérité, d'autant qu'un bosquet de cyprès protégeait son accès et qu'une rangée de peupliers bruissait entre le jardin de Bodichiev et la cour à l'arrière des hangars, constituant autant de protections contre les nuisances sonores.

Lorsque Goudounov eut enfin ouvert le portail, les trois hommes se virent confrontés par un individu en bleu de travail souillé de graisse noire, une casquette informe vissée sur le chef. Un ouvrier plus ou moins chargé du gardiennage, avec lequel l'inspecteur entra en palabres. Sans se soucier d'eux, Bodichiev leva le nez vers les deux voûtes qui, l'une en décalage de l'autre, étendaient là leurs paraboles de béton. Un peu plus tard, le gardien devait l'informer des dimensions des hangars : 150 mètres de longueur, 40 mètres de largeur et, excusez du peu, 31 mètres de hauteur. En attendant, le détective se sentait d'ores et déjà dûment impressionné. D'autant que, pointant hors du deuxième hangar, le nez géant d'un dirigeable émergeait sous la pluie, sa panse luisante et nervurée toute ruisselante d'eau et de cordages.

Après avoir râlé, le gardien accepta d'escorter la délégation policière jusqu'à l'entrée du premier hangar, le plus proche. Ils y pénétrèrent par une petite porte découpée dans la très grande. À l'intérieur, passé une forêt de câbles et une futaie d'étais métalliques fichés drus, une autre baleine exhibait son ventre dans une lumière chiche : siglé de monumentaux Imperskaja Kompanija Navigacii à la peinture rouge, un dirigeable-cargo, au repos sous l'arrondi du cintre de béton tendu. Long rectangle de métal rayé et bosselé, sa nacelle béait, attendant un chargement de containers. Une odeur mêlant de manière un peu écœurante l'huile de moteur et la poussière flottait sur les lieux, remplaçant celle du gravier trempé et de la boue du dehors. Un jour malingre filtrait par des meurtrières vitrées, très haut dans la paroi en arc.

« C'est calme, le dimanche, fit Bodichiev en contournant une pile de caisses.

— Hum, oui, répondit Jones Jones II en se grattant la gorge, mais pas que le dimanche : nous ne vous avons pas tout dit…

— Tiens donc, s'amusa Bodichiev en levant un sourcil.

— Nous avons fait fermer l'entreprise pour le moment, car l'on ne remet pas la main sur leur directeur, monsieur Chemain du Lys…

— Le directeur qui se trouvait en voyage en France ? Tiens donc, redit Bodichiev. Ces dirigeables solidaristes n'ont pas seulement quelques millions dans la nature, ils ont également égaré leur patron ? »

Les trois hommes zigzaguaient entre les montagnes de colis, containers, malles et cartons entassés sous les entrailles du dirigeable, écartant des câbles pendant du ballon, sans but précis. Ce grand diable d'Archibald Jones Jones II avançait par petits sauts, toujours monté sur ressorts. Bodichiev pour sa part ne se hâtait pas, admirant les lieux ; la situation lui apparaissait assez cocasse. La lourde odeur d'huile commençait tout de même à lui tourner le cœur et il allait s'en ouvrir à Jones Jones II lorsqu'un autre remugle, soudain plus fort, suave et écœurant, les figea sur place tandis que Goudounov continuait d'avancer, le museau froncé et le dos voûté.

Bodichiev échangea un regard avec Jones Jones II. Il n'y avait pas à se tromper. « Quelqu'un de la Société tremperait-il dans la contrebande de fromages français ? » plaisanta-t-il pour se donner une contenance ; en réalité il avait déjà reconnu la doucereuse pestilence. Comme pour consulter une divinité supérieure, il leva les yeux vers le monstre en apesanteur qui laissait pendre ses ficelles au-dessus d'eux, dans le demi-jour poussiéreux du hangar.

Avec un grognement, Jones Jones II s'était déjà mis en branle, cherchant du nez à défaut du regard la source de la suave pourriture. « C'est nouveau, ça », fit-il pour souligner l'évidence, mécontent. Bodichiev se retint de lui répondre que le déplaisant « ça » ne devait pas encore être mûr lors de la précédente visite policière. Ou d'importation récente : de quand dataient ces cargaisons ? Mais le flic connaissait son métier, inutile de lui signaler tout cela.

Ils regardèrent autour d'eux, hésitèrent de droite et de gauche, pénétrèrent plus avant dans les amoncellements de fret. Finalement Bodichiev, la mine dégoûtée, s'avança vers une pile de bagages, se pencha pour étudier le coin d'une malle. Se redressant, il grimaça. Il laissa l'inspecteur déblayer le tas et soulever le couvercle… Bodichiev recula de quelques pas, avant de proférer d'une voix faussement bougonne, jubilant intérieurement :

« Ma foi, vous aviez égaré un directeur ? Mon petit doigt me dit que je viens de vous le retrouver, messieurs », déclara-t-il en laissant passer Goudounov, qui le bouscula presque.

« Mais que, mais ? hoqueta le petit flic.

— Louis-Augustin Chemain du Lys, je présume ?

— Mais que fait-il ici ? termina Goudounov, semblait-il offensé.

— Le dirigeable était en cours de déchargement, en fait, si je comprends bien ? interrogea Bodichiev de façon rhétorique. Ils n'étaient pas en train de charger. »

Il recula encore, un peu incommodé par une vilaine odeur qu'il n'avait que trop rencontrée durant sa carrière.

Jones Jones II se redressa à son tour, la mine sombre et la moustache tombante.

« Qui a bien pu ? » marmonna-t-il.

Bodichiev tourna les talons, décidé à sortir du hangar :

« Ah ça, à vous de le découvrir, c'est vous qui êtes chargés de l'enquête, moi je ne suis qu'un suspect, n'est-ce pas ? Je vous laisse opérer. Encore que pour votre enquête, je ne sais pas, je crains que les lieux ne grouillent bientôt de barbouzes », bougonna-t-il.

Sentant monter en lui le sentiment d'oppression provoqué tout autant par la masse du dirigeable et la pénombre encombrée du hangar que par la macabre relique, le détective se hâta de regagner le dehors. Étonnant comme un bâtiment aussi immense ne protège nullement d'une attaque de claustrophobie, pensa-t-il avec fatalisme. Il s'adossa à la grande porte, vaguement à l'abri de la bruine persistante, pour attendre qu'émergent ses compères de l'Imperial Police Force.

Cela ne tarda pas, d'abord un Goudounov plus froissé et harassé que jamais, pendu à son visiophone cellulaire, puis un Jones Jones II soudain moins bondissant, la mine grave.

« Je crains que vous n'ayez raison, Bodichiev, le corps est en fichu état, mais sa tête ressemble quand même diablement à la photo du directeur qu'on m'a montrée dans leurs bureaux…

— Et pourrais-je les voir, ces bureaux ? » fut la réponse du privé.

L'inspecteur le considéra avec surprise :

« L'affaire vous intéresse encore, après… » Il esquissa un geste vers l'intérieur du hangar.

« Pourquoi pas ? Je vous rappelle que j'ai été victime d'une intrusion chez moi, inspecteur, les billets retrouvés lors de la perquisition ne sont pas arrivés tout seuls. Alors, si ce n'est pas Goudounov qui les y a placés… »

Jones Jones II leva les yeux au ciel.

« … c'est que quelqu'un a profité de mon absence pour entrer par effraction, délit pour lequel je n'ai pas encore déposé plainte, mais croyez-moi, j'y songe réellement. Permettez par conséquent que je ne sois pas seulement votre suspect, ce qui est ridicule : en tant que victime et en tant qu'enquêteur privé, j'aimerais bien voir les bureaux de la Imperskaja Kompanija Navigacii, si c'est un effet de votre bonté. »

L'inspecteur n'essaya pas de protester. Indiquant de la main la direction à prendre, il se dirigea vers le mur d'enceinte. Contournant le hangar, les deux hommes traversèrent une large cour gravillonnée où attendaient des camions et s'élevait l'une des immenses grues. Là, contre le rideau de peupliers qui poursuivaient leur conversation murmurée sous les hachures froides de la bruine, s'élevait une bâtisse courte sur pattes, à la vilaine façade de parpaings à peine enduits. D'un seul étage, ses fenêtres aux montants métalliques pleuraient un rimmel de rouille. La Imperskaja Kompanija Navigacii ne se mettait pas en frais pour ses locaux.

« Zut, les clefs ! » s'aperçut Jones Jones II en arrivant devant la porte. Sans explication, il tourna les talons, plantant là Bodichiev. Ah oui, les clefs : Goudounov possédait le trousseau, c'est vrai. Un peu agacé, Bodichiev se rencogna sous le minuscule auvent en biais qui surmontait l'entrée, seule concession à l'art architectural avec la poignée en bois en forme de boomerang.

Enfin, l'inspecteur revint vite et ils s'introduisirent dans les lieux. Un vestibule carrelé en noir et blanc, les murs du jaune bilieux de tant de locaux administratifs. Sans un mot, l'as de Scotland Yard montra l'escalier.

« Le coffre forcé est dans ce bureau », déclara Jones Jones II, arrivé au premier étage. Du pouce, il désignait la pièce de droite. Se plantant dans le chambranle, Bodichiev observa les lieux, spectacle banal d'un quotidien de paperasses et de dossiers. N'accordant qu'un regard désabusé au coffre, porte béante, il se décida à entrer pour se carrer devant la fenêtre. L'inspecteur le laissa faire, sans comprendre. Bodichiev regarda au-dehors, seulement les troncs des peupliers et le mur d'enceinte, mais, à travers le feuillage, on apercevait son petit chez-lui : l'angle de sa maison et une portion du jardin descendant vers le canal.

« Que cherchez-vous ? osa l'interroger l'inspecteur.

— Je ne sais pas. »

Cette courte visite terminée, les deux hommes regagnèrent le dehors où, sous les déchirures blanchâtres des nuages, une accalmie s'installait. Plusieurs voitures de police venaient d'arriver et l'inspecteur laissa là son prétendu suspect, avec une grimace gênée.

« Et pour ma plainte, concernant l'effraction dont j'ai été victime ? » insista Bodichiev d'une voix neutre.

L'autre grimaça derechef et fila vers le hangar. Le détective privé quitta tranquillement les lieux, passant le lourd vantail d'entrée sans qu'aucun représentant des forces de l'ordre songe à l'intercepter. Quelle heure était-il ? Pas encore 13 heures, mais Bodichiev ne se sentait pas de rentrer tout de suite chez lui. Ayant consulté le ciel qui ne menaçait plus, d'un pas lent et les mains croisées derrière le dos, il s'éloigna de la Imperskaja Kompanija Navigacii.

Curieuse affaire, la manière dont il s'y trouvait impliqué le laissait interloqué, soucieux. Qui diable pouvait lui chercher noise de la sorte, et quel rapport avec le cadavre du directeur de cette société ? On apercevait sa maison depuis les bureaux de la société de dirigeables, cet élément seul aurait-il donné une idée fâcheuse à quelqu'un ? Bizarre, bizarre, se dit Bodichiev en secouant la tête.

Lentement, sans réfléchir, il laissa ses pieds le guider par les petites voies qui étiraient leurs longues plages de silence confortable alors même que les deux avenues délimitant le quartier, Caledonian Road et Holloway Road, rugissaient de trafic routier. L'architecture des environs renforçait encore cette dichotomie : maisons cossues, petits jardins et arbres aux essences variées – on ne plantait plus jamais une rangée d'arbres tous semblables : la diversité biologique permettait à la fois le plaisir esthétique et la sécurité sanitaire – offraient le long des artères résidentielles l'image de la quiétude britannique, tandis que, de chaque bord des grands flots automobiles, se serraient de petites boutiques à l'aspect sordide et que les trottoirs s'encombraient du bric-à-brac des brocanteurs. Comme si quelque loi tacite édictait que le commerce de proximité devait forcément être moche, fauché, groupé en tristes ghettos de chaque côté des passages les plus bruyants.

Le détective alla s'échouer sur la grève de Barnard Park, plus exactement sur un banc accueillant perché au-dessus des constructions étranges du jardin de jeux. Plaisir de designer retrouvant son âme enfantine, des dragons en bois, des licornes à filets et des toboggans luisants se tordaient sur un macadam rose. Il n'y avait personne à cette heure, on entendait les gamins glapir un peu plus bas, dans la cour de l'école. Une douce senteur d'herbe mouillée flottait sur l'espace vert, un merle trillait depuis les buissons.

Fermant les yeux un court instant, Bodichiev tâcha de se concentrer. Comment identifier son adversaire, la personne ayant eu l'initiative délirante de planquer des billets chez lui juste pour lui attirer des ennuis avec la police de Sa Majesté le Tsar ? Un souffle de vent le fit frissonner. Avec un soupir blasé, il se redressa. S'il avait été Sherlock Holmes, il aurait remarqué que l'endroit ne recelait pas de boue jaune, mais une grasse terre noire. Se tournant de côté sur le banc, il admira l'élégance discrète de la brique et du stuc des façades alentour, un grand arbre qui secouait sa frondaison sous la butte, l'éclat rouge d'un pilier postal : l'ordinaire ; alors qu'à deux pas la police s'affairait autour d'un cadavre et qu'un ennemi mystérieux cherchait à compromettre sa réputation. Si loin de la France, quel bras assez long cherchait à l'atteindre ?

Le début d'un soupçon, à peine une idée, commençait à l'effleurer, mais un grognement de son estomac lui enjoignit de se préoccuper d'une collation. Où déjeuner ? Le détective dirigea son chemin vers Holloway Road, il y connaissait un établissement de bonne pitance.

Après le repas, le détective, empruntant le métro, n'avait pas regagné ses pénates, mais son bureau, dans la City, et les travaux du quotidien – le courrier préparé par Mrs Cherrytail, le rapport à rédiger sur l'affaire de Truro, la lecture de ceux de Viat, quelques coups de visio à des clients – comblèrent cet après-midi. Au point que Bodichiev ne repensa plus vraiment à l'histoire de la compagnie de dirigeables avant de se décider à rentrer chez lui. Dans l'escalier de l'immeuble, il se reprocha même de n'avoir pas pris le temps d'effectuer les recherches qu'il avait envisagées – ah et puis zut, maudit-il in petto. À ces sacrés inspecteurs de faire leur boulot.

De retour chez lui, plutôt que de se préparer à dîner il se glissa dans le jardin, pour siroter une bière. Descendu jusqu'au bord de l'eau, il resta simplement à admirer un moment le grand front rose du ciel, ce suspens où rien ne bougeait sauf peut-être une lessive de petits nuages tendue le long du canal et l'éclat doré d'une fenêtre, de l'autre côté. S'efforcer de ne pas songer au mort du hangar tout proche ne fonctionna pas plus longtemps : il lui suffisait de tourner la tête pour apercevoir, derrière les peupliers, l'un des murs du bâtiment. Bodichiev remua encore un peu dans sa cervelle la vague idée qui lui était venue à midi, pourtant il ne parvenait pas à la rendre crédible. Sûrement une si digne vieille dame… Non, ça ne cadrait pas… Lui qui rentrait d'une affaire de poltergeist, devrait-il confronter une autre sorte de fantôme, issu de son passé ? Ça lui paraissait ridicule.

Il remâchait ainsi ses doutes lorsque le réel vint sonner à sa porte, sous la forme de vilaines dents et d'une grosse moustache rousse en gros plan dans le judas. Assez pour reconnaître le sieur Archibald Jones Jones II.

« Entrez, entrez, ça faisait longtemps, grommela Bodichiev qui avait presque hésité à ouvrir. Où en êtes-vous de l'enquête, alors ? »

Sans répondre, Jones Jones II pénétra dans la maison et, après un coup d'œil aux masques africains par lesquels tout cela avait débuté, hésita au seuil du salon.

« Allons plutôt sur la terrasse, proposa Bodichiev. Vous voulez boire quelque chose ? »

Les deux hommes prirent place sur les chaises en fer, au bord du carré d'herbe mangé par les lauriers. Les loupiotes solaires plantées çà et là ponctuaient de miel le crépuscule montant. Une senteur de vase, légère, flottait depuis le canal invisible. L'inspecteur poussa un soupir. Un rictus d'autodérision lui souleva la lèvre.

« Vous aviez raison, savez-vous, monsieur Bodichiev ? Les Affaires étrangères ont déjà pris les choses en main. »

Bodichiev hocha lentement la tête.

« Pas d'avancée de votre côté, donc ? demanda-t-il.

— Rien, malheureusement. Nous savons seulement que le cadavre était bien celui de Louis-Augustin Chemain du Lys, il a été identifié par plusieurs personnes. En revanche, pour nous dire comment leur patron serait revenu de France bien plus tôt que prévu, il n'y a pas un chat. Nos services ont commencé à s'informer sur le voyage effectué, mais… eh bien, c'est alors que les renseignements ont eu vent de l'affaire et que leurs agents ont pris la relève.

— Logique, un meurtre d'entrepreneur français

dans un hangar anglais, le tout sous un intitulé russe… Les barbouzes doivent adorer. »

L'inspecteur grimaça à ce terme, lui-même ayant la réputation d'avoir été une « barbouze » dans une carrière antérieure, sous couvert de travail diplomatique. Dans la pénombre de la terrasse, ses traits se simplifiaient, moustache expressive et yeux luisants.

Bodichiev prit une inspiration et se lança :

« J'ai un peu réfléchi à votre question…

— Ma question ? »

Coup de tête, sec :

« Votre question sur les personnes en lien avec la France qui seraient susceptibles d'entretenir quelque rancœur à mon encontre…

— Ah, bien.

— Avez-vous établi une liste des employés de la compagnie, et si possible de leurs épouses ou époux ?

— Rien que ça ? demanda son interlocuteur dans un rire. Eh bien, l'efficacité de la police impériale n'étant plus à démontrer… Qu'ai-je fait de ma serviette ?

— Sur la tablette, dans l'entrée, vous l'avez posée en arrivant…

— Ah, bien, répéta l'inspecteur. Permettez, je vais aller la chercher, car dans notre efficacité nous avons bel et bien établi une telle liste, monsieur. »

Tout de suite de retour, Jones Jones II sortit de sa serviette un petit objet plat, une tablette informatique qu'il alluma en appuyant sur l'un des coins, comme les daguerro dont elle descendait technologiquement. Bodichiev le regarda faire en se disant que Scotland Yard avait bien des moyens, pour se payer de ces coûteux joujoux. Enfin, l'inspecteur poussa un grognement satisfait :

« Voilà. Vous cherchez un nom précis, je suppose ?

— Plusieurs : recherchez… voyons voir… Lazaret…

— Non, rien.

— Darcy.

— Comme "la Darcy", l'actrice ?

— Elle-même… soupira Bodichiev.

— Non, rien non plus.

— Hum… » Bodichiev renversa sa tête en arrière et ferma les yeux. Un merle chantait avec énergie dans le bosquet du fond, au bord du canal. Le détective rouvrit les yeux :

« Essayez Garette ? »

L'inspecteur resta un instant silencieux puis déclara :

« Axel James Garette, mécanicien, vingt-trois ans… Cela vous conviendrait ? »

Bodichiev laissa échapper une respiration qu'il ignorait avoir retenue :

« Oui, bien entendu, il aura pris le nom de sa mère… murmura-t-il.

— Plaît-il ?

— Oh, un drôle de couple auquel j'ai attiré des ennuis, à Bordeaux, dans le temps… Vingt-trois ans déjà ? Oui, la coïncidence serait trop énorme, ce jeune homme doit être… Mais le rapport avec le meurtre… »

Il se tut, songeur. L'inspecteur le considérait, attentif. Bodichiev lui demanda finalement :

« A-t-on une adresse, pour ce jeune homme ?

— *Da*, il nous est donné comme résidant au 12 Fitzhardinge Street, quatrième étage.

— Où est-ce ? »

Diligent, l'inspecteur chercha :

« Dans Marylebone, à côté de Portman Square. »

Bodichiev redevint songeur.

« Comprenez bien que l'affaire nous a été retirée par les Affaires étrangères, n'est-ce pas ? Je n'ai plus de responsabilités officielles, déclara Jones Jones II.

— J'entends bien.

— Que voulez-vous faire ?

— Je ne sais pas encore... Et mon adjoint est à Édimbourg, pour une autre enquête, je ne sais pas... Écoutez, la nuit portera conseil, laissez-moi y réfléchir », fit Bodichiev en se levant.

Les deux hommes convinrent de se reparler le lendemain. L'inspecteur repartit dans la nuit tombée, sa serviette sous le bras.

S'interrogeant encore sur la nature du conseil porté par sa nuit, Bodichiev visiophona de bon matin à Archibald Jones Jones II, qu'il trouva déjà arrivé à New Scotland Yard. Leur discussion fut brève, ils décidèrent de se donner rendez-vous en bas de l'immeuble où logeait le jeune Axel James Garette. Non qu'ils s'attendent forcément à l'y trouver, quoique les activités dans les locaux de son employeur soient interrompues depuis la découverte du corps du directeur, mais un nouvel élément avait surgi lorsque, en se levant, Bodichiev avait cherché à se renseigner sur son adresse.

L'immeuble du 12 Fitzhardinge Street était l'un de ces éléphants aux pattes blanches, en pierre de Portman comme il se devait dans un tel voisinage, et au front rouge, de brique. L'inspecteur ne se montrant pas, Bodichiev traversa la rue pour scruter la façade monumentale. Le quatrième niveau, avait-il dit ? Situé entre deux barres de pierre crémeuse, il s'agissait de l'étage noble, rien que ça. À son extrémité, le bâtiment érigeait une deuxième façade de colonnes géantes, et dessous, à l'angle, une plaque bleue célébrait l'amiral auquel la rue empruntait son nom. On se trouvait là au pays des sérieusement riches, étonnante adresse pour un jeune mécanicien. Le grand chic, et bien entendu aucun pub dans les environs, fichu quartier de banques et d'assurances, ronchonna le détective en son for intérieur, tapant des semelles dans ce matin clair et frisquet.

L'inspecteur finit par surgir d'un nuage de vapeur, exhalé par un entresol au début de l'artère.

« Pardonnez-moi, haleta le policier, une information de dernière minute m'a retenu.

— Venez par là. »

Les deux hommes se tassèrent à l'angle de l'immeuble, dans l'ombre froide. Ici personne ne pourrait les observer depuis l'appartement d'Axel James Garette.

« Je crains que nous ne soyons sur une fausse piste, confia l'inspecteur d'un ton embêté. Je viens d'apprendre par des canaux personnels que les Affaires étrangères ont arrêté le comptable, inculpé de meurtre. De ce que j'ai compris, le casse du coffre-fort relevait d'un complot entre le directeur et le comptable. Une querelle aura mené au meurtre du premier. Rien qui implique le mécanicien que vous suspectez, ce Garette. »

Contrairement à ce que redoutait l'homme de l'IPF, Bodichiev esquissa un sourire soulagé :

« Voilà qui arrange mes affaires, j'aurais détesté que le jeune homme se révèle être un assassin. Je pense cependant qu'il vous faudra l'inculper de complicité, hélas.

— Mais enfin, qu'est-ce qui vous permet de focaliser pareillement sur ce garçon, juste un rapprochement de nom de famille avec une de vos vieilles affaires, c'est bien ça ?

— *Da*, mais rassurez-vous, mon vieux, j'ai moi aussi obtenu une information de dernière minute.

— Pardon ?

— En bien, figurez-vous que l'appartement du quatrième, dans ce somptueux immeuble… » Bodichiev désigna le mur derrière eux d'un pouce levé. « J'ai effectué une petite recherche, tout à l'heure, et notre Axel James n'en est pas le propriétaire ni le locataire, pas du tout : l'appartement est au nom de lady Sophia Darcy.

— Vous voulez dire…

— Absolument : rien de moins que "la Darcy", l'ancienne actrice de renommée internationale. Celle-là même qui il y a vingt-trois ans me demandait de me rendre en France pour régler les affaires de son bon ami, un dénommé Lazaret. Lequel entretenait également une relation, ces gens-là avaient des mœurs compliquées, avec une dame de Bordeaux du nom de Garette. J'ignorais alors qu'elle était enceinte, mais le nombre correct d'années nous sépare de cette affaire du "persécuté de Gironde", voyez-vous… »

Jones Jones II hocha lentement la tête, pensif.

« Je suggère donc que nous demandions audience, continua Bodichiev. Nous verrons bien si la grande dame accepte de me recevoir, sinon vos pouvoirs de police pourraient être invoqués. »

Le flic eut une moue dubitative, mais, sans le laisser redire qu'il ne s'occupait plus de cette enquête, Bodichiev, qui commençait à avoir froid, tourna le coin de l'immeuble et alla presser le bouton de l'interphone, auprès de la double porte aux vitres sombres.

« Attendez ! Croyez-vous que je doive demander l'envoi d'une voiture ? » demanda l'inspecteur, qui portait déjà la main à son visio cellulaire.

Un grésillement l'interrompit, en provenance du mur :

« Oui ?

— Monsieur Jan Marcus Bodichiev, pour voir Lady Darcy, s'il vous plaît. »

Le suspense fut bref : un clac retentit du côté de la porte, soudain entrouverte.

« Je vous laisse seul juge, chuchota Bodichiev, mais je compte sur vous comme renfort policier. »

Ayant gagné le quatrième étage par l'escalier, suivi à distance par un Jones Jones II muet, Bodichiev se campa devant la porte de l'appartement. Une nouvelle sonnette : on lui ouvrit. Il se trouva confronté à un torse de métal, identique à celui du majordome de la tante de Viat. Avec les mêmes accents de cuivre, le robot s'enquit de son identité, le pria d'entrer et de bien vouloir attendre un instant. L'esprit serein, presque folâtre, Bodichiev se demanda comment madame Darcy appelait son majordome. Songeant au dramaturge franco-russe Sacha Guitry, il estima que Désiré conviendrait.

« Vous ne manquez pas de toupet ! » proféra avec grandeur son hôtesse, lorsque le robot l'introduisit dans un salon lumineux et tout de vert amande tendu.

Ancienne tragédienne très en vue de la scène théâtrale internationale, madame Darcy, bien que Française de nationalité, avait vu son talent vaincre avec brio les barrières dressées par la géopolitique en travers de sa carrière. L'on disait même que la grande Darcy jouait autrefois un certain rôle dans la diplomatie souterraine entre l'Empire et ses voisins solidaristes. Vingt-trois ans plus tôt, elle avait persuadé le ministre des Affaires étrangères d'envoyer Bodichiev débrouiller une simple querelle domestique, à Bordeaux. Il n'avait plus jamais eu affaire à elle, jusqu'à aujourd'hui.

« J'avais fait le vœu de ne plus jamais vous voir, monsieur ! » déclara la Darcy, sans se lever de son fauteuil. Quoique séchée par l'âge et blanchie de cheveux, l'actrice, qui avait dans ses dernières années de carrière également conquis l'écran du cinématographe, se tenait toujours bien droite, impérieuse même. Si un regard pouvait foudroyer, son visiteur aurait déjà été calciné.

Bodichiev s'inclina comme devant une royauté. Il déclara doucement :

« Pour ma part je ne me suis pas privé d'apprécier votre talent, madame, dans quelques films remarquables.

— Ptah ! » cracha presque la grande dame, avec un geste sec de la main comme pour dévier un tel compliment. « Comment osez-vous, monsieur, vous présenter devant moi, après votre conduite ?

— Ma conduite, madame ? »

La tragédienne fit claquer le plat de sa main sur

l'appui de son fauteuil, de style Louis XIV si Bodichiev ne se trompait pas. Le grand siècle convenait admirablement à Lady Darcy.

« Vous m'avez trahie, monsieur ! Avez-vous idée des tourments subis par mon bon ami, monsieur Lazaret, suite à vos forfaitures ?

— N'a-t-il pas été condamné pour meurtre, il me semble avoir lu cela dans la presse ? Sûrement vous n'escomptiez pas…

— Oh, taisez-vous ! Je vous avais chargé d'aider mon cher ami, et au lieu de cela !

— Vous me voyez navré que mes services n'aient pas répondu à vos attentes, prononça Bodichiev, le visage impassible.

— Vous êtes odieux. Et pourquoi venez-vous me voir, aujourd'hui, après tant d'années ?

— Sûrement en avez-vous une petite idée, madame, sans vouloir être impertinent ? Certains troubles concernant une compagnie de navigation vous sont certainement parvenus ?

— Que me chantez-vous là ? rétorqua la grande dame, rigide et furieuse.

— Il se trouve que j'ai eu la malchance, dimanche, de découvrir le corps sans vie de monsieur Louis-Augustin Chemain du Lys, dans un hangar de sa compagnie à London…

— Vous figurez-vous que je connais tous les citoyens d'origine française ? claqua, ironique, la réponse de la Darcy.

— Malencontreusement, madame, ce décès fait suite à un cambriolage et à une curieuse intrusion en mon domicile, qui se trouve être voisin de ce hangar.

— Absurde ! Vos propos n'ont aucun sens, décida-t-elle.

— Je vais donc être plus précis. Encore une fois, je ne désire pas faire preuve d'impertinence, mais puis-je m'enquérir des liens que vous entretenez avec monsieur Axel James Garette, mécanicien dans cette compagnie de dirigeables ?

— Oh ! Mais enfin ! » protesta la vieille actrice en portant une main à sa joue.

Une porte claqua derrière Bodichiev et une voix masculine intervint :

« Ne lui répondez pas, marraine ! »

Un jeune homme, élancé et blond-roux de cheveux, des lunettes rondes sur un nez assez fort, s'avança de manière menaçante vers le détective, qui ne céda pas d'un pas.

« Que faites-vous chez moi ? exigea de savoir l'emporté jeune homme.

— Je venais vous voir. »

Tremblant de rage, les poings serrés, Garette gronda :

« En quel honneur ? Après tout ce que vous avez fait à ma famille ?

— Oh, confirmez-vous alors mon hypothèse selon laquelle vous seriez le fils de la dame Garette et de son ami le camarade Lazaret ?

— Laissez mes parents tranquilles !

— Sont-ils encore en prison ?

— Bandit ! » cria Garette en se précipitant pour le frapper. Bodichiev bloqua cette attaque en lui saisissant les deux poignets.

« Calmez-vous, jeune homme, je voulais juste

connaître votre intérêt pour les masques africains… »

Grondant de plus belle, Garette continua d'essayer de le couvrir de petits coups de poing, inefficaces. Il avait les larmes aux yeux.

« Salaud ! Salaud ! Après ce que vous avez fait à mes parents, les faire arrêter comme cela ! »

Reculant un peu, dans son effort pour contenir les gestes de l'autre, Bodichiev continuait de la même voix calme :

« J'ai simplement enquêté sur les relations curieuses de vos parents, jeune homme, leur arrestation n'est intervenue qu'un peu plus tard…

— Par votre faute ! Je vous hais, salaud !

— De là à vous introduire chez moi…

— Vous croyez me faire peur ? Vous méritez d'être arrêté, vous aussi, salaud de fouineur ! »

Évitant de bousculer le fauteuil de la vieille dame, pâle et figée d'horreur, Bodichiev utilisa sa masse physique pour rejeter son agresseur vers la porte d'entrée.

« Vous vouliez me faire avoir des ennuis, c'est ça ?

— Vous le méritez, salaud, salaud ! »

Une autre voix intervint :

« Et alors, on se calme ici. Police, bas les mains, séparez-vous ! » aboya Jones Jones II, surgi derrière le garçon.

Ce dernier laissa retomber ses bras, la respiration précipitée.

« C'est lui, c'est ce type, il a essayé d'agresser ma marraine, arrêtez-le ! »

En sifflant entre ses dents, l'inspecteur n'en fit rien,

qui referma des menottes sur les poignets du jeune Garette.

Soufflant fort, le cœur qui cognait, Bodichiev reprit sa respiration. Les luttes physiques n'appartenaient guère à son vocabulaire habituel. Derrière lui, madame Darcy, toujours assise, balbutiait doucement des « Mon petit » qui le touchèrent. Le petit en question tâchait de faire bonne figure, il crânait devant l'inspecteur et les deux hommes en uniforme, juste arrivés, avec pourtant les larmes aux yeux. Bodichiev secoua la tête lentement, désolé de cette scène.

Le détective eut le cœur plus fendu encore lorsque, quelques jours plus tard, la lecture de la presse lui apprit que l'ancienne star des planches et des écrans, « la Darcy », faisait l'objet d'un mandat d'expulsion vers sa France natale. Les spéculations allaient bon train, mais les journaux, tout de même, n'établissaient pas de rapport avec une récente affaire d'espionnage et d'escroquerie. Scotland Yard s'était gardé de révéler le lien de la vieille actrice avec son filleul, un jeune mécanicien qui, ayant surpris l'altercation entre le comptable et son directeur, n'avait pu empêcher le meurtre de ce dernier, mais avait, dans un moment de rage, décidé de sauter sur l'occasion pour « faire plonger » celui qu'il tenait pour un ennemi familial, un détective voisin, Jan Marcus Bodichiev. Une liasse de billets prélevée sur le butin du comptable, pour prix de son silence, puis une entrée par effraction dans la petite maison vide : un masque bien en vue et il ne lui restait plus qu'à prévenir la police de manière anonyme.

Navrante affaire, songea Bodichiev en sirotant son premier thé. De l'autre côté de la vitre, coulant sur les buissons et les arbres, le ciel laiteux figeait les alentours. Sur la cheminée de la boulangerie voisine, un tourniquet lançait des étincelles froides. Le parquet brillait aussi, ciré d'une lactance qui s'écoulait par l'étroite fenêtre de la cuisine. Un instant, des croassements, sombres et ouatés, couvrirent les trilles matinaux des moineaux, clairs et acides. La vie se poursuivait. Bodichiev ne porterait pas plainte contre le jeune Garette, déjà accusé de complicité et en danger d'extradition lui aussi.

Les oiseaux du cimetière

Entre deux petites gorgées du liquide brûlant, Viat commanda un sachet de beignets aux pommes. Il comptait sa monnaie lorsqu'un grand cri monta vers lui.

Étonné, il se tourna vers l'origine de cette longue plainte : du fin fond de Dalry Road arrivait en courant une femme d'un certain âge, la bouche grande ouverte sur un hurlement qui semblait n'en plus finir, éveillant des échos glacés dans la ville vide. La pauvresse tendait les bras vers le ciel, dans l'image de la panique la plus complète. Viat se précipita vers elle, suivi de près par le vendeur de beignets.

Des fantômes en Écosse, quoi de plus naturel en somme ? Lorsque Bodichiev lui avait appris qu'il allait l'envoyer enquêter à Édimbourg, pour Viat en parler à Boadicée s'était imposé avec la force de l'évidence. Un séjour là-haut ne leur ferait-il pas des sortes de vacances ? N'ayant jamais mis les pieds de l'autre côté du mur d'Hadrien, sa jeune amie ne s'était pas fait prier. En route pour les brumes !

Enfin, les brumes, dans un premier temps cela

resta une figure de rhétorique. La chapka de Viat demeura encore un moment dans sa valise. Édimbourg connaissait un bref épisode de canicule, un soleil impitoyable pesait depuis les tréfonds d'un ciel trop bleu sur les pentes rouges de l'ancien volcan et sur le château noir qui lui répondait depuis son propre sommet. Flânant le premier matin sur les chemins herbeux en bas du Siège d'Arthur, le couple en avait presque rapporté des coups de soleil. Déjà, en deux jours de promenade, la peau de Boadicée se cuivrait d'une manière enchanteresse – en tout cas, du point de vue de Viat.

Ce dernier ne se trouvant pas en villégiature, il gardait la maison qu'on leur avait confiée, avec un sentiment de futilité assez prononcé.

Bodichiev l'avait pourtant bien averti : leurs clientes professaient une foi religieuse peu courante au sud de l'Écosse. Avant de partir, Viat, toujours féru de pensée alternative, avait effectué quelques recherches. Et de fait, le culte wiccan dont se réclamaient les deux demoiselles entretenait quelques rapports intellectuels avec un mouvement qui l'avait passionné, quelques années auparavant : celui de l'église de Swedenborg. Oh, mais point de patriarcat en revanche. Le mouvement des sorcières se revendiquait clairement comme féministe, et plus symbolique qu'appliqué. Une magie intériorisée, des métaphores du rapport au monde, le tout séduisait assez Viat – mais alors, que penser d'événements qui débordaient largement du cadre du réel, y faisant entrer de plain-pied la métaphysique, et même, l'au-delà ?

Car des esprits hantaient la loge de Dalry Cemetery.

Ah oui, cela aussi, Bodichiev l'en avait prévenu. Leurs clientes habitaient dans le petit quartier tranquille de Dalry, entre Gorgie et Haymarket, dans une étroite bâtisse victorienne à l'entrée d'un cimetière. Le cadre parfait pour un couple de sorcières. Toute en fenêtres à voussure dentelée, en toits pointus et en pierre rousse, la loge présentait au passant un visage aimable. Les alentours en revanche pouvaient sembler quelque peu macabres : le cimetière de Dalry grimpait par paliers jusqu'au contrefort suivant de la ville. Sur le côté, une étroite ruelle escaladait une pente raide entre deux longs murs, nommée Coffin Lane. Un environnement idéal, sans doute, pour le type de vieilles femmes tordues, habillées de noir et naviguant en balai, qui ricanaient dans les pages des contes de fées. Pour un couple moderne comme les demoiselles Meredith, le calme de ce coin d'Édimbourg perdait sensiblement de son charme depuis quelques mois. Jeunes et souriantes, elles avaient accueilli Boadicée et Viat avec une politesse pétillante, leur avaient fait visiter leur petite maison, exposé leur problème de hantise – et promptement décampé, emportant avec elles leur chat noir, qui répondait au nom de Melchior. Le temps de l'enquête, elles allaient s'installer chez des amies à quelques rues de là. Ayant échoué à révoquer la hantise qui leur pourrissait l'existence, elles s'en remettaient à l'exorcisme plus prosaïque d'un détective privé.

« Nous voilà bien ! » avait ri Boadicée.

Tout de même, avant de tourner les talons, les

demoiselles Meredith leur avaient livré les éléments de l'affaire : on frappait des coups dans leurs murs, à toute heure ; le sol tremblait chaque journée ; des volatiles sombres et fantomatiques hantaient le quartier.

Allez mener une enquête, avec ça !

Et si l'on se fiait aux horaires de cette singulière hantise, impossible pour Viat de sortir durant l'après-midi – à peine oserait-il mettre parfois le nez dehors, en matinée. N'ayant pas l'intention de s'ennuyer, Boadicée se familiarisait donc seule avec les beautés d'Édimbourg, de Old Town à New Town, en passant par Dean Village et Leith. La première excursion de la jeune fille, pourtant pleine de bonne volonté, l'avait seulement menée dans le quartier juste au-dessus du leur, dans le mille-feuille de cette ville. Une visite à la bibliothèque de Fountainbridge, dont elle rapporta une brassée d'informations sur leurs alentours. Viat les parcourut à haute voix :

« Nom signifiant les champs du roi ou les champs de bruyères, développement industriel, bla-bla… les lignes de chemin de fer, depuis la gare de Haymarket… Voyons voir, église Saint-Martin-de-Tours construite en 1883 lors du mouvement de résurgence de l'Église d'Écosse, convertie en temple en 1901 à la mort de la reine Victoria… C'est celle qui est à côté, sur la rue… Ah, et cimetière développé à partir de 1846, d'une étendue de six acres… Loge érigée en 1873, sur un plan de la firme Peddie & Kinnear… Je me demande si cette entreprise existe encore… »

Il s'agissait d'un début, mais d'un début seulement.

Les trains, la nuit, on les entendait en effet grommeler non loin, leurs sons portés par l'air nocturne. Difficile de leur attribuer les frémissements qui saisissaient parfois la loge, comme lors d'un tremblement de terre. La première fois, Viat accroupi par terre avait appuyé ses mains sur le carrelage : « Ça vient bien du sol. »

Les demoiselles Meredith n'avaient pas manqué d'interroger leurs voisins, bien entendu : personne de l'autre côté de la rue n'avait rien remarqué de la sorte. De ce côté-ci, il n'existait aucune autre maison, le long mur muet du cimetière dévalant Dalry Road jusqu'au carrefour avec Gorgie Road. À deux pas de la loge, en allant vers le centre-ville, un ancien pont ferroviaire enjambait la rue, qui portait la West Approach Road. Aucune raison que cette passerelle en épaisse ferraille noire fasse soudain trembler la loge. Et les coups ? Dans les murs, dans le sol. Des heurts sourds, espacés. Boadicée et Viat tendirent l'oreille : difficile de localiser un endroit précis.

« Moi qui pensais que les voisins seraient tranquilles, dans un cimetière ! » plaisanta Boadicée.

Ils auraient dû l'être : des allées herbeuses, des pierres tombales à la virebouscule, quelques bouches sombres de caveaux triangulaires entre ziggourat et porche victorien, des murs tachés de lichen, et les grands arbres…

Dalry, le quartier, ne manquait pas de caractère transcendantal. On pouvait même dire qu'il regorgeait de personnes soucieuses de la bonne santé spirituelle des habitants du cru. Outre un peu plus bas l'habituel temple bouddhiste, s'ouvrait presque en face de la loge, entre la devanture noire d'une épicerie et la porte rouge de l'immeuble d'angle, la façade peinturlurée de bleu d'un drôle de commerce. Le siège local de l'Association Culturelle Gnostique, qui suivait les enseignements du Maître gnostique Samael Aun Weor – cela aussi, Viat l'avait appris par les documents rapportés de la bibliothèque.

« Et si tu te demandes en quoi consistent ces enseignements, lui commenta Boadicée, je suis heureuse de t'apprendre qu'il s'agit d'approfondir l'état de bien-être de la société et de cultiver l'empathie envers l'humanité et l'environnement.

— Ah, bien, je vois, c'est fort urbain de leur part, fit Viat avec un sourire en coin. Voilà qui m'apporte une lumière remarquable. Et dois-je supposer que toute l'Écosse se trouve plongée dans l'aura de cette belle hébétude spirituelle, ou est-ce seulement le quartier qui veut ça ? »

Avec un éclat de rire, Boadicée tira un appareil de daguerro de son sac.

« Attends, ce n'est pas tout ! L'Écosse entière, je ne sais pas, mais le quartier me paraît sévèrement touché. Regarde ! »

Et l'accorte jeune femme de lui tendre deux clichés : sur le premier, l'on distinguait un coin d'entresol derrière ses barreaux, où un tatoueur se proclamait en néon « le Scribe du Diable » – « Oh ça, les délires satanistes des tatoueurs, c'est assez courant, non ? » ; et sur le second, une devanture de librairie, un peu écaillée, intitulée Otherworld Books.

« Il s'agit d'une librairie spécialisée en sorcellerie, expliqua Boadicée. Je regrette, elle était fermée quand je suis passée devant ; mais les deux ne sont pas loin d'ici, un peu avant la gare. »

Viat secoua la tête, incrédule et amusé. On ne savait plus qui prier, à Dalry.

Bien entendu, le premier soir il ne se passa rien ; et le jour suivant, juste les coups et tremblements déjà rapportés. Rien de très concluant. Le matin, Viat avait fait le tour du quartier, en passant notamment par Murieston Crescent et son parc central, bordé de petits immeubles. Leur gris soutenu ne vibrait guère, restant stable, inchangeant selon la couleur du ciel. Cela conférait à la ville une sorte de massivité tranquille, bien éloignée des recherches spirituelles qui l'animaient. Ailleurs, comme sur la loge, la pierre hésitait en un patchwork de gris, roux et doré, avec de-ci de-là des bâtiments en larges pierres de grès rouge, comme en terre cuite. Le cimetière pour sa part, exploré de long en large par Viat et sa dulcinée, déroulait la verdure d'un sous-bois, empli de fougères et d'alignements d'obélisques. Des pierres tombales à l'abandon jonchaient la végétation, tandis que çà et là bâillaient des cryptes gothiques. Des marches anciennes et des terrasses à balustrades râpées offraient l'esthétique de quelques changements de dénivellation.

« C'est absurde, d'attendre ainsi qu'il se passe quelque chose », protesta Viat le deuxième soir, comme ils rentraient de leur promenade au pied du Siège d'Arthur. La Providence, ou la Malédiction locale, l'entendit peut-être, allez savoir. Levé de bonne heure le lendemain, notre sémillant détective passa sous l'ancienne passerelle ferroviaire afin, de l'autre côté, d'aller acquérir leur breakfast chez un marchand de beignets ouvert au rez-de-chaussée d'un vieil immeuble. À peine eut-il accusé réception d'un café qu'un long hurlement résonna dans l'artère.

« Là, là, calmez-vous, que vous arrive-t-il ? » voulut savoir Viat. La manière dont la femme s'était précipitée contre lui, en une violente collision, l'avait presque renversé. Sèche et moustachue, le nez marqué de rides profondes, elle disparaissait entre les longs bras du détective. Serrée contre lui, elle pleurait convulsivement, avec une telle violence que des spasmes la secouaient. La rencontre avec Viat avait mis un terme à ses cris, mais elle n'avait toujours pas parlé. Planté au milieu du trottoir désert, le couple devait présenter un bien curieux spectacle, mais il ne se trouvait personne pour les voir, en dehors du jeune homme, un brun à la peau pâle, qui avait tourné les talons afin de retourner à sa boutique chercher un chocolat chaud. Il fut rapidement de retour. Le remerciant avec un sourire, Viat se saisit du gobelet fumant pour le présenter à la pauvresse.

« Buvez un peu, attention, c'est chaud, ça vous fera du bien, allez… »

Toujours secouée de sanglots, la femme se laissa faire. Elle saisit le gobelet dans deux mains tremblantes et commença à boire, bavochant dans le chocolat brûlant.

« Alors, que vous arrive-t-il, dites-moi, je peux vous aider », affirma Viat.

Elle leva vers lui un visage ravagé : les yeux rougis, pleins d'eau, les rides de sa peau mouillées de larmes, la bouche tordue et tremblante.

« Allons, dites-moi… insista Viat.

— Je… Je… bafouilla la vieille. Saint-Martin, il faut aller à Saint-Martin !

— D'accord, mais pourquoi ? » demanda encore Viat, de sa voix la plus douce.

Elle ravala un nouveau sanglot, frissonna violemment, avant de murmurer quelque chose, la gorge coincée par son trop-plein d'émotion. « Le doyen… Le doyen… » crut saisir le détective en se penchant vers elle.

« De quel temple s'agit-il, madame ? De Saint-Martin-de-Tours ? l'interrogea-t-il en se souvenant du nom du bâtiment religieux le plus proche.

— Oui, Saint-Martin-de-Tours… Le doyen, il est mort, il est mort… » Nouveau sanglot, dont la secousse terrible la laissa haletante. « C'est horrible, il est mort, horrible… »

Tout en serrant toujours la pauvre femme contre sa poitrine, Viat se retourna vers le jeune homme : « Pouvez-vous prévenir la police, s'il vous plaît ? Qu'ils nous envoient quelqu'un au temple Saint-Martin-de-Tours, rapidement. »

Avec un hochement de tête, le vendeur de beignets repartit en direction de son échoppe.

« On va aller au temple, d'accord ? »

Viat, qui ne fréquentait guère les temples, n'avait pas encore pris la peine d'entrer dans celui de Dalry Road. Pourtant, le pointu de son clocher rougeâtre constituait un élément incontournable de cette portion de la ville. Bas et couvert de larges tuiles comme autant d'écailles, le bâtiment se tenait accroupi à l'angle de Dalry et Murieston, en vieux dinosaure inoffensif. Des banderoles rouge et or et un bouddha vert-de-gris encadraient l'entrée de l'ancienne église.

La vieille s'engouffra sous le porche de Saint-Martin, mais, une fois à l'intérieur, demeura soudain figée sans oser marcher plus avant. Viatcheslav la contourna doucement, fit quelques pas entre les rangées de sièges en bois. Une odeur sèche flottait sur les lieux, comme du talc, ou bien de la craie, plutôt que l'encens habituel. Relativement étroite, la nef devait cependant à ses petits vitraux et à ses piliers blancs de baigner dans une douce lumière. Les voûtes, blanches elles aussi, se pointillaient d'élégants motifs. Tentures, châsses, cloisons décorées, *Om Mani Padme Hum* et toutes ces sortes de choses. Des torsades, des draperies à profusion. Cet or et ce rouge qui enflamment les taureaux et les âmes métaphysiques. Au pied d'un grand bouddha en bois sculpté, une tache safran : le corps du prêtre.

Viat se pencha sur le malheureux, qui reposait le dos sur les marches. Il n'y avait guère de doute quant au principal du diagnostic. L'homme était bien mort. Les yeux grands ouverts, légèrement révulsés, semblaient encore exprimer la dernière panique du doyen de Saint-Martin. Émergeant des plis de sa tunique, ses mains enserraient son cou, sa bouche béait. Avait-il été victime d'un étouffement ? Viat releva la tête vers la vieille femme, qui avait enfin réuni assez de courage pour s'approcher. Elle vacillait à ses côtés, le regard fixé sur le corps sans vie.

« Avez-vous une idée de ce qui s'est passé ? s'enquit le détective, toujours d'une voix aussi douce que possible.

— Des corbeaux ! glapit-elle en froissant le devant de sa robe dans ses mains nerveuses.

— Pardon ? »

La pauvre regarda autour d'elle, comme si elle cherchait quelque chose pour expliquer à son interlocuteur, puis elle confirma :

« Des corbeaux ! Des corbeaux noirs, qui se sont mis à sortir de sa bouche, c'était affreux, tous ces oiseaux, ça n'arrêtait plus, et le pauvre doyen, oh mon Dieu ! Le pauvre doyen, il s'étouffait, et les oiseaux continuaient à sortir de sa bouche ! »

Sur ce, elle tomba au sol d'un seul coup, comme si l'on avait coupé les ficelles qui la retenaient.

Viat se penchait sur elle, afin de vérifier son pouls (elle n'était qu'évanouie), lorsqu'un affreux grincement résonna dans le temple. Plusieurs personnes venaient d'entrer : il pensa qu'il s'agissait de la police – mais pas du tout.

Il s'agissait d'une équipe d'urgence de la Société Impériale de Survie par la Cryogénie.

Incrédule, Viat recula de quelques pas afin de laisser passer l'équipe d'intervention. Le doyen de Saint-Martin, adepte de la cryogénie ? Voilà qui ne semblait guère compatible avec la foi bouddhiste, la réincarnation, tout ça. C'est pourtant bien le corps en safran qui intéressait les hommes en jaune.

Chacun d'entre eux portait un chapeau à large bord, rigide, que décoraient des sortes de broches en forme d'abeille. Celles-ci se détachèrent d'elles-mêmes et commencèrent à voleter autour du mort, gros frelons de cuivre bourdonnants et cliquetants qui enregistraient, analysaient, filmaient le moindre détail de la scène du crime. Par décret du Tsar, la

Société Impériale de Survie par la Cryogénie avait priorité sur la police. Les forces de l'ordre de tout l'Empire ne cessaient de se plaindre de cette interférence dans leur travail, mais en vain – jusqu'à l'inévitable scandale, une enquête sur un meurtre supposé largement compromise par l'intervention de la SISC. Saint-Pétersbourg avait finalement décidé d'obliger les équipes d'urgence à procéder au préalable à un enregistrement complet des lieux. Ce que la SISC faisait dorénavant, à l'aide d'une technologie de pointe que la police lui enviait déjà – les finances de la SISC devaient être autrement plus substantielles, riches clients obligent, que celles, bien plus maigres, de la police impériale.

Chaque sociétaire possédait un implant qui, en cas d'arrêt cardiaque, transmettait une impulsion d'alerte au plus proche centre d'urgence. Une équipe de la SISC se précipitait aussitôt, lâchait ses abeilles en métal puis procédait à ses rituels macabres.

Dans son dos, Viat entendit la femme proférer une longue litanie de « Seigneur Bouddha, Seigneur Bouddha ». Il y avait de quoi être choqué : les hommes en jaune découpaient proprement la tête du défunt pour la glisser dans une cloche de cryogénisation. Ainsi, espéraient leurs clients, dans un futur plus ou moins lointain pourrait-on les « réanimer », lorsque la science médicale aurait effectué assez de progrès pour permettre de véritables résurrections. Éclectique, le Tsar admettait ces pratiques techno-superstitieuses pourtant peu compatibles avec le culte bouddhiste officiel. Mais le doyen d'un temple, alors ? « Quelle imposture dans la foi, ou quel pragmatisme », pensa Viat, amusé à l'idée de ces tractations avec l'Éternité.

Derrière lui, il entendit un heurt mou. La vieille femme venait de nouveau de perdre connaissance. Un homme en jaune se porta charitablement à sa rescousse. Viat, accroupi depuis tout à l'heure, se releva en se brossant les genoux. Il lui sembla percevoir comme un bruit d'aile, un oiseau qui s'envolait. Il leva le nez vers la voûte, mais il devait avoir rêvé. L'affreux grincement, encore : la porte du temple laissa le passage à deux membres de la police locale, chapeau melon et air froncé.

Évidemment, c'était chaque fois pareil : si d'aventure Viat ou son patron démarchaient la police dans le cadre d'une de leurs enquêtes, afin d'obtenir des renseignements relevant plutôt de la compétence des hommes en melon que de la leur – hop, on les flanquait à la porte, on leur refusait l'accès aux informations. Mais si d'aventure les mêmes détectives se trouvaient sur la scène d'un crime, soudain un représentant de l'Imperial Police Force affirmait, tout sourire, que forcément, en tant que privés ils devaient se sentir concernés par le crime auquel ils venaient d'être mêlés. Et de les obliger à suivre l'ennui assommant des procédures techniques, de l'audition des témoins et tutti quanti.

Ce qui fait que, lorsque Viat ressortit du poste de police de Torphichen Street, la vie édimbourgeoise se trouvait tout à plein éveillée et l'heure tranquille d'un sommeil réparateur largement dépassée. Boadicée devait se demander où son compagnon avait disparu, la laissant sans breakfast ni message. Et il serait dit qu'il ne verrait guère que le quartier de Dalry, durant ce séjour : le commissariat se trouvait juste après la gare de Haymarket, dans une lourde bâtisse aux pierres épaisses et sombres comme des sourcils d'inspecteur.

Que Viat assiste aux préliminaires de l'enquête n'avait été d'aucune utilité, bien entendu. Il ne connaissait absolument pas le personnel du temple, non plus que les habitués de ce lieu de culte, ce qui ne pouvait rien apporter à l'eau du moulin policier.

La femme qui avait découvert le corps se nommait Sarah Harriet Corney, il s'agissait de la bonne du curé – pardon : de l'assistante-domestique du doyen. Elle avait bien insisté sur ce titre. Dans un état d'effondrement nerveux, on l'avait finalement évacuée vers l'hôpital le plus proche. Voir mourir le prêtre dont elle s'occupait, c'était une chose, découvrir en plus que ce dernier nourrissait des vues peu orthodoxes sur le cycle de la vie après la mort…

Ledit doyen répondait au nom de Mikalojus Karvelis – un natif de Lituanie. Le sergent Richardson s'assombrit passablement à l'évocation de ce petit pays : les réfugiés lituaniens figuraient en bonne place sur la liste des fauteurs de troubles observés par l'IPF. Quoiqu'ils ne soient jamais allés jusqu'au terrorisme, contrairement aux redoutables Finlandais, les militants baltes savaient à l'occasion se faire assez remuants.

Une vingtaine d'années plus tôt, une cabale de nobles lituaniens, mécontents du régime tsariste, avait tenté un putsch local. Bientôt éventé, le complot ne résulta qu'en un exil des citoyens impliqués et en l'emprisonnement des principaux responsables. Fidèle à sa politique habituelle, la Grande-Bretagne avait accueilli une petite population de ces séditieux, préférant toujours prendre des réfugiés contre son sein plutôt que de les savoir en liberté sur le continent.

Mrs Corney n'avait guère été cohérente lorsque le sergent Richardson, l'enquêteur dépêché par Torphichen Street, voulut l'interroger. Entre deux hoquets, tout juste avait-elle réitéré son histoire de corbeaux noirs surgissant hors de la bouche du prêtre. Sommée de s'expliquer par un Richardson médusé, Mrs Corney avait affirmé n'y rien comprendre non plus. Des corbeaux, des corbeaux, c'est tout ce qu'elle savait dire : *des corbeaux noirs !*

Lorsque la bonne du doyen eut été emmenée à l'hôpital – et non sans que l'interne de service ne sermonne le policier pour ne pas l'avoir fait immédiatement –, le sergent Richardson décida d'en avoir le cœur net. Ils allaient retourner au temple afin d'y chercher… des plumes ! Car enfin, si corbeaux il y avait eu, ces volatiles devaient forcément en avoir laissé quelques-unes, n'est-ce pas ? Viat avait acquiescé, se souvenant lui-même avoir eu l'impression d'entendre un oiseau s'envoler. Et puis, pour tout avouer, cette affaire l'intriguait. Au nombre des phénomènes de hantise, les demoiselles Meredith avaient évoqué des ombres volantes. Il tenait peut-être quelque chose.

En compagnie de l'agent Fibbes, les trois hommes passèrent au peigne fin la nef complète, pourtant déjà examinée par une équipe technique.

Ils y découvrirent l'origine de l'odeur de craie flottant dans l'édifice : des impacts de petites explosions, çà et là sur les murs et sur les piliers, jusqu'à très haut dans la nef. Des éclats de pierre et de la poussière jonchaient le sol. Comme si l'on avait mitraillé l'intérieur du temple, mais la police scientifique n'avait pas trouvé trace de douilles.

Sans rien dire, Viat s'interrogea : des corbeaux explosifs ?

Finalement, ce fut l'agent de police qui fit la plus étrange trouvaille. Collée contre un coussin de prière, derrière une colonne, se trouvait bel et bien une plume. Lorsque Fibbes voulut s'en saisir, elle fondit entre ses doigts, ne laissant qu'une vague tache noirâtre. Richardson se déclara sceptique. Il ne voulait pas vraiment croire son homme quand celui-ci affirmait qu'il s'agissait d'une plume noire – heureusement pour lui, Viat avait aperçu l'objet du délit avant qu'il ne disparaisse. Avec une moue dubitative, Richardson tira un petit sachet de sa poche et entreprit de gratter le résidu, en vue d'examens de labo.

« Invraisemblable », marmonna le représentant de la loi. Viat ne pouvait guère le contredire, tout cela ne lassait pas de sentir une curieuse odeur. En parlant de cela, il se souvint que le temple n'embaumait pas l'encens : encore une curiosité des lieux. Quel culte menait donc le doyen Karvelis ? Comme pour répondre à ses pensées, le sergent grommela :

« Il n'est pas censé y avoir du monde, dans un temple ?

— Je ne suis pas un fin expert de la religion dominante, mais, en effet, il me semble que ce genre d'établissement devrait être mieux fourni en matière de petit personnel, badina Viat. Voyons voir, comment les nomme-t-on ? Attendez, j'ai ça sur le bout de la langue, protesta-t-il alors que Richardson n'avait rien dit. Les temples bénéficient en général d'un doyen, d'un directeur et d'un surveillant, parfois même d'un préfet et d'un recteur, si je ne me trompe ? »

Le sergent, que les manières légères du détective ne divertissaient pas, grogna derechef sous ses sourcils, qu'il avait broussailleux et expressifs.

« Eh bien, ils sont où, tous ? se contenta-t-il de demander.

— Je crois que votre acolyte va nous le dire, si je peux l'appeler ainsi. »

La réponse ne tarda pas, en effet, en la personne de l'agent Fibbes qui, ne manquant pas d'initiative, revint en compagnie d'un nouveau personnage enrobé de safran et d'une aura de mauvaise humeur.

« Le directeur du temple.

— Mais qu'est-ce à dire, que se passe-t-il ? Que fait la police en ces lieux, expliquez-moi ? » aboya l'individu, court sur pattes, mais haut de ton, un maigre petit monsieur au visage étroit et aux tempes creuses.

« Votre nom ! » aboya en retour le sergent Richardson.

Le prêtre se redressa, rigide, et du bout des lèvres laissa tomber un :

« Baron Domantas Sabonis, directeur de cet humble lieu de prière.

— Vous êtes d'origine lituanienne, comme le doyen Karvelis ?

— C'est notre fierté, en effet », fit l'autre en levant un sourcil comme s'il allait se fourrer un monocle dans l'orbite. « Le temple de Saint-Martin-de-Tours a été fondé par une communauté de Lituaniens en exil. »

Le sergent hocha la tête, comme si tout cela le rendait songeur :

« Et où vous trouviez-vous lors de l'incident ?

— Mais quel incident, à la fin, me dira-t-on ce qu'il se passe ? »

Richardson considéra le cachectique sans aménité :

« Vous me voyez navré de devoir vous l'annoncer, le doyen Karvelis a été découvert mort, ici même. »

Le directeur Sabonis ouvrit la bouche, la referma, sa pomme d'Adam, qu'il avait assez proéminente, monta et redescendit.

« Je vous saurais gré de répondre à mes questions, monsieur : où vous trouviez-vous, ce matin ?

— Eh bien, mais, là-bas, derrière… » balbutia le baron, avec un geste vague de la main.

À son tour, le sergent leva un sourcil interrogateur, qu'il avait autrement plus fourni.

« Derrière, monsieur ?

— Au logis du temple, notre annexe…

— C'est là que j'ai trouvé monsieur le baron, glissa Fibbes.

— Ah bien, bien, et donc vous n'avez eu connaissance de rien de relatif à la mort de votre doyen ?

— Mais non, mais enfin, comment, comment ce pauvre Karvelis… »

Un peu descendu de ses grands chevaux, le noble balte habillé de safran ne révéla nul élément sur les événements, auquel il disait se trouver tout à fait étranger. Le seul instant un peu porteur d'information intervint lorsque, sur le point de prendre congé du directeur, Viat retint le sergent d'un geste et demanda :

« Pardonnez ma curiosité en un tel moment, monsieur le baron, mais je n'ai pu m'empêcher de constater que l'on ne semble pas brûler d'encens dans votre temple. S'agirait-il d'une particularité d'un rituel lituanien ? »

Balbutiant de plus belle, Sabonis leur affirma qu'il ne s'agissait que d'un manque provisoire, une rupture de leur stock de bâtons d'encens, comprenez, nous en brûlons tellement, etc.

Les deux policiers et le détective privé laissèrent là l'homme en safran. Une fois le porche franchi, Viat expliqua qu'il entendait regagner la loge, où sa compagne devait l'attendre. « Curieux, tout de même, cette histoire d'encens », affirma-t-il en les quittant.

« Il n'y a pas que l'absence de l'encens, qui est curieuse, tout de même, rigola Boadicée une fois que Viat lui eut brossé un résumé des péripéties du matin. Tes corbeaux, là, ils ressemblent énormément aux oiseaux fantomatiques sur lesquels les demoiselles Meredith t'ont demandé de mener une enquête, ne crois-tu pas ?

— *Da* ! » acquiesça sobrement Viat, tout occupé qu'il se trouvait à se verser une nouvelle tasse de thé. « Sais-tu, j'ai consulté au commissariat une grande carte de Dalry, collée à un mur, et la spiritualité n'est pas la seule spécialité des environs. Un peu plus haut, vers ta bibliothèque si je ne me trompe, se trouve une Earl Grey Street, n'est-ce pas délicieux ? Et il y a deux grandes brasseries, juste derrière ladite bibliothèque, ainsi qu'une immense distillerie pas très loin d'ici.

— Du spiritueux en plus du spirituel, alors ?

— Je n'aurais su mieux dire, tu es merveilleuse ! »

Boadicée haussa les épaules dans un geste très gallique :

« Au pays du whisky, de la bière et du cidre, rien de très étonnant. Mais ça ne nous dit rien de nos oiseaux fantômes, qui ne peuvent être issus seulement des vapeurs de l'alcool, apparemment ?

— Aussi perspicace que merveilleuse, ma Bo adorée », prononça Viat en buvant son thé.

Boadicée lui mit une petite tape sur la main, avec un « tsk » désapprobateur.

« Et qu'en déduit monsieur le grand détective, par conséquent ? »

Viat reposa sa tasse et se repoussa légèrement sur sa chaise.

« D'habitude, je t'aurais répondu que le grand détective répond au nom de Jan Marcus Bodichiev, mais puisque je viens de tomber sur un cadavre alors que je me trouve en déplacement, le genre de découverte macabre qui jusqu'à présent était plutôt l'apanage de notre vénéré employeur, qui ne peut guère partir en vacances sans que ça lui arrive, j'en déduis que le destin vient de me faire passer subtilement au statut de grand détective. »

Boadicée leva les yeux au ciel.

« Mais quand même, n'aurais-tu pas dû parler à la police de notre histoire d'oiseaux fantômes dans le cimetière ?

— Ma tendre enfant, fit Viat avec un fin sourire, tu verrais la bobine du représentant local du syndicat des porteurs de melon blindé, tu comprendrais que le normal suffit déjà amplement au sergent Richardson. Je ne saurais le charger du surnaturel.

— Je t'en ficherais moi, de la tendre enfant ! »

Le reste de la journée se déroula sans grands bouleversements : on tapa dans les murs de la loge vers 15 heures, le sol trembla peu de temps après. Le soir venu et Boadicée de retour de sa journée touristique, le couple sortit se promener dans le cimetière.

Au moment où ils regagnaient leur logis, des formes sombres fusèrent dans le ciel : de simples chauves-souris, hôtes logiques des lieux, après tout, pas plus spectrales qu'un détective londonien.

Réveillé par quelque chose, Viat se retourna et écouta la ville silencieuse, seulement troublée par le bourdon menu d'une moto qui s'éloignait. Il s'interrogea : y avait-il tant de ces sots à deux roues ou bien payait-on en fait quelque figurant, toujours le même, pour qu'il fonce ainsi, seul bruit nocturne, rendant plus concrète la quiétude des nuits urbaines ?

À ses côtés, Boadicée dormait paisiblement, sans autre mouvement que sa respiration. Sa quête d'informations était demeurée vaine : plus aucune trace de la firme Peddie & Kinnear, autrefois architectes de la loge, et donc aucun plan disponible. Viat restait également bredouille : une exploration méthodique de la loge, pièce par pièce, centimètre par centimètre, accompagnée de tapements réguliers sur les carreaux, les lambris, les plâtres, les parquets… ne révéla pas la moindre cache, pas un seul creux suspect. La firme Peddie & Kinnear ne paraissait pas s'être livrée à quelque complot dans l'érection de la petite maison. Sans rien dire à Boadicée, qui aurait insisté pour l'accompagner, le détective, pénétrant dans le caveau le plus proche, l'avait soumis à un examen tout aussi poussé, toujours en vain.

Qu'est-ce qui pouvait lier les grondements de la loge de Dalry Cemetary et le mort du temple voisin, par expulsion de corbeaux explosifs ? La question le tint à demi éveillé un bon moment, les hypothèses les plus saugrenues se bousculant dans sa cervelle engourdie.

Le lendemain matin, Viat, bâillant et clignant des yeux, laissa dormir Boadicée comme d'habitude. Il décida qu'une visite à la bibliothèque s'imposait encore. Si celle-ci ne recelait pas de plans cadastraux, eh bien, on saurait certainement lui indiquer où les dénicher.

Le beau temps avait filé. Une bruine perçante couvrait la ville de grisaille. Viat enfonça sa chapka sur sa tête et cette dernière dans ses épaules et, frileux, encore mal réveillé, enfila des gants. Sortant de la loge, le détective tourna tout de suite à droite, dans l'étroite allée ascendante. S'il n'avait pas pris cette décision, ce matin-là, combien de temps se serait écoulé sans que soit effectuée la macabre découverte ?

Coffin Lane filait entre deux murs, assombrie par les feuillages des arbres qui la dominaient. Ces derniers protégeaient un peu de la pluie et Viat marchait d'un bon pas, pressé de parvenir à sa destination. Dans la pénombre de l'allée, il ne distingua le corps qu'à l'ultime seconde : un paquet chiffonné, mais volumineux, sombre, tassé contre la paroi de droite.

Se penchant avec alarme, Viat n'eut pas besoin d'un grand talent de détective pour voir que la victime, un homme, avait rejoint le pays de ses ancêtres. Retirant son gant droit, il chercha tout de même, par acquit de conscience. Pas de pouls, mais la peau était encore chaude, comment... Viat releva les yeux, inquiet : le meurtre venait juste d'être commis, il en aurait juré. Il remit son gant, soucieux. Regardant vers le haut de l'allée, il ne distingua personne. Il n'avait pas croisé qui que ce soit. Se redressant, il se mordilla la lèvre inférieure.

Viat tâta ses poches. Comme de bien entendu, il ne trouva pas son visio cellulaire, laissé en charge à la loge. Redescendant l'allée en sens inverse, il courut jusqu'au bar, où le même jeune homme que la veille, le brun à la peau pâle, le vit débarquer avec surprise.

« Vite ! Appelez la police ! Il y a un mort dans Coffin Lane ! » cria Viat.

Le garçon le considéra une seconde, bouche bée, avant de demander :

« Ce n'est pas une plaisanterie ? Il y a vraiment un mort ?

— Oui, appelez, vite, je retourne sur les lieux ! »

Sans laisser à l'autre le temps de protester, Viat ressortit de l'échoppe à vive allure. Plus tard, le jeune homme devait le rejoindre dans l'ouverture de l'allée, tandis que l'agitation policière s'occupait de la victime. Deux voitures bloquaient la rue, le sergent Richardson s'affairait en compagnie des gens de la police scientifique, on attendait le médecin légiste pour les constatations d'usage.

Ayant négocié son passage auprès d'un agent

chargé de tenir Viat à l'œil, le vendeur de café s'approcha :

« Eh bien vous alors, il paraît que vous êtes détective privé ? »

Viat approuva, pas fier.

« Ce doit être une sacrée vie, que vous menez, dite donc, vous n'arrêtez pas : deux crimes en deux matinées, le quartier était nettement plus calme avant vous, vous savez ? » se marra le garçon. Brandissant un sachet, il le tendit à Viat :

« Tenez, vous n'avez pas eu vos beignets, ce matin. »

Confus, Viat se figea avec un sourire gêné :

« Oh, mais, je ne vous ai pas payé, hier ! »

Le garçon laissa échapper un rire gentil :

« Pas grave, vous étiez tout excusé, hein ? J'ai appris, pour le prêtre de Saint-Martin. »

Viat se saisit du sachet qu'il lui tendait et la main du garçon frôla la sienne. L'autre souriait largement. Plus embarrassé encore, Viat expliqua :

« C'était pour ma copine, les beignets, elle se trouve à la loge. »

L'autre rigola derechef :

« Pas de problème, je comprends très bien. Les détectives privés, l'image de macho ça va avec, non ? le taquina-t-il.

— Oh, se marra Viat, n'exagérons rien, et puis tous les hétéros ne sont pas des machos », affirma-t-il en souriant à son tour.

Le garçon lui concéda le point avec un bref mouvement du menton et de l'humour dans ses yeux verts. Il se présenta :

« Quentin Dahlousie. Votre amie est à la loge,

vous avez dit ? Chez les Meredith ? Ce sont de bonnes copines. »

Cette fois, les deux hommes se serrèrent la main.

« Koulikov ! beugla Richardson en débouchant près d'eux.

— Sergent ?

— Le médecin ne va pas venir, déclara le policier avec un air encore plus sombre que la veille. Il est déjà là. »

Devant les airs ahuris de Viat et du jeune Dahlousie, le sergent expliqua :

« La victime, c'est le docteur Vytautas, notre légiste. »

Interdit un instant, Viat se reprit vite :

« Vytautas ? N'est-ce pas un patronyme lituanien, par hasard ? »

Le sergent hocha la tête.

« Vous l'avez dit : le docteur venait de Lituanie. »

Se tournant soudain vers Quentin, il aboya :

« Vous n'êtes pas d'origine lituanienne, vous ?

— Euh non, désolé, purement écossais…

— Alors dégagez, qu'est-ce que vous faites là ?

— Je file, je file, je venais juste saluer un bon client, affirma le jeune homme en désignant Viat avec un petit sourire. Il faut que je retourne tenir la boutique, de toute manière. On se voit ce soir ? » demanda-t-il à l'intention de Viat : ce dernier acquiesça, lui proposa de venir dîner à la loge. Exaspéré, le sergent saisit presque Quentin par la peau du cou pour le faire déguerpir.

« Ouste, plus tard votre vie sociale ! Monsieur Koulikov, suivez-moi ! »

De retour au milieu de l'allée, les deux hommes

considérèrent la victime, piteusement tassée contre le mur. La pluie formait déjà une flaque près du corps et les arbres secouaient leurs gouttes sur la scène.

« On attend un autre légiste, de pure souche écossaise, celui-là, grogna le sergent. Si vous m'expliquiez ce que vous foutiez là ? Comment se fait-il que ce soit vous, comme par hasard, qui ayez découvert le mort ? »

Viat écarta les bras en geste d'impuissance et entreprit de s'expliquer. Il montait simplement à la bibliothèque de Fountainbridge effectuer des recherches…

« Fountainbridge, hein ? C'est à côté de la brasserie, ça », affirma un sergent peut-être plus familier des fabriques de bière que des réservoirs de culture. Viat se dit qu'il se livrait à un lamentable cliché, si ça se trouvait Richardson était un gros lecteur. Pendant ce temps, l'objet de ses réflexions continuait à grogner contre le « hasard » – Viat habitait juste à côté, pourtant, protesta le détective –, contre le « bazar » qu'il apportait dans le quartier – Viat n'eut qu'une moue – et contre le « bizarre » de ce crime.

« Le docteur vient juste de mourir, vous-même le reconnaissez, c'est un meurtre tout récent, et pourtant vous prétendez n'avoir vu personne ? Comment expliquez-vous cela ? »

Viat, qui se mordillait de nouveau la lèvre, le regard abaissé vers le corps, esquissa une nouvelle moue.

« Je ne sais pas… murmura-t-il.

— Eh ? aboya le sergent.

— Je ne sais pas, réaffirma Viat plus distinctement.

— Le docteur n'est pas mort tout seul : deux

balles dans le buffet, gronda le sergent en regardant autour de lui. Pourtant, on est au milieu de l'allée, et…

— Le meurtrier venait juste de s'enfuir, c'est forcé, l'interrompit Viat en levant une main. Et comme je ne l'ai pas vu sortir sur Dalry Road, c'est qu'il est monté vers Dundee Street, là-haut. Ou bien alors… »

S'approchant du mur, il tâta la pierre de son gant. Se penchant pour considérer la paroi, la joue presque collée contre et le regard dirigé vers le haut, il discerna, oui, peut-être…

« Sergent, regardez, demanda-t-il. S'agit-il d'un effet de mon imagination ou les lichens sont-ils vaguement éraflés, ici, et là aussi ? »

Le policier appliqua son nez contre la paroi :

« Ouais, grommela-t-il, c'est bien possible. Il y a des traces. Vous pensez que… ? »

Il regarda vers le haut.

« Il ne s'agit pas d'un crime en chambre close, sergent. Si le meurtrier n'est pas passé par l'allée, je suppose qu'il est tombé du dessus sur ce pauvre docteur : depuis le sommet du mur. »

Effectuant le tour par le cimetière, les deux hommes ne tardèrent pas à vérifier la théorie de Viat. À la faveur de la pluie qui continuait de les tremper, ils découvrirent dans la boue, de l'autre côté du mur, d'indistinctes empreintes qui prouvaient que l'on était passé par là, et des végétaux lourdement écrasés.

« Le criminel a grimpé ici, est tombé sur le paletot du docteur, pan pan, et son forfait accompli, est reparti par où il était venu. »

Avec un grognement dubitatif, le policier écossais

tenta de le contredire, en plaidant de la difficulté qu'il y aurait à effectuer une telle escalade. « Et l'individu n'a presque pas laissé de traces, de l'autre côté », rappela Richardson.

Hochant la tête d'un air soucieux, Viat suggéra qu'ils étudient le sommet du mur. Selon lui, on trouverait des indices quant à une corde ou un grappin, là-haut. Richardson lui ayant concédé cette possibilité, des policiers grimpèrent avec une échelle depuis l'allée, pour découvrir exactement cela : les empreintes des crocs d'un grappin, en témoignait la pierre griffée et éraflée.

« Gonflé l'animal, siffla Viat.

— Et un sacré acrobate », gronda Richardson.

Apparemment intéressé par les lumières de Viat, sous ses grognements, le flic lui proposa – enfin, il le lui ordonna – d'aller discuter au temple avec le directeur, « le citoyen Sabonis », comme il l'appelait, peu impressionné par le titre du nobliau lituanien.

Ils ne furent pas déçus. Domantas Sabonis piqua une belle colère. Oui, parfaitement, le docteur Vytautas appartenait à leur « petite communauté », vitupéra-t-il, et alors ? Le baron affirma ne pas se mêler de politique, la mine revêche et le ton haut. Tout de suite, il commença à réclamer une protection policière : enfin quoi, si l'on s'attaquait à des notables lituaniens, où allait-on, plus en sécurité, il exigeait… etc.

Richardson menaçant d'exploser à son tour, Viat jugea diplomatique de séparer les belligérants. Ayant convaincu le sergent de sortir, il tendit le rameau d'olivier en lui confiant les quelques idées qu'il avait conçues durant la nuit – tout au moins, les plus plausibles d'entre ses hypothèses. Pas des instructions, oh non, simplement des indications à creuser, peut-être.

Grondant, mais calmé, intrigué même, le sergent lui donna rendez-vous au commissariat un peu plus tard, « Pour votre déposition », jeta-t-il avant de tourner les talons. Viat, frissonnant dans son manteau trempé, pressa le pas pour regagner la loge.

Pour son retour à Torphichen Street, Viat cette fois n'eut pas droit à l'entrée des artistes, mais à celle du grand public. Pendant plus d'une heure, il patienta sur l'un des sièges étroits et inconfortables de la salle d'entrée du commissariat. Censé retrouver le sergent Richardson, il n'y fit connaissance que du chaos apparemment ordinaire des lieux. Une triste comédie policière entre des murs sales : une querelle au guichet ; un pickpocket s'enfuyant de la file d'attente, rapidement poursuivi par quelques victimes puis, enfin, par trois policiers surgis tout éructant du fond des bureaux ; un grand flic chauve traitant avec un souverain mépris les demandes émises par les civils échoués là ; une nouvelle cavalcade en sens inverse avec le pickpocket hilare, mais menotté ; des crises de larmes, des victimes affligées et de grosses colères… Toute la misère du monde. Viatcheslav songeait déjà à s'enfuir de là lorsque, enfin, un agent vint le chercher, qui par une porte interdite au public l'introduisit dans la série de bureaux qui lui était déjà familière.

« Koulikov », salua le sergent sans se lever de sa chaise. D'un geste, il lui en indiqua une autre, que le détective tira à lui près de la table encombrée où trônait son interlocuteur. Ce dernier, sensiblement moins ronchon, aurait presque fanfaronné : fier des ressources de la police impériale et d'un coup de main des Affaires étrangères, Richardson pouvait étaler ses informations. Pas avare, il détailla point par point les éléments dont Viat lui avait fait part plus tôt. Une chaîne logique se dessinant, le sergent n'avait pas ménagé sa peine. Il débuta tout de même en demandant à Viat si les coups et tremblements se poursuivaient. Comme le Londonien répondait par l'affirmative, que la veille encore… le sergent leva les bras au ciel.

« Quel culot ! Incroyable ! Enfin, si mes déductions sont bonnes, ça ne devrait plus se reproduire. »

Sans insister sur la paternité desdites déductions, Viat obtint un déroulé des éléments glanés…

Le premier mort, le doyen, exerçait au bon vieux temps d'avant le complot lituanien une profession alors très en vogue, celle de prestidigitateur. Le « mage » ayant utilisé ses relations mondaines et sa relative célébrité pour faire avancer la cause des séditieux, il lui avait fallu déguerpir lors de la répression. Ayant trouvé en route la vocation, il avait posé ses valises à Édimbourg afin de jeter d'autres poudres aux yeux – selon les mots du sergent, pas plus impressionné par la religion que par les titres de noblesse. « De la graine de rouge, ce Richardson », se dit in petto Viat sans laisser paraître son amusement.

Ah, les titres de noblesse, justement : ceux du baron laissaient à désirer. Loin d'appartenir à l'une des familles aristocratiques déchues depuis la sédition, cette vieille connaissance du « mage » exerçait autrefois dans les cabarets et salles de gala de la Baltique.

« Oh oh, ne me dites pas… commença Viat.

— Si, si, confirma le sergent avec un rare sourire, qu'il avait plutôt carnassier. Un trapéziste jongleur, notre baron, et il s'agissait de son titre de scène. »

Viat siffla doucement.

« Le docteur ?

— Était un médecin véritable, diplômé et respectable, mais pour sa part fils cadet d'une branche mineure de la noblesse lituanienne. Plus qu'un simple médecin, en réalité : un chercheur reconnu de l'université, dans le temps. »

Viat hocha méditativement le chef, avant d'interroger le policier sur un autre point :

« Et la femme de ménage du doyen, dans tout ça ?

— Oh, une brave femme à mon avis, quoique bien crédule. Son rapport à la Lituanie est assez ténu : sa défunte belle-fille en était originaire, c'est tout.

— Et l'encens ? »

Richardson laissa échapper un ricanement :

« Ces saints hommes ne se préoccupaient guère de religion et n'en commandaient pas souvent, je crois. Ils avaient d'autres occupations, faire brûler de l'encens ne les intéressait pas beaucoup. »

Un policier – Viat reconnut Fibbes – s'introduisit pour déclarer que l'équipe pouvait partir.

« Bien, allons-nous-en, monsieur Koulikov.

— Au temple, je suppose ?

— C'est bien ça. Je ne vous ai pas montré les plans : tenez, le cadastre nous a fourni cela. »

Viat n'eut pas le temps de consulter les papiers : il embarqua dans une estafette avec le sergent et quelques autres.

« Le baron ? »

Richardson grogna : « Déjà sous les verrous, monsieur le baron a beaucoup protesté, nous avons vingt-quatre heures avant de devoir le relâcher – mais je ne suis pas inquiet. »

Amusé, Viat se laissa conduire. Une porte de côté du temple leur fut ouverte par madame Corney ; la pauvre ne se doutait pas qu'elle allait perdre son emploi. Très surprise, elle accepta docilement de mener Richardson et Viat à la cuisine de l'annexe, où elle leur offrit du thé. Pendant ce temps, l'équipe de policiers disparaissait derrière le bâtiment. Le sergent fit un signe du menton, pour indiquer à Viat de prendre la parole. Peut-être ne savait-il pas quelles questions poser exactement – Viat pour sa part en avait une idée précise. Comme madame Corney leur versait leur thé, il la questionna doucement sur les habitudes du doyen en la matière. Ce ne fut pas compliqué : le saint homme appréciait son Earl Grey et, surveillant sa santé, ne prenait pas de sucre, mais… « Des pilules, vous savez, ces petits machins…

— Des sucrettes ?

— Oui, c'est ça. L'autre jour il n'y en avait plus dans la boîte, mais j'avais vu où le doyen rangeait sa réserve… »

Ayant enfin compris, Richardson s'empara du petit récipient à « sucrettes » et se fit désigner l'emplacement de la « réserve » ; la boîte ne s'y trouvait plus.

« Bien entendu, le baron l'aura fait disparaître… gronda le sergent, avant de secouer la petite boîte devant ses yeux : Oui, c'est bon, il en reste là-dedans. »

Sans répondre à l'étonnement de madame Corney, Richardson alla à la porte questionner ses hommes.

« Ah, c'est bon, ils ont trouvé. Venez, Koulikov ! »

Le mystère résidait en une large trappe, du style de celles par lesquelles les pubs se font livrer les fûts de bière. Située derrière la cuisine, celle-ci se couvrait vaguement de quelques sacs et caisses, rien qui ne la camouflait assez pour que sa présence échappât à l'équipe policière.

Lorsque Viat quitta le temple, la pluie se décrochait du ciel avec de grands craquements. Le ciel noir roulait des nuages d'orage et il rentra à pas urgents, de crainte de se trouver trempé encore une fois.

En dépit du temps, assez fréquent à Édimbourg sans doute, le jeune Quentin sonna sans faute à la porte de la loge, ce soir-là, et Viat en fut pour le récit complet de l'enquête maintenant close, devant le dîner qu'avec Boadicée il avait préparé.

« Il faudra que je les prévienne, demain, mais je pense pouvoir affirmer aux demoiselles Meredith que les lieux sont maintenant exorcisés », déclara-t-il, faussement pompeux, en versant les apéritifs.

Pressé de questions, quoique faisant jouer le suspense, il raconta tout… L'ancien prestidigitateur qui avait mis au point une pilule permettant de faire apparaître des colombes (« Ou des corbeaux ») avec un peu d'eau. Sa bonne qui avait confondu les fameuses pilules avec des sucrettes (« Il eut du mal à l'avaler »). L'effet secondaire fâcheux du tour, qui avait donné des idées aux anciens complotistes (« Les oiseaux explosaient peu de temps après leur envol »). Les essais de contrôle de ces explosifs littéralement volatiles, dans le tunnel entre le temple et le cimetière (« Un ancien passage vers la brasserie, il y a encore des rails étroits pour la marchandise »). La brouille avec le docteur, ancien chercheur en chimie, suite à la mort accidentelle du doyen. Menaçant d'avertir ses collègues de la police, le légiste devenait encombrant : le prétendu baron et véritable acrobate lui avait tendu un guet-apens et, encore souple, avait effectué son tour de passe-passe mortel par-dessus le mur du cimetière.

« La messe est dite, prononça Viat avec une grimace bouffonne.

— Rhooo, tu confonds tout ! » protesta Boadicée.

Comme ils passaient tous deux à la cuisine pour débarrasser les couverts et sortir le dessert, cette dernière lui glissa :

« Maintenant que je l'ai rencontré, je dois reconnaître qu'il est sacrément sympathique, ce garçon, chuchota-t-elle. Mais tu ne m'avais pas dit qu'il était aussi beau, dis donc.

— Vraiment ? s'étonna Viat à mi-voix. Tu sais, je ne me rends pas compte, moi la beauté masculine, j'ai du mal à juger…

— Ah là là, mais vous les mecs… Ce garçon, Quentin, a tout pour plaire : une beauté virile, et tu n'as donc pas vu ses yeux ? Ce vert incroyable, on croirait qu'il y a comme une fumée qui passe dans ses iris, et la longueur de ses cils…

— Arrête, tu en fais trop : je vais finir par être jaloux ! fit Viat avec un sourire gêné.

— De qui, de lui ou de moi ?

— Aaaarh ! » protesta comiquement Viat en levant les bras au ciel.

Boadicée éclata de rire.

Ils discutèrent jusqu'à tard, ils burent aussi, sans doute plus que de raison. Lorsque Viat raccompagna Quentin à la porte, la tête lui tournait, et pas du fait du charme du garçon. « Longtemps que ça ne m'était pas arrivé », songea le détective en refermant la porte et tirant les verrous. De la cuisine provenaient quelques bruits de vaisselle, Boadicée toujours hyperactive devait finir de débarrasser. Au lieu d'aller l'aider, Viat s'assit un instant dans la pénombre du couloir, sur une chaise, pour souffler un peu. « Plus de jambes », se dit-il, amusé par sa propre faiblesse. Un bruit lui fit tourner la tête vers l'entrée, il ne distingua rien. Se relevant, il retourna au salon, qui n'était éclairé que par le rectangle lumineux de la porte de la cuisine, où Boadicée continuait à s'affairer. Un mouvement dans l'obscurité étonna Viat : deux étincelles, sur un fauteuil… Surpris, le détective s'approcha. Il découvrit un chat noir, installé sur le fauteuil récemment libéré par Quentin. Quand le félin leva sur lui ses yeux verts, Viat ne put s'empêcher d'effectuer un rapprochement avec le garçon qui venait de partir. Un frisson le parcourut, il secoua la tête pour chasser une idée absurde. Allons, il ne s'agissait à coup sûr que de Melchior, le chat noir des demoiselles Meredith, revenu nuitamment profiter en son logis habituel de son fauteuil préféré.

« Viat, qu'est-ce que tu fais ? cria Boadicée depuis la cuisine.

— Rien, je discute avec le chat.

— Comment ? »

Boadicée s'encadra dans l'ouverture et, avec un

petit rire, vint s'accroupir devant le matou pour lui caresser la tête.

« Eh bien, qu'est-ce que tu fais là, toi ? Comment t'es rentré ?

— J'ai entendu un bruit, tout à l'heure, expliqua Viat, ce devait être la trappe de la chatière, dans la porte d'entrée.

— Ses maîtresses vont le chercher, le sacripant. »

Ça ne manqua pas : le lendemain matin, Viat n'eut pas l'occasion d'aller quérir auprès de Quentin café et beignets, non plus que d'appeler chez ses clientes pour leur faire son rapport. Il n'avait pas encore mis les pieds dehors que la sonnette retentit, annonçant une Bronwen Meredith en quête de son familier. À son entrée, le matou leva juste la tête et bâilla largement.

Mort au jardin des Iris

> La pierre scellée dans le pavé de la Piazza della Signoria, sur l'emplacement du bûcher de Savonarole […], dit : Ne promettez jamais. (Sous-entendu : Vous pourriez être obligé de tenir.)
>
> JEAN GIONO, *Voyage en Italie*

D'une telle longueur qu'il exigeait une série d'étapes, le voyage nécessita plusieurs jours. De l'aéroport Constantin, Bodichiev navigua par un dirigeable de l'Euro-Redstar jusqu'à Paris, dont il ne distingua que les tours géantes d'Orly, puis jusqu'à Lyon, dont il n'observa que la zone de transit. Un autre passager lui expliqua que l'on disait de cette ville qu'elle se divisait entre Fourvière, « la colline qui voyage », avec la forêt de pylônes de son aéroport, au bord du plateau, et son fatras d'ateliers et de hangars ; et en face, « la colline qui étudie », les pentes de la Croix-Rousse couvertes d'écoles et d'universités. Entre les deux se serraient les méandres d'une rivière, la Saône. Du Rhône, le voyageur admira un peu plus tard les éclats d'argent depuis les airs. Ils rallièrent ensuite Marseille, dont Bodichiev ne vit qu'un lion de pierre, puis Milan, dont il n'aperçut qu'un dôme, avant qu'enfin leur dirigeable parvînt à sa destination : Firenze.

Un voyage à Firenze ! L'affaire avait débuté très fortuitement par ce que Mrs Cherrytail déclara à son patron un beau matin, lorsque ce dernier arriva au bureau :

« Patron, lorsque vous saurez quel traquenard je vous ai évité, vous me remercierez à genoux !

— Eh bien, rien que ça ?

— Parfaitement : G. F. Lawrence désirait que vous l'assistiez dans l'inventaire de sa boutique ! »

Mrs Cherrytail se tut avec sur le visage une expression de triomphe genre « j'vous l'avais bien dit ». Bodichiev demeura un instant interdit, puis pouffa derechef.

« *Bog moï*! Un inventaire chez mon parrain ? Ah, Mrs Cherrytail, mon grand âge et mon embonpoint ne me permettent point de me mettre à genoux devant vous, mais sachez que l'idée y est : je vous remercie de tout cœur. Un inventaire… La tête me tourne rien qu'à cette idée…

— G. F. Lawrence vient d'inventer le treizième travail d'Hercule, glissa Viatcheslav avec un sourire en coin.

— Mais que lui avez-vous donc raconté, au cher homme, pour m'éviter une telle corvée ? interrogea Bodichiev.

— Ah, bah, vous savez ce que c'est, les détectives : toujours en mission par monts et par vaux… fit la secrétaire avec une mine de fausse modestie.

— Ce qui me fait penser, Viat, tu ne devrais pas déjà être parti ? s'étonna Bodichiev en direction de son adjoint.

— J'y cours, j'y vole, c'est comme si je n'étais déjà plus là. Ne vous inquiétez pas, monsieur, je bichonne cette chère comtesse.

— Oh, ne venez pas vous en plaindre ! C'est vous qui avez plaidé pour que l'on s'occupe de cette histoire ridicule…

— C'est vrai, je l'admets, *mea culpa* », assura Viat en sortant.

En réalité, c'était son dragon de tante qui avait obtenu qu'il devienne le « garde du corps » d'un trio de toutous, prunelles des yeux d'une vieille aristocrate qui s'angoissait pour ses trésors avant une importante exposition internationale. L'affaire rapportait de solides honoraires à l'agence, mais Viat commençait à trouver le temps un peu long. Le quotidien d'un détective ne se constituait hélas pas que d'énigmes palpitantes et de morts mystérieuses.

Reportant son attention sur sa secrétaire, Bodichiev poursuivit : « Si je comprends bien, il va falloir que j'évite les parages de Saint-Paul. Mais pourquoi diable mon parrain se lance-t-il dans un inventaire ?

— Je ne vous ai pas encore tout dit, vous savez ? Non content de vous embaucher, il voulait que Viat et moi venions lui prêter main-forte. »

Bodichiev éclata de rire : « Quel culot. Ah, mon

cher parrain. Mais il est fou… Il a un contrôle fiscal sur le dos, ou bien quoi ?

— Non, non, ce n'est pas ça le problème, mais il ouvre bientôt sa nouvelle boutique pour le réaménagement du pont, il a donc décidé qu'un inventaire serait nécessaire.

— Ah, *da* ! Je n'y pensais plus du tout : c'est vrai que ce fou a racheté une des boutiques du London Bridge ! Eh bien, je vais être un mauvais filleul : profil bas ! »

Un peu plus tard dans la matinée, Bodichiev eut la surprise de voir une tasse de chocolat chaud atterrir sur son bureau. Levant les yeux du dossier qu'il finissait d'emplir, il rencontra le regard sévère de Mrs Cherrytail.

« Vous avez mauvaise mine », déclara-t-elle avant de tourner les talons. Du coin de l'œil, le détective la vit se rasseoir à son poste de travail près de la porte, dans l'autre pièce.

Avec l'ombre d'un sourire, Bodichiev plongea sa petite cuillère dans la crème d'un rose brun clair qui formait le dessus du liquide doucement odorant. Retenant un léger soupir d'aise, il souleva cette mousse. C'était presque ce qu'il préférait, dans cette boisson. Il ferma les yeux afin d'apprécier la saveur lactée, puis l'onctuosité du chocolat. Mrs Cherrytail connaissait ses péchés mignons – et pourtant, il en avait tant. Il lui arrivait de se dire que, des substances addictives, il n'y avait guère que le tabac dont il ne pratiquât pas le culte. Dans la limite du raisonnable, s'entendait : ses drogues à lui se nommaient théine, théobromine, alcool… Théobromine : ce mot lui plaisait, il le tourna dans son esprit comme il tournait sur sa langue le cacao, suave et sucré. Rouvrant les yeux pour contempler les volutes de vapeur qui s'élevaient du liquide marron, il entreprit de justifier la pâleur de son teint : ayant terminé le logiciel cette nuit, il n'avait pas du tout dormi. Sans surprise, cette explication lui attira un grondement désapprobateur.

« Il va bientôt être midi, vous devriez rentrer déjeuner chez vous et vous reposer un peu », décréta Mrs Cherrytail.

Sans songer à protester contre l'attitude maternelle de sa secrétaire, Bodichiev étouffa un bâillement et opina du chef. Cependant, il se souvint d'avoir donné rendez-vous à son ami Sigerson. Aurait-il le temps de rentrer chez lui avant de retourner au restaurant ? Sans doute pas.

Écharpe entortillée et gabardine pesante, il sortit malgré tout. Marcher un peu lui ferait du bien.

Le cou rentré dans les épaules pour se protéger du froid, Bodichiev se demanda vaguement dans quelle direction mèneraient ses pas. Les manigances de son parrain lui interdisaient de trop s'approcher de la cathédrale, mais pas question non plus de descendre vers London Bridge – celui-ci serait encore fermé quelques mois, le temps que se terminent les grands travaux. G. F. Lawrence faisait bien de s'y prendre autant en avance, d'ailleurs : Dieu savait quelle hallucinante quantité de marchandise, recelait son antre de Paternoster Row, qu'il devait inventorier avant de remplir sa nouvelle succursale.

Sans qu'il ait vraiment pris de décision consciente,

Bodichiev remonta le long de la banque impériale, avant de tourner dans Gresham Street. Ses jambes avaient choisi pour lui une direction bien connue, celle du St Bartholomew's Hospital. On disait que London était une ville de villages, et que les Londoniens se sentaient bien moins citoyens de la métropole en général que de leur coin familier, des rues auxquelles ils étaient habitués. Bodichiev appartenait-il au quartier de Barnsbury-Copenhagen où il avait élu domicile ? Pas vraiment – il lui arrivait encore de se demander pourquoi il avait acheté une maison là-bas, au bord du canal, aussi plaisante soit-elle. Non, Bodichiev devait finalement bien être de la City. Avec une moue moqueuse, il songea que, pourtant, peu habitaient encore ce quartier désormais entièrement dévolu aux affaires, au cliquetis des télex financiers, aux reflets bleuâtres des écrans de computeurs boursiers… Mais Bodichiev tenait à son bureau en face de l'Imperial Bank. Il faisait ses courses au marché de Smithfield, derrière l'hôpital, et à celui de Billingsgate, près du fleuve. Le Blackfriars, son pub favori adossé contre la voie de chemin de fer, marquait l'une des frontières de la City. Sans doute, il en demeurait l'un des derniers véritables citoyens.

Bodichiev s'en félicita tout en marchant d'un bon pas, le nez en l'air vers l'extrémité de la rue. Une remarque de Mrs Cherrytail lui donnait à réfléchir : n'ayant pas quitté London Metropol Area depuis un moment, ne devrait-il pas se changer les idées en partant un peu en voyage ?

Il remâcha son indécision jusqu'à Holborn, pris dans un flot de piétons allant déjeuner. D'abord simple bruine, une pluie persistante semblait vouloir s'installer. Le ciel blanc empaquetait la ville d'un voile liquide, auquel répondaient les bouffées de vapeur des soupiraux. Bodichiev s'engouffra dans une station du métropolitain.

Les Français disaient que lorsqu'une Anglaise était jolie, elle était très jolie. Il en allait de même pour la cuisine anglaise. Quand elle se mettait à être bonne, elle était excellente. Et Bodichiev, citoyen anglo-russe d'origine française, savait apprécier ce style de nuances à leur juste valeur. « The Hunting Lodge », au 16 Lower Regent Street, demeurait l'endroit idéal où vérifier l'une de ces vérités méconnues.

Les rares restaurants londoniens ayant l'audace de défendre la cause de la cuisine britannique prenaient en général l'aspect de charmants musées se réfugiant dans l'ère victorienne comme un enfant s'accroche aux jupes de sa mère. Et quoique Bodichiev appréciât leurs efforts, il estimait également des établissements aux vues plus modernes.

Seulement voilà : l'alternative semblait trop souvent résider dans des sortes de brasseries snobs, dont le décor valait généralement plus que le contenu des assiettes. Chez « The Hunting Lodge », il n'existait ni attachement sentimental ni chromes high-tech. Le décor était celui d'un restaurant plutôt « réactionnaire », en vérité : parois rouges, sombres boiseries sculptées, immenses banquettes de cuir noir et, pour justifier le nom de l'établissement, une poignée de gravures de chasse accrochées aux murs. Le tout demeurant très sobre : ni dentelles ni breloques, au « Hunting Lodge », l'on s'intéressait surtout à la carte. Qui, d'un format imposant, ne proposait donc que des plats spécifiquement anglais. Et dont, en dépit de nombreuses visites, ni Bodichiev ni Sigerson n'avaient encore épuisé les richesses.

Bodichiev aimait manger, et de cela son embonpoint pouvait témoigner avec une ampleur qui chagrinait parfois le détective. Sur cette question, ce qui le contrariait le plus concernait le tour de taille de son ami, le docteur Sigerson. L'animal engloutissait au moins autant que lui, tout en demeurant d'une minceur quasiment indécente.

Son plat était une affaire compliquée mais délicieuse impliquant des herbes, du raisin et une friture de panais. Relevant le nez, Bodichiev fit une remarque en ce sens, qui n'eut comme effet que de déclencher l'hilarité de l'auguste médecin légiste. S'essuyant les lèvres, ce dernier allait lancer une pique comme il en avait le secret – son sourire narquois le laissait augurer – lorsqu'il se figea, alarmé.

Le patron du restaurant, sir Thomas Bough, émergeait de son bureau, les deux sourcils hauts sur le front, signe d'intense surprise chez ce gentleman d'ordinaire impassible très agité. Le teint livide, il se précipita vers eux.

« Monsieur Bodichiev ! s'exclama-t-il en pilant auprès de leur table. Pardonnez-moi, je suis désolé de vous interrompre en plein repas, mais, ah ! Excusez-moi ! »

Le pauvre homme, bouleversé, venait de chanceler. Sigerson se leva pour le prendre par le bras. Le forçant à s'asseoir à sa place, il lui glissa doucement qu'ils seraient peut-être mieux dans son bureau ?

Regardant vaguement autour de lui, sir Thomas

Bough acquiesça, les yeux humides. Déjà les deux garçons de salle, tirés de leur stupeur, se précipitaient vers leur employeur et l'escortaient jusqu'à la porte ouverte de son bureau. Sigerson consulta Bodichiev d'un coup d'œil, lui fit signe de les accompagner. Autour d'eux, les clients murmuraient, mal à l'aise, troublés dans leur repas.

Les garçons ressortirent aussitôt, la porte fut tirée derrière eux par le chef de rang, le visage inquiet. Installé dans son fauteuil, sir Thomas Bough ne cessait de s'excuser, livide et tremblant. Sigerson et Bodichiev mirent un bon moment à le calmer, interrompus un instant par le chef qui apportait, la mine alarmée, un verre de cognac en guise de remontant. À force, les deux hommes parvinrent à saisir le drame soudain vécu par sir Thomas Bough. Son fils aîné, William, était horticulteur – ils avaient déjà fait la connaissance lors d'une soirée du fils cadet, Horace, sommelier de renom, mais ils apprenaient l'existence du plus âgé. Au fil d'un récit embrouillé, ils finirent par comprendre qu'appelé à participer au jury d'un prix d'horticulture à Florence, en Italie, William, dont la spécialité portait sur les iris et autres plantes à bulbe, avait trouvé la mort dans des circonstances suspectes. La police florentine, en prévenant son père quelques moments plus tôt, avait émis de prudentes réserves et admis que le décès serait traité comme un homicide jusqu'à preuve du contraire. Quelles circonstances ? Impossible de le savoir dans l'immédiat de l'émotion, sir Thomas Bough n'exprimant qu'une véhémente certitude : il voulait que monsieur Bodichiev se rende sur les lieux et mène sa propre enquête. Il n'y avait pas à réfléchir : le détective accepta sur-le-champ, que pouvait-il faire d'autre ?

Mrs Cherrytail ne s'attendait pas à le voir revenir si tôt, non plus qu'à devoir composer le numéro des Affaires étrangères afin que son patron quémande l'autorisation du ministre pour une mission en Toscane. Elle ne commenta pas, se félicitant intérieurement d'un tel changement d'air. Le soleil de Florence ferait le plus grand bien à son patron.

Nulle présence policière à l'aérogare de Firenze n'attendait Bodichiev d'un pied courtois, mais ferme, comme il en allait d'ordinaire lors de ses missions à l'étranger. Avec un fin sourire, le détective anglo-russe se demanda si son correspondant local, l'inspecteur Pastrovicchio, n'avait pas oublié l'heure de son atterrissage.

Il lui revint en mémoire une autre arrivée en terre italienne, à Venezia, quelques années plus tôt dans ce train régional qui marquait de nombreuses haltes et s'emplissait peu à peu. La moitié des voyageurs étaient descendus à Padova puis, comme dans un songe, le convoi s'engagea sur la lagune. Le ciel qui s'éclairait de rose incertain et de bleu frémissant semblait parfaitement dégagé. Au-dessus de la mer, une lumière abricot transformait l'autoroute fluviale en un tableau de Turner, à la fois clair et indécis. Le train filait au ras de l'eau, seul au milieu d'un paysage liquide et étincelant. De rares mouettes grêlaient le contre-jour. Un sentiment d'épiphanie s'empara du détective, certain de vivre là un instant unique. Et même l'arrivée lui offrit un tout autre spectacle que celui, si ordinaire, de la forêt de pylônes et du ciel de ventres sombres des dirigeables du tarmac de Firenze… Au sortir de la gare, juste quelques marches monumentales et c'était déjà la Venezia typique : la station ferroviaire étalait sa large bouche au ras du premier quai. Pont arqué, palais roses, dôme vert-de-gris, trafic des bateaux sur le canal, et dans une gondole qui ballottait contre un grand pilier de bois, fruits et légumes s'entassaient en cageots.

Avec un léger soupir, Bodichiev, qui franchissait enfin la douane, se secoua un peu. Foin d'humeur maussade et de regrets d'un voyage à Venezia qui fut si délicieux ! Cette fois, pas de navire long et bas pour lui servir de taxi, il embarqua dans un véhicule volant verdâtre et rebondi, bien différent de la grâce des taxicoptères de Saint-Francisbourg. Avec amusement, Bodichiev se morigéna : il fallait qu'il cesse ces comparaisons peu flatteuses, on lui avait dit beaucoup de bien de Firenze. L'engin décolla.

Derrière la vitre du taxi se dévoila une boule d'un jaune citron, vive et brouillée. Elle éclaboussait le bas du ciel, en plein cœur d'un paysage de bleu roi et d'une brume blanche, rayés des stries d'ombre profonde des arbres entre les collines. Voilà qui va mieux, se dit le détective. L'aérogare étant assez éloignée de la ville, le vol lui permit de goûter un peu au charme de la Toscane avant qu'ils n'approchent le désordre d'un premier quartier. D'ailleurs, Firenze surgit presque d'un coup hors de la campagne, sans la monotonie infinie des habituelles banlieues de l'Empire : l'on passait tout soudain des champs aux rues. Ruban doré dans le matin, l'Arno roulait sous les pales du taxi, qui déposa son passager sur un quai du quartier San Niccolo, face au centre-ville.

Sortant un plan de son sac, Bodichiev en étudia la disposition. Il conclut que son hôtel se situait… en dehors de la carte, mais de peu, sur le bord du quartier de Ricorboli. Les distances ne paraissaient pas bien grandes, il ne réfléchit pas plus et partit à pied, en remontant le quai. Le ciel s'ouvrait, parfaitement bleu, et le fleuve coulait, d'une teinte dorée qui lançait des éclats lumineux.

Bodichiev ne s'attarda guère à son hôtel, juste le temps de s'enregistrer et de poser ses sacs. En ressortant, il palpa sa veste : la forme rectangulaire d'un visio cellulaire déformait l'une de ses poches, mais il décida de ne pas appeler le lieutenant Pastrovicchio. Traversant la route, il prit un moment le trottoir dominant le fleuve, ce qu'ici l'on nomme une *lungarno* – les rues longeant l'Arno. De Venezia, en plein hiver, il conservait le souvenir cristallin d'un froid perçant, mais à Firenze, en cette fin d'été, le bleu du ciel annonçait une chaleur typiquement italienne. Ayant consulté une nouvelle fois son plan, Bodichiev partit à pied : d'où il se tenait, le mont San Miniato, sa destination, affleurait par-delà des toits. Des ferries s'agglutinaient contre le quai, les cheminées d'une péniche grecque fumaient grises au-dessus d'un hangar de même teinte. Des mouettes tournaient autour des flèches de deux grues de levage, devant les façades classiques, ocres et jaunes. Un minaret proche émergeait de la ville, et plusieurs dômes : Bodichiev ne savait quand il pourrait visiter Firenze. Pour l'heure, il lui fallait rester sur la rive gauche, l'Oltrarno. Le zigzag des toitures d'usines anciennes, en brique rutilante dans les rayons matinaux, se détachait en bord d'eau, mais, traversant une place, le détective bifurqua pour rejoindre la via dei Bastioni. Il avait déjà trop chaud, et la montée vers la Piazzale Michelangelo lui donna également soif. Une camionnette de glacier (« *gelateria* ») trônait sur l'esplanade ; raisonnable pourtant, Bodichiev l'ignora et alla se camper contre la balustrade, le temps d'admirer un moment la splendeur de la ville Renaissance. S'épongeant le front, il se dirigea enfin vers la porte discrète qui, un peu plus bas, ouvrait sur le Giardino dell'Iris.

N'ayant encore aucun élément d'explication sur les doutes exprimés par la police florentine quant aux causes du décès du fils Bough, et toujours aucune nouvelle de l'inspecteur Pastrovicchio, c'est presque nonchalant que Bodichiev se présenta au *dottore* Cheloni, le grand organisateur du concours floral. Pourtant, son arrivée était prévue : « Monsieur Bodichiev ! » s'exclama Cheloni en s'avançant vers lui, une fois franchi l'obstacle des deux bonnes dames préposées à la table des tickets d'entrée au « Concorso Firenze ». L'un de ses sourcils formait une voûte romane, l'autre était gothique, du fait du monocle qui se vissait en dessous. La taille haute, le nez busqué et les cheveux argentés, élégant sans ostentation, ce bel exemple de patricien toscan lui serra la main en lui parlant en français : l'ambassade l'ayant averti de la venue du « grand détective londonien », il avait pris la liberté de s'informer de la langue qui lui serait la plus confortable. En parfait gentleman, dont il constituait l'équivalent florentin, le docteur Cheloni (« Docteur en droit », s'empressa-t-il de préciser) présenta également ses excuses pour la médiocrité de son anglo-russe, hélas, qui ne leur autorisait que le français pour converser. Avant que Bodichiev l'assure de son amour pour la langue de Flaubert, le flot doux et roulant de la voix du bon docteur continua sur le sujet du français toujours très pratiqué par l'aristocratie et l'intelligentsia, etc., etc.

Sans être aussi rompu aux mondanités que son adjoint Viatcheslav, Bodichiev en avait acquis une certaine habitude au cours des dernières années et, pendant que les propos de Cheloni lui caressaient l'ouïe, il occupait le reste de son attention à explorer lieux et gens. Le versant du coteau descendait en une sente sableuse qui se contorsionnait entre les massifs. Sous l'ombre grêle des petits oliviers tordus, le détective bénit le vent qui aérait l'endroit à cette heure, sans quoi le soleil les aurait écrasés. Sur toute la pente poussaient des touffes raides et drues d'iris, au feuillage épais et aux fleurs hissées sur hampe. Ces joyaux végétaux s'offraient à la scrutation certainement savante d'un groupe d'experts : une dame que l'on pouvait qualifier de forte, un monsieur blanchi et voûté comme un prêtre, une jeune femme aux minauderies de nonne (les iris constituaient-ils une religion ?), deux vieilles dames longues et sèches à dentelles, et un petit nerveux à grand nez souligné d'une fine moustache sous un fedora blanc, qui considérait les lieux d'un œil de propriétaire sarcastique.

« Puis-je vous présenter notre cher inspecteur

Pastrovicchio ? demanda le docteur en désignant le dernier.

— Monsieur Bodichiev ! Me pardonnerez-vous jamais de vous avoir fait faux bond, à l'aérogare ? Une autre affaire, je suis désolé… Malheureusement, on n'assassine pas qu'au *Giardino dell'Iris…* »

À ces mots, les lèvres du docteur se pincèrent. Le sujet fâchait. Il allait commenter, mais le policier ne lui en donna pas l'occasion. Serrant chaleureusement la main de Bodichiev, le petit homme le remercia de sa venue et lui exposa ostensiblement sa passion pour les iris, qui l'avait mené à se trouver présent lors de « l'accident » de ce pauvre mister Bough.

« Allons, allons, déformation professionnelle j'en suis certain, insista Cheloni la mine bonhomme, mais l'œil mécontent. La mort de notre cher Bough est dramatique, si jeune, et ce fut si soudain… » Il leva une main pour prévenir la protestation de l'inspecteur : « Mais il n'y a pas lieu de s'alarmer pareillement, pour une simple crise cardiaque, quelque chose comme cela. »

Pastrovicchio haussa les épaules sans commenter, mais les rides de rire aux coins de ses yeux se révélaient assez explicites. Bodichiev comprit à sa moue amusée qu'ils discuteraient plus tard, tandis que le *dottore* continuait les présentations.

La femme un peu grasse n'était rien de moins qu'une duchesse. Et, bien qu'elle avouât avoir passé la cinquantaine (ce qui était vrai depuis douze ans), elle était juvénilement vêtue d'un tailleur coq de roche et d'un turban blanc. La dame agitait en parlant des doigts boudinés par trop de bagues, et à supposer sa fortune, ce devaient être des pierres de prix :

le nom de la duchesse était l'un des patronymes connus de toute la Toscane. Son palais le portait également, l'un des principaux éléphants qui, en ville, écrasaient les rues avoisinantes de leurs épaisses murailles. En Toscane, la version locale du marxisme-engelsisme s'accommodait visiblement des anciennes aristocraties, s'amusa Bodichiev.

Le vieux monsieur voûté se nommait Daniel Rivière. Les cheveux rares et fins en auréole oscillant entre le blanc et le gris, sa veste en toile d'un ton presque safran lui conférait un air de similitude avec un prêtre bouddhiste – pratique religieuse cependant peu encouragée chez lui, car il était français, d'une de ces villes des bords de Loire à château. (« Notre expert français », déclara avec une note de fierté le docteur à la voix de soie.)

La jeune femme répondait au nom d'Angelica Ziche, une passionnée venue de Sienna, non loin. Molle et papillonnante, elle n'entendait goutte à la langue française et considérait le monde de ses grands yeux de biche étonnée, liquides et clairs. Le docteur Cheloni la qualifia d'étudiante, quoiqu'elle semblât un peu trop âgée pour cela. Plus tard, l'inspecteur devait la qualifier, *sotto voce*, de « groupie du docteur ».

Les deux vieilles filles étaient sœurs, les sœurs Mastantuono, expertes locales ayant pour profession la direction du musée zoologique et anatomique de l'université – « Il faudra venir le visiter », insistèrent-elles.

Pour sa part, Gianmaria Cheloni se présenta sous le terme ancien de « marchand de drap », soit en fait qu'il possédait près du Duomo un grand et luxueux commerce de tissus.

Laissant les autres à leurs activités de jurés, l'inspecteur prit Bodichiev à part et lui proposa qu'ils aillent à la morgue :

« Voilà du tourisme original », commenta l'Anglo-Russe avec une grimace.

Pastrovicchio se marra et, tirant presque son volumineux collègue par la main, le fit sortir du jardin. Garé non loin, il fit signe à Bodichiev de monter dans sa petite Fiat grisâtre, en expliquant qu'ils se rendaient à la questure : la Questura Firenze, siège central de la police d'État. Tout en conduisant, le policier esquissa pour son hôte un rapide portrait de la police italienne, divisée entre *cavalieri*, police municipale et police d'État. Appartenant à ce dernier corps, l'inspecteur – qui soupçonnait une affaire criminelle dans la mort subite de William Bough – avait fait des pieds et des mains pour que le corps soit transféré à la questure, alors que les municipaux voulaient tout de suite classer sans suite. Il devait à un ami légiste que l'enquête restât ouverte.

« Mais pourquoi un tel soupçon, ce pauvre Bough n'avait sûrement rien à se reprocher ? interrogea Bodichiev.

— Malheureusement, votre compatriote a manqué de chance, voilà tout : si mes soupçons, comme vous dites, se confirment, ce n'était pas lui que les terroristes visaient. Nous savons que la duchesse se trouve l'objet de controverses politiques très vives. D'aucuns estiment que ses privilèges n'ont pas été assez abolis et voudraient la voir éliminée, peut-être définitivement. Beaucoup auraient intérêt à ce qu'elle disparaisse.

— J'avoue que moi-même je m'interrogeais sur la fortune d'une telle aristocrate, dans un pays solidariste… »

L'inspecteur se permit une moue, sans commenter le point. Il conduisait nerveusement et Bodichiev devait se cramponner à la poignée de la porte, du fait de la brutalité des tournants dans les petites rues.

« Nous avons déjà connaissance de deux tentatives contre la duchesse : très discrètes à chaque fois. Les terroristes s'arrangent pour que l'on puisse imputer les accidents à des causes naturelles. Un pot de fleurs détaché d'une rambarde, qui ne rata la noble tête que d'un cheveu ; et un pneu qui éclata, comme la limousine ducale filait sur une *autostratta*. Rien de bien tangible, mais nous avons d'autres sources. Comment avez-vous trouvé le vieux monsieur français, d'ailleurs ? »

Surpris, Bodichiev ne sut que répondre. L'inspecteur continuait déjà :

« Il est maintenant supposé être à la retraite, et il s'agit réellement d'un expert en iris et plantes à bulbe, mais dans une existence antérieure, cet inoffensif vieil homme était fort connu dans certains cercles, sous le nom de « Monsieur Daniel ». Comment dit-on, en français ? Une barbouze ? Eh oui, monsieur Rivière est un espion français à la retraite, déclara Pastrovicchio en riant. C'est par lui que nous avons eu vent des tentatives d'attentat contre la duchesse – le lien politique serait trop compliqué à vous expliquer, mais croyez-moi, on en veut à la duchesse ! »

N'entendant rien aux contorsions de la politique italienne, qu'il savait volatile et brutale, Bodichiev n'exigea pas plus amples explications.

Sa petite Fiat garée dans une cour de la questure, Pastrovicchio guida son collègue londonien dans un dédale de couloirs ripolinés de beige, jusqu'à un endroit carrelé en blanc qui, quoi que l'on fasse et dans n'importe quel coin du monde, sent toujours la même odeur de désinfectant : la morgue. Dans un bureau attenant aux salles aseptiques, un médecin légiste au front soucieux et au teint jaune, le docteur Mottura, exposa, lui aussi dans un français impeccable, la nature de ses trouvailles. Ni plus ni moins qu'une balle en plein cœur – mais sans la balle. Si William Bough avait succombé à une crise cardiaque, c'est que l'on avait percé son cœur d'un projectile, fin et invisible mais bel et bien mortel.

« Reste à savoir quoi », gémit l'inspecteur en levant les yeux au ciel.

Comme les deux hommes quittaient la questure, Pastrovicchio s'excusa presque de l'avoir amené ici, mais son collègue, le légiste, ne sortait guère de son domaine. Avec un sourire, Bodichiev affirma qu'il comprenait : il pensa à son ami le docteur Sigerson, à Scotland Yard. Pour se faire pardonner, tout de même, Pastrovicchio offrit de payer une glace à son invité, qui ne refusa pas : une camionnette de *gelateria*, identique à celle de la Piazzale Michelangiolo, trônait sur une placette non loin. « C'est une tradition, ici ! » et les deux hommes allèrent grignoter leur cornet à la table d'un café, où Bodichiev reçut d'autres informations.

« Il s'agit de l'arme favorite des terroristes »,

affirma Pastrovicchio, qui à mi-voix venait d'informer l'Anglo-Russe de l'existence de pistolets à aiguille. « Seulement, d'habitude, on retrouve l'aiguille, alors que là, rien du tout, la déchirure est typique, d'après mon ami Mottura, mais pas trace du projectile. »

Suivit une discussion assez technique sur la puissance de propulsion des aiguilles. Bodichiev l'interrogea également sur les pistolets à crochets :

« Oh ça, non, ça n'existe plus ! C'était abominable mais assez inefficace, pas assez de portée, la pègre a complètement abandonné ces machins-là, d'ailleurs il n'y a plus de pirates des airs et cette arme appartient à cette époque révolue… »

Pastrovicchio serait chaque matin au Giardino dell'Iris, puisqu'il faisait partie du jury du prix floral. Il demanda à Bodichiev de bien vouloir être également là : il savait gré au gouvernement du Tsar de l'avoir dépêché car, pour sa part, empêtré dans les querelles de services des différentes polices italiennes, il n'avait pas obtenu d'enquête officielle. Il s'était arrangé avec le docteur Mottura. Bien entendu, le vieil espion français, monsieur Daniel Rivière, serait aussi présent. À eux trois, il leur appartenait de surveiller les lieux durant les matinées du Concorso Firenze, et de protéger la duchesse autant que possible.

Les quelques jours florentins de Bodichiev instaurèrent tout de suite une routine : le matin au jardin, à regarder les jurés discuter disposition des coloris, teintes de sépales et pétales, épaules et galons. Il n'est pas de science sotte et le détective se surprit vite à s'intéresser à celle des iris, sans ennui devant les considérations à la fois savantes et esthétiques du Concorso Firenze, où l'on débattait des mérites d'hybrides aux noms chantants : Fiorino d'Oro, Raffaello ou In Rosa per Caso. Il ouvrait l'œil mais aucun incident suspect ne fut à déplorer. Midi venu, Bodichiev remontait sur l'esplanade prendre une glace à la camionnette, où servait un petit homme aux allures de moine, obligeant mais bien macéré.

Les membres du jury se dispersant pour l'après-midi, Bodichiev, qui n'avait pas mandat de se faire garde du corps pour l'un ou l'autre, portait en touriste son intérêt sur la ville et, pour la comprendre, ne restreignait pas ses pas aux endroits où vont les esthètes et les historiens. Nonchalant, il ne menait pas ses recherches dans quelque bibliothèque, devant des liasses de documents : qu'y aurait-il étudié ? Ignorant au juste ce que l'on attendait de lui durant ce séjour au soleil, même pas convaincu par les craintes de l'inspecteur, il préférait explorer les boutiques, les cafés, les bistrots, à son habitude. Il visita tout de même pas mal d'anciens lieux de culte, ces églises qui ponctuaient les venelles médiévales de Firenze en rangs serrés et qui, entre le régime solidariste solidement laïque du pays et la fuite du pape et de sa curie de l'autre côté de l'Atlantique, ne demeuraient plus que belles coquilles vides pour attirer le visiteur.

Ainsi du fameux Duomo, dont la présence lumineuse et graphique dominait les rues sombres tel un paquebot figé en pleine terre. Le monument possédait aussi quelque chose d'un Arlequin, en tout cas d'un personnage de merveilleux : tous ces dominos, les uns au-dessus des autres, tel un costume prêt à cliqueter et tintinnabuler au moindre mouvement. Une superbe parure, mais ce n'était plus que cela ; à l'intérieur, l'ancienne cathédrale Santa Maria dei Fiori, dépouillée de la pompe de la vieille religion vaticane, se révélait comme l'équivalent Renaissance d'un hall de gare et, non loin, une manufacture emplissait les rues de vapeur et de vacarme.

Peu sensible aux encens bouddhistes, Bodichiev s'égara pourtant un jour dans San Gaetano, un temple qui, pour n'être pas commenté par les guides, offrait, lorsque l'on poussait le grand rideau doré de sa porte, la vision d'un intérieur purement baroque : tout en caissons et décrochements anguleux, et entièrement noir, sous une voûte blanche, avec seulement quelques discrètes dorures.

Il se rendit aux jardins de Boboli et rêva dans le labyrinthe de chênes verts taillés, avec ses citronniers et ses sculptures. D'une esplanade, il admira encore le panorama de cette ville aux ruelles étroites. Si en centre-ville l'on se trouvait dans l'ombre du « bossage » – le fait de conférer aux énormes blocs du bas des palais un aspect brutal, mal dégrossi –, en s'élevant, ces derniers se faisaient plus élancés, plus gracieux enfin. Et les dômes procuraient à Firenze non seulement ses principales icônes, mais aussi, surtout, la beauté des toits d'une ville qui voulait que l'on prenne de la hauteur pour l'admirer. Le géant Duomo, bien entendu, mais aussi quantité d'anciens bâtiments catholiques, et puis, faisant contraste avec ces collines de tuiles, l'arrondi d'un vert aigu de la synagogue, et là-bas un haut dôme vitré.

Le troisième jour, il finit par accepter l'invitation insistante de Theresa et Sylvia Mastantuono. Leur musée zoologique et anatomique, datant du XVIIIe siècle, se révéla plutôt malaisé à dénicher car il ne s'adressait pas aux touristes. Situé au dernier étage des vieux bâtiments de la fac de zoologie, sur la rive gauche, il ne possédait comme entrée que le porche d'un parking et, comme indication, que quelques bouts de papier à demi effacés sous une feuille de plastique jaunie. De ce fait, Bodichiev s'attendait à des salles obscures pleines d'animaux empaillés poussiéreux. Non point : désuètes, mais impeccablement entretenues, à l'image des deux sœurs à dentelles, des vitrines en nombre formidable, cliniquement éclairées, étalaient des mètres et des mètres linéaires de bestioles mortes. La Création entière semblait avoir échoué ici, sous le couteau d'un taxidermiste toscan. Depuis les plus minuscules invertébrés jusqu'aux baleines les plus énormes, et tout le défilé des oryctéropes, tarsiers, échidnés, lémures, okapi, tatous, pangolins et autres holothuries. Sans parler, au début de cette prodigieuse enfilade de salles basses aux murs d'un vert hospitalier, des maquettes de protozoaires et celles de mollusques. À la fin, introduite par un squelette humain nettement plus grand que nature, se tenaient les moulages anatomiques : une atroce boucherie du XVIIe, le corps en étalage d'un rouge brun, découpé en tranches, rondelles et écorchés multiples. Vaguement dégoûté, Bodichiev s'amusa en revanche, sans rien en montrer, du secret de Polichinelle qui constituait le complot menaçant la duchesse : c'est pour l'en entretenir que les dames Mastantuono avaient requis sa visite. Elles ne lui apprirent rien, alimentées seulement en soupçons et rumeurs moins tangibles encore que les histoires de pistolet à aiguille de l'inspecteur.

La duchesse déplaisait, gênait, embarrassait : renommée publique que cela, point.

Pour finir sa journée, Bodichiev grimpa, tout suant, l'immense escalier de San Miniato al Monte, pour se recueillir sur la tombe du grand écrivain Collodi, au Cimitero delle Porte Sante. Il s'affala en haut, sur un banc, dans l'ombre ensoleillée de l'entrée du cimetière. Sur le sable rougeâtre, des mômes jouaient à leurs tueries rituelles : *Bang bang, tu es mort ; je ne suis pas mort ; si tu es mort.* De l'autre côté du parvis, sous la silhouette torve d'un pin, le détective reconnut, amusé, la même camionnette de *gelateria* à laquelle il rendait son culte chaque midi et, sans coup férir, alla y acquérir un rafraîchissement. Bodichiev avait lu chez Stendhal que la jeunesse est la saison du courage, alors à son âge peut-être lui pardonnerait-on une certaine faiblesse, que l'ardeur du soleil n'aidait pas à combattre.

Ce soir-là, toujours seul, Bodichiev rentra à sa pension au bord de l'Arno, courbatu d'avoir vu, comme un chasseur le serait d'avoir marché. De danger, il n'en distinguait toujours aucun. Nerveux pourtant, sensible au complot invisible que redoutait l'inspecteur, il dormit mal, frissonnant en dépit de la chaleur.

Il faisait beau sur Firenze, ce matin, de cette sorte de soleil froid de l'hiver qui teinte les dessous du réel d'orange et vif. Bodichiev habitait depuis peu dans un immeuble dont l'architecture mimait un empilement de grands bidons métalliques jaunes ; un voisin expliqua que le bâtiment était classé, mais que l'on songeait malgré tout à rehausser un peu le ton de jaune pour qu'il soit plus pimpant. Descendant la rue vers la gare, Bodichiev remarqua que l'on avait abattu quelques maisons, laissant seulement la silhouette maigre d'une construction en briques, très haute, avant le pont. Depuis le parvis de la gare, l'arrondi de la baie laissait monter le murmure des vagues et, de l'autre côté, dans le lointain gommé d'une brume lumineuse, se distinguaient les colonnes et les minarets, les immeubles et les maisons d'une ville sur des collines au bord de la mer, dominée par une montagne que le soleil teintait d'ocre brûlant. Il se demanda vaguement s'il pouvait s'agir d'Istanbul, mais non, ce grand temple atlantéen sur le port, ça ne pouvait être ça. Au-dessus de la plage de gravier brillait la coupole de la gare, et il resongea au train qui, lorsqu'on arrive à Venezia, traverse la lagune au ras de l'eau. Du froid montait de la mer et Bodichiev se réveilla, couvert de frissons.

Une petite pluie fine avait rafraîchi Firenze durant la nuit. Lorsque Bodichiev y arriva le quatrième matin, le Giardino dell'Iris baignait encore dans la senteur du pétrichor, la chimie de la terre mouillée. Lavées de frais, les fleurs brillaient dans le soleil jeune, les feuilles des oliviers vibraient comme autant de lamelles d'argent et, à mi-pente, un grand pin agitait doucement la brosse de sa frondaison comme pour bénir les lieux. Las, il s'agissait plutôt d'un signe d'adieu : ce matin-là, le tueur frappa de nouveau.

L'on devait remettre le prix le lendemain, le jury arpentait une dernière fois la pente. Quittant l'ombre de l'entrée du jardin, Bodichiev retrouva son soleil inchangé, et le petit groupe déjà constitué. Cheloni le salua silencieusement, son monocle accrochant une seconde la lumière. L'inspecteur lui décocha un habituel sourire ironique. La duchesse parlait, en agitant les mains, sa cour autour d'elle. Bodichiev vint se placer non loin, mais la muraille de ses épaules ne suffit pas : avec un cri bref, la duchesse sursauta, portant la main à son bras droit : une griffure s'y dessinait soudain, d'où perlait le sang.

« À terre ! » ordonna Pastrovicchio, en tirant sur la manche de la dame.

Voyant que la jeune Ziche ne réagissait pas, Bodichiev essaya de faire de même avec elle, mais trop tard. La pauvre, virevoltante au vent de l'inquiétude et ne comprenant pas un mot de français, s'interposait sans le vouloir devant la duchesse prostrée. Angelica Ziche s'effondra sans un cri, les yeux toujours surpris.

Jurant, l'inspecteur extirpa un revolver de sa poche de veste, sans savoir où viser, qui abattre, alors que le tueur continuait à les arroser. Le policier tomba sur son flanc droit. Il grogna un « Aaaah » de douleur, une fleur de sang éclaboussait son épaule gauche. Avisant non loin d'eux une bâche brûlée de soleil, Bodichiev se releva à demi et l'arracha, puis il se redressa tout à fait pour agiter devant lui, bien haut, la toile rigide et poussiéreuse comme une barrière entre l'invisible tireur et le petit groupe au sol, avec l'espoir de dévier les aiguilles imperceptibles mais fatales.

« Courez, bougez ! cria-t-il. Descendez à la buvette, sous les arbres ! Ça vient de là-haut ! »

Le *dottore* avait perdu son monocle, mais pas son sang-froid. Il se leva d'un bond et, tirant la duchesse, dévala avec elle qui gémissait la portion de pente. Daniel Rivière, vif pour son âge et trahissant son long entraînement, le suivit en poussant les sœurs Mastantuono devant lui, qui ne demandaient pas leur reste. Bodichiev continuant à agiter son grand drap, l'inspecteur en profita pour ramasser son revolver et, s'appuyant sur un genou avec un grognement, l'agita de nouveau, indécis, dans la direction de l'entrée du jardin.

« Inutile ! lui assura Bodichiev qui fatiguait. Il faut se mettre à l'abri. »

Les deux hommes piquèrent un sprint dans le virage sablonneux, l'inspecteur bondissant par-dessus un bouquet d'iris, Bodichiev tirant la bâche sur le chemin. Le petit groupe une fois replié dans le coude de la buvette, le détective recommença, haletant, à brasser l'air comme d'une lourde voile, pour divertir tout nouveau projectile – ou pour brouiller la vue du tireur, il ne savait trop. Pastrovicchio, le visage blême, avachi dans l'herbe, glapissait dans un visiophone cellulaire. La duchesse, effondrée sur l'une des chaises pliantes, tenait un mouchoir appuyé contre son estafilade, mais faisait bonne figure, la mâchoire serrée. Les sœurs Mastantuono accroupies derrière la table considéraient avec stupeur le vieux monsieur Rivière, qui balayait l'horizon avec un revolver, un genou à terre et la mine tendue. S'il y eut de nouveaux coups tirés par leur agresseur, ils passèrent inaperçus. Dans le lacet d'un sentier, la pauvre Angelica Ziche gisait immobile.

« Aidez-moi, je fatigue ! » pressa Bodichiev entre ses dents serrées. Rivière se releva et vint lui prêter main-forte, les deux agitèrent la bâche haut et fort, claquant et soulevant la poussière. Cet épisode ne dura guère, pourtant il sembla interminable au détective, les trapèzes protestant contre l'effort et les bras en feu. Le tournoiement des pales d'un taxicoptère fondit vers eux, l'engin les survola, se posa sur la Piazzale Michelangiolo. De la porte sur les quais, d'ordinaire close, montèrent policiers et infirmiers. Bodichiev lâcha la bâche, des étincelles dans les yeux, des crampes dans le dos. Soucieux de sa dignité, il marcha avec raideur vers la chaise la plus proche. Il s'assit avec un soupir, le cœur toquant. Sans y songer, il essuya une goutte d'eau qui venait de lui éclabousser le dessus de la main. Il aurait bien bu quelque chose. Son regard remonta vers la forme effondrée de la jeune Ziche. Des sirènes, du monde. Il continuait à fixer la morte sans la voir.

« Inspecteur… fit-il, puis d'une voix plus forte : inspecteur ! »

Ce dernier trotta vers lui, torse nu, en dépit d'un infirmier qui tâchait de lui nouer un bandage autour de l'épaule.

« Monsieur Bodichiev ?

— Je sais… Vos hommes n'ont arrêté personne ?

— Non, le tueur avait déjà filé quand le taxicoptère s'est posé, même en vol ils ne l'ont pas vu…

— Bien, bien, grommela le détective. Alors je

crois savoir où le débusquer, pas loin, pas loin du tout. J'ai enfin compris. »

Le détective grimpa le sentier en direction de l'entrée, mais il se figea aussitôt. Levant une main, il déclara :

« Le taxicoptère se trouve-t-il encore sur l'esplanade ? »

À ses côtés, l'inspecteur acquiesça.

« Alors il vaudrait mieux lui demander de partir, pour laisser vide la Piazzale. »

Sans chercher à comprendre, le petit flic obtempéra, en insistant dans son appareil portable. Au bout d'un moment, les deux hommes entendirent l'engin vrombir et ils virent passer au-dessus son ventre rebondi.

« Allons-y. Vous venez avec nous, monsieur Daniel ? » demanda Bodichiev à l'espion français, qui répondit par un sourire affable.

En montant à la Piazzale Michelangiolo, Bodichiev dévoila sa stratégie aux deux autres : une simple tenaille autour du véhicule du tueur, tandis que lui-même se présenterait benoîtement… pour commander une glace : leur cible n'était autre que la camionnette de la *gelateria*.

Plus tard en soirée, sur la terrasse d'un palais qui dominait les collines bien dessinées de la Toscane, une résidence de la duchesse dans la campagne proche, Bodichiev s'expliqua pour les acteurs et actrices du drame. Bien entendu, les médecins légistes et la police scientifique ne trouvèrent pas trace des projectiles ayant tué Angelica Ziche, la malencontreuse victime, et blessé la duchesse, la véritable cible, ainsi que l'inspecteur. Il exposa ce que son inconscient tentait de lui dire depuis le début : la nature de l'arme utilisée. Invisible, silencieuse. C'est l'inspecteur Pastrovicchio qui l'avait mis sur la piste, bien sûr, lorsqu'il lui avait évoqué l'amour de la pègre locale pour les pistolets à aiguilles. Le tueur à gages embauché pour faire disparaître la duchesse, astucieux, mariait cette arme peu conventionnelle avec le moyen de la conserver et celui de se déplacer.

La camionnette à glaces : dans l'un des frigos de la *gelateria* s'alignaient bien rangés ses projectiles spéciaux, si indétectables. Des aiguilles de glace. Sous la défroque du moine marchand de friandises, bouffi et anonyme, se cachait l'une des gâchettes les plus redoutables d'Italie – l'inspecteur intervint là, pour fournir le nom du terroriste : un certain Fabio Turconi, célèbre à sa manière. Il ne ressortirait pas demain de prison. Bodichiev reprit :

« Sitôt pénétrée leur cible, les aiguilles fondaient. Des lames d'eau, terrible trouvaille, servie par une arme à la phénoménale force de propulsion. »

Certain de son anonymat, le tueur s'était amusé à surveiller Bodichiev, lui vendant chaque jour une ou deux glaces sans que jamais, sous le maquillage rubicond et la bure safran, le détective détecte le criminel endurci. Et jusqu'à la fin, l'animal avait cru s'en sortir. Pourtant, quand Bodichiev, le dernier soir, lui commanda une glace comme si de rien n'était, tout de même, il avait eu un recul et esquissé un geste pour ouvrir le frigo fatal. L'inspecteur et ce charmant monsieur Rivière l'en avaient empêché. Le pistolet à aiguilles de glace reposait, à portée de main, dans l'un des bacs frigorifiques.

Un ptérosaure sur la grève

D'emblée, la découverte du corps sur la plage, en ce matin d'automne, ne le réjouit vraiment pas. Tout juste si, en son for intérieur, il ne reprocha pas au mort l'inconvénient de la situation dans laquelle cela le plaçait. Des années durant, crimes et morts étranges avaient semblé s'attacher à ses moindres pas, mais, depuis qu'il avait pris sa retraite, ici à Biarritz, tout de même l'univers l'avait écouté et laissé en paix. Ce matin-là pourtant, un destin contrariant mit de nouveau Bodichiev face à une morbide énigme, au crépuscule de sa vie.

Levé avec le soleil comme presque tous les jours, le vieil homme avançait d'un pas tranquille sur la surface souple du sable mouillé. Les mains croisées dans le dos, la canne barrant d'un trait horizontal sa rotondité, car il n'éprouvait pas le besoin de s'en servir pour le moment, les jambes reposées et encore lestes. Plus tard viendrait la raideur, la douleur, mais pas encore à cette heure-ci. Comme à son habitude, son regard se perdait au-delà des vagues, ou sur l'arc blond de la ville, quand il ne regardait pas le sol devant lui. Un coquillage, le tortillon d'un ver, les plissements du sable sombre, les rides irisées des flaques basculant le ciel, tout ce spectacle balnéaire qui formait dorénavant son doux quotidien. L'odeur du sel et de l'iode, sous l'éclat bleu du jour. Une mouette ricana au loin, qui lui fit relever le regard en direction de la terre. Ainsi accrocha-t-il un obstacle imprévu, là-bas, encore indistinct sur la plage – une forme sombre, tachant les ondulations dorées. Bodichiev fronça les sourcils, vaguement interloqué : il ne pouvait pas s'agir d'un phoque, pas ici, pas si loin. Quelque clochard cuvant son vin sur le sable ? Ou bien un touriste fêtard échoué ici au petit matin ?

Secouant la tête avec contrariété, le vieil homme divergea légèrement de son cheminement du bord de l'eau. Comme il se rapprochait, il distingua mieux ce que la forme échouée au beau milieu du sable sec pouvait avoir d'indubitablement humain et d'étrangement « autre » : sur ce champ vierge s'étalait une énorme chauve-souris. Un second regard permettait de discerner, tout de même, qu'il s'agissait bien d'une forme humaine ; tombé face contre terre, la tête complètement couverte par un large chapeau noir à l'aspect vaguement latino-américain. L'apparence d'ailes de chauve-souris provenait des deux pans ou d'amples manches d'un vaste tissu noir, que le hasard peut-être étendait de chaque côté du corps. Plissant des yeux, Bodichiev discerna que l'on ne voyait pas les mains. L'effet général tenait curieusement de la simple extravagance de l'héraldique, comme un grand aigle sur un fond… Clignant des yeux, Bodichiev se souvint que le terme « sable » signifiait « noir » en héraldique. Il secoua la tête, pour chasser ces idées absurdes, aigle ou chauve-souris géante.

Avec un soupir entre agacement et pointe d'angoisse, le vieil homme quitta la limite ferme du sable mouillé pour commencer à pénétrer le terrain meuble où, plus loin, gisait cette masse sombre. Un homme sans doute, vêtu d'un manteau noir, à moins qu'il ne s'agisse d'une sorte de capeline? Alors qu'il l'atteignait, Bodichiev se figea, ayant enfin réalisé ce qui lui inspirait véritablement ce sentiment de malaise: le corps, mort ou vivant, planté au centre de la plage, n'était entouré que de sable vierge. Aucune trace de pas n'y menait.

Bodichiev avait entretenu de longue date le fantasme de se retirer à Biarritz. Lorsque le temps de la retraite avait sonné; que sa fidèle secrétaire Mrs Cherrytail avait quitté la métropole londonienne pour aller vivre avec sa sœur sur la côte anglaise, près de Bournemouth; que les jeunes Chuck et Mowgli lui avaient racheté son agence; et alors que depuis quelques années déjà Viatcheslav s'était découvert tardivement une vocation académique et qu'avec sa famille, il avait quitté le rivage britannique pour enseigner à la fac de Lyon puis à celle de Bordeaux… Eh bien alors, vendant sa petite maison au bord du canal et emballant ses cliques et ses claques, le détective désormais à la retraite, se décidant enfin à faire le grand saut, avait traversé pour cette France de plus en plus ouverte et une autre petite maison, celle-ci sur le port de Biarritz, cité balnéaire de la côte Atlantique.

Depuis, le vieil homme ne s'intéressait plus que de

très loin à l'univers de la délinquance, il ne fréquentait plus les crimes que dans les pages des quelques quotidiens qu'il lisait chaque jour, et le monde petit à petit l'oubliait déjà – ce dont Bodichiev ne se plaignait nullement. Il lisait beaucoup, il allait si souvent à l'aquarium qu'il en connaissait bien le directeur, le docteur Adam, devenu un ami, et il marchait, énormément. Il avait souvent besoin d'une canne, maintenant, mais cela ne l'empêchait pas d'arpenter la petite ville et sa côte, de musarder sur le port et sur les plages, de s'installer dans les jardins publics ou au bord des allées herbeuses, de remonter l'esplanade entre deux eaux jusqu'au rocher de la Vierge, de pousser parfois même vers les bois de pin qui descendaient noirs jusque sur le sable rapporté des plages. L'air embaumait un mélange d'iode et de résine, de sable chaud et d'embruns, de poisson et d'algue, à la saison estivale s'y mêlait l'odeur de l'huile pour bronzage. Ses jours coulaient, sans heurt.

Parfois, en cette fin d'été, Bodichiev descendait jusqu'à l'avenue et, sous le halo du soleil déclinant, il observait les chamailleries des étourneaux. Comme des copeaux tombant du ciel gris-rosé, les petits corps fonçaient d'un bord à l'autre de la rue, toujours du feuillage des mêmes six platanes. Pourquoi ceux-là, un office aviaire les leur aurait-il attribués ? On nommait cela une murmuration, mais de près, quel vacarme. Tous les soirs cette nuée allait et venait, chacun cherchant la meilleure place, les copains, la sécurité des autres, et l'on aurait dit qu'ils repoussaient ainsi le moment de dormir, comme des enfants turbulents. Bodichiev observait les arbres, mais ne distinguait des oiseaux que ceux qui fusaient, la lumière poudreuse camouflant les autres, pourtant si nombreux sur les branches. Curieusement, ce miracle urbain journalier passait inaperçu.

D'autres fois, dormant de moins en moins, le détective à la retraite descendait aux petites heures du matin sur une plage ou une autre et, profitant de la fermeté de la lisière mouillée, il marchait au bord de l'eau, toujours heureux du souffle des vagues, de la senteur du sel et du spectacle du sable. Il avait une théorie toute personnelle selon laquelle l'iode était à la mer ce que la théine était à sa boisson favorite. En tout cas, il se disait autant « accro » à l'une qu'à l'autre, l'océan et le thé lui servaient de drogues comme la promenade lui tenait lieu de trajectoire. S'ennuyait-il ? Certainement, un peu, mais pour autant ni l'informatique ni les enquêtes ne lui manquaient.

Sorti sous un ciel bouché de chaude grisaille, il constata bientôt que les nuées se dégageaient en des déchirements d'huître où un soleil pâle jouait les perles. Rares sont les fois où l'on peut fixer l'astre solaire sans se brûler les yeux, se dit Bodichiev, qui s'y risqua : les suaires translucides qui l'embourbaient encore protégeaient le regard.

Alerte en dépit de son peu d'heures de sommeil, Bodichiev se sentait léger et il aurait presque fait tournoyer sa canne, façon danseur de cabaret. Se retenant d'une telle extravagance, dont la seule idée lui avait amené un sourire sur les lèvres, le gros monsieur décida d'une direction à donner à sa promenade matutinale et, sur le trottoir encore plein de pénombre, il dirigea ses pas vers l'océan. On ne croisait que peu de passants, à cette heure et à cette saison. Quelques voitures le dépassaient, d'autres le croisaient, des gens qui partaient au turbin, les traits tirés et les yeux piquants. Sans doute son manque de sommeil devait-il tout autant à son peu d'activité qu'à son âge avancé, se morigéna Bodichiev. Après tout, que faisait-il en dehors de ses lectures et des promenades nécessaires pour le tenir de bonne humeur ? Quelques coups de fil – il n'avait pas encore perdu tout à fait le tissu des relations humaines, Boadicée et Viat, en particulier, l'appelaient souvent, le tenaient au courant des progrès de son filleul, le jeune Olav, venaient parfois le voir, car Bordeaux ne se trouvait vraiment pas si loin. Bodichiev aurait également pu s'y rendre, il avait aimé cette ville autrefois, lors d'enquêtes, mais le goût des voyages lui avait passé.

Allons, la plage ! se dit-il, au moment d'un choix à effectuer entre deux artères.

Figé sur le sable, n'osant plus avancer, Bodichiev planta sa canne aussi fermement que le sol le permettait et se pencha en direction du corps. Non, il n'y avait rien à faire, il devait encore avancer. Ses pas formeraient la seule piste menant à l'homme en noir. Machinalement, il tâtonna ses poches, mais bien entendu il n'avait pas songé à prendre son visiophone cellulaire. N'ayant jamais aimé ces machins portatifs, cette fois peut-être allait-il le regretter. Avec un nouveau soupir, l'ancien détective (« Avec un accent tonique sur *ancien* », se dit-il in petto) se remit en marche. Quelques pas, et toujours aucune autre trace alentour. Secouant la tête, Bodichiev se dit qu'il ferait mieux de ne pas se raconter d'histoires, mais il avait tellement eu l'habitude des énigmes les plus absurdes, des mystères les plus incongrus... Allons, il ne devait pas penser à cela, tout d'abord, s'assurer de l'état de l'homme affalé devant lui.

Il s'agissait bien d'une cape, une sorte de poncho en toile cirée, de couleur noire. Bodichiev, tendant un bras, essaya de soulever un pan du vêtement... Du bout de la canne... Lentement...

Hop ! Il rejeta le pan par-dessus le corps, et se faisant, n'eut guère de difficulté à établir un diagnostic. Le gaillard présentait une large plaie à la gorge qui, en s'épanchant, avait formé une abominable gelée, un magma rougeâtre que le sable n'avait su boire entièrement. Mort, bel et bien mort. Égorgé.

Soupirant derechef, Bodichiev se redressa. Voilà bien sa chance, tomber sur un macchabée en se promenant sur la plage. Assassiné, forcément : le pauvre homme ne pouvait certainement pas s'être tranché la gorge tout seul.

Encore que... Bodichiev laissa encore courir ses yeux alentour : aucune trace de pas. Logiquement, il y aurait dû y avoir au moins celles de l'homme. Balayées par le vent, durant la nuit ? Bodichiev en doutait. D'autant qu'à considérer le sang de la victime, aussi peu ragoûtant qu'en fût le spectacle, il semblait au détective à la retraite que la mort fût récente.

Restant planté à sa place, Bodichiev regarda autour de lui. Évidemment, à cette heure matinale la grève ne présentait pas signe de promeneurs. Allait-il devoir abandonner le corps ici, pour se rendre en ville prévenir la police ? Mais, et si quelqu'un d'autre survenait, qui dérangeait l'état du corps, qui marchait partout ?

Appuyé sur sa canne, le dos voûté, Bodichiev balayait du regard… Se pouvait-il que… ? Oui ! Quelqu'un se dirigeait vers lui. Il leva la main, la secoua en signal universel de demande d'attention. L'homme accéléra le pas, se mit à courir dans sa direction. Avec soulagement, Bodichiev vit qu'il portait une veste d'un orange agressif, un de ces matériaux hautement réfléchissants destinés à identifier leur porteur comme un agent municipal ou quelque autre poste officiel du domaine pratique.

Lorsque l'homme se trouva à sa portée de voix, Bodichiev lui indiqua de passer par la bande de sable mouillé, il ne fallait pas marcher sur le sable sec. Son interlocuteur leva un visage surpris, mais suivit ses instructions, bifurquant légèrement sans cesser de courir.

Restant le plus près possible du friselis où mouraient les vagues, Bodichiev s'avança à la rencontre de l'autre. Ce dernier, dès qu'il put élever la voix, en dépit du vacarme des rouleaux dont ils recevaient par moments une fine mousseline d'humidité, salua Bodichiev :

« Depuis quand est-il ici ? cria-t-il.

— Je viens juste de le découvrir, expliqua Bodichiev en se tournant vers la mer, ayant d'emblée l'instinct de prêcher le faux pour découvrir le vrai. Peut-être a-t-il été déposé par la marée, à quelle heure était-elle haute ? »

Sans répondre à cela, l'autre, un grand bonhomme dégingandé dont les boucles de cheveux courts et bruns lui collaient au crâne comme un bonnet de bain au crochet, s'approcha et se présenta :

« Je suis le gardien de plage, je viens de la loge, là-bas. »

Un vague geste derrière lui. Ensemble, ils s'étaient un peu rapprochés du corps, dont le visage, sous son chapeau, pointait en direction des vagues. Le garde-côte s'immobilisa soudain, se pencha un peu en avant et étouffa un cri :

« Serdholm, c'est Paul Serdholm ! »

Il esquissa le geste de se précipiter vers le corps, Bodichiev le retint d'une poigne encore ferme en dépit de son âge.

« On l'a assassiné ! proféra l'autre d'une voix étranglée, la tête tournée vers le détective à la retraite.

— Oh voyons, pas assassiné, murmura-t-il sur son ton le plus bénin, il s'est certainement noyé et…

— Noyé ? Mais voyez donc, cette blessure à la gorge ! C'est le garde de la plage du Port-Vieux, je vous dis. Je l'ai vu il n'y a pas trois heures, bon sang, mais que lui est-il arrivé ?

— La blessure peut très bien avoir été provoquée par la marée le projetant contre un des rochers, suggéra Bodichiev, adoptant une voix de timide vieillard.

— Mais non, monsieur, affirma le gardien avec virulence, la marée n'est jamais si haute, pas plus d'une fois par mois, c'est impossible. C'est un meurtre, je vous dis, un horrible meurtre.

— Alors il faut prévenir la police, monsieur, allez-y, vite, mais s'il vous plaît ne marchez pas sur le sable autour de ce pauvre homme, prenez garde à repartir par le bord de l'eau. »

Le garde eut un coup d'œil surpris devant le ton plus ferme de son interlocuteur, mais il approuva, d'un hochement de tête.

« Et vous, qu'allez-vous faire ?

— Oh moi, je vais rester auprès de ce pauvre homme », répondit Bodichiev avec un haussement d'épaules résigné, de nouveau dans son rôle d'inoffensif vieillard, légèrement courbé sur sa canne.

À peine le dos couvert d'une veste fluo eut-il disparu en direction de la ville que le vieux monsieur se redressa. Les sourcils froncés, la canne tenue à l'horizontale derrière son dos, du regard il chercha de nouveau des empreintes dans le sable, sans plus en trouver, ni à droite, ni à gauche, ni devant, en direction de l'eau. Il fit donc en sorte de contourner le corps, sans jamais s'en approcher, simplement en avançant sur la lisière durcie. Ah, là, bien sûr ! Dans l'alignement du corps avec les rochers au loin, enfin une empreinte, comme il l'avait supposé. Mais…

Monsieur Bodichiev fronça plus encore les sourcils et grommela une imprécation. Quelle était cette folie ? Devant lui, clairement, s'inscrivait dans le sable l'empreinte d'une grande patte griffue, comme celle qu'un aigle géant aurait déposée là. Cinq griffes et l'arrondi d'un talon. Un peu avant et sur le côté : une autre empreinte, similaire quoique orientée différemment ; puis une autre… Pas à pas, d'un œil ahuri et avec une attention frémissante, le détective à la retraite suivit cette piste de griffes gigantesques, et il osa s'avancer un peu, jusqu'à apercevoir une deuxième piste des mêmes empreintes d'aigle, confondue puis distincte de la première et cette fois orientée vers la masse rocheuse. Du corps aux remblais sous les pins, vers l'effondrement rocheux qui dominait la plage, filait sans interruption cette série de griffes. Dans toutes les autres directions, le sable uni, brillant sous le soleil, vide comme l'esprit de monsieur Bodichiev durant un bon moment. Il aurait sans doute préféré que la plage tout entière soit vierge, se préparait déjà à imaginer un largage depuis quelque taxicoptère privé, nuitamment, mais ça, ça ?

« C'est un peu fort », grommela-t-il pour lui-même.

Pesant sur sa canne, il essaya de se pencher vers le sable. Il réalisa rapidement l'erreur de son diagnostic : il n'y avait pas deux séries d'empreintes, mais bien trois. Indistinctes dans les vaguelettes dorées du sol, partiellement brouillées par les griffes mystérieuses, des traces de pas formaient une piste depuis les rochers jusqu'au corps : les pas de la victime. Ah, tout de même !

Se redressant, Bodichiev hocha lentement la tête : trois pistes alors, tout d'abord celle de la venue de la victime, puis l'aller et le retour de quelque oiseau gigantesque, en droite ligne sur le premier tracé. Une autruche ? Bodichiev grommela tout seul, irrité par cette sombre énigme.

L'attente ne dura guère, et le garde-côte, visiblement hors d'haleine, revint vite en compagnie d'un individu d'âge indéterminé, petit et mince, dont le visage fermé portait l'expression de quelqu'un qui a oublié comment sourire et ne regrette vraiment pas cette expérience. Sans décliner son identité, le représentant des forces de l'ordre interrogea immédiatement Bodichiev :

« Personne ne s'est approché ?

— Non, monsieur l'agent, assura le vieil homme de sa voix douce, ce qui lui valut aussitôt la présentation espérée.

— Sergent Coulson ! aboya-t-il. Ne bougez pas ! »

S'avançant vers le corps en limitant autant que faire se pouvait son impact sur la scène du crime, par grandes enjambées, le sergent s'accroupit sur ses talons pour considérer le spectacle macabre. Comme Bodichiev avant lui, il supposa à voix haute que la marée pouvait avoir provoqué la blessure béante à la gorge du mort.

« Non, monsieur, je vous assure, protesta le garde en secouant vigoureusement la tête. Il n'y a pas de marée aussi haute en ce moment. »

Sans l'écouter, le sergent ajouta :

« Non, cet homme ne s'est pas noyé, impossible, il a été frappé à la gorge et est mort instantanément. Vous le connaissiez, c'était un ami à vous ? demanda-t-il au gardien en se relevant avec précautions.

— Non non, pas un ami, un collègue, Paul Serdholm n'avait pas d'ami et la semaine dernière encore nous nous sommes querellés… »

Il s'arrêta brusquement, en nous regardant d'un air gêné.

Commençant à fatiguer, Bodichiev alla s'asseoir sans plus de façon à la lisière sombre, pas trop près des embruns, sur le mou du sable sec, comme pour faire un pâté. Avec un grognement, une main au sol, il s'installa. Il écarta quelques fragments de coquillages et brossa hors de son siège improvisé un collier d'algue, brun et friable. Tâchant de respirer de manière régulière, il attendit la suite des événements. La température clémente et le tambour chuintant des vagues, le soleil éclatant sur le croissant désert de cette grève matinale conféraient un caractère étrangement serein au spectacle de l'enquête : le garde-côte, répondant au nom de Schenck, repartit guider la voiture de la police, tandis que le sergent s'entretenait en fronçant des sourcils dans son visiophone cellulaire. Assis au sol, Bodichiev ne sentait pas les atteintes du vent, qui plus loin secouait pourtant la cime des grands pins, au-dessus de l'ombre rocheuse. Il resserra tout de même son foulard et enfonça un peu mieux sa casquette, ne voulant pas attraper de mal.

Le ballet des agents de police, du médecin, des voitures et d'une ambulance, les brancardiers, les piquets plantés à intervalle régulier et la bande en plastique rouge et noir qui tout de suite se mit à claquer dans la brise marine, il ne manquait que le tournoiement de quelques phares bleutés et Bodichiev retrouvait un spectacle qui lui avait si longtemps été familier. Depuis sa retraite, son existence se poursuivait en mode contemplatif, l'ancien détective ayant tourné avec une aisance surprenante la page des cogitations, enquêtes et déductions. Tandis que, dans son université bordelaise, Viatcheslav optait pour une nouvelle vie de recherche intellectuelle, pour sa part Jan Marcus ne souhaitait plus que se laisser porter par un quotidien apaisé. Tout en se faisant ces réflexions, pourtant, il suivait des yeux l'activité devant lui : les anciens réflexes affleuraient de nouveau. Ainsi capta-t-il que la victime, ce Paul Serdholm, menait de son côté un quotidien passablement agité et violent. Aux dires de son collègue, une semaine plus tôt, Serdholm avait rapporté de ses congés des bleus pleins sa face – résultat d'une bagarre de rue, avec un vaurien connu qui avait juré de se venger. Le sévère sergent, aussitôt au visiophone avec ses collègues, découvrit que ledit vaurien se trouvait dans le bourg voisin aussi tard qu'à plus de minuit la nuit dernière.

Cela ne suffisait pas : deux mois plus tôt, Serdholm avait accusé un pêcheur local de lui avoir volé du tabac ; la querelle n'avait pas été plus loin apparemment.

Il y a trois semaines, l'irrépressible Serdholm avait eu maille à partir avec un cousin à lui, jongleur dans un cirque de passage. Altercation, quolibets des autres garde-côtes, pour finir les cousins s'étaient battus et le jongleur avait décampé en boitant.

Au ras du sable comme cela, le soleil tapait étonnamment fort, songeait Bodichiev. Pour un peu, il aurait fermé les yeux, bercé par le souffle de l'eau. Le sergent, avec de temps à autre un regard coulé vers le vieil homme, continuait cependant à reconstituer les turpitudes variées de la victime. Fort gêné, le dénommé Schenck revenait sur sa propre dispute avec Serdholm. Une histoire de fille, celle du patron de la crêperie de l'Atalaye, qui préférait le grand bonhomme plutôt que le mort. Un œil au beurre noir et des promesses de vengeance, somme toute le lot habituel avec Serdholm. Schenck, qui l'avait croisé en patrouille sur les plages peu de temps avant que Bodichiev n'effectue sa découverte, n'avançait aucun alibi, rien d'autre que sa mine déconfite et son allure d'honnête homme dépassé par les événements.

Prenant Bodichiev à part après leur premier interrogatoire par le sergent, Schenck lui confia son inquiétude : le pauvre craignait que l'affaire ne lui apporte bien des ennuis, et Bodichiev admit que la police voudrait peut-être l'arrêter, vu les circonstances.

« Je n'ai jamais envisagé de tuer Serdholm ou qui que ce soit d'autre, je le jure, mais je lui en voulais et je ne me trouvais pas très loin lorsqu'il a été tué. Ça ne sent pas bon pour moi », conclut Schenck en secouant son long visage d'un air navré. Philosophe, il ajouta : « La seule chose qu'on ne peut pas retenir contre moi, ce sont ces empreintes bizarres, hein ? »

Sur ce dernier point, Bodichiev formait déjà une petite idée. Mais auparavant, ç'avait été son tour de répondre aux questions du sergent Coulson. Tout d'abord, il demanda à ce qu'on l'aide à se remettre sur ses pieds et le sergent et le garde-côte s'y attelèrent, Bodichiev pesant également sur sa canne avec quelques soupirs. Il aurait préféré ne rien dire de son ancienne profession et, lorsque le policier l'interrogea sur son « occupation », il répondit tout d'abord « retraité ». L'autre insista, que faisait-il avant sa retraite ? Bodichiev admit donc une activité d'enquêteur privé.

« Enquêteur privé ? Une sorte de détective, vous voulez dire ? demanda Coulson d'un ton désapprobateur.

— Oui, une sorte de détective», reconnut Bodichiev avec un petit sourire de vieillard inoffensif, comme pour s'excuser.

Rompu aux témoignages de ce type, le retraité déroula les événements de cette matinée, sans commenter le moindrement les empreintes qui gisaient de l'autre côté du corps. Le sergent n'en parla pas non plus et, enfin, le vieux monsieur se vit autorisé à prendre congé du policier. Comme souvent sur la côte, le temps changeait, des nuées grises s'amoncelaient au-dessus de Biarritz, cette ville où «il fait tout le temps beau, plusieurs fois par jour», comme certains aimaient à en plaisanter. Le vent, perceptible dès que Bodichiev avait retrouvé la station debout, forçait nettement, charriant une pointe d'humidité annonciatrice de pluie. De retour sur l'allée, Bodichiev leva le nez vers le ciel et décida de faire un crochet par chez lui. Quittant les abords de la grande plage, il regagna donc ses pénates du port des Pêcheurs, juste le temps de reprendre son souffle et un lourd imperméable. Saine initiative: le temps qu'il ressorte, la pluie tombait si fort qu'un brouillard se formait au-dessus du sol, comme chaque goutte ricochait dans l'air tremblant. Avec une grimace, Bodichiev se décida à cheminer jusqu'à l'esplanade du Rocher de la Vierge, où s'élevait le grand cénotaphe blanc de l'Aquarium. Il devait interroger le directeur.

Le lendemain matin, un épais brouillard effaçait la ville, rendue myope par la substance du ciel. D'ordinaire, Bodichiev n'entendait plus vraiment les petits bruits des navires de plaisance amarrés dans le port, cette forêt de mâts crissants et oscillants, de cordages et de grincements. Cette matinée-ci ne pouvait se présenter sous un jour plus différent de la précédente : le beau soleil cédait une fois de plus la place au grand coton blanc, une habitude cet été-là, Biarritz cherchant peut-être à économiser sur le décor. Même le sommet du clocher de l'ancienne église Sainte-Eugénie ne se distinguait guère, noyé de brume, blancheur indistincte où il n'y avait plus d'aigu que ce froid humide qui vous transperçait. Au bout de la rue, sous le ciel d'un gris perle uniforme, les bacs en plastique des poissonniers n'en paraissaient que d'un multicolore encore plus acidulé, tout le reste se gommait, les réverbères en halos jaunâtres et les maisons en épaules brunes, incertaines.

Comme il repoussait ses volets, les sens de Bodichiev lui renvoyèrent deux signaux : l'absence de vue, remplacée par un mouvant rideau de gaze blanchâtre, et une ouïe accrue, saisissant mieux le tranquille concert des gréements, tintements métalliques, claquements minuscules, chuintements mouillés, friselis de l'eau, chuchotis du bois et zonzon d'un moteur au loin. Versant de l'eau dans la bouilloire, pour son premier thé, le vieil homme se remémora son entretien de la veille. Il appréciait beaucoup le docteur Samuel Adam, le directeur de l'Aquarium de Biarritz, doté de la même plaisante érudition et de l'affabilité un peu rugueuse de son défunt ami Sigerson. Il le trouva dans son bureau derrière la piscine des tortues, encombré de paperasse et mal éclairé par les reflets de l'eau. Il régnait dans cet antre un curieux mélange d'odeur de vieux papier et d'aquatique remugle. Bodichiev attaqua bille en tête avec la question qui le taraudait : un grand oiseau pouvait-il attaquer un homme, quelque chose du genre d'une autruche ou d'un émeu ?

Prenant avec une surprise un brin amusée la question du vieil homme, le directeur, tout en l'invitant à s'asseoir dans le fauteuil sous la grande vitre glauque, réfléchissait déjà.

« Hum, possiblement, possiblement, si l'animal s'est senti en danger. »

Connaissant le passé du détective, le directeur l'interrogea avec une lueur amusée dans le regard :

« Auriez-vous accepté d'enquêter sur un accident survenu dans un zoo, monsieur Bodichiev ? »

Ce dernier, ayant déposé sa casquette trempée sur un coin de bureau, secoua sa tête chauve d'un geste négatif :

« Pas dans un zoo, mon cher directeur, pas dans un zoo : sur la grande plage.

— Je n'ai pas connaissance qu'une autruche se soit échappée d'une ménagerie des environs, fit l'autre avec un air interloqué.

— Je cherche une explication, en réalité, pour d'énormes traces de serres que j'ai découvertes…

— Des serres ? Oh, mais non, aucune autruche n'a de serres, ces grands oiseaux ont les pieds formés d'un épais sabot bifendu…

— Vraiment ? N'y a-t-il aucun membre de la famille des autruches qui porte des serres ?

— Pas de nos jours, non : durant le processus d'évolution, les serres, les griffes de ces oiseaux, comme leurs ailes, se sont graduellement… »

Il s'interrompit devant la mine fermée du détective

à la retraite. S'asseyant face à lui, après avoir débarrassé une chaise d'une pile de livres, il lui demanda :

« Si vous m'en disiez plus ?

— Existe-t-il un oiseau muni de serres qui soit assez grand et assez puissant pour tuer un homme d'un coup de bec ? » persista Bodichiev avec le ton têtu d'un vieil homme. Sans y penser, il suivait du doigt les éraflures du meuble près de lui. Le docteur lui répondit avec patience :

« Non, je ne connais aucun oiseau qui pourrait s'aventurer à attaquer un homme, en dehors d'une autruche ou d'un émeu, et leur sabot constitue l'arme de combat de cette famille, pas leur bec. Mais si je puis me permettre, si vous me…

— Monsieur le directeur, la seule chose qui se soit approchée de Serdholm à une distance suffisante pour le frapper marchait sur un pied armé de cinq grandes griffes. »

Bodichiev, qui n'avait pu prendre en photo les mystérieuses empreintes, entreprit sur-le-champ d'en faire un croquis sur une feuille de son fidèle carnet, qu'il tira d'une de ses poches. Intrigué, le docteur Adam se pencha vers lui.

« Cinq griffes ? murmura le scientifique.

— Cinq griffes et un talon, confirma Bodichiev.

— Hum, souffla Adam, voilà qui est extraordinaire… »

Se levant d'un bond qui trahissait sa relative jeunesse, le docteur fila hors de la pièce. Quand il revint, peu de temps après, il portait une grande pierre plate d'un poids visiblement conséquent. Avec un « ouf », il la posa sur la table, en écartant une autre pile de livres puis, saisissant le dessin de Bodichiev, en compara les traits de stylo à l'impression qui se trouvait profondément inscrite dans la surface rocheuse. S'étant levé avec un grognement, le vieil homme s'approcha et se pencha à son tour. Il reconnut immédiatement l'empreinte portée dans la pierre :

« C'est cela ! Un oiseau d'un type semblable à celui de ce relevé d'empreinte a frappé sur la grande plage, j'en suis certain, je reconnais bien ces serres ! »

Le docteur lui jeta un coup d'œil perplexe :

« Mais monsieur Bodichiev, voyons, il ne s'agit pas d'un relevé d'empreinte.

— Pardon ?

— La pierre devant nous date du Crétacé, il s'agit d'un fossile. »

Incrédule à son tour, Bodichiev secoua la tête. Il ne rêvait pas, cette empreinte… Impossible… Son regard rencontrant celui du docteur, il lui demanda :

« Un fossile du Crétacé, dites-vous ? Et l'on sait de quel animal préhistorique il s'agirait de l'empreinte ?

— Oh oui, c'est bien connu : un ptéranodon. Un reptile géant, lointain ancêtre des oiseaux. »

Bodichiev hocha encore la tête, la mine soucieuse.

« Un ptéranodon, je vois, je me souviens des histoires de dinosaures de mon enfance, tous les gamins se passionnent pour les animaux préhistoriques, n'est-ce pas ? Le ptéranodon, un reptile volant, avec de grandes ailes à la membrane rappelant un peu celles des chauves-souris, si je ne me trompe ?

— Exactement, un redoutable prédateur du Crétacé supérieur, vers les 85 millions d'années avant la naissance du Bouddha. Membre d'un ordre éteint de reptiles volants, dont ils furent les derniers représentants. Mais me direz-vous… ? »

Ignorant toujours les demandes d'explication de son interlocuteur, Bodichiev continua sur sa lancée :

« Un ptéranodon... Ou bien un ptérodactyle, alors, pendant qu'on y est... De toutes les choses absurdes... Dites-moi, docteur, vous n'avez pas connaissance de recherches visant à recréer des... Comment appelle-t-on cela, déjà ? Des ptérosaures, c'est ça, une expérience pour recréer des ptérosaures, comme on a ressuscité les mammouths ? »

Bodichiev avait autrefois enquêté sur une histoire de mammouths, au zoo de Londres, d'où sa suggestion, mais le docteur Adam le détrompa fermement :

« Les mammouths étaient des mammifères, il a donc été possible d'en produire de nouvelles souches, mais pas les ptérosaures, vraiment impossible je vous l'assure, le plus proche que l'on ait d'eux, ce sont les poules, finalement... » répondit-il avec un gloussement amusé.

Sortant de son humeur renfrognée, Bodichiev eut également un petit sourire :

« L'attaque de la poule géante, non vraiment, je ne crois pas que cela ferait des gros titres crédibles, dans la presse. Et pourtant, je jurerais... »

Remarquant enfin combien le docteur trépignait d'obtenir une quelconque élucidation à ses questions, Bodichiev entreprit de lui exposer ce dont il retournait, tandis qu'observant une lueur sur le bureau, il réalisait qu'au-dehors, le soleil revenu baignait de nouveau Biarritz. L'averse à laquelle il devait l'humidité du bas de son pantalon s'effaçait déjà des souvenirs. Il se dit que la pluie aurait également gommé les traces dans le sable et il espéra que la police avait pratiqué des relevés.

Bien entendu, le docteur se trouva bien dans l'incapacité d'offrir la moindre piste d'explication possible, et Bodichiev voyait bien que son ami ne le croyait qu'à moitié. Lui-même pourtant ne parvenait pas à douter : le fossile devant lui, son dessin, les images qu'il conservait en mémoire, tout correspondait. Enfin, le docteur lui proposa qu'ils aillent manger quelque part, vu l'heure : Bodichiev s'excusa, prétexta la fatigue – et il ne pouvait feindre sa lassitude, sa canne retrouva même son utilité tant le vieil homme ressentait une raideur dans ses jambes et son dos, l'habituelle arthrose pulsant dans son épaule droite, et cette sensation de pesanteur. Les efforts et émotions du matin, l'effet de son quotidien sorti hors de ses rails, Bodichiev les ressentait jusque dans ses os. Ayant fourré sa casquette trempée dans sa poche et accompagné par le docteur jusqu'à la porte de son bureau, le vieux détective assura qu'il trouverait son chemin. Il allait bien, affirma-t-il. Juste une fatigue passagère, dit-il à Samuel Adam en le quittant.

Et il ne mentait pas, connaissait ce genre de lassitude. Déjeuner en compagnie du directeur de l'Aquarium lui paraissait momentanément une sorte d'épreuve sociale, un trop grand effort, lui qui d'ordinaire appréciait ces pauses avec le scientifique. Pas aujourd'hui, soupira-t-il en son for intérieur. De l'Aquarium, il gagna un petit square non loin, à la pelouse rase et aux buissons en fleur parfaitement moulés par les efforts d'une armée de jardiniers municipaux. Il retrouva avec un soupir l'un de ses bancs favoris. Déjà, la scène du matin se nimbait d'une aura incertaine, ce corps couvert d'une grande cape sombre, la mare coagulée sous le cou de la victime… Bodichiev ferma les yeux une seconde, cherchant à chasser tout cela de son esprit. Les crimes ne relevaient plus de sa juridiction, se dit-il avec un sourire las. Que se débrouille donc le sergent, qu'il fasse son métier.

Vers la gauche s'étendait l'une des plages, qu'il devinait entre deux bâtiments et qui déjà à cette heure se couvrait du patchwork de la chair et des maillots multicolores. Des cabines de plage, au bois peint de couleurs vives, s'alignaient en une parodie de cottages balnéaires. Lorsque le reflux de la fatigue se révéla suffisant, Bodichiev quitta un moment son banc, pour rejoindre la voiturette sur roues qui, au coin de la rue, proposait falafels et autres snacks légers. Il se sentit un peu honteux de grignoter ainsi, après avoir refusé l'invitation du docteur Adam. Il lui fallait pourtant cela, ce calme, cette solitude, afin de se remettre de la mauvaise rencontre du matin. En mâchant lentement, Bodichiev se demanda s'il se trompait, si sa mémoire devenait aussi craquante et raide que son corps.

Une paix bourdonnante d'insectes invisibles tournait sur le jardin, couvée par les roucoulements des pigeons. Bodichiev demeura longtemps dans ce morceau de temps confiné où frissonnaient troènes, fuchsias, lauriers et figuiers. L'océan si proche, que l'on devinait dans les courants d'air et sur le sable fin des façades, imposait sa lumière et ses humeurs, nuées fumeuses et azurs éclatants en succession rapide. Vers le soir, quand Bodichiev aurait regagné ses pénates, le ciel s'ouvrirait telle une fenêtre, éclatant et précis comme du verre. Un moment, une heure peut-être, tout serait plus net, une respiration dorée.

Puis le bleu tomberait, engourdissant la rue et bu par le désordre végétal, jusqu'à ce que monte une grisaille de la terre, qui troublerait d'ombre le jardin alors qu'au-dessus, le visage de la résidence voisine prendrait une dimension théâtrale, en angles roses d'une netteté d'autant plus frappante qu'au sol tout se nouerait de noirceur. Après le passage à l'outremer, ce serait la nuit et cette lune piquante, si froide, qui aplanirait tout d'argent, en attendant que monte le brouillard.

Entouré du fin réseau des bruits venus du port, sirotant sa première tasse de thé devant une fenêtre entrouverte, Bodichiev se demanda comment il occuperait cette nouvelle journée. Un mauvais sommeil percolé de souvenirs du corps sur la plage le laissait un peu las, les membres contractés par l'amidon de la nuit. Au-dehors la brume soulevait déjà ses jupons blancs, laissant devenir le décor familier. Allons, il ne devait pas se laisser abattre : autant exorciser cette histoire absurde de ptérosaure.

Enfilant une veste, enroulant une écharpe autour de son cou, n'oubliant pas sa casquette froissée, Bodichiev saisit sa canne et ses clefs et, sur le pas de sa porte, il respira l'air saturé d'humidité qui se condensait partout en fines gouttelettes. Il n'hésita guère : il retournerait sur la grande plage, comme la veille. Au bas de la rue, remplaçant la toiture d'une des maisons basses, en cours de réfection, l'on avait installé de grandes bâches, qui claquaient et faseyaient comme une voile. Son pas se fit plus léger comme la gaze couvrant la ville se soulevait et, quand il parvint à la plage, un jour bleu et lumineux soulevait des étincelles sur les rides marines.

Il reprit exactement le même chemin que la veille, au bord de l'eau, et contempla comme la veille l'arc de la ville qui faisait face au souffle de la grande eau. Mais non, non : comme la veille aussi…

Bodichiev pressa le pas, le cœur soudain serré : un autre corps, il discernait déjà sa masse brune sur le sable, n'arrivait pas à en croire ses yeux, mais cependant, il lui fallait s'y résoudre. Une autre victime ! D'une démarche rendue molle par le sable, Bodichiev cette fois ne tergiversa pas et fonça directement vers le nouveau corps. D'ailleurs, aucune trace n'apparaissait, il foulait un sable vierge. Tremblant et le souffle court, il s'accroupit comme en prière devant… Bodichiev jura, choqué : le sergent !

Étalé devant lui, comme après une chute, le sergent Coulson ouvrait des yeux furibards qui ne chercheraient plus jamais aucun indice. Son cou béait d'une tranche de ténèbres dont Bodichiev détourna aussitôt le regard. Mort, égorgé, comme l'autre.

Le vieil homme resta une seconde étourdi, de sa marche rapide comme de sa macabre découverte. Tâtant ses poches, il heurta la masse dure de son visiophone cellulaire, mais négligea de le sortir. Tout d'abord, comprendre, observer. S'éloignant un peu, il fit comme la veille le tour du corps en passant par la lisière de sable mouillé. Et cette fois encore, les empreintes du reptile géant se découvrirent, en ligne plus ou moins droite des rochers : les cinq griffes et le talon. Bodichiev secoua la tête, sans savoir s'il devait se sentir rassuré ou épouvanté de n'avoir pas imaginé la ressemblance de ces traces avec celles du fossile de l'Aquarium. Quelques pas prudents le rapprochèrent du corps de ce pauvre sergent. Penché sur les empreintes mystérieuses, il s'apprêtait à tirer son visiophone de sa poche, afin de prendre quelques clichés, quand il devina un mouvement, releva le visage… Une masse sombre s'abattait vers lui, il recula, trébucha, sa canne décrivit un arc de ciel, heurta l'agresseur, sous le choc Bodichiev tomba à la renverse dans le sable. Les coups de feu résonnèrent-ils en même temps, juste avant, juste après ? Désorienté, une jambe douloureusement pliée sous lui, le vieil homme leva sa canne à nouveau, instinctivement, ne frappa que l'air. Quelqu'un criait. Un autre coup de feu et son agresseur s'affaissa sans un bruit, deuxième masse brune sur le sable blanc.

« Mes réflexes ne sont plus ce qu'ils ont été », grommela Bodichiev plus tard, quand il dut témoigner auprès de la police. Sa carrière de détective privé ne l'avait guère habitué à jouer le rôle de la victime plutôt que de celui qui résout les affaires. Cette fois, le beau rôle revint au garde-côte Schenck. La pèlerine sombre et le grand chapeau trouvés sur le premier mort ne cadraient pas avec ce qu'il connaissait de Serdholm, mieux même, ces vêtements lui rappelaient quelque chose. Le souvenir devait lui revenir le deuxième matin, juste à temps pour sauver le vieux monsieur Bodichiev.

Le jongleur, le cousin de Serdholm : l'accoutrement lui appartenait, Schenck s'en souvenait, et soudain tout s'expliquait. Après leur altercation, le jongleur n'avait pas reparu, disparu de la circulation.

Peut-être un coup à la tête lors de la bagarre pourrait-il fournir la clef de sa conduite, l'autopsie le dirait peut-être : réfugié dans les rochers, l'homme voyant un beau matin son ennemi, son cousin Serdholm, s'approcher, armé d'un couteau et marchant sur ses deux mains, le fou avait tué. Cinq doigts, le poignet : nul reptile volant du Crétacé, seulement un artiste de cirque ambulant marchant sur ses mains ! Pourquoi avait-il également tué le sergent Coulson, revenu sur les lieux pour son enquête ? La folie, encore, très certainement. Accouru sur la plage, ayant observé toute la scène depuis les rochers, Schenck avait tiré, trois fois, jusqu'à abattre le forcené. Et ce pauvre vieux Bodichiev de rester assis dans le sable, ébahi, la canne levée. Il ne figura pas dans les comptes rendus de la presse et ne trouva pas à s'en plaindre. Le vieil homme reprit son quotidien tranquille, à pas lents.

DU MÊME AUTEUR

Aux Éditions Les Saisons de l'étrange

BODICHIEV, LE DÉTECTIVE À VAPEUR

MÉMOIRES D'UN DÉTECTIVE À VAPEUR

SOUVENIRS D'UN DÉTECTIVE À VAPEUR

MENACE SUR L'EMPIRE

Aux Éditions Koikalit

BODICHIEV, LE DÉTECTIVE À VAPEUR

CONFIDENCES D'UN DÉTECTIVE À VAPEUR

ARCHIVES D'UN DÉTECTIVE À VAPEUR

LES TROIS CŒURS

Un florilège des enquêtes de Bodichiev a paru aux Éditions Gallimard sous le titre ENQUÊTES D'UN DÉTECTIVE À VAPEUR (Folio Science-Fiction n° 727)

Dans la même collection

435. Hal Duncan	*Encre* (Le Livre de Toutes les Heures, II)
436. Steven Amsterdam	*Ces choses que nous n'avons pas vues venir*
437. Serge Lehman présente	*Retour sur l'horizon*
438. Carol Berg	*L'insoumis* (Les livres des rai-kirah, II)
439. Henri Courtade	*Loup, y es-tu ?*
440. Lord Dunsany	*La fille du roi des Elfes*
441. Maurice Leblanc	*Le formidable événement*
442. John Varley	*Le système Valentine*
443. Philip K. Dick	*Le dernier des maîtres*
444. Pierre Pevel	*Les Lames du Cardinal* (Les Lames du Cardinal, I)
445. George R. R. Martin, Gardner Dozois & Daniel Abraham	*Le chasseur et son ombre*
446. Loïc Henry	*Loar*
447. Ray Bradbury	*Léviathan 99*
448. Clive Barker	*Hellraiser*
449. Robert Charles Wilson	*À travers temps*
450. Serge Brussolo	*Frontière barbare* (INÉDIT)
451. L. L. Kloetzer	*CLEER*
452. Cédric Ferrand	*Wastburg*
453. Jean-Claude Marguerite	*Le Vaisseau ardent*
454. Jean-Philippe Depotte	*Les jours étranges de Nostradamus*
455. Walter M. Miller Jr.	*L'héritage de saint Leibowitz*
456. Carol Berg	*Le vengeur* (Les livres des rai-kirah, III)
457. Philip K. Dick	*Question de méthode*

458. Leandro Ávalos Blacha	*Berazachussetts*
459. Alden Bell	*Les faucheurs sont les anges*
460. Pierre Pevel	*L'Alchimiste des Ombres* (Les Lames du Cardinal, II)
461. Xavier Mauméjean	*Rosée de feu*
462. Arkadi et Boris Strougatski	*Stalker*
463. Ian McDonald	*Le fleuve des dieux*
464. Barry Hughart	*La magnificence des oiseaux* (Une aventure de Maître Li et Bœuf Numéro Dix)
465. Serge Brussolo	*Trajets et itinéraires de la mémoire*
466. Barry Hughart	*La légende de la Pierre* (Une aventure de Maître Li et Bœuf Numéro Dix)
467. Jack McDevitt	*Seeker*
468. Glen Duncan	*Moi, Lucifer*
469. Barry Hughart	*Huit honorables magiciens* (Une aventure de Maître Li et Bœuf Numéro Dix)
470. Daniel Polansky	*Le baiser du rasoir*
471. Thomas Geha	*Le sabre de sang*, 1
472. Thomas Geha	*Le sabre de sang*, 2
473. Pierre Pevel	*Le dragon des Arcanes* (Les Lames du Cardinal, III)
474. Alain Damasio	*Aucun souvenir assez solide*
475. Laurent Genefort	*Les opéras de l'espace*
476. Roger Zelazny	*Dilvish le Damné*
477. Thomas Day	*Dæmone*
478. Philip K. Dick	*Ne pas se fier à la couverture*
479. Léo Henry	*Le casse du continuum* (INÉDIT)
480. Frank M. Robinson	*Destination ténèbres*

481. Joël Houssin	*Le Temps du Twist*
482. Jean-Marc Ligny	*La mort peut danser*
483. George R. R. Martin	*Armageddon Rag*
484. Lewis Shiner	*Fugues*
485. Collectif	*Alternative Rock*
486. Arnaud Duval	*Les Pousse-pierres*
487. Christian Léourier	*Le cycle de Lanmeur*, I
488. Lisa Tuttle	*Ainsi naissent les fantômes*
489. Pablo de Santis	*La soif primordiale*
490. Norbert Merjagnan	*Treis, altitude zéro*
491. Robert Charles Wilson	*Julian*
492. Patrick Ness	*La voix du Couteau* (Le Chaos en marche, I)
493. Patrick Ness	*Le Cercle et la Flèche* (Le Chaos en marche, II)
494. Patrick Ness	*La guerre du Bruit* (Le Chaos en marche, III)
495. S.G. Browne	*Comment j'ai cuisiné mon père, ma mère… et retrouvé l'amour*
496. Glen Duncan	*Le dernier loup-garou*
497. Christian Léourier	*Le cycle de Lanmeur*, II
498. Mira Grant	*Feed* (Feed, I)
499. Richard Matheson	*Par-delà la légende*
500. Dan Simmons	*L'échiquier du mal*
501. Mira Grant	*Deadline* (Feed, II)
502. Robert Holdstock	*Avilion*
503. Graham Joyce	*Lignes de vie*
504. Mira Grant	*Red Flag* (Feed, III)
505. Jean-Philippe Jaworski	*Même pas mort* (Rois du monde, I)
506. Arkadi et Boris Strougatski	*Il est difficile d'être un dieu*
507. Laurent Genefort	*Omale*, 1
508. Laurent Genefort	*Omale*, 2

509. Laurent Whale — *Les étoiles s'en balancent*
510. Robert Charles Wilson — *Vortex*
511. Anna Starobinets — *Je suis la reine*
512. Roland C. Wagner — *Rêves de Gloire*
513. Roland C. Wagner — *Le train de la réalité*
514. Jean-Philippe Depotte — *Le chemin des dieux*
515. Ian McDonald — *La maison des derviches*
516. Jean-Michel Truong — *Reproduction interdite*
517. Serge Brussolo — *Anges de fer, paradis d'acier* (INÉDIT)
518. Christian Léourier — *Le Cycle de Lanmeur*, III
519. Bernard Simonay — *Le secret interdit*
520. Jean-Philippe Jaworski — *Récits du Vieux Royaume*
521. Roger Zelazny — *Les princes d'Ambre* (Cycle 1)
522. Christopher Priest — *Les insulaires*
523. Jane Rogers — *Le testament de Jessie Lamb*
524. Jack Womack — *Journal de nuit*
525. Ray Bradbury — *L'Arbre d'Halloween*
526. Jean-Marc Ligny — *Aqua™*
527. Bernard Simonay — *Le prince déchu* (Les enfants de l'Atlantide, I)
528. Isaac Asimov — *Fondation 1*
529. Isaac Asimov — *Fondation 2*
530. J. G. Ballard — *La forêt de cristal*
531. Glen Duncan — *Talulla*
532. Graham Joyce — *Les limites de l'enchantement*
533. Mary Shelley — *Frankenstein*
534. Isaac Asimov — *Les vents du changement*
535. Joël Houssin — *Argentine*
536. Martin Millar — *Les petites fées de New York*
537. Mélanie Fazi — *Le jardin des silences*
538. Graham Joyce — *Au cœur du silence*

539. Bernard Simonay	*L'Archipel du Soleil* (Les enfants de l'Atlantide, II)
540. Christopher Priest	*Notre île sombre*
541. Bernard Simonay	*Le crépuscule des Géants* (Les enfants de l'Atlantide, III)
542. Jack Vance	*Le dernier château*
543. Hervé Jubert	*Magies secrètes* (Une enquête de Georges Hercule Bélisaire Beauregard)
544. Hervé Jubert	*Le tournoi des ombres* (Une enquête de Georges Hercule Bélisaire Beauregard)
545. Hervé Jubert	*La nuit des égrégores* (Une enquête de Georges Hercule Bélisaire Beauregard, INÉDIT)
546. L. L. Kloetzer	*Anamnèse de Lady Star*
547. Paul Carta	*La quête du prince boiteux* (Chroniques d'au-delà du Seuil, I)
548. Bernard Simonay	*La Terre des Morts* (Les enfants de l'Atlantide, IV)
549. Jo Walton	*Morwenna*
550. Paul Carta	*Le Siège des dieux* (Chroniques d'au-delà du Seuil, II)
551. Arnaud Duval	*Les ombres de Torino*
552. Robert Charles Wilson	*La trilogie Spin*
553. Isaac Asimov	*Période d'essai*
554. Thomas Day	*Sept secondes pour devenir un aigle*

555.	Glen Duncan	*Rites de sang*
556.	Robert Charles Wilson	*Les derniers jours du paradis*
557.	Laurent Genefort	*Les vaisseaux d'Omale*
558.	Jean-Marc Ligny	*Exodes*
559.	Ian McDonald	*La petite déesse*
560.	Roger Zelazny	*Les princes d'Ambre* (Cycle 2)
561.	Jean-Luc Bizien	*Vent rouge* (Katana, I)
562.	Jean-Luc Bizien	*Dragon noir* (Katana, II)
563.	Isaac Asimov	*Cher Jupiter*
564.	Estelle Faye	*Thya* (La voie des Oracles, I)
565.	Laurent Whale	*Les damnés de l'asphalte*
566.	Serge Brussolo	*Les Geôliers* (INÉDIT)
567.	Estelle Faye	*Enoch* (La voie des Oracles, II)
568.	Marie Pavlenko	*La Fille-Sortilège*
569.	Léo Henry	*La Panse* (INÉDIT)
570.	Graham Joyce	*Comme un conte*
571.	Pierre Pevel	*Les enchantements d'Ambremer* (Le Paris des Merveilles, I)
572.	Jo Walton	*Le cercle de Farthing*
573.	Isaac Asimov	*Quand les ténèbres viendront*
574.	Grégoire Courtois	*Suréquipée*
575.	Pierre Pevel	*L'Élixir d'oubli* (Le Paris des Merveilles, II)
576.	Fabien Cerutti	*L'ombre du pouvoir* (Le Bâtard de Kosigan, I)
577.	Lionel Davoust	*Port d'âmes*
578.	Pierre Pevel	*Le Royaume Immobile* (Le Paris des Merveilles, III)
579.	Jean-Pierre Boudine	*Le paradoxe de Fermi*

580. Fabrice Colin	*Big Fan*
581. Fabien Cerutti	*Le fou prend le roi* (Le Bâtard de Kosigan, II)
582. Jo Walton	*Hamlet au paradis*
583. Robert Charles Wilson	*Les Perséides*
584. Charles Yu	*Guide de survie pour le voyageur du temps amateur*
585. Estelle Faye	*Un éclat de givre*
586. Ken Liu	*La ménagerie de papier*
587. Chuck Palahniuk et Cameron Stewart	*Fight Club 2*
588. Laurence Suhner	*Vestiges* (QuanTika, I)
589. Jack Finney	*Le voyage de Simon Morley*
590. Christopher Priest	*L'adjacent*
591. Franck Ferric	*Trois oboles pour Charon*
592. Jean-Philippe Jaworski	*Chasse royale – De meute à mort* (Rois du monde, II-1)
593. Romain Delplancq	*L'appel des illustres* (Le sang des princes, I)
594. Laurence Suhner	*L'ouvreur des chemins* (QuanTika, II)
595. Estelle Faye	*Aylus* (La voie des Oracles, III)
596. Jo Walton	*Une demi-couronne*
597. Robert Charles Wilson	*Les affinités*
598. Laurent Kloetzer	*Vostok*
599. Erik L'Homme	*Phænomen*
600. Laurence Suhner	*Origines* (QuanTika, III)
601. Len Deighton	*SS-GB*
602. Karoline Georges	*Sous-béton*
603. Martin Millar	*La déesse des marguerites et des boutons d'or*

604. Marta Randall	*L'épée de l'hiver*
605. Jacques Abeille	*Les jardins statuaires*
606. Jacques Abeille	*Le veilleur du jour*
607. Philip K. Dick	*SIVA*
608. Jacques Barbéri	*Mondocane*
609. Romain d'Huissier	*Les Quatre-vingt-un Frères* (Chroniques de l'Étrange, I)
610. David Walton	*Superposition*
611. Christopher Priest	*L'inclinaison*
612. Jacques Abeille	*Un homme plein de misère*
613. Romain Lucazeau	*Latium I*
614. Romain Lucazeau	*Latium II*
615. Laurent Genefort	*Étoiles sans issue*
616. Laurent Genefort	*Les peaux-épaisses*
617. Loïc Henry	*Les océans stellaires*
618. Romain d'Huissier	*La résurrection du dragon* (Chroniques de l'Étrange, II)
619. Romain Delplancq	*L'Éveil des Réprouvés* (Le sang des princes, II)
620. Jean-Philippe Jaworski	*Chasse royale – Les grands arrières* (Rois du monde, II-2)
621. Robert Charles Wilson	*La cité du futur*
622. Jacques Abeille	*Les voyages du fils*
623. Iain M. Banks	*Effroyabl Angel*
624. Louisa Hall	*Rêves de Machines*
625. Jean-Pierre Ohl	*Redrum*
626. Fabien Cerutti	*Le Marteau des Sorcières* (Le Bâtard de Kosigan, III)
627. Elan Mastai	*Tous nos contretemps*
628. Michael Roch	*Moi, Peter Pan*
629. Laurent Genefort	*Ce qui relie* (Spire, I)
630. Rafael Pinedo	*Plop*
631. Jo Walton	*Mes vrais enfants*
632. Raphaël Eymery	*Pornarina*

633. Scott Hawkins	*La Bibliothèque de Mount Char*
634. Grégory Da Rosa	*Sénéchal*
635. Jonathan Carroll	*Os de Lune*
636. Laurent Genefort	*Le sang des immortels*
637. Estelle Faye	*Les Seigneurs de Bohen*
638. Laurent Genefort	*Ce qui divise* (Spire, II)
639. Ian McDonald	*Luna – Nouvelle Lune* (Luna, I)
640. Lucie Pierrat-Pajot	*Les mystères de Larispem, I* (Le sang jamais n'oublie)
641. Adrian Tchaikovsky	*Dans la toile du temps*
642. Karin Tidbeck	*Amatka*
643. Jo Walton	*Les griffes et les crocs*
644. Grégory Da Rosa	*Sénéchal II*
645. Saad Z. Hossain	*Bagdad, la grande évasion !*
646. Al Robertson	*Station : La chute*
647. Peter Cawdron	*Rétrograde*
648. Fabien Cerutti	*Le Testament d'involution* (Le Bâtard de Kosigan, IV)
649. Yoon Ha Lee	*Le gambit du Renard*
650. Sabrina Calvo	*Toxoplasma*
651. Karoline Georges	*De synthèse*
652. George R. R. Martin / Lisa Tuttle	*Elle qui chevauche les tempêtes*
653. Katherine Arden	*L'Ours et le Rossignol*
654. Laurent Genefort	*Ce qui révèle* (Spire, III)
655. Léo Henry	*Thecel* (INÉDIT)
656. Grégory Da Rosa	*Sénéchal III*
657. Romain d'Huissier	*Les Gardiens célestes* (Chroniques de l'Étrange, III)
658. Thomas Spok	*Uter Pandragon*
659. Estelle Faye	*Les nuages de Magellan*
660. Chris Vuklisevic	*Derniers jours d'un monde oublié* (INÉDIT)
661. Annalee Newitz	*Autonome*

662. Nicolas Texier	*Opération Sabines* (Monts et merveilles, I)
663. Ray Bradbury	*Le Pays d'octobre*
664. Patrick K. Dewdney	*L'enfant de poussière* (Le cycle de Syffe, I)
665. Mary Robinette Kowal	*Lady astronaute* (INÉDIT)
666. Lucie Pierrat-Pajot	*Les mystères de Larispem, II* (Les jeux du siècle)
667. Lionel Davoust	*La Messagère du Ciel* (Les dieux sauvages, I)
668. Thibaud Latil-Nicolas	*Chevauche-Brumes*
669. Nicolas Texier	*Opération Jabberwock* (Monts et merveilles, II)
670. Ernest Callenbach	*Écotopia*
671. Adam Roberts	*Jack Glass, l'histoire d'un meurtrier*
672. Élisabeth Vonarburg	*Chroniques du Pays des Mères*
673. Pierre Alferi	*Hors sol*
674. Alain Damasio	*Les Furtifs*
675. Michael Roch	*Le livre jaune*
676. Yoon Ha Lee	*Le stratagème du corbeau*
677. Ian McDonald	*Luna – Lune du loup* (Luna, II)
678. Gareth L. Powell	*Braises de guerre*
679. Christopher Priest	*Conséquences d'une disparition*
680. Lionel Davoust	*Le Verrou du Fleuve* (Les dieux sauvages, II)
681. Manon Fargetton	*Dix jours avant la fin du monde*
682. Katherine Arden	*La fille dans la tour*
683. Philippe Auribeau	*L'héritage de Richelieu*
684. Jean-Philippe Jaworski	*Chasse royale – Curée chaude* (Rois du monde, II-3)

685.	George Orwell	*1984*
686.	Adrian Tchaikovsky	*Chiens de guerre*
687.	John Varley	*Blues pour Irontown*
688.	Patrick K. Dewdney	*La peste et la vigne* (Le cycle de Syffe, II)
689.	Ian McDonald	*Luna – Lune montante* (Luna III)
690.	Lucie Pierrat-Pajot	*Les mystères de Larispem, III* (L'élixir ultime)
691.	Katherine Arden	*L'hiver de la sorcière*
692.	Jo Walton	*Pierre-de-vie*
693.	Lionel Davoust	*La Fureur de la Terre* (Les dieux sauvages, III)
694.	Philip K. Dick	*Radio libre Albemuth* (Prélude à la trilogie divine)
695.	Estelle Faye	*Les révoltés de Bohen* (Le cycle de Bohen, II)
696.	Fabien Cerutti	*Les secrets du premier coffre*
697.	Philippe Testa	*L'obscur*
698.	Jean-Philippe Jaworski	*Le sentiment du fer*
699.	Thibaud Latil-Nicolas	*Les flots sombres* (Chevauchebrumes, II)
700.	Aurélien Manya	*Trois cœurs battant la nuit*
701.	Rozenn Illiano	*Le phare au corbeau*
702.	Ted Chiang	*Expiration*
703.	Laurent Genefort	*Colonies*
704.	Adam Roberts	*La chose en soi*
705.	Gareth L. Powell	*L'armada de Marbre* (Braises de guerre, II)
706.	Sébastien Coville	*L'Empire s'effondre*
707.	Lionel Davoust	*L'Héritage de l'Empire*, 1 (Les dieux sauvages, IV)
708.	Lionel Davoust	*L'Héritage de l'Empire*, 2 (Les dieux sauvages, IV)

Tous les papiers utilisés pour les ouvrages des collections Folio sont certifiés et proviennent de forêts gérées durablement.

Composition IGS-CP à L'Isle-d'Espagnac (16)
Impression Novoprint
à Barcelone, le 8 février 2023
Dépôt légal : février 2023

ISBN 978-2-07-299097-7 / Imprimé en Espagne

542871